ORSON SCOTT CARD obtuvo el premio Hugo 1986 y el Nebula 1985 con *El juego de Ender*, cuya continuación, *La voz de los muertos*, consiguió de nuevo dichos premios (y también el Locus), siendo la primera vez en toda la historia de la ciencia ficción que un autor los obtenía dos años consecutivos. La serie continuó con *Ender, el xenocida* e *Hijos de la mente*. En 1999 apareció un nuevo título, *La sombra de Ender*, seguido por *La sombra del Hegemón, Marionetas de la sombra* y *La sombra del gigante*. Finalmente, *Ender en el exilio* es una continuación directa de *El juego de Ender*.

Título original: *Shadow of the Giant*
Traducción: Rafael Marín Trechera
1.ª edición: octubre 2012

© Orson Scott Card, 2005
© Ediciones B, S. A., 2012
   para el sello B de Bolsillo
   Consell de Cent, 425-427 - 08009 Barcelona (España)
   www.edicionesb.com

Printed in Spain
ISBN: 978-84-9872-724-1
Depósito legal: B. 23.185-2012

Impreso por NOVOPRINT
        Energía, 53
        08740 Sant Andreu de la Barca - Barcelona

La sombra del gigante

ORSON SCOTT CARD

Presentación

Podría parecer que LA SOMBRA DEL GIGANTE *ha de finalizar la ya tan dilatada serie de Ender y sus compañeros de la Escuela de Batalla, bajo el liderazgo del superdotado y excepcional Bean, pero es muy posible que no sea así...*

Quedan en la trama de la presente novela algunos elementos que permiten una continuación, y el mismo Orson Scott Card ha dicho en una entrevista que contempla la posibilidad de escribir un nuevo libro que enlace LA SOMBRA DEL GIGANTE *con la también excepcional* LA VOZ DE LOS MUERTOS. *Material disponible lo hay y, como lector, sólo deseo que Card escriba también esa novela...*

En cualquier caso, ahora ya resulta claro que, como el mismo Card ha dicho alguna vez, EL JUEGO DE ENDER *es tal vez la historia previa que hizo posible esa maravilla de la moderna novelística que es* LA VOZ DE LOS MUERTOS, *con su compleja interrelación de diversos personajes. Luego, tanto* ENDER EL XENOCIDA *como* HIJOS DE LA MENTE DE ENDER *no dejan de ser el desarrollo de una vieja idea de Card, la de los filotes, insertada tal vez por razones de oportunidad en la popular y exitosa historia de Ender.*

Pero, desde que en 1999 apareciera LA SOMBRA DE ENDER, *protagonizada por Bean, el superdotado lugarteniente de Ender, resultó también claro que, mientras Ender iba a Lusitania para encontrarse a los Cerdis y redimir su culpa de xenocida, los otros estudiantes de la Escuela de Batalla quedaron en la Tierra, sometidos a las presiones nacionalistas de los diversos países que pretendieron usarlos como expertos estrategas en su enfrentamiento con las otras potencias del planeta. Eso es lo que, en definitiva, parecían ser los otros libros de la saga de Bean y* sus compañeros de la Escuela de Batalla: un impresionante juego de estrategia de ámbito mundial, bajo el supuesto, un tanto insólito, de que hay personas inteligentes gobernando las grandes potencias.

Esas personas son, como no podía ser de otra manera, los niños forjados en la Escuela de Batalla, los precoces genios militares que constituyeron, en su momento, el ejército de Ender. Convertidos en los mejores estrategas de la humanidad, lideran sus respectivos países en el nuevo conflicto mundial. Un enfrentamiento planetario que involucra diversas culturas humanas, como la de China y la del islam en este caso, bajo la siempre atenta mirada del Hegemón, Peter Wiggin (el genial hermano mayor de Ender), ayudado por Bean, el antiguo lugarteniente de Ender.

Casi quince años después del extraordinario éxito de EL JUEGO DE ENDER, con LA SOMBRA DE ENDER Card se atrevió a relatar la misma historia (la guerra contra los insectores en la Escuela de Batalla), pero desde un nuevo punto de vista: el de Bean. Un personaje más interesante si cabe que el propio Ender y al que Card está dedicando esta nueva serie que empezó con gran éxito, tras convertirse LA SOMBRA DE ENDER, en Estados Unidos, en un gran best-séller de la prestigiosa lista del New York Times y, en España, en un nuevo éxito de ventas. Algo parecido ocurría después con su continuación LA SOMBRA DEL HEGEMÓN y con MARIONETAS DE LA SOMBRA, y es de augurar que ocurra también con esta nueva entrega de la saga.

Al final de LA SOMBRA DEL HEGEMÓN, el mismo Card contaba el posible esquema de la obra completa:

Primero una entrañable historia sobre la formación de un líder militar, Ender, en la Escuela de Batalla en una Tierra atacada por los insectores (que con el tiempo han devenido en «fórmicos», según la nueva denominación que el mismo Card les está dando). Ésa es la historia de EL JUEGO DE ENDER.

A esa novela sigue una primera y compleja trilogía, que transcurre unos tres mil años en el futuro y está protagonizada por Ender y su hermana Valentine, todavía jóvenes por los efectos relativistas. A ellos se une, casi como protagonista, la red de ordenadores que compone la inteligencia artificial y consciente Jane, puesta seriamente en peligro por las averiguaciones de Qing-Jao en el planeta Sendero. Esa trilogía es la *formada por* LA VOZ DE LOS MUERTOS, ENDER EL XENOCIDA *e* HIJOS DE LA MENTE, *publicadas en los números 1, 50 y 100 de nuestra colección. (*EL JUEGO DE ENDER, *aparecida antes en la colección de bolsillo Libro Amigo de Ediciones B, tiene en su reedición en NOVA un curioso número: 0...*).

Tras varios años resistiéndose a las muchas peticiones de lectores y editores para que siguiera narrando historias sobre Ender, Card acabó haciéndolo de forma un tanto lateral. Primero contó la historia de Ender y sus comandantes en LA SOMBRA DE ENDER *(número 137 en nuestra colección), introduciendo con gran detalle a un nuevo personaje, Bean, que se convertirá en el eje de la nueva serie. Pero Bean no está solo. Ender partió hacia Lusitania tras la derrota de los insectores en la guerra fórmica, pero en la Tierra quedaron tanto sus compañeros de la Escuela de Batalla como su hermano mayor Peter, el Hegemón. Y ellos, junto a Bean y su némesis, Aquiles, van a ser los protagonistas principales de la nueva serie, inevitablemente ligada al recuerdo y la omnipresente imagen de Ender y, sobre todo, a su entrenamiento como excepcionales estrategas militares en la Escuela de Batalla.*

Prevista inicialmente como trilogía, esta serie sobre Bean, el que maneja en la sombra, se anunciaba (por parte del mismo Card al final de LA SOMBRA DEL HEGEMÓN*) como una tetralogía que ya no parece vaya a ser tal. Será imprescindible tener paciencia y ver qué ocurre, aunque Card ya nos tiene acostumbrados a series iniciadas y pendientes de conclusión: la del Hacedor Alvin Maker, la trilogía del* Mayflower *iniciada con* LOVELOCK*, la posible serie sobre los observadores del pasado iniciada con la novela sobre Colón, y otras series actualmente en marcha como la de Mujeres del Génesis.*

La nueva serie sobre Bean (la sombra de Ender) y el Hegemón trata, básicamente, de geopolítica y de temas político-militares en la Tierra tras la victoria sobre los insectores, un período no demasiado lejano de nuestra actualidad, en el que los dos siglos transcurridos pueden haber cambiado algunas cosas pero no demasiadas. Aunque no hay que olvidar que incluso la guerra y la geopolítica han de adquirir, a manos de Card, un tono intimista que se centra en las motivaciones últimas de las acciones y las decisiones que toman los protagonistas.

Ya se ha dicho otras veces que Ender no era el único niño en la Escuela de Batalla, sólo el mejor entre los mejores. Bean, un ser prácticamente tan superdotado como Ender, verá en éste a un rival, pero tam-

bién a un líder irrepetible. Con su prodigiosa inteligencia obtenida mediante manipulación genética, Bean ve y deduce incluso lo que Ender no llega a conocer. Lugarteniente, amigo, tal vez posible suplente, Bean nos mostró en LA SOMBRA DE ENDER *el trasfondo de lo que ocurría en la Escuela de Batalla y que, tal vez, el mismo Ender nunca llegó a averiguar. En* LA SOMBRA DEL HEGEMÓN, *y luego en* MARIONETAS DE LA SOMBRA, *Bean continuaba su tradicional enfrentamiento con Aquiles, en el marco de un conflicto geoestratégico de alto nivel, concebido —como resulta ya evidente y confiesa su autor— como un gran juego de Risk.*

Pero Bean es también un ser humano, casi un adolescente que sabe que su modificación genética comporta un gigantismo que le ha de llevar a la muerte muy temprana, quizás antes de los veinte años. El amor por Petra y la preocupación por su descendencia son nuevos elementos que Card, tan hábil en el tratamiento de personajes juveniles, incorpora en esta nueva novela de la saga.

Eso es lo que se reflejaba en el comentario laudatorio que la profesional Publishers Weekly *hacía de* LA SOMBRA DEL GIGANTE:

> La complejidad y el tratamiento serio de los jóvenes protagonistas atraerá a muchos lectores de novelas juveniles, mientras que la impecable prosa de Card y la intriga política de ritmo acelerado llamarán la atención de los adultos aficionados a las novelas de espías, *thrillers* y ciencia ficción.

Y hace decir a Aaron Hughes en su reseña como comentarista de la Science Fiction Book Review *que* LA SOMBRA DEL GIGANTE *es «la mejor de las cuatro novelas protagonizadas por Bean. Absorbente tanto intelectual como emocionalmente».*

En realidad, Card hace un trabajo encomiable al retratar el proceso del paso de niño a adulto. La muerte inminente de Bean, que sufre un crecimiento incontrolado (que le convierte en «gigante») por efecto de un desajuste genético, deja menos espacio a Peter el Hegemón (el hermano mayor de Ender) en su esfuerzo por establecer un gobierno único en el planeta y evitar los enfrentamientos casi tribales entre las naciones.

Por si ello fuera poco, Card acierta al establecer un interesante e inteligente elemento común entre la subserie de la sombra y la serie ini-

cial protagonizada por Ender, sin contar con esa ambivalencia del término «gigante», que ahora se refiere tanto al juego con el que aprendiera Ender como a los efectos del desorden genético que afecta a Bean y, tal vez, a algunos de sus posibles descendientes, hijos de su enlace con Petra, y que han sido secuestrados...

El conjunto, con independencia de si la serie sigue o no, compone una de las mejores novelas en la ya dilatada saga que se iniciara hace más de veinte años y que se ha convertido ya en un hito de la moderna ciencia ficción. Que ustedes lo disfruten.

MIQUEL BARCELÓ

Para ED y KAY MCVEY,
que salvan el mundo detalle a detalle

1

Mandato del cielo

De: Graff%peregrinacion@colmin.gov
A: Sopa%chicosdebatalla@estrategiayplanific.han.gov
Sobre: Oferta de vacaciones gratis

Destino de su elección en el universo conocido. Y...
¡nosotros nos encargamos de recogerlos!

Han Tzu esperó a que el coche blindado se perdiera completamente de vista antes de salir a la calle abarrotada de peatones y bicicletas. Las multitudes podían hacerte invisible, pero sólo si te movías en su misma dirección, y eso era algo que Han Tzu nunca había podido hacer, no desde su vuelta a China procedente de la Escuela de Batalla.

Siempre parecía estar moviéndose, no contracorriente, sino de lado. Como si tuviera un mapa del mundo completamente distinto del que usaban cuantos lo rodeaban.

Y allí estaba de nuevo, esquivando bicicletas y gente que avanzaba empujando, haciendo sus diez mil encargos, sólo para poder salir de la puerta de su edificio y cruzar la calle y llegar al diminuto restaurante que había al otro lado.

Pero no le resultaba tan difícil como habría sido para la mayoría de la gente. Han Tzu había dominado el arte de utilizar sólo su visión periférica con los ojos mirando hacia el frente. Si no miraba a nadie a los ojos, los demás transeúntes no podían despreciarlo, no podían insistir en que les cediera el paso. Sólo podían evitarlo, como si fuera un peñasco en el arroyo.

Apoyó la mano en la puerta y vaciló. No sabía por qué no lo habían arrestado y matado ya o lo habían enviado para ser reentrenado, pero si lo fotografiaban acudiendo a esa reunión sería fácil demostrar que era un traidor.

Naturalmente, sus enemigos no necesitaban pruebas para condenarlo: todo lo que necesitaban era la tendencia. Así que abrió la puerta, escuchó el tintineo de la campanita y avanzó hacia el fondo del estrecho pasillo entre las mesas.

Sabía que no iba a encontrarse con Graff en persona. Que el ministro de Colonización visitara la Tierra hubiese sido noticia y Graff evitaba las noticias a menos que le resultaran provechosas, cosa que sin duda no sería en aquel caso. Así que ¿a quién habría enviado Graff? Sin duda a alguien de la Escuela de Batalla. ¿Un profesor? ¿Otro estudiante? ¿Alguien del grupo de Ender? ¿Sería aquello una reunión?

Para su sorpresa, el hombre de la última mesa estaba sentado de espaldas a la puerta, así que todo lo que Han Tzu pudo ver fue su pelo gris acero, rizado. No era chino. Y, por el color de sus orejas, tampoco europeo. El hecho importante, sin embargo, era que no miraba hacia la puerta y por tanto no podía ver a Han Tzu acercarse. Sin embargo, en el momento en que Han Tzu se sentara, él sí que estaría de cara hacia la puerta y podría observar toda la sala.

Ésa era la forma inteligente de hacerlo. Después de todo, Han Tzu era quien reconocería que había problemas si entraban por la puerta, no ese extranjero, ese desconocido. Pero pocos agentes que cumplieran una misión tan peligrosa como aquélla hubiesen tenido el valor de darle la espalda a la puerta sólo porque la persona con quien iban a reunirse fuera más observadora.

El hombre no se volvió cuando Han Tzu se acercó. ¿Era descuidado, o supremamente confiado?

—Hola —dijo el hombre en voz baja cuando Han Tzu se colocó a su lado—. Por favor, siéntate.

Han Tzu se sentó frente a él y supo que conocía a ese hombre mayor, pero no podía situarlo.

—Por favor, no digas mi nombre —dijo el hombre en voz baja.

—Tranquilo —respondió Han Tzu—. No lo recuerdo.

—Oh, sí, claro que sí —dijo el hombre—. Lo que no recuerdas es mi rostro. No me has visto muy a menudo. Pero el líder del grupo pasaba mucho tiempo conmigo.

Han Tzu lo recordó entonces. Aquellas últimas semanas en la Escuela de Mando, en Eros, cuando pensaban que estaban entrenándose pero en realidad dirigían flotas lejanas al final de la guerra contra las Reinas Colmena. Ender, su comandante, había estado apartado del resto, pero después se habían enterado de que un viejo capitán de nave mercante medio maorí estuvo trabajando codo con codo con él. Entrenándolo. Presionándolo. Fingiendo ser su oponente en juegos simulados.

Mazer Rackham. El héroe que salvó a la especie humana de una destrucción segura en la Segunda Invasión. Todos pensaban que había muerto en la guerra, pero lo habían enviado a un viaje aparentemente sin sentido a velocidad cercana a la luz, de modo que los efectos relativistas lo mantuvieran vivo para que pudiera estar presente en las últimas batallas de la guerra.

Era historia antigua por partida doble. Aquella vez en Eros como parte del grupo de Ender parecía pertenecer a otra vida. Y Mazer Rackham había sido el hombre más famoso del mundo durante décadas antes de aquellos sucesos.

El hombre más famoso del mundo, pero casi nadie conocía su rostro.

—Nadie ignora que pilotó usted la primera nave colonial —dijo Han Tzu.

—Mentimos.

Han Tzu lo aceptó y esperó en silencio.

—Hay un sitio para ti como jefe de una colonia —dijo Rackham—. Un antiguo mundo colmena, con colonos chinos de Han en su mayoría y muchos desafíos interesantes como líder. La nave zarpará en cuanto subas a bordo.

Ésa era la oferta. El sueño. Salir del caos de la Tierra, de la devastación de China. En vez de esperar a ser ejecutado por el furioso y frágil Gobierno chino, en vez de ver cómo el pueblo chino era aplastado por la bota de los conquistadores musulmanes, podría subir a bordo de una hermosa y limpia nave estelar y dejar que lo enviaran al espacio, a un mundo donde los humanos nunca habían puesto los pies, para ser el líder fundador de una colonia que reverenciaría su nombre para siempre. Se casaría, tendría hijos y, con toda probabilidad, sería feliz.

—¿Cuánto tiempo tengo para decidirme? —preguntó Han Tzu.

Rackham consultó su reloj, luego volvió a mirarlo sin responder.

—No es un plazo de elección muy amplio —dijo Han Tzu.

Rackham negó con la cabeza.

—Es una oferta muy atractiva —dijo Han Tzu.

Rackham asintió.

—Pero yo no nací para ese tipo de felicidad. El actual Gobierno de China ha perdido el mandato del cielo. Si sobrevivo a la transición, podría ser útil al nuevo Gobierno.

—¿Y para qué naciste? —preguntó Rackham.

—Me examinaron —respondió Han Tzu—, y soy un hijo de la guerra.

Rackham asintió. Luego palpó por dentro de su chaqueta y sacó una estilográfica que depositó sobre la mesa.

—¿Qué es esto? —preguntó Han Tzu.

—El mandato del cielo.

Han Tzu supo entonces que la estilográfica era un arma. Porque el mandato del cielo venía siempre bañado en sangre y guerra.

—Los artículos del capuchón son enormemente delicados —dijo Rackham—. Practica con palillos redondos.

Luego se levantó y salió por la puerta trasera del restaurante. Seguramente había algún tipo de transporte esperándolo fuera.

Han Tzu tuvo ganas de ponerse en pie de un salto y correr tras él para que pudiera llevarlo al espacio y liberarlo de todo lo que le esperaba.

En cambio, hizo rodar con la mano la estilográfica sobre la mesa y luego se la guardó en el bolsillo del pantalón. Era un arma. Lo que significaba que Graff y Rackham suponían que pronto iba a necesitar un arma personal. ¿Cuándo?

Han Tzu tomó seis palillos de dientes del pequeño dispensador que había en la mesa, contra la pared, junto a la salsa de soja. Se levantó para ir al cuarto de baño.

Quitó con mucho cuidado el capuchón de la estilográfica, para que no se desparramaran los dardos envenenados terminados en cuatro plumas que había dentro. Luego desenroscó la parte superior. Había cuatro agujeros alrededor del hueco central que contenía el cartucho de tinta. El mecanismo estaba inteligentemente diseñado para rotar de manera automática después de cada descarga. Un revólver cerbatana.

Cargó cuatro palillos en los cuatro agujeros. Encajaban bien. Luego volvió a enroscar la pluma.

La punta de la estilográfica cubría el agujero de donde saldrían los dardos. Cuando se la llevaba a la boca, la punta servía como visor. Apunta y dispara.

Apunta y *sopla*.

Sopló.

El palillo de dientes alcanzó la pared del fondo del cuarto de baño más o menos donde apuntaba, sólo que un palmo más abajo. Era decididamente un arma de proximidad.

Usó el resto de los palillos para aprender a apuntar más alto y alcanzar un blanco situado a metro ochenta de distancia. La habitación no era lo bastante grande para practicar el tiro a distancias superiores. Luego recogió los palillos de dientes, los guardó y, cuidadosamente, cargó la estilográfica con los dardos de verdad, sosteniéndolos sólo por la parte emplumada del astil.

Luego tiró de la cadena y volvió a entrar en el restaurante. Nadie le esperaba. Así que se sentó y pidió la comida y comió metódicamente. No había motivo para enfrentarse a la crisis de su vida con el estómago vacío y la comida de aquel lugar no estaba mal.

Pagó y salió a la calle. No iría a casa. Si se arriesgaba a que lo arrestaran, tendría que tratar con un puñado de matones del tres al cuarto con quienes no merecería la pena desperdiciar un dardo.

En lugar de eso llamó una bici-taxi para ir al Ministerio de Defensa.

El edificio estaba tan abarrotado como siempre. Patéticamente, pensó Han Tzu. Había un motivo para que hubiese tantos burócratas militares unos años atrás, cuando China dominaba Indochina y la India, sus millones de soldados repartidos para gobernar cien mil millones de habitantes conquistados.

Pero el Gobierno ya sólo tenía control directo sobre Manchuria y la parte norte de la provincia china de Han. Los persas, los árabes y los indonesios imponían la ley marcial en las grandes ciudades portuarias del sur y había grandes ejércitos de turcos destinados en Mongolia interior, dispuestos a vencer las defensas de China en cualquier momento. Otro gran cuerpo de ejército chino estaba aislado en Sichuan, con la prohibición gubernamental de rendir ninguna porción de sus tropas, obligado a mantener una fuerza compuesta por muchos millones de hombres con la producción de una sola provincia. En efecto, estaban bajo asedio, debilitándose (y siendo cada vez más odiados por la población civil) progresivamente.

Incluso se había producido un golpe de Estado justo después del alto el fuego, aunque había sido un engaño, una maniobra de los políticos. Nada más que una excusa para rechazar los términos del alto el fuego.

Nadie había perdido su empleo en la burocracia militar. Eran los militares los que habían estado impulsando el nuevo expansionismo de China. Eran los militares los que habían fallado.

Sólo Han Tzu había sido relevado de su cargo y enviado a casa.

No podían perdonarlo por haber denunciado su estupidez. Los había advertido a cada paso del camino. Ellos habían ignorado cada advertencia. Cada vez que él les mostraba un modo de salir de sus problemas autoinducidos, ignoraban los planes que les proponía y tomaban sus decisiones basándose en bravatas, conveniencias y delirios sobre la imbatibilidad china.

En su última reunión los había dejado en ridículo. Allí plantado, un hombre muy joven en presencia de ancianos de enorme autoridad, los llamó necios. Explicó exactamente por qué habían fracasado de manera tan miserable. Incluso les dijo que habían perdido el mandato del cielo... el argumento tradicional para un cambio de dinastía. Ése había sido su pecado imperdonable, ya que la dinastía actual decía no ser ninguna dinastía en absoluto, ni un imperio, sino la expresión perfecta de la voluntad del pueblo.

Lo que olvidaban era que el pueblo chino todavía creía en el mandato del cielo... y sabía cuándo un gobierno dejaba de tenerlo.

Mientras mostraba su documento de identidad caducado en la puerta del complejo y era admitido sin vacilación, Han Tzu advirtió que sólo había un motivo por el que no lo habían arrestado o lo habían asesinado.

No se atrevían.

Eso confirmaba que Rackham había hecho bien al entregarle el arma de cuatro disparos y decir que era el mandato del cielo. Había fuerzas en acción dentro del Ministerio de Defensa que Han Tzu no podía ver, mientras esperaba en su apartamento a que alguien decidiera qué hacer con él. Ni siquiera le habían retirado el salario. Los militares tenían pánico y estaban confusos y ahora Han Tzu sabía que él estaba en el centro de todo. Que su silencio, su espera, habían sido una mano de mortero que golpeaba constantemente el fracaso militar.

Tendría que haber sabido que su discurso de *j'accuse* tendría más efectos que simplemente humillar y enfurecer a sus «superiores». Había ayudas de cámara escuchando junto a las paredes. Y *ellos* sabían que cada palabra que Han Tzu había dicho era cierta.

Por lo que Han Tzu sabía, su muerte o su detención habían sido ordenadas ya una docena de veces. Y los ayudas de cámara que habían recibido esas órdenes sin duda podrían demostrar que las habían transmitido. Pero también habrían transmitido la historia de Han Tzu, el antiguo miembro de la Escuela de Batalla que había formado parte del grupo de Ender. Los soldados a quienes habían ordenado su arresto también sabían que, de haber hecho caso a Han Tzu, China nunca hubiese sido derrotada por los musulmanes y su pomposo niño-Califa.

Los musulmanes habían vencido porque tenían el buen juicio de poner a *su* miembro del grupo de Ender, el califa Alai, al mando de sus ejércitos, al mando de todo su Gobierno, de su religión misma.

Pero el Gobierno chino había rechazado a su propio hombre de Ender, y ahora daba órdenes para su detención.

En esas conversaciones, sin duda habrían pronunciado la expresión «mandato del cielo». Y los soldados, si habían llegado a salir de sus cuarteles, por lo visto habían sido incapaces de encontrar el apartamento de Han Tzu.

A pesar de todas las semanas transcurridas desde el final de la guerra, el liderazgo debía haberse enfrentado ya cara a cara con su propia falta de autoridad y poder. Si los soldados no obedecían una orden tan simple como arrestar al enemigo político que los había avergonzado, entonces corrían un grave peligro.

Por eso aceptaron la identificación de Han Tzu en la puerta. Por eso le permitieron caminar sin escolta entre los edificios del complejo del Ministerio de Defensa.

No *completamente* sin escolta. Pues vio gracias a su visión periférica que un creciente número de soldados y funcionarios lo seguía, moviéndose entre los edificios por caminos paralelos al suyo propio. Pues naturalmente los guardias de la puerta habían hecho correr la noticia de inmediato: él está aquí.

Así que cuando llegó a la entrada de la sede más alta del cuartel general, se detuvo en el último escalón y se dio media vuelta. Varios miles de hombres y mujeres ocupaban ya el espacio entre los edificios, y más iban llegando de continuo. Muchos eran soldados armados.

Han Tzu contempló su número crecer. Nadie habló.

Les hizo una reverencia.

Ellos se la devolvieron.

Han Tzu se dio media vuelta y entró en el edificio. Los guardias de la puerta también se inclinaron ante él. Él inclinó la cabeza ante ambos y luego subió las escaleras hasta las oficinas del primer piso, donde sin duda los cargos más altos del Ejército le estaban esperando.

En efecto, en el primer piso lo recibió una joven de uniforme, quien lo saludó con una reverencia y dijo:

—Respetabilísimo señor, ¿tendría la bondad de venir al despacho del señor llamado Tigre de las Nieves?

No había sarcasmo en su voz, pero el nombre «Tigre de las Nieves» era en sí mismo irónico en aquellos tiempos. Han Tzu la miró con gravedad.

—¿Cómo se llama, soldado?

—Teniente Loto Blanco, señor —dijo ella.

—Teniente, si el cielo ordenara su mandato al verdadero emperador hoy, ¿lo serviría usted?

—Mi vida será suya —dijo ella.

—¿Y su pistola?

Ella hizo una profunda reverencia.

Él correspondió a su saludo y luego la siguió hasta el despacho de Tigre de las Nieves.

Todos estaban congregados en la gran antesala, todos los hombres que habían estado presentes semanas atrás cuando Han Tzu los había reprendido por haber perdido el mandato del cielo. En sus ojos había frialdad, pero Han Tzu no tenía ningún amigo entre esos altos oficiales.

Tigre de las Nieves estaba de pie en la puerta de su despacho. Era inaudito que esperara a recibir a nadie excepto a los miembros del Politburó, ninguno de los cuales estaba presente.

—Han Tzu —dijo.

Han Tzu hizo una leve reverencia. Tigre de las Nieves correspondió de manera casi imperceptible.

—Me alegra ver que vuelve a su puesto después de sus bien ganadas vacaciones —dijo Tigre de las Nieves.

Han Tzu sólo pudo quedarse allí plantado en medio de la sala, mirándolo fijamente.

—Por favor, pase a mi despacho.

Han Tzu caminó lentamente hacia la puerta abierta. Sabía que la teniente Loto Blanco estaba allí, vigilando para asegurarse de que nadie alzaba una mano para hacerle daño.

A través de la puerta abierta, Han Tzu vio a dos soldados armados flanqueando la mesa de Tigre de las Nieves. Han Tzu se detuvo, observando a cada soldado por turno. Sus rostros no indicaban nada: ni siquiera le devolvieron la mirada. Pero sabía que ellos comprendían quién era. Habían sido elegidos por Tigre de las Nieves porque confiaba en ellos. Pero no debería haberlo hecho.

Tigre de las Nieves interpretó la pausa de Han Tzu como una invitación para que entrara primero en el despacho. Han Tzu no lo siguió hasta que estuvo sentado a la mesa.

Entonces Han Tzu entró.

—Por favor, cierre la puerta —dijo Tigre de las Nieves.

Han Tzu se dio media vuelta y abrió la puerta de par en par.

Tigre de las Nieves aceptó su desobediencia sin parpadear. ¿Qué podía hacer o decir sin parecer patético?

Tigre de las Nieves empujó un papel hacia Han Tzu. Era una orden, por la que le entregaba el mando del ejército que moría lentamente de hambre en la provincia de Sichuan.

—Ha demostrado usted gran sabiduría muchas veces —dijo Tigre de las Nieves—. Le pedimos ahora que sea la salvación de China y dirija a este gran ejército contra nuestro enemigo.

Han Tzu ni siquiera se molestó en responder. Un ejército hambriento, mal equipado, desmoralizado y rodeado no iba a conseguir milagros. Y Han Tzu no tenía ninguna intención de aceptar esa ni ninguna otra misión de Tigre de las Nieves.

—Señor, son órdenes excelentes —dijo Han Tzu en voz alta. Miró a cada uno de los soldados situados junto a la mesa—. ¿Ven lo excelentes que son estas órdenes?

Desacostumbrados a que les hablaran tan directamente en una reunión de tan alto nivel, uno de los soldados asintió y, el otro, simplemente cambió de postura, incómodo.

—Sólo veo un error —dijo Han Tzu. Su voz era lo bastante fuerte para que le oyeran también en la antesala.

Tigre de las Nieves hizo una mueca.

—No hay ningún error.

—Déjeme sacar mi pluma y demostrárselo —dijo Han Tzu. Sacó

la estilográfica del bolsillo de la camisa y le quitó el capuchón. Luego tachó su nombre en el papel.

Volviéndose hacia la puerta abierta, Han Tzu dijo:

—No hay nadie en este edificio con autoridad para darme órdenes.

Fue su anuncio de que tomaba el control del Gobierno, y todos lo sabían.

—Dispárenle —dijo tras él Tigre de las Nieves.

Han Tzu se dio media vuelta, llevándose la pluma estilográfica a la boca mientras lo hacía.

Antes de que pudiera disparar un dardo, el soldado que se había negado a asentir le había volado a Tigre de las Nieves la cabeza, cubriendo al otro soldado con una mancha de sangre y sesos y fragmentos de hueso.

Los dos soldados hicieron una profunda reverencia ante Han Tzu.

Han Tzu se volvió y salió a la antesala. Varios de los generales se apresuraban hacia la puerta. Pero la teniente Loto Blanco había desenfundado su pistola y todos se quedaron petrificados en el acto.

—El emperador Han Tzu no les ha dado a los honorables caballeros permiso para marcharse —dijo.

Han Tzu habló a los soldados que tenía a la espalda.

—Por favor, ayuden a la teniente a asegurar esta sala —dijo—. Considero que los oficiales presentes necesitan tiempo para reflexionar sobre la cuestión de cómo China llegó a su actual situación de dificultad. Me gustaría que permanecieran aquí hasta que cada uno de ellos haya redactado una explicación completa de por qué llegaron a cometerse tantos errores y de cómo piensan que deberían haberse conducido los asuntos.

Como Han Tzu esperaba, los oficiales se pusieron inmediatamente a trabajar, arrastrando a sus compatriotas de vuelta a sus lugares contra las paredes.

—¿No han oído la petición del emperador?

—Haremos lo que nos pide, Sirviente del Cielo.

De bien poco les serviría. Han Tzu ya sabía perfectamente bien a qué oficiales les confiaría la dirección del Ejército chino.

La ironía era que los «grandes hombres» que ahora se humillaban y escribían informes sobre sus propios errores no habían sido la fuente de tales errores. Sólo creían serlo. Y los subordinados que habían originado realmente esos problemas se veían a sí mismos como simples instrumentos de la voluntad de sus comandantes. Pero la naturaleza de los subordinados era usar el poder de manera intrépida, ya que la culpa siempre podía achacarse tanto a los de abajo como a los de arriba.

Contrariamente a la fama, que, como el aire caliente, siempre sube.

Como subirá para mí a partir de ahora.

Han Tzu dejó las oficinas del difunto Tigre de las Nieves. En el pasillo, los soldados se cuadraron ante cada puerta. Habían oído el único disparo, y a Han Tzu le alegró ver que todos parecían aliviados al comprobar que no era Han Tzu quien había recibido el tiro.

Se volvió hacia un soldado.

—Por favor —dijo—, entre en la oficina más cercana y telefonee para que el honorable Tigre de las Nieves reciba atención médica.

—A otros tres, les dijo—: Por favor, ayuden a la teniente Loto Blanco a asegurar la cooperación de los antiguos generales dentro de la sala, a quienes se les ha pedido que me redacten unos informes.

Mientras corrían a obedecer, Han Tzu encomendó encargos a los otros soldados y burócratas. Algunos de ellos serían purgados más tarde; otros serían ascendidos. Pero en aquel momento a nadie se le ocurría desobedecer. En cuestión de pocos minutos había dado órdenes para sellar todo el perímetro de defensa. Hasta que estuviera preparado, no quería que ninguna advertencia llegara al Politburó.

Pero su precaución fue en vano. Pues cuando bajó las escaleras y salió del edificio, lo saludó el clamor de miles y miles de militares que rodeaban completamente el edificio del cuartel general.

—¡Han Tzu! —cantaban—. ¡Elegido del Cielo!

Era imposible que el ruido no se escuchara fuera del complejo. Así que en vez de rodear el Politburó inmediatamente, tendría que perder tiempo localizando a sus miembros mientras huían al campo o trataban de llegar al aeropuerto o al río. Pero de una cosa no podía haber ninguna duda: con el nuevo emperador apoyado con entusiasmo por las Fuerzas Armadas, no habría ninguna resistencia a su Gobierno por parte de ningún chino, en parte alguna.

Eso era lo que Mazer Rackham y Hyrum Graff habían comprendido al darle aquella oportunidad. Su único fallo de cálculo había sido desconocer hasta qué punto la historia de la sabiduría de Han Tzu se había extendido entre los militares. No necesitaba la cerbatana, después de todo.

Aunque si no la hubiera tenido, ¿habría sido capaz de actuar con tanto valor?

De una cosa Han Tzu no tenía duda. Si el soldado no hubiera matado a Tigre de las Nieves, Han Tzu lo habría hecho... y habría matado a ambos soldados si inmediatamente no se hubieran sometido a sus órdenes.

Tengo las manos limpias, pero no porque no estuviera preparado para manchármelas de sangre.

Mientras se dirigía al Ministerio de Planificación y Estrategia, donde establecería su cuartel general provisional, no pudo dejar de preguntarse: ¿y si hubiera aceptado su oferta y hubiera huido al espacio? ¿Qué le habría sucedido a China entonces?

Y a continuación una pregunta más acuciante: ¿qué le sucederá a China *ahora*?

2

Madre

De: HMebane%TerapiaGenetica@MayoFlorida.org.us
A: JulianDelphiki%Carlotta@DelphikiConsultas.com
Sobre: Diagnóstico

Querido Julian:

Ojalá tuviera mejores noticias. Pero los análisis de ayer son concluyentes. La terapia de estrógenos no ha tenido ningún efecto sobre las epífisis. Siguen abiertas, aunque definitivamente no tienes ningún defecto en los receptores de estrógenos de las placas de crecimiento de tus huesos.

En cuanto a tu segunda petición, naturalmente que continuaremos estudiando tu ADN, amigo mío, se encuentren o no algunos de tus embriones perdidos. Lo que se hizo una vez puede volver a hacerse, y los errores de Volescu pueden ser repetidos con alguna otra alteración genética en el futuro. Pero la historia de la investigación genética es bastante consistente. Hace falta tiempo para rastrear y aislar una secuencia inusitada y luego llevar a cabo pruebas con animales para determinar qué hace cada porción y cómo contrarrestar sus efectos.

No hay manera de acelerar la investigación. Si tuviéramos a diez mil personas trabajando en el problema, realizarían el mismo experimento en el mismo orden y requeriría la misma cantidad de tiempo. Algún día comprenderemos por qué tu sorprendente intelecto está tan inextricablemente relacionado con el crecimiento incontrolado. Ahora mismo, sinceramente, parece casi un maligno designio de la naturaleza, como si hubiera alguna ley que dijera que el precio para liberar el intelecto humano es el autismo o el gigantismo.

Si en vez de formación militar te hubieran enseñado bioquímica para que en tu edad actual pudieras estar preparado para avanzar en este campo... No tengo ninguna duda de que serías capaz de hacer el tipo de reflexión que necesitamos. Es una amarga ironía de tu estado y tu historia personal. Ni siquiera Volescu podría haber previsto las consecuencias de la alteración a la que sometió tus genes.

Me siento como un cobarde al trasmitir esta información por correo electrónico en vez de cara a cara, pero insististe en que no hubiera ningún retraso y en que el informe fuera por escrito. Naturalmente, los datos técnicos te serán enviados en cuanto los informes finales estén disponibles.

Si al menos la criogénica no hubiera resultado ser un campo estéril...

Sinceramente,

Howard

En cuanto Bob se marchó a cumplir su turno de noche en el supermercado, Randi se sentó delante de la pantalla y puso el especial sobre Aquiles Flandres desde el principio.

La amargaba oír cómo lo vituperaban, pero ya era capaz de no hacer caso. Megalómano. Loco. Asesino.

¿Por qué no podían verlo como realmente era? Un genio como Alejandro Magno, que había estado así de cerca de unir al mundo y poner fin a la guerra para siempre.

Ahora los perros peleaban por los despojos de los logros de Aquiles, mientras su cuerpo descansaba en una oscura tumba en alguna miserable aldea tropical de Brasil.

Y el asesino que había puesto fin a la vida de Aquiles, que había frustrado su grandeza, era honrado como si hubiera algo heroico en meterle una bala en un ojo a un hombre desarmado. Julian Delphiki. Bean. La herramienta del maligno Hegemón Peter Wiggin.

Delphiki y Wiggin. Indignos de estar en el mismo planeta con Aquiles. Y sin embargo decían ser sus herederos, los legítimos gobernantes del mundo.

Bien, pobres necios, sois los herederos de nada. Porque yo sé quién es el auténtico heredero de Aquiles.

Se palpó el vientre, aunque era peligroso, pues vomitaba continuamente desde el principio del embarazo. No se le notaba aún, y cuando lo hiciera, había un cincuenta por ciento de probabilidades de que Bob la echara o se quedara con ella y aceptara al niño como propio. Bob sabía que no podía tener hijos (se había sometido a un montón de pruebas) y no tenía sentido fingir que era suyo ya que pediría una prueba de ADN y lo sabría de todas formas.

Y ella había jurado no decir nunca que había recibido un implante. Tendría que fingir que se había liado con alguien y quería conservar el bebé. A Bob no le haría ninguna gracia. Pero ella sabía que la vida del bebé dependía de que mantuviera el secreto.

El hombre que la había entrevistado en la clínica de fertilidad había sido inflexible al respecto.

—No importa a quién se lo digas, Randi. Los enemigos del gran hombre saben que este embrión existe. Lo estarán buscando. Vigilarán a todas las mujeres del mundo que den a luz dentro de cierto marco temporal. Y cualquier rumor de que el bebé fue implantado en vez de concebido de modo natural los atraerá como sabuesos. Sus recursos son ilimitados. No escatimarán ningún esfuerzo en su búsqueda. Y cuando encuentren a una mujer que crean que *pueda ser* la madre de su hijo, la matarán, por si acaso.

—Pero debe de haber cientos, miles de mujeres a las que les hayan implantado sus bebés —protestó Randi.

—¿Eres cristiana? —preguntó el hombre—. ¿Has oído hablar de la matanza de los inocentes? Por muchos que tengan que matar, merece la pena para esos monstruos mientras les permita impedir el nacimiento de este niño.

Randi contempló las fotos de Aquiles durante sus días en la Escuela de Batalla y poco después, durante su estancia en el asilo donde sus enemigos lo habían confinado en cuanto quedó claro que era mejor comandante que el precioso Ender Wiggin. Había leído en las redes en muchas partes que Ender Wiggin había utilizado en realidad planes ideados por Aquiles para derrotar a los insectores. Podían glorificar a su falso héroe todo lo que quisieran: todo el mundo sabía que se debía sólo al hecho de que era el hermano menor de Peter Wiggin por lo que Ender recibía todo el crédito.

Era Aquiles quien había salvado al mundo. Y Aquiles quien había engendrado al bebé que ella habría de parir.

El único pesar de Randi era no ser también la madre biológica, que el niño no pudiera haber sido concebido de modo natural. Pero sabía que la esposa de Aquiles debía de haber sido elegida con mucho cuidado: una mujer que pudiera contribuir con los genes adecuados para no diluir su brillantez y su bondad y su creatividad y su impulso.

Pero ellos conocían a la mujer que Aquiles amaba, y si hubiera estado embarazada en el momento de la muerte de Aquiles le habrían abierto el vientre para dejarla allí gimiendo de agonía viéndolos quemar el feto ante sus ojos.

Así que para proteger a la madre y al bebé, Aquiles había dispuesto que llevaran e implantaran en secreto su embrión en el vientre de una mujer en quien pudiera confiarse, que llevara el embarazo a término y diese al bebé un buen hogar y lo criara con pleno conocimiento de su vasto potencial. Que le enseñara en secreto quién era realmente y a qué causa servía, para que creciera para cumplir el destino cruelmente bloqueado de su padre. Era una confianza sagrada, y Randi era digna de ella.

Bob no. Así de sencillo. Randi siempre había sabido que se había casado con alguien inferior. Bob era un buen marido, pero no tenía imaginación para concebir nada más importante que ganarse la vida y planear su próxima excursión de pesca. Ella imaginaba cómo respondería si le decía no sólo que estaba embarazada, sino que el bebé no era ni siquiera suyo.

Ya había encontrado varios sitios en la red de gente que buscaba embriones «perdidos» o «secuestrados». Randi sabía (el hombre con quien había hablado se lo había advertido) que probablemente tenían su origen en los enemigos de Aquiles, que buscaban información que pudiera conducirlos... hasta ella.

Se preguntó si tal vez el propio hecho de que hubiera gente buscando embriones los alertaría. Las compañías de búsqueda decían que ningún Gobierno tenía acceso a sus bases de datos, pero era posible que la Flota Internacional estuviera interceptando todos los mensajes y controlando todas las búsquedas. La gente decía que la F.I. estaba ya controlada por el Gobierno de Estados Unidos, que el aislacionismo estadounidense era una fachada y que todo pasaba por la F.I. Luego había gente que decía que era al revés: Estados Unidos era aislacionista porque así era como lo quería la F.I., ya que la mayor parte de la tecnología espacial de la que dependían se desarrollaba y construía en Estados Unidos.

No podía ser un accidente que Peter el Hegemón fuera estadounidense.

Randi dejaría de buscar información sobre embriones secuestrados. Todo eran mentiras y trampas y trucos. Sabía que le parecería paranoica a cualquiera, pero sólo porque no sabían lo que ella sabía. Había realmente monstruos en el mundo, y los que tenían secretos debían vivir constantemente atentos.

En la pantalla había una imagen terrible. La mostraban una y otra vez: el pobre cuerpo roto de Aquiles tendido en el suelo del palacio del Hegemón. Parecía muy pacífico, ni una herida en su cuerpo. Algunas de las redes decían que Delphiki no le había disparado en el ojo, después de todo; que si lo hubiera hecho, el rostro de Aquiles hubiese estado quemado por la pólvora y tenido una herida de salida y sangre por todas partes.

No, Delphiki y Wiggin habían encarcelado a Aquiles y orquestado algún tipo de enfrentamiento falso con la policía para fingir que Aquiles había tomado rehenes o algo así, y tener una excusa para matarlo. Pero en realidad le habían administrado una inyección letal. O envenenado su comida. O lo habían infectado con una horrible enfermedad para que muriera retorciéndose agónicamente en el suelo mientras Delphiki y Wiggin lo miraban.

Como Ricardo III asesinó a aquellos pobres príncipes en la torre.

Pero cuando nazca mi hijo, se dijo Randi, entonces todas estas falsas historias serán desmentidas. Los mentirosos serán eliminados y también sus mentiras.

Entonces este material gráfico será usado en una historia *verdadera*. Mi hijo se encargará de eso. Nadie oiría jamás las mentiras que cuentan ahora. Y Aquiles será conocido como el Grande, aún más grande que el hijo que habrá completado la obra de su vida.

Y yo seré recordada y honrada como la mujer que lo protegió y lo dio a luz y lo educó para que gobernara el mundo.

Todo lo que tengo que hacer para conseguirlo es: nada.

Nada que llame la atención sobre mí. Nada que me haga notable o extraña.

Sin embargo lo único que no podía soportar era no hacer nada. Estar allí sentada viendo la televisión, preocupándose, lamentándose... tenía que ser dañino para el bebé tener tanta adrenalina corriendo por su sistema.

Era la espera lo que la volvía loca. No esperar al bebé: eso era natural y amaría cada día de su embarazo.

Era esperar a que su vida cambiara. Esperar... a Bob.

¿Por qué debía esperar a Bob?

Se levantó del sofá, apagó el televisor, entró en el dormitorio y empezó a guardar su ropa y otras cosas en cajas de cartón. Sacó los obsesivos archivos financieros para vaciar las cajas: que él se divirtiera ordenándolos más tarde.

Sólo después de llenar y sellar la cuarta caja se le ocurrió que lo *normal* habría sido contarle a Bob lo del bebé y que fuera él quien se marchara.

Pero no quería ninguna conexión con él. No quería ninguna disputa por la paternidad. Sólo quería irse. Dejar atrás aquella vida corriente, sin significado, salir de esa ciudad insignificante.

Naturalmente, no podía desaparecer sin más porque entonces sería una persona desaparecida. La añadirían a las bases de datos. Alguien se alertaría.

Así que recogió sus cajas de ropa y sus cacharros, sartenes y libros de recetas favoritos y los cargó en el coche que ya era suyo antes de casarse con Bob y que todavía estaba sólo a su nombre. Luego se pasó media hora escribiendo diferentes versiones de una carta para Bob explicándole que ya no lo amaba y que lo dejaba y que no quería que la buscara.

No. Nada por escrito. Nada que pudiera ser enviado a nadie.

Subió al coche y se acercó al supermercado. En el aparcamiento recogió un carrito que alguien había dejado bloqueando una plaza y lo empujó hasta la tienda. Que contribuyera a despejar el aparcamiento de carritos abandonados demostraba que no era vengativa. Era una persona civilizada que quería ayudar a que a Bob le fuera bien en su trabajo y su vida corriente, corriente, corriente. A él le vendría bien no tener a una mujer y un hijo extraordinarios en su vida.

Bob estaba en la planta y, en vez de esperarlo en su despacho, fue a buscarlo. Lo encontró supervisando la descarga de un camión que llegaba tarde a causa de una avería en la autopista, asegurándose de que la comida congelada estuviera a la temperatura mínima suficiente para ser descargada y almacenada sin problemas.

—¿Puedes esperar un momento? —dijo—. Sé que es importante o no habrías venido hasta aquí, pero...

—Oh, Bob, será un segundo. —Se inclinó hacia él—. Estoy embarazada y no es tuyo.

Al ser un mensaje en dos partes, no caló en él inmediatamente. Por un instante pareció feliz. Luego su rostro empezó a ponerse rojo.

Ella volvió a inclinarse hacia él.

—Pero no te preocupes. Te dejo. Ya te haré saber dónde enviar los papeles del divorcio. Ahora, vuelve a tu trabajo.

Ella empezó a marcharse.

—Randi —la llamó él.

—¡No es culpa tuya, Bob! —gritó ella por encima del hombro—. Nada ha sido culpa tuya. Eres un gran tipo.

Se sintió liberada mientras atravesaba la tienda. Se sentía tan generosa y expansiva que compró un frasquito de bálsamo labial y una botella de agua. El ínfimo beneficio de la venta sería su última contribución a la vida de Bob.

Después subió al coche y condujo hacia el sur, porque hacia allí se iba al salir del aparcamiento y el tráfico era demasiado denso para poder girar al otro lado. Conduciría hacia donde la llevaran las corrientes del tráfico. No intentaría esconderse de nadie. Le haría saber a Bob dónde se encontraba en cuando decidiera quedarse en algún sitio y se divorciaría de él de una forma perfectamente normal. Pero no se encontraría con nadie a quien conociera ni con nadie que la conociera a ella. Se volvería perfectamente invisible, no como alguien que intenta esconderse, sino como alguien que no tiene nada que ocultar pero que no es importante para nadie.

Excepto para su amado hijo.

3

Golpe

De: JulianDelphiki%milcom@hegemon.gov
A: Volescu%levers@plasticgenoma.edu
Sobre: ¿Por qué seguir escondiéndose cuando no tiene que
hacerlo?

Mire, si lo quisiéramos muerto o quisiéramos casti-
garlo, ¿no cree que habría sucedido ya? Su protector ha
muerto y no hay ningún país en la Tierra que le dé cobijo
si descubrimos sus «logros».

Lo que hizo, hecho está. Ahora ayúdenos a encontrar a
nuestros hijos, dondequiera que los haya escondido.

Peter Wiggin había traído consigo a Petra Arkanian porque ella
conocía al califa Alai. Los dos habían estado juntos en el grupo de
Ender. Y había sido Alai quien los cobijó a ella y a Bean en las semanas
anteriores a la invasión musulmana de China... o la liberación de Asia,
dependiendo de a qué máquina de propaganda hicieras caso.

Pero, por lo visto, que Petra estuviera con él no cambiaba nada en
absoluto. Nadie en Damasco actuaba como si importara que el Hegemón hubiera ido como suplicante a ver al califa, aunque no podía decirse que Peter hubiera llegado precedido de alguna publicidad: aquello era
una visita privada, Petra y él se hacían pasar por una pareja de turistas.

Hasta el punto de las discusiones. Porque Petra no tenía ninguna
paciencia con él. Todo lo que él hacía y decía e incluso *pensaba* estaba
equivocado. Y la noche antes, finalmente él le había exigido que se ex-
plicara.

—Dime qué es lo que odias realmente de mí, Petra, en vez de fingir que son cosas triviales.

La respuesta de ella fue devastadora:

—Pues que la única diferencia que veo entre Aquiles y tú es que tú dejas que los otros maten por ti.

Era claramente injusto. Peter se había dedicado siempre a tratar de evitar la guerra.

Al menos ahora sabía por qué estaba tan furiosa con él. Cuando Bean fue al asediado complejo de la Hegemonía para enfrentarse a Aquiles a solas, Peter comprendió que Bean estaba arriesgando su propia vida y que era extremadamente improbable que Aquiles le diera lo que había prometido: los embriones de los hijos de Petra y Bean que habían robado de un hospital poco después de la fertilización *in vitro*.

Así que cuando Bean le metió a Aquiles una bala del 22 por el ojo y la dejó rebotar varias docenas de veces dentro de su cráneo, la única persona que consiguió absolutamente todo lo que necesitaba fue el propio Peter. Recuperó el complejo de la Hegemonía; recuperó a todos los rehenes sanos y salvos; incluso recobró su pequeño ejército entrenado por Bean y dirigido por Suriyawong, que había demostrado ser leal después de todo.

Aunque Bean y Petra no consiguieron a sus bebés y Bean se estaba muriendo, Peter no pudo hacer nada para ayudarlos excepto proporcionar espacio de oficinas y ordenadores para que llevaran a cabo su investigación. También usó todas sus conexiones para conseguir la cooperación que pudiera de aquellas naciones a cuyos archivos necesitaban acceder.

Tras la muerte de Aquiles, Petra se había sentido aliviada. Su irritación con Peter se había desarrollado (o simplemente había vuelto a salir a la superficie) en las semanas posteriores, ya que consideraba que intentaba restablecer el prestigio del cargo de Hegemón y de establecer una coalición. Empezó a hacer comentarios molestos sobre Peter, que jugaba en su «corral geopolítico» e «ignoraba a los jefes de Estado».

Él tendría que haber supuesto que viajar con Petra sólo empeoraría las cosas. Sobre todo porque no seguía sus consejos en nada.

—No puedes aparecer sin más —le dijo.

—No tengo otra elección.

—Es una falta de respeto. Como si pensaras que puedes echarte encima del califa. Es tratarlo como a un criado.

—Por eso te traigo a ti —explicó Peter pacientemente—. Para que puedas verlo y explicarle que la única forma de hacer esto es en una reunión secreta.

—Pero ya nos dijo a Bean y a mí que no podríamos tener acceso a él como antes. Somos infieles. Él es califa.

—El Papa recibe constantemente a gente que no es católica. Me recibe *a mí*.

—El Papa no es musulmán —dijo Petra.

—Sé paciente. Alai sabe que estamos aquí. Acabará por recibirme.

—¿Acabará? Estoy embarazada, señor Hegemón, y mi marido se está muriendo, ja ja ja, y tú estás desperdiciando el tiempo que tenemos para estar juntos y eso me fastidia.

—Te invité a venir. No te obligué.

—Menos mal que no lo intentaste.

Pero ahora ya estaba claro. Por fin. Naturalmente que ella se sentía irritada de verdad por todas las cosas de las que se quejaba. Pero por debajo de todo se hallaba el resentimiento de que Peter había dejado que Bean matara por él.

—Petra —dijo Peter—. Yo no soy soldado.

—¡Ni Bean tampoco!

—Bean es la mejor mente militar viva.

—Entonces ¿por qué no es Hegemón?

—Porque no quiere serlo.

—Y tú sí. Y *por eso* te odio, porque lo pediste.

—Sabes por qué quise este cargo y qué intento hacer con él. Has leído mis ensayos como Locke.

—También he leído tus ensayos como Demóstenes.

—También había que escribirlos. Pero pretendo gobernar como Locke.

—No gobiernas nada. El único motivo por el que tienes tu pequeño ejército es porque Bean y Suriyawong lo crearon y decidieron dejártelo usar. Sólo tienes tu precioso complejo y todo tu personal porque Bean mató a Aquiles y te lo devolvió. Y ahora vuelves a dártelas de importante, pero ¿sabes qué? No engañas a nadie. Ni siquiera tienes el poder del Papa. Él tiene el Vaticano y mil millones de católicos. Tú no tienes más que lo que te dio mi marido.

Peter no creía que eso fuera del todo exacto: había trabajado durante años para construir su red de contactos, y había impedido que abolieran el cargo de Hegemón. A lo largo de los años había hecho que significara algo. Había salvado a Haití del caos. Varias naciones pequeñas le debían su independencia o su libertad a su diplomacia y, sí, a su intervención militar.

Pero sin duda había estado a punto de perderlo todo ante Aquiles... a causa de su propio estúpido error. Un error acerca del que Bean y Petra le habían advertido antes de que lo cometiera. Un error que Bean había rectificado corriendo un grave riesgo.

—Petra —dijo Peter—, tienes razón. Os lo debo todo a Bean y a ti. Pero eso no cambia el hecho de que, pienses lo que pienses de mí y del cargo de Hegemón, yo lo ostento, y voy a tratar de usarlo para impedir otra guerra sangrienta.

—Vas a intentar usar tu cargo para convertirte en «dictador del mundo». A menos que puedas imaginar un modo de extender tu influencia a las colonias y convertirte en «dictador del universo conocido».

—Todavía no tenemos colonias —dijo Peter—. Las naves todavía se hallan en tránsito y así seguirán hasta que todos estemos muertos. Pero para cuando lleguen, me gustaría que enviaran a casa sus mensajes ansible a una Tierra que esté unida bajo un solo Gobierno democrático.

—Se me había pasado por alto esa parte de lo democrático —dijo Petra—. ¿Quién te eligió?

—Como no tengo ninguna autoridad real sobre nadie, Petra, ¿cómo puede importar que tenga o no autoridad legítima?

—Discutes como un abogado —dijo ella—. No tienes ni que tener una idea, sólo tienes que dar una respuesta aparentemente inteligente.

—Y tú discutes como una niña de nueve años —dijo Peter—. Te metes los dedos en los oídos y dices «la, la, la» y «pues tú más».

Petra lo miró como si quisiera abofetearlo. En cambio, se metió los dedos en los oídos y dijo:

—Pues tú más. La, la, la.

Él no se rió. En cambio extendió una mano, intentando apartarle el brazo de la oreja. Pero ella se giró y le dio una patada en la mano con tanta fuerza que él pensó que le había roto la muñeca. Se tambaleó y tropezó con la cama y acabó de culo en el suelo de la habitación del hotel.

—Ahí tienes al Hegemón de la Tierra —dijo Petra.

—¿Dónde está tu cámara? ¿Quieres hacer esto público?

—Si quisiera destruirte, estarías destruido.

—Petra, yo no envié a Bean al complejo. Bean fue por su cuenta.

—Lo dejaste ir.

—Sí que lo hice, y en cualquier caso se demostró que hice bien.

—Pero no sabías que iba a vivir. Yo estaba embarazada de su bebé y tú lo enviaste *a morir*.

—Nadie envía a Bean a ninguna parte —dijo Peter—, y tú lo sabes.

Ella se dio media vuelta y salió de la habitación. Habría dado un portazo, pero los controles neumáticos lo impidieron.

Sin embargo, él las había visto. Las lágrimas en sus ojos.

Ella no odiaba a Peter. Quería odiarlo. Pero por lo que en realidad estaba furiosa era porque su marido estaba muriendo y ella había accedido participar en aquella misión porque sabía que sería importante. Si salía bien, sería importante. Pero no estaba saliendo bien. Probablemente no saldría bien.

Peter lo sabía. Pero sabía también que tenía que hablar con el califa Alai, y que tenía que hacerlo enseguida para que la conversación tuviera algún efecto positivo. Si era posible, le hubiese gustado tener esa conversación sin arriesgar el prestigio del cargo de Hegemón. Pero cuanto más se retrasaban, más probable era que la noticia de su viaje a Damasco se filtrara. Y si Alai lo rechazaba entonces, la humillación sería pública y el cargo de Hegemón sería puesto en ridículo.

Así que el juicio que Petra hacía de él era obviamente injusto. Si lo único que le preocupaba hubiese sido su propia autoridad, no hubiera estado allí.

Y ella era lo bastante lista para darse cuenta de eso. Estuvo en la Escuela de Batalla, ¿no? Fue la única chica del grupo de Ender. Eso la certificaba como su superior... al menos en estrategia y liderazgo. Se daba cuenta sin duda de que él estaba poniendo el objetivo de impedir una guerra sangrienta por encima de su propia carrera.

En cuanto pensó en esto, oyó su voz dentro de su cabeza, diciendo: «Oh, qué bueno y noble de tu parte poner las vidas de cientos de miles de soldados por delante de tu ineludible lugar en la historia. ¿Crees que te darán un premio por eso?» O bien diría: «El único motivo por el que estoy aquí concretamente es para evitar que puedas poner nada en peligro.» O bien: «Siempre has sido atrevido a la hora de asumir riesgos... cuando hay mucho en juego y tu vida no corre peligro.»

Esto es el colmo, pensó Peter. Ni siquiera necesitas que esté en la habitación contigo para seguir discutiendo con ella.

¿Cómo la soportaba Bean? Sin duda que no lo trataba así.

No. Era imposible que el hecho de ser desagradable pudiera conectarse y desconectarse. Bean tenía que haber visto esa faceta suya. Y sin embargo continuaba con ella.

Y la amaba. Peter se preguntó cómo sería que Petra lo mirara a él del modo en que miraba a Bean.

Se corrigió de inmediato. Sería maravilloso tener a *una mujer* que lo mirara como Petra miraba a Bean. Lo último que quería era a una Petra enamorada poniéndole ojitos de ternera.

Sonó el teléfono.

La voz se aseguró de que hablaba con «Peter Jones» y entonces dijo:

—Cinco de la mañana, esté abajo ante las puertas del vestíbulo, en la cara norte.

Click.

Bueno, ¿qué había provocado aquello? ¿Algo de lo dicho en su discusión con Petra? Peter había registrado la habitación en busca de micros, pero eso no significaba que no pudiera haber algún aparato de tecnología elemental... como un tipo en la habitación de al lado con la oreja contra la pared.

¿Qué hemos dicho para que me dejen ver al califa?

Tal vez había sido por el comentario acerca de evitar otra guerra sangrienta. O tal vez porque lo habían escuchado admitir ante Petra que tal vez no tuviera ninguna autoridad legítima.

¿Y si habían grabado eso? ¿Y si de pronto aparecía en la red?

Entonces que así fuera y él haría todo lo posible por recuperarse del golpe, y tendría éxito o fracasaría. No tenía sentido preocuparse por eso en aquel momento. Alguien iba a reunirse con él en la puerta norte del vestíbulo al día siguiente antes del amanecer. Tal vez lo llevaran hasta Alai, y tal vez consiguiera lo que necesitaba conseguir, salvara todo lo que necesitaba salvar.

Jugueteó con la idea de no contarle a Petra lo de la reunión. Después de todo, ella no tenía ningún cargo pertinente. No tenía ningún derecho particular a estar en esa reunión, sobre todo después de la discusión de aquella noche.

No seas tan mezquino y rencoroso, se dijo Peter. Un acto mezquino causa demasiado placer: te hace querer cometer otro y otro. Y cada vez más seguidos.

Así que cogió el teléfono y a la séptima llamada ella lo atendió.

—No voy a disculparme —dijo, cortante.

—Bien —respondió él—. Porque no quiero ninguna disculpa falsa del tipo lamento-tanto-haberte-molestado. Lo que quiero es que te reúnas conmigo a las cinco de la mañana en la puerta norte del vestíbulo.

—¿Para qué?

—No lo sé —dijo Peter—. Sólo te transmito lo que me han dicho por teléfono.

—¿Va a permitirnos que lo veamos?

—O va a enviar matones para que nos escolten de vuelta al aeropuerto. ¿Cómo quieres que lo sepa? Su amiga eres tú. Dime tú qué está planeando.

—No tengo ni la más remota idea —dijo Petra—. No es que Alai y yo hayamos sido nunca íntimos. ¿Y estás seguro de que quieren que yo acuda a la reunión? Hay montones de musulmanes que se horrorizarían con la idea de una mujer casada y sin velo hablando cara a cara con un hombre... aunque sea el califa.

—No sé qué es lo que quieren ellos —contestó Peter—. Soy yo quien quiere que estés en la reunión.

Los condujeron a una furgoneta sin ventanillas y los llevaron por una ruta que Peter supuso retorcida y engañosamente larga. Por lo que sabía, el cuartel general del califa estaba puerta con puerta con su hotel. Pero la gente de Alai sabía que sin el califa no había unidad, y sin unidad el islam no tenía fuerza, así que no corrían ningún riesgo permitiendo que unos extranjeros supieran dónde vivía el califa.

Los llevaron tan lejos que podrían haber llegado a las afueras de Damasco. Cuando salieron de la furgoneta no había luz diurna: estaban en el interior de un edificio... o bajo tierra. Incluso el jardín cubierto al que los empujaron estaba iluminado artificialmente, y el sonido del agua al correr y tintinear y caer enmascaraba cualquier débil sonido que pudiera filtrarse desde fuera y apuntar dónde se hallaban.

Alai no se acercó a saludarlos cuando entró en el jardín. Ni siquiera los miró, sino que se sentó a unos cuantos metros de distancia, ante una fuente, y empezó a hablar.

—No tengo ningún deseo de humillarte, Peter Wiggin —dijo—. No tendrías que haber venido.

—Agradezco que me hayas dejado hablar contigo —respondió Peter.

—La Sabiduría me ha dicho que debería anunciar al mundo que el Hegemón ha ido a ver al califa y el califa se ha negado a verlo. Pero le he dicho a la Sabiduría que fuera paciente y he dejado que la Necedad me guiara hoy en este jardín.

—Petra y yo hemos venido a...

—Petra está aquí porque pensaste que su presencia podría impulsarme a verte y necesitabas un testigo a quien yo sea reacio a matar, y porque quieres que sea tu aliada cuando muera su marido.

Peter no se permitió mirar a Petra para ver cómo se tomaba estas palabras de Alai. Ella lo conocía: Peter no. Interpretaría sus palabras tal como las fuera oyendo y nada que él pudiera ver en su rostro en aquel momento lo ayudaría a comprender nada. Mostrar que le importaba sólo lo debilitaría.

—He venido a ofrecer mi ayuda —dijo Peter.

—Yo mando ejércitos que gobiernan más de la mitad de la población del mundo —respondió Alai—. He unido a las naciones musulmanas, desde Marruecos a Indonesia, y he liberado a los pueblos oprimidos entre ambas.

—Es de la diferencia entre «liberado» y «conquistado» de lo que quiero hablar.

—Así que has venido a hacerme reproches, no a ayudarme, después de todo.

—Veo que estoy perdiendo el tiempo —dijo Peter—. Si no podemos hablar sin discutir tonterías, entonces ya no puedes recibir ayuda.

—¿Ayuda? —preguntó Alai—. Uno de mis consejeros me dijo, cuando le dije que quería verte: «¿Cuántos soldados tiene ese Hegemón?»

—¿Cuántas divisiones tiene el Papa? —citó Peter.

—Más de las que tiene el Hegemón —respondió Alai—, si el Papa las pidiera. Como descubrieron hace tiempo las extintas Naciones Unidas, la religión siempre tiene más guerreros que ninguna vaga abstracción internacional.

Peter advirtió entonces que Alai no le estaba hablando a él. Hablaba más allá. Aquello no era una conversación privada después de todo.

—No pretendo ser irrespetuoso con el califa —dijo Peter—. He visto la majestad de tus logros y la generosidad de espíritu con la que has tratado a tus enemigos.

Alai se relajó visiblemente. Ya jugaban al mismo juego. Peter había comprendido por fin las reglas.

—¿Qué se gana humillando a aquellos que creen estar fuera del poder de Dios? —preguntó Alai—. Dios les enseñará su poder a su debido tiempo, y hasta entonces es aconsejable que seamos amables.

Alai hablaba como los creyentes que lo rodeaban requerirían que hablara: declarando siempre la primacía del califato sobre las potencias no musulmanas.

—Los peligros de los que he venido a hablar —dijo Peter—, no vendrán nunca de mí ni de la pequeña influencia que tengo en el mundo. Aunque no fui elegido por Dios, y hay pocos que me escuchan, también yo busco, como tú, la paz y la felicidad de los hijos de Dios en la Tierra.

Aquél era el momento, si Alai era completamente cautivo de sus partidarios, de que dijera lo blasfemo que era que un infiel como Peter invocara el nombre de Dios o pretendiera que podría haber paz antes de que todo el mundo quedara bajo el dominio del califato.

En cambio, Alai dijo:

—Yo escucho a todos los hombres, pero obedezco solamente a Dios.

—Hubo un día en que el islam fue odiado y temido en todo el mundo —dijo Peter—. Esa era terminó hace mucho tiempo, antes de que ninguno de nosotros naciera, pero tus enemigos están reviviendo esas antiguas historias.

—Esas viejas mentiras, querrás decir.

—El hecho de que ningún hombre pueda hacer el Hajj en su propia piel y vivir, sugiere que no todas las historias son mentira. En el nombre del islam se adquirieron armas terribles y en el nombre del islam se utilizaron para destruir el lugar más sagrado de la Tierra.

—No está destruido —dijo Alai—. Está protegido.

—Es tan radiactivo que nada puede vivir en un radio de cien kilómetros. Y sabes lo que le hizo la explosión a Al-hajar Al-aswad.

—La piedra en sí no era sagrada —dijo Alai—, y los musulmanes nunca la adoraron. Sólo la usábamos como marcador para recordar la alianza sagrada entre Dios y sus verdaderos seguidores. Ahora sus moléculas se esparcen por toda la Tierra, como una bendición para los justos y una maldición para los malvados, mientras que los que seguimos el islam aún recordamos dónde estaba, y qué marcaba, y nos inclinamos hacia ese lugar cuando oramos.

Era un sermón que sin duda había dicho muchas veces antes.

—Los musulmanes sufrieron más que nadie en aquellos días oscuros —dijo Peter—. Pero no es eso lo que la mayoría de la gente recuerda. Recuerdan las bombas que mataron a niños y mujeres inocentes, y a suicidas fanáticos que odiaban toda libertad excepto la libertad de obedecer la interpretación más estrecha del Shari'ah. —Notó que Alai se envaraba—. Yo no hago ningún juicio —añadió inmediatamente—. No había nacido entonces. Pero en la India y en China y en Tailandia y en Vietnam hay gente que teme que los soldados del islam no sean libertadores, sino conquistadores. Que sean arrogantes en la victoria. Que el califato nunca permita la libertad a la gente que le dio la bienvenida y lo ayudó a derrotar a los conquistadores chinos.

—No forzamos el islam sobre ninguna nación —contestó Alai—, y aquellos que sostienen lo contrario mienten. Les pedimos solamente que abran sus puertas a los maestros del islam, para que el pueblo pueda elegir.

—Perdona mi confusión entonces —dijo Peter—. El pueblo del mundo ve esa puerta abierta y advierte que nadie la atraviesa excepto en una dirección. En cuanto una nación ha elegido el islam, nunca se permite al pueblo elegir nada más.

—Espero no oír en tu voz el eco de las Cruzadas.

Las Cruzadas, pensó Peter, aquel antiguo coco asustaniños. Así que Alai se había unido realmente a la retórica del fanatismo.

—Sólo te informo de lo que se dice entre aquellos que buscan aliarse contra vosotros en la guerra —dijo—. Esa guerra es lo que yo espero evitar. Lo que esos antiguos terroristas intentaron conseguir, y en lo que fracasaron, una guerra mundial entre el islam y todos los demás; puede que la tengamos encima.

—El pueblo de Dios no tiene miedo del resultado de esa guerra —dijo Alai.

—Es el proceso de la guerra lo que yo espero evitar. Sin duda el califa también pretende evitar un derramamiento de sangre innecesario.

—Todos los que mueren están a merced de Dios —dijo Alai—. La muerte no es a lo que más hay que temer en la vida, puesto que nos llega a todos.

—Si eso es lo que piensas sobre la matanza que es la guerra, entonces he perdido el tiempo.

Peter se inclinó hacia delante, disponiéndose a ponerse en pie.

Petra le puso una mano en el muslo, apretando, instándolo a permanecer sentado. Pero Peter no tenía ninguna intención de marcharse.

—Pero... —dijo Alai.

Peter esperó.

—Pero Dios desea la obediencia voluntaria de sus hijos, no su terror.

Era la declaración que Peter había estado esperando.

—Entonces los asesinatos en la India, las masacres...

—No ha habido ninguna masacre.

—Los *rumores* de masacres —dijo Peter—, que parecen apoyados por vids de contrabando y testigos oculares y fotografías aéreas de los supuestos campos de exterminio... me alivia saber que esas cosas no serían la política del califato.

—Si alguien ha matado a inocentes por ningún otro crimen que creer en los ídolos del hinduismo y el budismo, entonces ese asesino no es musulmán.

—Lo que el pueblo de la India se pregunta...

—Tú no hablas por el pueblo de ninguna parte excepto de un pequeño complejo en Ribeirão Preto —dijo Alai.

—Lo que mis informadores en la India me dicen es que el pueblo de la India se pregunta si el califa pretende rechazar y castigar a esos asesinos o simplemente fingir que esos hechos no han tenido lugar. Porque si no pueden confiar en que el califa controle lo que se hace en nombre de Alá, entonces ellos mismos se defenderán.

—¿Apilando piedras en el camino? —preguntó Alai—. Nosotros no somos chinos para que nos asusten las historias de la «Gran Muralla de la India».

—El califa controla actualmente una población que tiene muchos más no musulmanes que musulmanes —dijo Peter.

—Hasta el momento.

—La cuestión es si la proporción de musulmanes aumentará a consecuencia de las enseñanzas o de las matanzas y la opresión de los no creyentes.

Por primera vez, Alai volvió la cabeza, y luego el cuerpo, hacia ellos. Pero no fue a Peter a quien miró. Sólo tenía ojos para Petra.

—¿No me conoces? —le dijo.

Peter, sabiamente, no contestó. Sus palabras estaban haciendo su trabajo, y ahora era el momento de que Petra hiciera aquello para lo que la había traído.

—Sí —respondió ella.

—Entonces díselo.

—No.

Alai permaneció sentado, herido, en silencio.

—Porque no sé si la voz que oigo en este jardín es la voz de Alai o la voz de los hombres que lo pusieron en el cargo y controlan quién puede o no puede hablar con él.

—Es la voz del califa —dijo Alai.

—He estudiado historia y tú también. Los sultanes y califas apenas eran más que figuras santas, permitían que sus criados los mantuvieran entre muros. Sal al mundo, Alai, y ve por ti mismo la sangrienta obra que se está haciendo en tu nombre.

Oyeron pasos, fuertes, muchos pasos, los soldados salieron corriendo de donde estaban ocultos. En unos momentos unas ásperas manos agarraron a Petra y se la llevaron a rastras. Peter no alzó una mano para interferir. Sólo miró a Alai, quien lo miraba a su vez, exigiendo en silencio que demostrara quién mandaba en su casa.

—Alto —dijo Alai. No con fuerza, pero con claridad.

—¡Ninguna mujer le habla así al califa! —gritó un hombre que estaba detrás de Peter. Peter no se volvió. Le bastaba con saber que el hombre había hablado en común, no en árabe, y que su acento tenía las marcas de una educación magnífica.

—Soltadla —les dijo Alai a los soldados, ignorando al hombre que había gritado.

No hubo ninguna vacilación. Los soldados soltaron a Petra. De inmediato ella regresó junto a Peter y se sentó. Peter también permaneció sentado. Ahora eran espectadores.

El hombre que había gritado, vestido con la fluida túnica de un jeque de imitación, se acercó a Alai.

—¡Ha proferido una *orden* al califa! ¡Un desafío! ¡Hay que arrancarle la lengua!

Alai permaneció sentado. No dijo nada.

El hombre se volvió hacia los soldados.

—¡Prendedla! —dijo.

Los soldados empezaron a moverse.

—Alto —dijo Alai. Tranquila, pero claramente.

Los soldados se detuvieron. Parecían tristes y confundidos.

—No sabe lo que dice —les dijo el hombre a los soldados—. Prended a la muchacha y lo discutiremos más tarde.

—No os mováis excepto a una orden mía —dijo Alai.

Los soldados no se movieron.

El hombre se volvió de nuevo hacia Alai.

—Estás cometiendo un error —dijo.

—Los soldados del califa son testigos —dijo Alai—. El califa ha sido amenazado. Las órdenes del califa han sido discutidas. Hay un hombre en este jardín que cree que tiene más poder en el islam que el califa. Así que las palabras de la muchacha infiel son correctas. El califa es una santa figura decorativa, que permite que sus siervos lo mantengan entre muros. El califa es un prisionero y otros gobiernan el islam en su nombre.

Peter pudo ver en el rostro del hombre que por fin se daba cuenta de que el califa no era sólo un muchacho que podía ser manipulado.

—No sigas por ese camino —dijo.

—Los soldados del califa son testigos —dijo Alai— de que este hombre le ha dado una orden al califa. Lo ha desafiado. Pero al contrario que la muchacha, este hombre ha ordenado a soldados armados, en presencia del califa, que desobedezcan al califa. El califa puede *oír* cualquier palabra sin daño, pero cuando se ordena a los soldados que lo desobedezcan, no hace falta un imán para explicar que están presentes la traición y la blasfemia.

—Si actúas contra mí —dijo el hombre—, entonces los otros...

—Los soldados del califa son testigos —dijo Alai— de que este hombre es parte de una conspiración contra el califa. Hay «otros».

Un soldado se adelantó y colocó una mano sobre el brazo del hombre, que se zafó.

Alai le sonrió al soldado, que volvió a asir al hombre por el brazo, pero sin amabilidades. Otros soldados avanzaron. Uno agarró al hombre por el otro brazo. El resto miró a Alai, esperando órdenes.

—Hemos visto hoy que un hombre de mi consejo cree que es el amo del califa. Por tanto, todo soldado del islam que realmente desee servir al califa tomará a los miembros del consejo bajo custodia y los mantendrá en silencio hasta que el califa haya decidido en cuál de ellos se puede confiar y cuál debe ser descartado del servicio de Dios. Moveos rápidamente, amigos míos, antes de que los que espían esta conversación tengan tiempo de escapar.

El hombre zafó una mano y en un instante empuñaba un cuchillo de aspecto siniestro.

Pero la mano de Alai lo sujetó firmemente por la muñeca.

—Mi viejo amigo —dijo—. Sé que no levantas esta arma contra tu califa. Pero el suicidio es un pecado grave y terrible. Me niego a permitirte presentarte ante Dios con tu propia sangre en las manos.

Girando la mano, Alai hizo que el hombre gimiera de dolor. El cuchillo golpeó las losas del suelo.

—Soldados —dijo Alai—. Ponedme a salvo. Mientras tanto, continuaré mi conversación con estos visitantes, que están bajo la protección de mi hospitalidad.

Dos soldados se llevaron a rastras al prisionero mientras los otros echaban a correr.

—Tienes trabajo que hacer —dijo Peter.

—Acabo de hacerlo —dijo Alai. Se volvió hacia Petra—. Gracias por ver lo que necesitaba.

—Provocar es algo que me sale de modo natural —dijo ella.

—Espero que hayamos resultado de ayuda.

—Todo lo que has dicho se ha oído —dijo Alai—. Y te aseguro que cuando esté en mi poder controlar a los ejércitos del islam, se comportarán como auténticos musulmanes, no como bárbaros conquistadores. Sin embargo, mientras tanto, me temo que es probable que haya un derramamiento de sangre, y creo que estaréis más seguros conmigo en este jardín durante la próxima media hora.

—Hot Soup acaba de hacerse con el poder en China —dijo Petra.

—Eso he oído.

—Y ha tomado el título de emperador —añadió.

—De vuelta a los buenos viejos tiempos.

—Una nueva dinastía en Beijing se enfrenta ahora al califato restaurado de Damasco —dijo Petra—. Sería terrible que los miembros del grupo de Ender tuvieran que elegir bando y luchar entre sí. Sin duda no es eso lo que pretendía conseguir la Escuela de Batalla.

—¿La Escuela de Batalla? —dijo Alai—. Tal vez nos identificaran, pero ya éramos quienes éramos antes de que nos pusieran una mano encima. ¿Crees que sin la Escuela de Batalla yo no estaría donde estoy, o Han Tzu donde está? Mira a Peter Wiggin: él no fue a la Escuela de Batalla, pero se ha nombrado Hegemón.

—Un título vacío —dijo Peter.

—Lo era cuando lo tomaste —dijo Alai—. Igual que lo era mi título hasta hace dos minutos. Pero cuanto te sientas en el sillón y te pones el sombrero, algunas personas no comprenden que es sólo un juego y empiezan a obedecerte como si tuvieras poder de verdad. Y tú tienes poder de verdad. ¿*Neh*?

—*Eh* —dijo Petra.

Peter sonrió.

—No soy tu enemigo, Alai.

—Tampoco eres mi amigo —respondió Alai. Pero entonces sonrió—. La cuestión es si resultarás ser amigo de la humanidad. O si lo seré yo. —Se volvió hacia Petra—. Y mucho depende de lo que elija hacer tu marido antes de morir.

Petra asintió gravemente.

—Él preferiría no hacer nada excepto disfrutar de los meses o tal vez los años que le queden conmigo y nuestro hijo.

—Buena voluntad es todo lo que necesita —dijo Alai.

Un soldado llegó corriendo.

—Señor, el complejo es seguro y ninguno de los miembros del consejo ha escapado.

—Me alegra oír eso —dijo Alai.

—Tres consejeros han muerto, señor —informó el soldado—. No ha podido evitarse.

—Estoy seguro de que es la verdad —dijo Alai—. Ahora están en manos de Dios. El resto está en las mías y debo intentar hacer lo que Dios quiera que haga. Ahora, hijo mío, ¿quieres llevar a estos dos amigos del califa de regreso a su hotel? Nuestra conversación ha terminado y deseo que puedan marchar libremente de Damasco, sin ser molestados ni reconocidos. Nadie hablará de su presencia en el jardín en este día.

—Sí, mi califa —respondió el soldado. Hizo una reverencia y se volvió hacia Peter y Petra—. ¿Quieren venir conmigo, amigos del califa?

—Gracias —dijo Petra—. El califa está bendecido con auténticos servidores en esta casa.

El hombre no agradeció su alabanza.

—Por aquí —le dijo a Peter.

Mientras lo seguían de vuelta a la furgoneta sin ventanas, Peter se preguntó si no habría planeado inconscientemente los acontecimientos que habían tenido lugar aquel día o si se había tratado de pura suerte.

O si lo habían planeado Petra y Alai y Peter no era más que su peón, y pensaba estúpidamente que estaba tomando sus propias decisiones y desarrollando su propia estrategia.

¿O es que estamos, como creen los musulmanes, siguiendo todos el guión de Dios?

No era probable. Cualquier Dios en quien mereciera la pena creer podría elaborar un plan mejor que el caos en el que estaba sumido el mundo.

En mi infancia me propuse mejorar el mundo y durante un tiempo lo conseguí. Detuve una guerra con las palabras que escribí en las redes, cuando la gente no sabía quién era yo. Pero ahora tengo el título vacío de Hegemón. Las guerras van de un lado a otro por los campos de la Tierra como la hoz de un segador, enormes poblaciones se agitan bajo los látigos de nuevos opresores y yo no tengo poder para cambiar nada.

4

Trato

De: PeterWiggin%privado@hegemon.gov
A: CausaSagrada%UnHombre@FreeTai.org
Sobre: Las acciones de Suriyawong referidas a Aquiles
Flandres

Querido Ambul:

En todo momento durante la infiltración de Aquiles
Flandres en la Hegemonía, Suriyawong actuó como agente mío
dentro de la creciente organización de Flandres. Le or-
dené que fingiera ser aliado de Flandres, y por eso, en el
momento crucial en que Julian Delphiki se enfrentó al monstruo, Suriyawong y sus soldados de elite actuaron por el
bien de toda la humanidad (incluida Tailandia) e hicieron posible la destrucción del hombre que, más que ningún otro, fue responsable de la derrota y la ocupación de
Tailandia.

Ésta es la «historia oficial», tal como tú señalas.
Ahora yo recalco que en este caso la historia oficial es
también la completa verdad.

Como tú, Suriyawong es un graduado de la Escuela de
Batalla. El nuevo emperador de China y el califa musulmán son ambos graduados de la Escuela de Batalla. Pero son
dos de los elegidos para formar parte del famoso grupo de
mi hermano Ender. Incluso descartando su brillantez como comandantes militares, sus poderes son percibidos por
la gente como cosa de magia. Esto afectará a la moral de
tus soldados tanto como a la de los suyos.

¿Cómo piensas mantener libre Tailandia si rechazas a Suriyawong? No supone ninguna amenaza para tu liderazgo: será su herramienta más valiosa contra tus enemigos.

Sinceramente,

Peter, Hegemón

Bean se agachó para pasar por la puerta. No era tan alto como para darse un golpe en la cabeza, pero le había sucedido con mucha frecuencia en otras puertas que antes le dejaban espacio de sobra para pasar y por eso ahora tenía que ser muy cauteloso. Tampoco sabía qué hacer con las manos. Parecían demasiado grandes para cualquier trabajo para el que las necesitara. Los bolígrafos eran como palillos de dientes; su dedo llenaba el hueco del gatillo de muchas pistolas. Pronto tendría que engrasárselo para sacarlo, como si la pistola fuera un anillo demasiado estrecho.

Y le dolían las articulaciones. Y a veces le dolía la cabeza como si fuera a partírsele en dos. Porque, de hecho, estaba intentando hacer exactamente eso. La fontanela de su cabeza parecía que no podía expandirse lo bastante rápido para dejar sitio a su cerebro en crecimiento.

A los médicos les encantaba eso. Descubrir qué influencia tenía en las funciones mentales de un adulto el hecho de que el cerebro creciera. ¿Afectaba a la memoria o simplemente aumentaba su capacidad? Bean se sometía a sus preguntas y mediciones y escaneos y análisis de sangre porque era posible que no encontraran a sus hijos antes de que muriera, y cualquier cosa que aprendieran estudiándolo a él podría ser de utilidad para ellos.

Pero en ocasiones, como aquélla, no sentía más que desesperación. No había ayuda ninguna para él, ni tampoco para ellos. No los encontraría. Y si lo hacía, no podría ayudarlos.

¿Qué diferencia ha supuesto mi vida? Maté a un hombre. Era un monstruo, pero tuve la posibilidad de matarlo al menos una vez con anterioridad, y no lo hice. Así que ¿no soy en parte responsable de lo que hizo entretanto? De las muertes, la miseria.

Incluido el sufrimiento de Petra cuando fue su cautiva. Incluyendo nuestro propio sufrimiento por los niños que nos robó.

Y sin embargo seguía buscando, usando todos los contactos que se le ocurrían, cada motor de búsqueda en la red, cada programa que era capaz de diseñar para manipular los archivos públicos y poder identificar qué nacimientos eran de hijos suyos implantados en madres sustitutas.

De eso estaba seguro. Aquiles y Volescu nunca habían tenido intención de devolverles a Petra y a él sus embriones. Esa promesa sólo había sido un cebo. Un hombre menos malicioso que Aquiles habría matado a los embriones, como fingió hacer cuando rompió los tubos de ensayo durante su último enfrentamiento en Ribeirão Preto. Pero para Aquiles matar no había sido nunca un placer. Mataba cuando consideraba que era necesario. Cuando necesitaba hacer sufrir a alguien, se aseguraba de que ese sufrimiento durara el mayor tiempo posible.

Los hijos de Bean y Petra nacerían de madres desconocidas para ellos, probablemente dispersas por todo el mundo, gracias a Volescu.

Pero Aquiles había hecho bien su trabajo. Los viajes de Volescu habían sido borrados por completo de los archivos públicos. Podían enseñarle su foto a un millón de trabajadores de las líneas aéreas y a otro millón de camioneros de todo el mundo y la mitad recordaría haber visto solamente a un hombre que «se parecía», pero ninguno estaría seguro de nada, y no podrían seguirle la pista a Volescu.

Y cuando Bean trató de apelar a los últimos fragmentos de decencia de Volescu (que esperaba que existieran, contra toda prueba), el hombre había pasado a la clandestinidad y todo lo que Bean podía esperar ya era que alguien, alguna agencia en alguna parte, lo encontrara, lo arrestara y lo retuviera el tiempo suficiente para que Bean...

¿Qué? ¿Para que lo torturara? ¿Lo amenazara? ¿Lo sobornara? ¿Qué podía inducir a Volescu a contarle lo que necesitaba saber?

La Flota Internacional había enviado a un oficial a proporcionarle «información importante». ¿Qué podían saber? La F.I. tenía prohibido actuar en la superficie de la Tierra. Aunque sus agentes hubiesen descubierto el paradero de Volescu, ¿por qué iban a arriesgarse a descubrir sus propias actividades ilegales sólo para ayudar a Bean a encontrar a sus bebés? Habían recalcado lo leales que eran a los graduados de la Escuela de Batalla, sobre todo al grupo de Ender, pero dudaba que llegaran tan lejos. Dinero, eso era lo que ofrecían. Todos los graduados de la Escuela de Batalla tenían una buena pensión. Podían irse a casa y dedicarse a la agricultura el resto de sus días, como Cincinato, sin tener que preocuparse por el clima o las estaciones o la cosecha. Podían cultivar hierbajos y seguir siendo prósperos.

En cambio, yo permití estúpidamente que los hijos de mis genes deformes y autodestructivos fueran creados *in vitro* y ahora Volescu los ha plantado en vientres extraños y debo encontrarlos antes de que él y gente como él puedan explotarlos y usarlos y luego verlos morir de gigantismo, como yo, antes de cumplir los veinte años.

Volescu lo sabía. Nunca lo dejaría al azar. Porque aún se consideraba un científico. Querría recopilar datos sobre los niños. Para él, todo era un gran experimento, con los inconvenientes añadidos de ser ilegal y estar basado en embriones robados. Para Volescu, aquellos embriones le pertenecían por derecho. Para él, Bean no era nada más que el experimento que se había escapado. Todo lo que produjera era parte del estudio a largo plazo de Volescu.

Había un anciano sentado ante la mesa de la sala de conferencias. Bean tardó un instante en decidir si su piel era oscura o si su color y su textura de madera se debían a la exposición a la intemperie. Ambas cosas, probablemente.

Lo conozco, pensó Bean. Mazer Rackham. El hombre que había salvado a la humanidad en la Segunda Invasión Insectora. Que tendría que haber muerto hacía muchas décadas, pero que había vuelto a salir a la superficie el tiempo suficiente para entrenar al propio Ender en la última campaña.

—¿Lo han enviado *a usted* a la Tierra?

—Estoy retirado —dijo Rackham.

—Yo también —contestó Bean—. Y Ender. ¿Cuándo vendrá él a la Tierra?

Rackham negó con la cabeza.

—Es demasiado tarde para lamentarlo —dijo—. Si Ender hubiera estado aquí, ¿crees que habría alguna posibilidad de que estuviera vivo y libre?

Rackham tenía razón. Cuando Aquiles estaba planeando secuestrar a todos los miembros del grupo de Ender, el mayor trofeo habría sido el propio Ender. Y aunque hubiera escapado a la captura (como Bean), ¿cuánto tiempo habría pasado antes de que alguien intentara controlarlo o explotarlo para realizar alguna ambición imperial? Con Ender, siendo estadounidense como era, tal vez Estados Unidos se hubiera sacudido la modorra y, en vez de tener a China y el mundo musulmán como principales jugadores del gran juego, en aquellos momentos Estados Unidos estaría flexionando de nuevo los músculos y el mundo sería un auténtico caos.

Ender lo hubiese encontrado odioso. Se hubiese odiado a sí mismo por formar parte de ello. En realidad era mejor que Graff hubiera dispuesto enviarlo en la primera nave colonial a un antiguo mundo insector. Cada segundo presente de la vida de Ender a bordo de la nave espacial era una semana para Bean. Mientras Ender leía el párrafo de un libro nacían un millón de bebés en la Tierra y un millón de ancianos y soldados y enfermos y peatones y conductores morían y la humanidad daba otro pasito en su evolución para convertirse en una especie estelar.

Especie estelar. Ése era el programa de Graff.

—No viene entonces en nombre de la flota —dijo Bean—. Viene en nombre del coronel Graff.

—¿Del ministro de Colonización? —Rackham asintió con gravedad—. De manera informal y extraoficial, sí. Para hacerte una oferta.

—Graff no tiene nada que yo quiera. Antes de que ninguna nave pudiera llegar a un mundo colonial, yo estaría muerto.

—Sin duda serías una... opción interesante para dirigir una colonia —dijo Rackham—. Pero, como dices, tu mandato sería demasiado breve para resultar efectivo. No, es un tipo diferente de oferta.

—Las únicas cosas que yo quiero no las tienen ustedes.

—Creo que en una ocasión no querías más que sobrevivir.

—Es algo que usted no puede ofrecerme.

—Sí que puedo —dijo Rackham.

—Oh, ¿de las enormes instalaciones de investigación médica de la Flota Internacional surge una cura para un estado que sólo sufre una persona en la Tierra?

—En absoluto —dijo Rackham—. La cura tendrá que venir de otra gente. Lo que te ofrecemos es la capacidad de esperar hasta que esté lista. Te ofrecemos una nave estelar y velocidad de la luz, y un ansible para que se te pueda comunicar cuándo volver a casa.

Precisamente el «regalo» que le dieron al propio Rackham, cuando pensaron que tal vez podrían necesitarlo para dirigir todas las flotas cuando llegaran a los diversos mundos insectores. La posibilidad de sobrevivir resonó en su interior como el badajo de una gran campana. No pudo evitarlo. Si había algo que lo hubiera impulsado alguna vez, era el ansia por sobrevivir. Pero ¿cómo podía fiarse de ellos?

—Y a cambio, ¿qué quieren de mí?

—¿No puede ser esto parte de tu retiro de la flota?

Rackham era bueno a la hora de mantener la cara impávida, pero Bean sabía que no podía estar hablando en serio.

—Cuando vuelva, ¿habrá algún pobre soldadito a quien pueda entrenar?

—No eres maestro —dijo Rackham.

—Usted tampoco lo era.

Rackham se encogió de hombros.

—Así que nos convertimos en lo que necesitamos ser. Te estamos ofreciendo la vida. Seguiremos financiando la investigación sobre tu estado.

—¿Cómo, usando a mis hijos como conejillos de indias?

—Trataremos de encontrarlos, por supuesto. Trataremos de curarlos.

—¿Pero no obtendrán sus propias naves estelares?

—Bean —dijo Rackham—, ¿cuántos trillones de dólares crees que valen tus genes?

—Para mí —contestó Bean—, valen más que todo el dinero del mundo.

—Creo que no podrías pagar siquiera los intereses de ese préstamo.

—Así que no tengo tanto crédito como esperaba.

—Bean, tómate esta oferta en serio. Mientras todavía hay tiempo. La aceleración es dura para el corazón. Tienes que ir mientras aún estás lo bastante sano para sobrevivir al viaje. Tal como están las cosas, lo soportaremos bien, ¿no crees? Un par de años para acelerar y, al final, un par de años para decelerar. ¿Quién te da cuatro años?

—Nadie —dijo Bean—. Y se le olvida. Tengo que volver a casa. Eso son cuatro años más. Ya es demasiado tarde.

Rackham sonrió.

—¿Crees que no hemos tenido eso en cuenta?

—¿Qué, han descubierto un modo de dar media vuelta mientras se viaja a la velocidad de la luz?

—Incluso la luz se dobla.

—La luz es una onda.

—Y tú también, cuando se viaja a esa velocidad.

—Ninguno de los dos es físico.

—Pero quienes crearon nuestra nueva generación de naves mensajeras lo son —dijo Rackham.

—¿Cómo puede la F.I. permitirse construir nuevas naves? —preguntó Bean—. Sus fondos proceden de la Tierra y la emergencia ha terminado. El único motivo por el que las naciones de la Tierra pagan sus salarios y siguen proporcionándoles suministros es porque están comprando su neutralidad. —Rackham sonrió—. Alguien les está pagando para seguir desarrollando nuevas naves —concluyó Bean.

—No tiene sentido especular.

—Sólo hay una nación que podría permitirse hacer eso y es la única nación que nunca podría mantenerlo en secreto.

—Entonces es imposible —dijo Rackham.

—Sin embargo, me está prometiendo usted un tipo de nave que no puede existir.

—Soportarías la aceleración en un campo gravitatorio compensado, de modo que no habría ninguna tensión adicional sobre tu corazón. Eso nos permite acelerar en una semana en vez de en dos años.

—¿Y si falla la gravedad?

—Entonces quedarás reducido a polvo en un instante. Pero no falla. Lo hemos probado.

—Así que los mensajeros pueden ir de un mundo a otro sin perder otra cosa que un par de semanas de sus vidas.

—De sus *propias* vidas —dijo Rackham—. Pero cuando enviamos a alguien en un viaje semejante, a treinta o cincuenta años luz, todos sus conocidos llevan mucho tiempo muertos antes de que regrese. Los voluntarios son pocos.

Todos los que conocía. Si subía a esa nave, dejaría atrás a Petra y nunca volvería a verla.

¿Era lo bastante despiadado para hacer eso?

No, despiadado no. Todavía podía sentir el dolor por la pérdida de la hermana Carlotta, la mujer que lo había salvado de las calles de Rotterdam y lo había cuidado durante años, hasta que Aquiles finalmente la asesinó.

—¿Puedo llevarme a Petra?

—¿Iría?

—No sin nuestros hijos.

—Entonces te sugiero que sigas buscando —dijo Rackham—. Porque aunque la nueva tecnología te conceda un poco más de tiempo, no es eterna. Tu cuerpo impone un plazo límite que no podemos posponer.

—Y ustedes me dejarán llevar a Petra, si encontramos a nuestros hijos.

—Si quiere ir.

—Querrá. No tenemos raíces en este mundo, excepto nuestros niños.

—Ya son niños en tu imaginación —dijo Rackham.

Bean se limitó a sonreír. Sabía lo católico que debía parecer, pero así era como lo sentían Petra y él.

—Sólo pedimos una cosa —dijo Rackham.

Bean se echó a reír.

—Lo sabía.

—Mientras estás esperando, buscando a tus hijos —dijo Rackham—, nos gustaría que ayudaras a Peter a unir el mundo bajo el cargo de Hegemón.

Bean se sorprendió tanto que dejó de reír.

—Así que la flota pretende mediar en los asuntos terrestres.

—Nosotros no vamos a mediar —dijo Rackham—. Lo harás tú.

—Peter no me escucha. Si lo hiciera, me habría dejado matar a Aquiles allá en China, la primera vez que tuvimos ocasión. En cambio, Peter decidió «rescatarlo».

—Tal vez haya aprendido de su error.

—Cree que ha aprendido, pero Peter es Peter. No fue un error, es que él es como es. No escucha a nadie si cree que tiene un plan mejor. Y siempre cree que tiene un plan mejor.

—De todas formas...

—No puedo ayudar a Peter porque Peter no se deja ayudar.

—Fue con Petra a visitar a Alai.

—Visita de alto secreto que la F.I. no podía conocer.

—Seguimos la pista a nuestros alumnos.

—¿Así es como pagan sus nuevos modelos de naves estelares? ¿Con donaciones de alumnos?

—Nuestros mejores graduados son todavía demasiado jóvenes para tener un salario realmente alto.

—No sé. Tienen ustedes a dos jefes de Estado.

—¿No te intriga, Bean, imaginar cómo habría sido la historia del mundo si hubiera habido dos Alejandros al mismo tiempo?

—¿Alai y Hot Soup? —preguntó Bean—. Todo se reducirá a quién de los dos tenga más recursos. Alai tiene más de momento, pero China tiene poder permanente.

—Pero entonces se añade a los dos Alejandros una Juana de Arco aquí y allá, y un par de Julios César, tal vez un Atila y...

—¿Ve usted a Petra como Juana de Arco?

—Podría serlo.

—¿Y qué soy yo?

—Bueno, Gengis Kan, por supuesto, si quisieras serlo —dijo Rackham.

—Tiene muy mala reputación.

—No la merece. Sus contemporáneos sabían que era un hombre poderoso que ejercía su poder livianamente sobre aquellos que le obedecían.

—Yo no quiero poder. No soy su Gengis.

—No —dijo Rackham—. Ése es el problema. Todo depende de quién tenga el mal de la ambición. Cuando Graff te llevó a la Escuela de Batalla, fue porque tu voluntad de sobrevivir parecía jugar el mismo papel que la ambición. Pero ahora no.

—Peter es su Gengis —dijo Bean—. Por eso quieren que lo ayude.

—Podría serlo. Y tú eres el único que *puede* ayudarlo. Cualquier otro lo haría sentirse amenazado. Pero tú...

—Porque me voy a morir.

—O vas a marcharte. Sea como sea, él puede utilizarte, como le parezca, y luego deshacerte de ti.

—No como le parezca. Eso es lo que ustedes quieren. Soy un libro en una biblioteca de préstamos. Ustedes me prestan a Peter una temporada. Él me devuelve, luego me envían a otro sitio, a perseguir otro sueño. Usted y Graff siguen pensando que están a cargo de la especie humana, ¿no?

Rackham se quedó con la mirada perdida.

—Es un trabajo que, una vez emprendido, cuesta dejar. Un día en el espacio vi algo que nadie más vio y disparé un misil y maté a una Reina Colmena y ganamos la guerra. Desde entonces, la especie humana es responsabilidad mía.

—Aunque ya no sea el más cualificado para liderarla.

—No he dicho que yo sea el líder. Sólo que tengo la responsabilidad. Para hacer lo que haga falta. Lo que pueda. Y lo que puedo hacer es esto: puedo intentar persuadir a la mente militar más brillante de la Tierra para ayudar a unificar a las naciones bajo el liderazgo del único hombre que tiene la voluntad y la inteligencia para mantenerlas unidas.

—¿A qué precio? Peter no es un gran fan de la democracia.

—No estamos pidiendo democracia —dijo Rackham—. No al principio. No hasta que se rompa el poder de las naciones. Hay que domar al caballo antes de dejarlo caminar.

—Y dice usted que sólo es servidor de la humanidad. Sin embargo, quiere ponerle una brida y una silla a la especie humana, y dejar que Peter la monte.

—Sí —dijo Rackham—. Porque la humanidad no es un caballo. La humanidad es un campo de cultivo de la ambición, de la competencia por el territorio, de las luchas entre naciones. Si las naciones caen, entonces de las tribus, los clanes, las casas. Estamos educados para la guerra, lo llevamos en los genes, y la única manera de detener el derramamiento de sangre es darle a un hombre el poder de someter a todos los demás. Todo lo que podemos esperar es que sea un hombre lo suficientemente decente para que la paz sea mejor que las guerras, y dure más tiempo.

—Y piensa que Peter es ese hombre.

—Tiene la ambición de la que tú careces.

—¿Y la humanidad?

Rackham sacudió la cabeza.

—¿No sabes ya hasta qué punto eres humano?

Bean no iba a seguir por ese camino.

—¿Por qué no dejan usted y Graff en paz a la especie humana? Déjenlos que sigan construyendo imperios y derribándolos.

—Porque las Reinas Colmena no son los únicos alienígenas de ahí fuera. —Bean se incorporó en su asiento—. No, no, no hemos visto ninguno, no tenemos ninguna prueba. Pero piénsalo. Mientras los humanos parecieron los únicos, pudimos vivir la historia de nuestra especie como habíamos hecho siempre. Pero ahora sabemos que es posible que la vida inteligente evolucione por partida doble, y de formas muy distintas. Si lo hace dos veces, ¿por qué no tres? ¿O cuatro? No hay nada especial en nuestro rincón de la galaxia. Las Reinas Colmena estaban notablemente cerca de nosotros. Podría haber miles de especies inteligentes sólo en nuestra galaxia. Y no todas ellas tan amables como la nuestra.

—Así que nos están dispersando.

—Todo lo que podemos. Plantamos nuestra semilla en cada suelo.

—Y para eso quieren a la Tierra unida.

—Queremos que la Tierra deje de desperdiciar sus recursos en la guerra y los invierta en colonizar mundo tras mundo, y luego que éstos comercien entre sí para que todas las especies se beneficien de lo que cada una aprenda y consiga. Es economía básica. E historia. Y evolución. Y ciencia. Dispersarse. Variar. Descubrir. Dar a conocer. Explorar.

—Sí, sí, lo entiendo —dijo Bean—. Qué noble por su parte. ¿Quién paga por todo eso?

—Bean, tú no esperas que te lo diga y yo no espero que lo preguntes.

Bean lo sabía. Era Estados Unidos. Los grandes, dormidos e inútiles Estados Unidos. Quemados después de intentar ser la policía del mundo en el siglo XXI, disgustados por cómo sus esfuerzos sólo les reportaban odio y resentimiento, declararon la victoria y se volvieron a casa. Mantuvieron las Fuerzas Armadas más fuertes del mundo y cerraron las puertas a la inmigración.

Y cuando llegaron los insectores, fue el poderío militar estadounidense el que finalmente voló en pedazos las primeras naves exploradoras que surcaron la superficie de algunas de las mejores tierras agrícolas de China, matando a millones. Estados Unidos subvencionó y dirigió básicamente la construcción de las naves de guerra interplanetarias que resistieron la segunda invasión el tiempo suficiente para que el neozelandés Mazer Rackham descubriera la vulnerabilidad de la Reina Colmena y destruyera al enemigo.

Era Estados Unidos la nación que estaba subvencionando en secreto a la Flota Internacional, desarrollando nuevas naves. Metía la mano en el negocio del comercio interestelar en un momento en que ninguna otra nación de la Tierra podía intentar competir.

—¿Y cómo es que les interesa que el mundo esté unido, si no es bajo su liderazgo?

Rackham sonrió.

—Así que ahora sabes hasta dónde ha llegado nuestro juego.

Bean le devolvió la sonrisa. De modo que Graff les había vendido su programa colonial a los estadounidenses... probablemente sobre la base del futuro y probable monopolio comercial americano. Y mientras tanto, apoyaba a Peter con la esperanza de que pudiera unir el mundo bajo un solo Gobierno. Lo cual significaría que, tarde o temprano, habría un enfrentamiento entre Estados Unidos y el Hegemón.

—Y cuando llegue ese día —dijo Bean—, cuando Estados Unidos espere que la Flota Internacional, a la que ha estado subvencionando y cuya investigación ha estado pagando, acuda en su ayuda contra el poderoso Hegemón, ¿qué hará la F.I.?

—¿Qué hizo Suriyawong cuando Aquiles le ordenó que te matara?

—Le dio el cuchillo y le dijo que se defendiera él mismo —asintió Bean—. ¿Pero le obedecerá la F.I.? Si cuenta con la reputación de Mazer Rackham, recuerde que casi nadie sabe que está usted vivo.

—Estoy contando con que la F.I. respete el código de honor al que cada soldado se ha ceñido desde el principio. Nada de inmiscuirse en los asuntos de la Tierra.

—Aunque usted mismo sea infiel a ese código.

—No nos estamos inmiscuyendo —dijo Rackham—. Ni con soldados ni con naves. Sólo con un poco de información aquí y allá. Una inyección de dinero. Y un empujoncito en los reclutamientos. Ayúdanos, Bean. Mientras todavía estés en la Tierra. En el momento en que estés listo para marcharte, te enviaremos, sin retrasos. Pero mientras estés aquí...

—¿Y si no considero que Peter sea un hombre tan decente como usted piensa?

—Es mejor que Aquiles.

—También lo era Augusto. Pero sentó las bases para que hubiese un Nerón y un Calígula.

—Sentó unas bases que sobrevivieron a Calígula y Nerón y duraron mil quinientos años, de una forma u otra.

—¿Y eso es lo que piensan ustedes de Peter?

—Sí —dijo Rackham—. Es lo que yo pienso.

—Mientras entiendan que Peter no hará nada que yo le diga, que no me escuchará ni a mí ni a nadie y que seguirá cometiendo errores idiotas que no puedo impedir, entonces... sí. Le ayudaré, en lo que me deje.

—Es todo lo que pedimos.

—Pero mi principal prioridad sigue siendo encontrar a mis hijos.

—¿Qué te parece esto? —dijo Rackham—. ¿Y si te decimos dónde está Volescu?

—¿Lo saben?

—Está en uno de nuestros pisos francos.

—¿Ha aceptado la protección de la F.I.?

—Cree que es parte de la antigua red de Aquiles.

—¿Lo es?

—Alguien tenía que quedarse con su material.

—Eso sólo podía hacerlo alguien que supiera cuál era su material.

—¿Quién crees que mantiene todas las comunicaciones satélite? —preguntó Rackham.

—Así que la F.I. está espiando la Tierra.

—Sólo como una madre espía a sus hijos cuando juegan en el patio.

—Es bueno saber que nos vigilas, mami.

Rackham se inclinó hacia delante.

—Bean, nosotros hacemos nuestros planes, pero sabemos que pueden fallar. Al final, todo se reduce a esto: hemos visto a los seres humanos en su momento de mayor gloria, y creemos que merece la pena salvar a nuestra especie.

—Aunque tengan ustedes que recibir ayuda de no-humanos como yo.

—Bean, cuando hablo de seres humanos en su momento de mayor gloria, ¿de quién crees que estoy hablando?

—De Ender Wiggin.

—Y de Julian Delphiki —dijo Rackham—. El otro niño pequeño a quien confiamos la salvación del mundo.

Bean sacudió la cabeza y se levantó.

—No tan pequeño ahora —dijo—. Y se está muriendo. Pero aceptaré su oferta porque me da esperanza para mi pequeña familia. Y aparte de eso, no tengo ninguna esperanza. Dígame dónde está Volescu e iré a verlo.

—Tendrás que encargarte de él tú mismo —dijo Rackham—. No podemos implicar a ningún agente de la F.I.

—Déme la dirección y yo haré el resto.

Bean se agachó de nuevo para salir de la habitación. Y temblaba cuando atravesó el parque, de vuelta a su oficina en el complejo de la Hegemonía. Enormes ejércitos se preparaban para enfrentarse en un esfuerzo por la supremacía. Y a un lado de ellos, ni siquiera en la superficie de la Tierra, había un puñado de hombres que pretendían utilizar aquellos ejércitos para sus propios fines.

Eran Arquímedes dispuestos a mover la Tierra porque finalmente tenían una palanca lo bastante grande.

Yo soy la palanca.

Y no soy tan grande como ellos creen. No tan grande como parezco. No puede hacerse.

Sin embargo tal vez merezca la pena hacerlo.

Así que dejaré que me utilicen para intentar mover el mundo y sacarlo de su antiquísimo sendero de competición y guerra.

Y yo los utilizaré a ellos para intentar salvar mi vida y la vida de mis hijos, que comparten mi enfermedad.

La posibilidad de que ambos proyectos tengan éxito es tan mínima que es mucho más probable que la Tierra sea golpeada primero por un meteorito gigantesco.

Pero claro, ellos probablemente ya tienen un plan para resolver el impacto de un meteorito. Probablemente tienen un plan para todo. Incluso un plan al que recurrir cuando yo... fracase.

5

Shiva

De: Figura%Paterna@hegemon.gov
A: PeterWiggin%Privado@hegemon.gov
Clave: ********
Sobre: Hablando como madre

Después de todos estos años haciendo de Madonna en tu
pequeña Pietà, se me ocurre que podría susurrar algo en
tu ocupadísimo oído:

Desde el secuestro de Aquiles, el arma no-tan-secre-
ta del arsenal de todo el mundo es todo aquello que los
graduados de la Escuela de Batalla puedan adquirir, conservar y desplegar. Ahora es aún peor. Alai es califa de
hecho además de serlo de nombre. Han Tzu es emperador
de China. Virlomi es... ¿qué, una diosa? Eso es lo que he
oído que pasa en la India.

Ahora irán a la guerra unos contra otros.

¿Qué estás haciendo TÚ? ¿Apostar al ganador y escoger
bando?

Aparte del hecho de que muchos de esos niños fueron
amigos y compañeros de Ender, toda la especie humana les
debe su supervivencia. Les robamos su infancia. ¿Cuando
tendrán una vida que puedan llamar propia?

Peter, he estudiado historia. Hombres como Gengis y
Alejandro no tuvieron una infancia normal y se concentra-
ron completamente en la guerra, y ¿sabes qué?: la guerra
los deformó. Fueron infelices durante el resto de sus vidas. Alejandro no sabía quién era cuando dejó de conquis-

tar pueblos. Si dejaba de avanzar y matar por el camino, moría.

¿Y si se libera a esos niños? ¿Lo has pensado alguna vez? Habla con Graff. Él te escuchará. Dales a esos niños una salida. Una oportunidad. Una vida.

Aunque sea sólo porque son amigos de Andrew. Son como Andrew. No se eligieron a sí mismos para la Escuela de Batalla.

Tú, por otro lado, no fuiste a la Escuela de Batalla. Te ofreciste voluntario para salvar al mundo. Así que tienes que quedarte y hacerlo.

Tu amorosa madre que siempre te apoya.

El rostro de una mujer apareció en la pantalla. Iba vestida con la sencilla ropa manchada por el trabajo de una campesina hindú, pero se comportaba como una dama de la casta más alta: un concepto que aún tenía significado, a pesar de la antigua prohibición de todos los signos externos que denotaran casta.

Peter no la conocía. Pero Petra sí.

—Es Virlomi.

—En todo este tiempo —dijo Peter—, no se ha mostrado en público. Hasta ahora.

—Me pregunto cuántas personas de la India conocen ya su rostro —dijo Petra.

—Escuchemos —invitó Peter. Pulsó el botón de reproducción con el ratón.

«Nadie es fiel a Dios si no tiene elección. Por eso los hindúes son verdaderamente fieles, pues pueden elegir no ser hindúes sin que eso les cause ningún perjuicio.

»Y por eso no hay verdaderos musulmanes en el mundo, porque no pueden elegir dejar de ser musulmanes. Si un musulmán intenta hacerse hindú o cristiano o simplemente no creer, algún musulmán fanático lo matará.»

En la pantalla destellaron imágenes de cuerpos decapitados. Imágenes bien conocidas, pero aún potentes como propaganda.

«El islam es una religión que no tiene creyentes —dijo ella—. Sólo gente que se ve obligada a llamarse musulmana y vivir como musulmana por miedo a la muerte.»

Imágenes de archivo de musulmanes en masa, arrodillándose para rezar: el mismo material que solía usarse para mostrar la piedad de las poblaciones musulmanas. Pero ahora, tal como las había insertado Virlomi, las imágenes parecían de marionetas que actuaban al unísono por miedo.

Su rostro volvió a aparecer en la pantalla.

«Califa Alai: Dimos la bienvenida a tus ejércitos como libertadores. Saboteamos y espiamos y bloqueamos las rutas de suministro chinas para ayudaros a derrotar a vuestro enemigo. Pero tus seguidores parecen pensar que conquistaron la India en vez de liberarla. No conquistasteis la India. Nunca conquistaréis la India.»

Aparecieron nuevas imágenes: harapientos campesinos indios llevando armas chinas modernas, marchando como anticuados soldados.

«No tenemos ninguna necesidad de soldados musulmanes falsos. No tenemos ninguna necesidad de maestros musulmanes falsos. Nunca aceptaremos ninguna presencia musulmana en suelo indio hasta que el islam se convierta en una auténtica religión y permita a la gente elegir *no* ser musulmana, sin ninguna penalización.»

De nuevo el rostro de Virlomi.

«¿Creéis que vuestros poderosos ejércitos pueden conquistar la India? Entonces no conocéis el poder de Dios, pues Dios siempre ayudará a aquellos que defiendan su patria. Cualquier musulmán al que matemos en suelo indio irá directamente al infierno, pues no sirve a Dios, sino a Shaitán. Todo imán que os diga lo contrario es un mentiroso y un shaitán él mismo. Si lo obedecéis, os condenaréis. Sed musulmanes auténticos y volved a casa con vuestras familias y vivid en paz, y dejadnos vivir en paz con nuestras propias familias, en nuestra propia tierra.»

Su rostro parecía tranquilo y dulce mientras profería estas condenas y amenazas. Sonrió. Peter pensó que debía de haber practicado la sonrisa durante horas, durante días delante del espejo, porque parecía absolutamente una deidad, aunque él nunca había visto un dios y no sabía qué aspecto debía tener uno. Estaba radiante. ¿Era un truco de la luz?

«Mi bendición sobre la India. Bendigo la Gran Muralla de la India. Bendigo a los soldados que luchan por la India. Bendigo a los granjeros que alimentan la India. Bendigo a las mujeres que dan a luz la India y crían la India hasta la edad adulta. Bendigo a las grandes potencias de la Tierra que se unen para ayudarnos a recuperar nuestra libertad robada. Bendigo a los indios de Pakistán que han abrazado la falsa religión del islam: haced que vuestra religión sea verdadera yendo a casa y dejándonos elegir no ser musulmanes. Entonces viviremos en paz con vosotros, y Dios os bendecirá.

»Mi bendición por encima de todas las bendiciones para el califa Alai. Oh, noble de corazón, demuestra que estoy equivocada. Haz que el islam sea una religión verdadera dando libertad a todos los musulmanes. Sólo cuando los musulmanes puedan elegir no ser musulmanes habrá musulmanes en la Tierra. Libera a tu pueblo para servir a Dios en vez de ser cautivo del miedo y el odio. Si no eres el conquistador de la India, entonces serás el amigo de la India. Pero si pretendes ser el conquistador de la India, entonces no serás nada a los ojos de Dios.»

Grandes lágrimas asomaron a sus ojos y corrieron por sus mejillas. Todo estaba rodado en una sola toma, así que las lágrimas eran reales. Qué actriz, pensó Peter.

«Oh, califa Alai, cómo anhelo abrazarte como hermano y amigo. ¿Por qué me hacen la guerra tus servidores?»

Hizo una serie de extraños movimientos con las manos, y luego se pasó tres dedos por la frente.

«Yo soy la Madre India —dijo—. Luchad por mí, hijos míos.»

Su imagen permaneció en la pantalla cuando todo movimiento cesó.

Peter pasó la mirada de Bean a Petra y luego de Petra a Bean.

—Mi pregunta es bastante simple. ¿Está loca? ¿De verdad cree que es una diosa? ¿Funcionará esto?

—¿Qué es eso que ha hecho al final, con los dedos sobre la frente? —preguntó Bean.

—Estaba dibujando la marca de Shiva la Destructora —dijo Peter—. Era una llamada a la guerra —suspiró—. Los destruirán.

—¿A quiénes? —dijo Petra.

—A los seguidores de Virlomi.

—Alai no lo permitirá —dijo Bean.

—Si intenta detenerlos, fracasará —contestó Peter—. Puede que sea eso lo que ella quiere.

—No —dijo Petra—. ¿No lo ves? La ocupación musulmana de la India cuenta con abastecer a sus ejércitos con productos indios. Pero

Shiva estará allí primero. Destruirán sus propias cosechas antes de que los musulmanes se las lleven.

—Entonces morirán de hambre —dijo Peter.

—Y recibirán muchas balas —respondió Petra—, y cuerpos hindúes decapitados cubrirán el suelo. Pero entonces los musulmanes se quedarán sin balas y descubrirán que no pueden conseguir más porque las carreteras estarán bloqueadas. Y por cada hindú que maten, habrá diez más que los arrasarán con las manos desnudas. Virlomi comprende a su nación. A su pueblo.

—¿Y tú entiendes todo esto porque estuviste prisionera en la India unos cuantos meses? —dijo Peter.

—La India nunca ha sido guiada hacia la guerra por una deidad. La India nunca ha ido a la guerra en perfecta unidad.

—Una guerra de guerrillas —insistió Peter.

—Ya verás. Virlomi sabe lo que está haciendo.

—Ni siquiera formaba parte del grupo de Ender —dijo Peter—. Alai sí. De modo que es más listo, ¿no?

Petra y Bean se miraron.

—Peter, no se trata de cerebro —dijo Bean—. Se trata de jugar tus cartas.

—Virlomi tiene la mano más fuerte —dijo Petra.

—No lo entiendo. ¿Qué me he perdido?

—Han Tzu no se quedará ahí sentado mientras los ejércitos musulmanes intentan someter a la India. Las líneas de suministros musulmanas o cruzan el enorme desierto asiático o atraviesan la India o llegan por mar desde Indonesia. Si se cortan las líneas de suministro indias, ¿cuánto tiempo podrá Alai mantener sus ejércitos en número suficiente para contener a Han Tzu?

Peter asintió.

—Así que piensas que Alai se quedará sin alimento y munición antes de que Virlomi se quede sin indios.

—Creo que lo que acabamos de ver era una propuesta de matrimonio —dijo Bean.

Peter se echó a reír. Pero como Bean y Petra no se reían...

—¿De qué estás hablando?

—Virlomi *es* la India. Acaba de decirlo. Y Han Tzu *es* China. Y Alai *es* el islam. ¿Serán la India y China contra el mundo, o el islam y la India contra el mundo? ¿Quién puede vender ese matrimonio a su propio pueblo? ¿Qué trono estará junto al trono de la India? Sea cual sea, se trata de más de la mitad de la población mundial, unida.

Peter cerró los ojos.

—Así que no queremos que ninguna de las dos cosas pase.

—No te preocupes —dijo Bean—. Pase lo que pase, no durará.

—No siempre tienes razón —contestó Peter—. No puedes ver las cosas con tanta antelación.

Bean se encogió de hombros.

—Eso no me importa. Estaré muerto antes de que todo suceda.

Petra gruñó y se levantó y caminó de un lado a otro.

—No sé qué hacer —dijo Peter—. Intenté hablar con Alai y todo lo que hice fue provocar un golpe de Estado. O más bien, lo hizo Petra. —No podía ocultar su malestar—. Quería que él controlara a su pueblo, pero están fuera de control. Están asando vacas en las calles de Madrás y Bombay y luego matan a los hindúes que se rebelan. Decapitan a cualquier indio a quien alguien acusa de ser musulmán converso... aunque sea *nieto* de musulmán converso. ¿Tengo que quedarme aquí sentado y ver cómo el mundo va a la guerra?

—Creí que ése era parte de tu plan —replicó Petra—. Conseguir parecer indispensable.

—No tengo ningún gran plan —dijo Peter—. Tan sólo... respondo. Y os pregunto a vosotros en vez de deducir las cosas por mi cuenta, porque la última vez que ignoré vuestro consejo fue un desastre. Pero ahora descubro que no tenéis ningún consejo que darme. Sólo predicciones y suposiciones.

—Lo siento —dijo Bean—. No se me ha pasado por la cabeza que estuvieras pidiendo consejo.

—Bueno, pues lo estoy haciendo.

—Aquí tienes mi consejo. Tu objetivo no es evitar la guerra.

—Sí que lo es —dijo Peter.

Bean puso los ojos en blanco.

—Menos mal que ibas a escucharme.

—Te estoy escuchando.

—Tu objetivo es establecer un nuevo orden en que la guerra entre naciones sea *imposible*. Pero para llegar a ese estado utópico, tiene que haber suficiente guerra para que la gente *conozca* eso que desea evitar desesperadamente.

—No voy a potenciar la guerra —dijo Peter—. Eso me desacreditaría por completo como pacificador. ¡Conseguí este trabajo porque soy Locke!

—Si dejas de poner pegas y atiendes, acabarás por comprender el consejo de Bean —dijo Petra.

—Yo soy el gran estratega, después de todo —dijo Bean con una sonrisa amarga—. Y el hombre más alto del compuesto del Hegemón.

—Te estoy escuchando —repitió Peter.

—Es cierto, no puedes potenciar la guerra. Pero tampoco puedes tratar de detener guerras que no pueden ser detenidas. Si ven que lo intentas y fracasas, eres débil. El motivo por el que Locke pudo establecer una paz entre el Pacto de Varsovia y Occidente fue porque ninguno de los dos bandos quería la guerra. América quería quedarse en casa y ganar dinero, y Rusia no quería correr el riesgo de provocar la intervención de la Flota Internacional. Sólo puedes negociar la paz cuando ambos la quieran... tanto que estén dispuestos a renunciar a algo para conseguirla. Ahora mismo, nadie quiere negociar. Los indios no pueden: están ocupados y sus ocupadores no los consideran una amenaza. Los chinos no pueden: es políticamente imposible que un gobernante chino se contente con ningún límite que no sean las fronteras de la China de Han. Y Alai no puede porque su propio pueblo está tan envanecido con su victoria que no sabe ver ningún motivo para renunciar a nada.

—Entonces no hago nada.

—Organiza servicios de ayuda contra el hambre en la India —dijo Petra.

—El hambre que Virlomi va a causar.

Petra se encogió de hombros.

—Entonces espero hasta que todo el mundo esté harto de guerra —dijo Peter.

—No —respondió Bean—. Espera hasta el momento exacto en que sea posible la paz. Espera demasiado y la amargura será demasiado profunda para la paz.

—¿Cómo sabré cuándo es el momento adecuado?

—Ni idea —dijo Bean.

—Vosotros sois los listos. Todo el mundo lo dice.

—Deja de hacerte el humilde —dijo Petra—. Comprendes perfectamente lo que estamos diciendo. ¿Por qué estás tan enfadado? Cualquier plan que hagamos ahora se desmoronará la primera vez que alguien haga un movimiento que no esté en nuestro guión.

Peter advirtió que no era con ellos con quien estaba enfadado. Era con su madre y su ridícula carta. Como si él tuviera el poder de «rescatar» al califa y al emperador chino y a esa flamante diosa india y «liberarlos» cuando todos ellos habían maniobrado claramente para situarse en las posiciones en las que estaban.

—No comprendo cómo puedo volver nada de esto a mi favor.

—Sólo tienes que observar y seguir mediando —dijo Bean—, hasta que veas un hueco donde puedas insertarte.

—Eso es lo que llevo haciendo desde hace años.

—Y muy bien, por cierto —dijo Petra—. ¿Podemos marcharnos ya?

—¡Marchaos! Encontrad a vuestro científico malvado. Yo salvaré al mundo mientras vosotros estáis fuera.

—No esperábamos menos —dijo Bean—. Pero recuerda que tú pediste el empleo. Nosotros no.

Se levantaron y se encaminaron hacia la puerta.

—Esperad un momento —dijo Peter.

Ellos esperaron.

—Acabo de darme cuenta de algo.

Ellos esperaron un poco más.

—No os importa.

Bean miró a Petra. Petra miró a Bean.

—¿Qué quieres decir con que no nos importa? —preguntó Bean.

—¿Cómo puedes decir eso? Se trata de guerra, de muerte, del destino del mundo —dijo Petra.

—Os estáis comportando como... como si yo os pidiera consejo acerca de un crucero. Qué compañía elegir. O... o sobre un poema, si las rimas son buenas.

Ellos volvieron a mirarse.

—Y cuando os miráis así —dijo Peter—, es como si os estuvierais riendo, sólo que sois demasiado educados para hacerlo descaradamente.

—No somos gente educada —dijo Petra—. Sobre todo Julian.

—No, es verdad, no se puede decir que seáis educados. Es que estáis tan pendientes el uno del otro que no tenéis que reír, es como si ya os hubierais reído y los dos lo supierais.

—Todo esto es muy interesante, Peter —dijo Bean—. ¿Podemos irnos ya?

—Tiene razón —dijo Petra—. No estamos implicados. Como él,

quiero decir. Pero no es que no nos importe, Peter. Nos importa más que a ti. No queremos implicarnos en hacer nada porque...

Se miraron de nuevo y entonces, sin decir una palabra más, empezaron a marcharse.

—Porque estáis casados —dijo Peter—. Porque estás embarazada. Porque vas a tener un bebé.

—Bebés —dijo Bean—. Y nos gustaría seguir intentando averiguar qué ha sido de ellos.

—Lo que habéis hecho es dimitir de la especie humana. Como inventasteis el matrimonio y los hijos, de repente no tenéis que ser parte de nada.

—Todo lo contrario —contestó Petra—. Nos hemos *unido* a la especie humana. Somos como la mayoría de la gente. Nuestra vida juntos lo es todo. Nuestros niños lo son todo. El resto es... Hacemos lo que tenemos que hacer. Cualquier cosa por proteger a nuestros hijos. Y más allá de eso, lo que tenemos que hacer. Pero no nos importa tanto. Lamento que te moleste.

—No me molesta —dijo Peter—. Me molestaba antes de comprender lo que estaba viendo. Ahora creo... claro, es normal. Creo que mis padres son así. Creo que por eso pensaba que eran estúpidos. Porque a ellos no parecía importarles el mundo exterior. De lo único de lo que se preocupaban era el uno del otro y de nosotros, los hijos.

—Creo que la terapia está dando buen resultado —dijo Bean—. Ahora reza tres avemarías mientras nosotros seguimos con nuestras limitadas preocupaciones domésticas, que consisten en atacar con helicópteros y capturar a Volescu antes de que haga otro cambio de dirección e identidad.

Y se marcharon.

Peter apretó los dientes. Ellos creían conocer algo que nadie más conocía. Creían saber de qué iba la vida. Pero sólo podían tener una vida así porque gente como Peter (y Han Tzu y Alai y aquella chalada de Virlomi) se concentraban en asuntos importantes y trataban de hacer del mundo un lugar mejor.

Entonces Peter recordó que Bean había dicho casi exactamente lo mismo que había dicho su madre. Que Peter había elegido ser Hegemón y ahora tenía que trabajar él solo.

Como un niño que ensaya para la obra del colegio pero no le gusta el papel que le han dado. Sólo que si se echa atrás ya no podrá seguir porque no tendrá ninguna base. Así que tiene que aguantar.

Tenía que descubrir un modo de salvar al mundo, ahora que se había convertido en Hegemón.

Esto es lo que quiero que suceda, pensó Peter. Quiero a todos los malditos graduados de la Escuela de Batalla fuera de la Tierra. Ellos son el factor que lo complica todo en cada país. ¿Mi madre quiere que tengan una vida? Yo también... una bonita y larga vida en otro planeta.

Pero sacarlos del planeta requeriría conseguir la cooperación de Graff. Y Peter tenía la sospecha de que Graff no quería que Peter fuera un Hegemón poderoso y efectivo. ¿Por qué iba a aceptar a los niños de la Escuela de Batalla en las naves coloniales? Serían una fuerza disruptiva en cualquier colonia en la que estuvieran.

¿Y qué tal una colonia compuesta solamente por graduados de la Escuela de Batalla? Si se reproducían entre sí, serían las mentes militares más inteligentes de la galaxia.

Entonces volverían a casa y se apoderarían de la Tierra.

Vale, eso no.

Con todo, era la semilla de una buena idea. A los ojos de la gente, era la Escuela de Batalla la que había ganado la guerra contra los insectores. Todos querían que sus ejércitos estuvieran dirigidos por miembros de la Escuela. Por eso eran virtualmente esclavos de los militares de sus naciones.

Así que haré lo que sugirió mamá. Los liberaré.

Entonces todos podrían casarse como Bean y Petra y vivir felices para siempre jamás mientras otra gente (gente responsable) hacía el duro trabajo de gobernar el mundo.

En la India, la respuesta al mensaje de Virlomi fue inmediata y feroz. Esa misma noche, una docena de incidentes estallaron en todo el país, los soldados cometieron actos de provocación... o, como ellos lo veían, de desquite o desafío a la blasfema y escandalosa acusación de Virlomi. Naturalmente, al hacerlo demostraron el acierto de esas acusaciones a los ojos de muchos.

Pero no fue a disturbios callejeros a lo que se enfrentaron esta vez. Fue a una turba implacable decidida a destruirlos a toda costa. Era Shiva. Y las calles se cubrieron en efecto de cadáveres de civiles hindúes. Pero los cadáveres de los soldados musulmanes no pudieron encontrarlos. O, al menos, no pudieron recomponerlos.

Los informes del baño de sangre llegaron al cuartel general móvil de Virlomi. Incluyendo muchos vídeos. Horas después, ella seleccionó una versión en la red. Montones de imágenes de musulmanes cometiendo actos de provocación y luego disparando a los manifestantes. Ninguna imagen de oleadas humanas asolando a los soldados musulmanes que disparaban con sus metralletas y los reducían a pedazos. Lo que el mundo vería sería a los musulmanes ofendiendo la religión hindú y luego masacrando a civiles. Sólo se sabría que entre los soldados musulmanes no había habido supervivientes.

Bean y Petra subieron a los helicópteros de ataque y cruzaron el océano con destino a África. Bean había recibido noticias de Rackham y sabía dónde estaba Volescu.

6

Evolución

De: CrazyTom%LocoMajara@sandhurst.inglaterra.gov
A: Legumbre%Magica@IComeAnon.com
Dirigido y enviado por IcomeAnon
Encriptado usando código ********
Decodificado usando código **********
Sobre: Inglaterra y Europa

Espero que todavía uses esta dirección, ahora que ya eres oficial y no eres Mr. Tendón. No creo que esto debiera ir por canales normales.

Wiggin sigue dándome mala espina. Me parece que se cree que tiene alguna afinidad especial con los miembros del grupo, sólo porque es hermano de Ender. ¿La tiene? Sé que anda con los dedos metidos en todas partes (los asuntos que la Hegemonía parece conocer antes que nosotros son a veces sorprendentes), ¿pero tiene los dedos metidos en lo nuestro?

Me ha pedido que valore la disponibilidad europea a rendir su soberanía a un Gobierno europeo. Puesto que toda la historia de los últimos doscientos años consiste en el flirteo de Europa con un verdadero Gobierno europeo, para echarse atrás siempre, me pregunto si la pregunta procede de un niño idiota o de un profundo pensador que sabe más que yo.

Pero si piensas que su pregunta es legítima, déjame que te diga que rendir la soberanía de cualquier mundo existente a un Gobierno regional es irrisorio. Sólo países

pequeños como el Benelux o Dinamarca o Eslovenia están
ansiosos por unirse. Es como las comunas: la gente que no
tiene nada siempre está dispuesta a compartir. Aunque
Europa hable ahora una versión del inglés como lengua na-
tiva (excepto en unos cuantos enclaves que resisten), estamos tan lejos de la unidad como siempre.

Lo cual no quiere decir que con la presión adecuada,
en el momento adecuado, todas las orgullosas naciones de
Europa no puedan cambiar la soberanía por la seguridad.

Tom

Tendría que ser Fortaleza Ruanda, por supuesto. La Suiza de África, la llamaban en ocasiones, aunque sólo mantenía su independencia
y neutralidad porque metro a metro era probablemente la nación más
fortificada de la Tierra.

Nunca podrían haber entrado en el espacio aéreo ruandés. Pero
una falsa llamada telefónica de Peter a Felix Starman, el primer ministro, les consiguió el pase para dos helicópteros jet de la Hegemonía y
veinte soldados... junto con montones de mapas detallados del centro
médico donde trabajaba Volescu.

Bajo otro nombre, naturalmente. Pues Ruanda era uno de los sitios donde Aquiles mantenía pisos francos y células de espías. Lo que
Volescu no podía haber sabido era que los expertos en informática
de Peter habían podido entrar en la red de ordenadores clandestina de
Aquiles a través de Suriyawong, y célula a célula, la organización
de Aquiles había sido comprada, subvertida o destruida.

Volescu dependía de una célula ruandesa que había sido denuncia-
da al Gobierno ruandés. Felix Starman había decidido continuar ma-
nejando la célula a través de intermediarios, así que los miembros de la
célula no eran conscientes de que en realidad trabajaban para el Gobierno.

Así que no fue poco que Starman (que exigía que el nombre que
había elegido para sí mismo se tradujera, para que todo el mundo fuera consciente de la extraña imagen que deseaba dar) renunciara a esa
ventaja. Mientras Bean y Petra se encargaban de Volescu, la policía
ruandesa arrestaría a todos los otros miembros de la organización
de Aquiles. Incluso habían prometido que expertos de la Hegemonía

podrían seguir la deconstrucción ruandesa de los ordenadores de Aquiles.

El tableteo de los rotores de los helicópteros era igual que una sirena de la policía cuando anunciaba su aproximación, así que se posaron a un kilómetro de distancia del centro médico. Cuatro soldados de cada helicóptero iban equipados con estilizadas motocicletas y se marcharon para asegurar todos los puntos de salida de vehículos. El resto avanzó a través de patios y aparcamientos de casas, edificios de apartamentos y pequeños negocios.

Como toda la población de Ruanda recibía entrenamiento militar, la gente sabía lo suficiente para quedarse en casa cuando vio a los soldados uniformados de verde oscuro de la Hegemonía cruzar al trote los solares. Podían intentar telefonear al Gobierno para que averiguara qué estaba pasando, pero los móviles daban un mensaje de «estamos mejorando nuestro servicio, por favor, tenga paciencia», y las líneas terrestres decían que «todas las líneas están ocupadas».

Petra sabía que, por su embarazo, no podía correr con los demás. Y Bean era tan grande que también se quedó en los helicópteros con los pilotos. Pero Bean había entrenado a esos hombres y no tenía ninguna duda de sus habilidades. Además, Suriyawong, todavía tratando de rehabilitarse aunque Bean le había asegurado que contaba con toda su confianza, estaba ansioso por demostrar que podía ejecutar la misión perfectamente sin la supervisión directa de Bean.

Así que sólo pasaron quince minutos antes de que Suriyawong les enviara «fa», que significaba *fait accompli* o la cuarta nota de la escala musical, según de qué ánimo estuviera Bean. Esta vez, cuando vio el mensaje lo cantó y los helicópteros volvieron a despegar.

Aterrizaron en el aparcamiento del complejo médico. Como correspondía a un país rico como Ruanda, era de tecnología punta, pero la arquitectura estaba diseñada para hacer el lugar acogedor para los pacientes. Así que parecía un poblado, con habitaciones que no necesitaban un entorno controlado abierto a las brisas que soplaran.

Volescu estaba retenido en el laboratorio donde lo habían arrestado. Asintió gravemente a Bean y Petra cuando entraron.

—Cuánto me alegro de volver a veros —dijo.

—¿Era cierto algo de lo que nos dijo? —preguntó Petra. Su voz era tranquila, pero no iba a fingir que iba a ser amable.

Volescu le ofreció una sonrisita y se encogió de hombros.

—Hacer lo que el chico quería pareció una buena idea en su momento. Él me prometió... esto.

—¿Un lugar donde llevar a cabo investigaciones ilegales? —preguntó Bean.

—Extrañamente, en nuestros nuevos días de libertad, ahora que la Hegemonía carece de poder, mi investigación aquí no es ilegal. Así que no tengo que estar preparado para disponer rápidamente de mis sujetos de estudio.

Bean miró a Petra.

—Sigue diciendo «disponer de» en vez de «asesinar a».

La sonrisa de Volescu se volvió triste.

—Cómo desearía haber tenido a todos tus hermanos —dijo—. Pero no estáis aquí por eso. Cumplí el tiempo que me correspondía y me liberaron legalmente.

—Queremos recuperar a nuestros bebés —dijo Petra—. A los ocho. A menos que haya más.

—Nunca hubo más de ocho —contestó Volescu—. Me observaron todo el tiempo, como dispusiste, y es imposible que hubiera podido falsificar ese número. Ni podría haber falseado la destrucción de los descartes.

—Ya he pensado varias formas de hacerlo —dijo Bean—. La más obvia es que los tres que fingió encontrar que tenían la Clave de Anton activa ya se los habían llevado. Lo que destruyó fueron otros embriones. O ninguno.

—Si sabes tanto, ¿para qué me necesitas? —preguntó Volescu.

—Ocho nombres y direcciones —dijo Bean—. Las mujeres que están engendrando a nuestros bebés.

—Aunque lo supiera, ¿para qué serviría decirlo? Ninguno de ellos tiene la Clave de Anton. No merece la pena estudiarlos.

—No hay ninguna prueba fehaciente —dijo Petra—. Así que no sabe cuál de ellos tenía la Clave de Anton operativa. Lo más normal sería que los hubiera conservado todos. Que los hubiera implantado todos.

—Una vez más, ya que sabes más que yo, avísame cuando los encontréis. Me encantaría saber qué hizo Aquiles con los cinco supervivientes.

Bean se acercó a su medio-tío biológico. Se alzó sobre él.

—Vaya —dijo Volescu—. Qué dientes tan grandes tienes.

Bean lo asió por los hombros. Los brazos de Volescu parecían pequeños y frágiles dentro de la tenaza de las enormes manos de Bean. Bean sondeó y apretó los dedos. Volescu dio un respingo.

Las manos de Bean recorrieron lentamente los hombros de Volescu hasta que su mano derecha se posó junto a la nuca del hombre, y su pulgar jugueteó con la nuez de Adán.

—Vuelva a mentirme —susurró Bean.

—Cabría esperar que alguien que solía ser pequeño no acabara convirtiéndose en un matón —dijo Volescu.

—Todos fuimos pequeños —dijo Petra—. Suéltale el cuello, Bean.

—Déjame aplastarle un poquito la laringe.

—Es demasiado confiado. Está muy seguro de que nunca los encontraremos.

—Muchos bebés —dijo Volescu, tan tranquilo—. Muy poco tiempo.

—Cuenta con que no vamos a torturarlo —dijo Bean.

—O tal vez quiere que lo hagamos —dijo Petra—. ¿Quién sabe cómo funciona su cerebro? La única diferencia entre Volescu y Aquiles es el tamaño de sus ambiciones. Los sueños de Volescu son muy, muy pequeños.

Los ojos de Volescu se llenaron de lágrimas.

—Sigo considerándote mi único hijo —le dijo a Bean—. Me apena que no nos comuniquemos mejor.

El pulgar de Bean masajeó la piel de la garganta de Volescu alrededor de la nuez de Adán.

—Me sorprende que pueda encontrar siempre un sitio para dedicarse a su especialidad científica —dijo Petra—. Pero este laboratorio ya está cerrado. El Gobierno de Ruanda hará que sus científicos lo examinen para descubrir qué ha estado haciendo.

—Siempre hago el trabajo para que otros se lleven el mérito —dijo Volescu.

—¿Ves cómo casi puedo abarcarle la garganta con una sola mano? —dijo Bean.

—Llevémoslo a Ribeirão Preto, Julian.

—Eso estaría bien —dijo Volescu—. ¿Cómo les va a mi hermana y su marido? ¿O ya no los veis, ahora que sois tan importantes?

—Está hablando de mi familia como si no fuera el monstruo que clonó a mi hermano ilegalmente y luego asesinó a todos los clones menos uno —dijo Bean.

—Han vuelto a Grecia —dijo Petra—. Por favor, no lo mates, Bean. Por favor.

—Recuérdame por qué.

—Porque somos buenas personas.

Volescu se echó a reír.

—Vivís asesinando. ¿A cuánta gente habéis matado los dos? Y si añadimos a todos los insectores que asesinasteis en el espacio...

—Muy bien —dijo Petra—. Adelante, mátalo.

Bean tensó los dedos. No mucho, en realidad. Pero Volescu emitió un sonido ahogado con la garganta y en unos instantes se le pusieron los ojos saltones.

En ese momento, Suriyawong entró en el laboratorio.

—General Delphiki, señor —dijo.

—Un momentito, Suri —dijo Petra—. Está matando a alguien.

—Señor —dijo Suriyawong—. Esto es un laboratorio de material bélico.

Bean relajó su presa.

—¿Investigación genética aún?

—Varios de los otros científicos que trabajan aquí tenían recelos sobre el trabajo de Volescu y las fuentes de sus subvenciones. Estaban recopilando pruebas. No hay gran cosa que recopilar. Pero todo señala a que Volescu estaba desarrollando un virus del resfriado común que podía causar alteraciones genéticas.

—Eso no afectaría a los adultos —dijo Bean.

—No tendría que haber dicho material bélico —dijo Suriyawong—, pero he supuesto que eso detendría tu pequeño juego de estrangulamiento.

—¿Qué es, entonces?

—Es un proyecto para alterar el genoma humano.

—Sabemos que ha trabajado en eso —dijo Petra.

—Pero no con virus como portadores —dijo Bean—. ¿Qué estaba haciendo aquí, Volescu?

Volescu emitió algunas palabras ahogadas.

—Cumpliendo los términos de mi acuerdo.

—¿Acuerdo con quién?

—Los acordantes —dijo Volescu.

—Clausura este lugar —le dijo Bean a Suriyawong—. Llamaré al Hegemón para solicitar que ponga en observación Ruanda.

—Creo que nuestro brillante científico tenía alguna extraña idea para rehacer a la especie humana —dijo Petra.

—Necesitamos que Anton examine lo que estaba haciendo este loco discípulo suyo.

—Suri —dijo Petra—. Bean no iba a matarlo.

—Sí que iba —dijo Bean.

—Yo lo habría detenido.

Suri soltó una risita.

—Algunas personas necesitan que las maten. Hasta ahora, el cómputo de Bean es uno a uno.

Petra dejó de acudir a los interrogatorios de Volescu. Apenas podía llamárselos así: preguntas directas que no llegaban a ninguna parte, amenazas que parecían no significar nada. Era enloquecedor y agobiante y odiaba la forma en que él la miraba. Miraba su vientre, que empezaba a dejar ver su embarazo más y más cada día.

Pero seguía controlando lo que llamaban, a falta de nombre mejor, el proyecto Volescu. El jefe de seguridad electrónica, Ferreira, trabajaba intensamente intentando localizar todo lo que Volescu había estado haciendo con su ordenador y siguiendo sus diversas identidades a través de las redes. Pero Petra se aseguraba de que las investigaciones de bases de datos e índices que ya tenían localizados continuaran. Aquellos bebés estaban en alguna parte, implantados en madres de alquiler, y en algún momento tendrían que dar a luz. Volescu no arriesgaría sus vidas prohibiendo a las madres acceder a buenos cuidados médicos: de hecho, eso era lo mínimo que podía esperarse. Así que nacerían en hospitales y sus nacimientos serían registrados.

Cómo encontrarían a esos bebés entre los millones que nacerían en ese tiempo era algo que Petra no era capaz de empezar a imaginar. Pero recopilarían los datos e indexarían todas las variables útiles imaginables para trabajar con ellas cuando por fin descubrieran algún marcador identificativo.

Mientras tanto, Bean se encargaba de los interrogatorios a Volescu. Estaban consiguiendo alguna información que resultaba cierta, pero a Bean le costaba trabajo decidir si Volescu estaba dejando caer inconscientemente información útil o si jugaba deliberadamente con ellos dejando filtrar gotitas de información que sabía que no serían demasiado útiles al final.

Cuando no estaba con Volescu, Bean estaba con Anton, quien había dejado su retiro y aceptado tomar grandes cantidades de fármacos para controlar su reacción adversa a trabajar en su campo científico.

—Me digo a mí mismo cada día que no estoy haciendo ciencia —le dijo a Bean—. Simplemente estoy calificando los trabajos de un estudiante. Pero sigo vomitando. Esto no es bueno para mí.

—No te esfuerces más de lo que puedas.

—Mi esposa me ayuda —dijo Anton—. Es muy paciente con este viejo. ¿Y sabes una cosa? Está embarazada. ¡Por vía natural!

—Enhorabuena —dijo Bean, sabiendo lo duro que eso era para Anton, cuyos deseos sexuales no tendían en la misma dirección que sus planes reproductores.

—Mi cuerpo sabe cómo, incluso a esta edad. —Rió—. Hace lo que viene de modo forzado.

Pero felicidad personal aparte, el panorama que Anton empezaba a pintar era cada vez peor.

—Su plan era bastante sencillo. Planeaba destruir a la especie humana.

—¿Por qué? Eso no tiene sentido. ¿Venganza?

—No, no. Destruir y *sustituir*. El virus que eligió iría directamente a las células reproductoras del cuerpo. Cada espermatozoide, cada óvulo. Infectaría, pero no mataría. Sólo cortaría y sustituiría. Todo tipo de cambios. La fuerza y la velocidad de un africano del este. Unos pocos cambios que no comprendo porque nadie ha trazado en realidad esa parte del genoma... no son funciones. Y algunos que ni siquiera sabía que encajaran con el genoma humano. Tengo que probarlos y no puedo hacerlo. Eso sería ciencia de verdad. Que lo haga otro. Más tarde.

—Estás evitando el gran cambio —dijo Bean.

—Mi pequeña clave. Su virus la dispara.

—Entonces no tiene cura. No hay forma de disparar la clave de la habilidad intelectual sin disparar también esta pauta de crecimiento perpetuo.

—Si la tuviera, la usaría. No hay ninguna ventaja en no hacerlo.

—Entonces sí que es un arma biológica.

—¿Arma? ¿Algo que afecta sólo a tus hijos? ¿Que los hace morir de gigantismo antes de cumplir los veinte años? Oh, ello haría que los ejércitos salieran corriendo muertos de miedo.

—¿Entonces qué?

—Volescu cree que es Dios. O al menos está jugando a disfrazarse de Dios. Intenta empujar a la especie humana al siguiente estadio de la evolución. Esparcir esta enfermedad para que ningún niño normal pueda nacer jamás.

—Pero eso es una locura. Todo el mundo muriendo tan joven...

—No, no, Julian. No es una locura. ¿Por qué viven tanto los humanos? Los matemáticos y los poetas se queman de todas formas a los veintipocos años. Vivimos tanto por los nietos. En un mundo difícil, los abuelos pueden asegurar la supervivencia de sus nietos. A las sociedades que conservaban a sus ancianos y los escuchaban y los respetan y los alimentaban siempre les iba mejor. Pero se trataba de una comunidad a punto de morir de inanición. Siempre en riesgo. ¿Corremos ese riesgo hoy?

—Si estas guerras siguen empeorando...

—Sí, las guerras —dijo Anton—. Eliminan a toda una generación de hombres, pero los abuelos conservan su potencia sexual. Pueden propagar la siguiente generación aunque los jóvenes hayan muerto. Pero Volescu cree que estamos listos para dar otro paso planeando las muertes de los jóvenes.

—Así que no le importa tener generaciones que duren menos de veinte años.

—Cambia las pautas de la sociedad. ¿Cuándo estuviste dispuesto a aceptar un papel de adulto, Bean? ¿Cuándo estuvo tu cerebro listo para trabajar para cambiar el mundo?

—A los diez años. Antes, si hubiera tenido una buena educación.

—Entonces consigue una buena educación. Todas nuestras escuelas cambian porque los niños están dispuestos a aprender a los tres años. A los dos. A los diez años, si el cambio genético de Volescu tiene lugar, la nueva generación estará completamente preparada para sustituir a la antigua. Casarse lo antes posible. Reproducirse como conejos. Convertirse en gigantes. Irresistibles en la guerra. Hasta que se mueran de ataques al corazón. ¿No lo ves? En vez de malgastar a los jóvenes en muertes violentas, enviamos a los viejos... a los de dieciocho años. Mientras todo el trabajo en la ciencia, la tecnología, la construcción, la agricultura, todo, lo hacen los jóvenes. Los niños de diez años. Todos como tú.

—Y ya no son humanos.

—Una especie distinta, sí. Los hijos del *Homo sapiens. Homo lumens*, tal vez. Todavía capaces de reproducirse entre sí, los humanos a la antigua usanza se hacen viejos pero nunca grandes. Y nunca son demasiado listos. ¿Cómo pueden competir? Desaparecen, Bean. Tu pueblo gobierna el mundo.

—No serían mi pueblo.

—Es bueno que seas leal a los humanos antiguos como yo. Pero tú eres algo nuevo, Bean. Y si tienes hijos con mi clave activada, no serán rápidos como ha diseñado Volescu, pero serán brillantes. Algo nuevo en el mundo. Cuando puedan hablar unos con otros, en vez de estar solos como tú, ¿podrás mantenerte a su nivel? Bueno, tal vez sí, porque eres tú. ¿Pero podré yo mantenerme a su nivel?

Bean se rió amargamente.

—¿Podrá Petra? Eso es lo que estás diciendo.

—No tuviste padres que se sintieran humillados al descubrir que aprendías más rápido de lo que te podían enseñar.

—Petra los amará igual.

—Sí, lo hará. Pero todo su amor no los convertirá en humanos.

—Y tú que me decías que era definitivamente humano. No era cierto después de todo.

—Humano en tus amores, tus ansias. En lo que te hace bueno y no malo. Pero en la velocidad de tu vida, las alturas intelectuales, ¿no estás solo en este mundo?

—A menos que se libere ese virus.

—¿Cómo sabes que no será liberado de todas formas? —preguntó Anton—. ¿Cómo sabes que no ha completado ya una cepa y la ha diseminado? ¿Cómo sabes que no se contagió a sí mismo y ahora la esparce por dondequiera que va? En las semanas transcurridas desde que llegó aquí, ¿cuántas personas del complejo de la Hegemonía han pillado un resfriado? La nariz tapada, picor en el pene, los pezones más sensibles... sí, usó *ese* virus como base, tiene sentido del humor, del peor.

—No he comprobado los síntomas más sutiles, pero hemos tenido el número normal de resfriados.

—Probablemente no —dijo Anton—. Probablemente no se convirtió en portador. ¿Qué sentido tendría? Quiere que otra gente lo transmita.

—Estás diciendo que ya está ahí fuera.

—O tiene un sitio web que tiene que comprobar cada semana o cada mes. Y entonces pasa un mes y no lo hace. Y se envía una señal a alguien de la antigua red de Aquiles. El virus se lanza y se usa. Y todo lo que habrá tenido que hacer Volescu para dispararlo habrá sido... estar cautivo sin acceso a los ordenadores.

—¿Tan completa fue su investigación? ¿Podría tener un virus activo?

—No lo sé. Cuando se mudaba, cambiada todos sus archivos. Cuando le enviaste un mensaje, me lo dijiste, ¿recuerdas? Le enviaste un mensaje y se mudó a Ruanda. Antes de eso tal vez tenía una versión anterior del virus. Tal vez no. Tal vez ésta es la primera vez que ha puesto los genes para cambiar a los humanos en el virus. Si ése es el caso, entonces no, no ha sido lanzado. Pero podría ser. Está preparado. *Bastante* preparado. Tal vez lo capturaste justo a tiempo.

—Y si está ahí fuera, ¿qué?

—Entonces espero que el bebé que está esperando mi esposa sea como tú y no como yo.

—¿Por qué?

—Tu tragedia, Bean, es que eres único. Si todo el mundo es pronto como tú, ya sabes en qué te convierte eso.

—En un maldito idiota.

—Te convierte en Adán.

Anton se mostraba insoportablemente complaciente al respecto. Lo que Bean era, lo que le estaba sucediendo, era algo que no le deseaba a nadie. Ni a su hijo, ni al de Anton. Pero podía perdonarle a Anton su absurdo deseo. No había sido tan pequeño; no había sido tan grande. No podía saber lo... lo larval que era la primera etapa.

Como los gusanos de seda, la larva de mi especie hace todo el trabajo de su vida cuando es joven. Luego, la mariposa grande, que es lo que la gente ve, lo único que hace en la vida es echar un polvo, poner huevos y morir.

Bean habló del tema con Petra y luego ambos fueron a ver a Ferreira y a Peter. A partir de entonces la búsqueda informática se centró (con cierta urgencia) en la detección de cualquier señal que Volescu hubiera ido marcando cada día o cada semana. Sin duda esa señal estaba preparada para autodestruirse en cuanto se enviara su mensaje. Lo que significaba que, si ya había sido enviado, ya no existiría. Pero en algún lugar habría huellas. Copias de seguridad. Registros de algún tipo u otro. Nadie viajaba limpio por las redes.

Ni siquiera Bean. Se había convertido en imposible de seguir cambiándolo todo constantemente. Pero Volescu había permanecido anclado en un laboratorio aquí o un laboratorio allá, mientras pudo. Tal vez no había sido tan cuidadoso en sus maniobras a través de las redes. Después de todo, Volescu podía creerse brillante, pero no era Bean.

7

Una oferta

De: PeterWiggin%privado@hegemon.gov
A: Vlad%Empalado@gcu.ru.gov
Sobre: Los amigos de mi hermano

Me gustaría que charláramos. Cara a cara. Por mi hermano. En territorio neutral.

Peter llegó a San Petersburgo supuestamente como observador y consejero de los acuerdos comerciales del Pacto de Varsovia que eran parte del esfuerzo ruso por establecer una unión económica que rivalizara con la europea occidental. Y en efecto asistió a varias reuniones y mantuvo en su suite numerosas conversaciones. Naturalmente, su agenda era bastante distinta de la oficial, e hizo bastantes progresos, como esperaba, con representantes de algunas de las naciones más pequeñas o menos prósperas. Letonia. Estonia. Bulgaria. Bosnia. Albania. Croacia. Georgia. Cada pieza del rompecabezas contaba.

No todas las piezas eran un país. A veces eran un individuo.

Por eso Peter se encontró caminando por un parque: no uno de los magníficos parques del corazón de San Petersburgo, sino un parque más pequeño en Kohtla-Järve, un pueblo al noreste de Estonia con delirios de ciudad. Peter no estaba seguro de por qué Vlad había elegido un sitio que obligaba a cruzar fronteras, pues nada podría haber hecho su encuentro más obvio. Y estar en Estonia significaba que habría dos servicios de inteligencia vigilándolos: el de Estonia y el de Rusia. Los rusos no habían olvidado la historia: todavía vigilaban Estonia usando su servicio de espías doméstico en vez del extranjero.

Aquel parque era, tal vez, el motivo. Había un lago... no, un estanque, una pista de patinaje en invierno, Peter estaba seguro, ya que era casi perfectamente redondo y estaba todo rodeado de bancos. En verano, estaba lleno de anuncios de «chupan sangre y ponen los huevos en el mismo sitio» de la campaña contra los mosquitos, que se habían repartido en profusión.

—Cierre los ojos —dijo Vlad.

Peter ya se esperaba algún tipo de ritual de espías y, suspirando, obedeció. Su suspiro le dejó con la boca abierta, sin embargo, lo suficiente para saborear el repelente de insectos que Vlad le roció en la cara.

—Las manos —dijo Vlad—. Sabe mal pero no mata. Las manos.

Peter extendió las manos. También se las roció.

—No quiero que pierda más de medio litro de sangre durante nuestra conversación. Este sitio es horrible. Nadie viene aquí en verano. Así que no hay micros. Tenemos montones de prados despejados. Podemos ver si alguien nos vigila.

—¿Tan de cerca le controlan?

—El Gobierno ruso no es tan comprensivo como el Hegemón. Sigue usted confiando en Suriyawong porque cree que siempre se opuso a Aquiles. ¿Pero yo? De confianza, nada. Así que si piensa que tengo influencia, se equivoca de medio a medio, amigo mío.

—No estoy aquí por eso.

—Sí, lo sé, está aquí por los acuerdos comerciales. —Vlad hizo una mueca.

—No tiene mucho sentido hablar de acuerdos comerciales cuando el contrabando y los sobornos convierten cualquier aduana en un chiste —dijo Peter.

—Me alegra que comprenda nuestra manera de hacer las cosas. No confíes en nadie a quien no hayas sobornado en la última media hora.

—No me diga que de verdad tiene ese acento ruso tan marcado —dijo Peter—. Creció en la Escuela de Batalla. Debería hablar el común como un nativo.

—Lo hablo —dijo Vlad, todavía con un marcado acento ruso—. Excepto cuando mi futuro depende de no dar a la gente motivos para recordar lo distinto que soy. Los acentos son difíciles de aprender y difíciles de conservar. Así que lo mantendré ahora. No soy por naturaleza un buen actor.

—¿Puedo llamarte Vlad?

—¿Puedo llamarte Peter?

—Sí.

—Entonces sí también. Planificador de estrategia inferior no puede ser más formal que Hegemón de todo el mundo.

—Ya sabes de cuánta parte del mundo soy Hegemón —dijo Peter—. Y, como decía, no es por eso por lo que estoy aquí. O no directamente.

—¿Entonces qué? ¿Quieres contratarme? No es posible. Puede que aquí no se fíen de mí, pero desde luego no quieren que me vaya a otra parte. Soy un héroe del pueblo ruso.

—Vlad, si confiaran en ti, ¿qué crees que estarías haciendo ahora mismo?

Vlad se echó a reír.

—Dirigir los ejércitos de la Madre Rusia, como Alai y Hot Soup y Virlomi y tantos otros están haciendo ya. Tantos Alejandros.

—Sí, he oído esa comparación. Pero yo lo veo de otra forma. Lo veo como la carrera armamentística que llevó a la Primera Guerra Mundial.

Vlad pensó un momento.

—Y nosotros los mocosos de la Escuela de Batalla somos la carrera armamentística. Si una nación tiene uno, entonces otra nación debe tener más. Sí, de eso trataban los secuestros de Aquiles.

—Mi argumento es el siguiente: tener a un graduado de la Escuela de Batalla (sobre todo a un miembro del grupo de Ender), hace que la guerra sea más probable, no menos.

—No lo creo —dijo Vlad—. Sí, Hot Soup y Alai están en el meollo de todo, pero Virlomi no pertenecía al grupo. Y el resto del grupo... Bean y Petra están contigo, luchando por la paz mundial, ¿no? ¿Como concursantes en un certamen de belleza? Dink está en un proyecto conjunto angloamericano, lo que significa que tiene cortadas las pelotas, militarmente hablando. Shen está contando las horas en algún puesto decorativo en Tokio. Dumper es monje, creo, o como lo llamen. Un chamán. En los Andes o por ahí. Crazy Tom está en Sandhurst, confinado en un aula. Carn Carby está en Australia, donde puede que tengan o no ejército, pero a nadie le importa. Y Fly Molo... bueno, es un chico muy ocupado en Filipinas. Pero no es su presidente, ni siquiera un general importante.

—Eso encaja con mi visión, aunque creo que Carn discutiría contigo sobre el valor del ejército australiano.

Vlad no hizo caso a la objeción.

—Mi argumento es que la mayoría de las naciones que tienen este «valioso recurso nacional» están más preocupadas manteniéndonos bajo observación y lejos del poder que utilizándonos para hacer la guerra.

Peter sonrió.

—Sí. O te meten en sangre hasta los codos o te tienen encerrado en una caja. ¿Alguien felizmente casado?

—Ninguno de nosotros ha cumplido todavía veinticinco años. Bueno, tal vez Dink. Siempre mintió sobre su edad. La mayoría de nosotros aún no tenemos los veinte o acabamos de cumplirlos.

—Os tienen miedo. Mucho más ahora, porque las naciones que sí utilizaron a sus miembros del grupo para la guerra son gobernadas ahora por ellos.

—Si llamas al «islam mundial» una nación, yo personalmente lo considero una llamada a la algarada con escrituras.

—No lo digas en Bagdad o en Teherán.

—Como si pudiera ir a esos sitios.

—Vlad —dijo Peter—. ¿Cómo te gustaría librarte de toda esta belleza?

Vlad soltó una carcajada.

—¿Así que representas a *Graff*?

Peter se sorprendió.

—¿Graff ha venido a verte?

—Ser jefe de una colonia. Dejar todo esto. Vacaciones con todos los gastos pagados... ¡que duran el resto de tu vida!

—Vacaciones no —dijo Peter—. Trabajo muy duro. Pero al menos tienes una vida.

—Así que Peter el Hegemón quiere al grupo de Ender fuera del planeta. Para siempre.

—¿Quieres mi trabajo? —dijo Peter—. Dimitiría hoy si pensara que tú ibas a ocuparlo. Tú o cualquier miembro del grupo de Ender. ¿Lo quieres? ¿Crees que puedes *conservarlo*? Entonces es tuyo. Yo sólo lo tengo porque escribí los ensayos de Locke y detuve una guerra.

¿Pero qué he hecho últimamente? Vlad, no te veo como rival. ¿Cómo podría? ¿Qué libertad tienes para oponerte a mí?

Vlad se encogió de hombros.

—Muy bien, así que tus motivos son puros.

—Mis motivos son realistas —dijo Peter—. Rusia no te está utilizando, ahora mismo, pero no te han asesinado ni te han encerrado. Si alguna vez deciden que la guerra es deseable o inevitable, ¿cuánto tiempo piensas que pasará antes de que te asciendan y te pongan en el meollo de las cosas? Sobre todo si la guerra va mal durante un tiempo. Tú eres su arsenal nuclear.

—En realidad no —contestó Vlad—. Porque mi cerebro se supone que es la carga de este misil concreto, y fue lo bastante defectuoso para que *pareciera* que confiaba en Aquiles; así que tal vez no sea tan bueno como los otros miembros del grupo.

—En una guerra contra Han Tzu, ¿cuánto tiempo pasaría antes de que dirigieras un ejército? ¿O de que al menos te pusieran al mando de la estrategia?

—Quince minutos, más o menos.

—Así es. ¿Es más o menos probable que Rusia vaya a la guerra, sabiendo que te tienen?

Vlad sonrió y ladeó la cabeza.

—Vaya, vaya. Así que el Hegemón me quiere fuera de Rusia para que Rusia no sea tan aventurera.

—No es tan sencillo —dijo Peter—. Llegará un día en que gran parte del mundo habrá mezclado su soberanía...

—Con lo cual quieres decir que la habrá rendido.

—En un solo Gobierno. No se tratará de las grandes naciones. Sólo de un puñado de naciones pequeñas. Pero al contrario que las Naciones Unidas y la Liga de Naciones o incluso la Hegemonía en su forma anterior, el sistema no estará diseñado para que el Gobierno central tenga el menor poder posible. Las naciones de esta liga no tendrán Ejército propio, ni Marina ni Fuerzas Aéreas. No tendrán el control de sus propias fronteras... y no recaudarán impuestos. Tampoco mantendrán una marina mercante propia. La Hegemonía tendrá poder sobre la política exterior, punto, sin rival. ¿Por qué iba Rusia a unirse a una confederación semejante?

—No lo haría nunca.

Peter asintió. Y esperó.

—No lo haría a menos que pensara que es la única cosa segura que puede hacer.

—Añade la expresión «y que reporte beneficios» a esa frase y estarás más cerca de acertar.

—Los rusos no somos estadounidenses como tú, Peter Wiggin. No hacemos las cosas para obtener beneficios.

—Así que todos esos sobornos van a causas caritativas.

—Impiden que los escritores y las prostitutas de Rusia se mueran de hambre —dijo Vlad—. Altruismo en su máxima expresión.

—Vlad, lo que estoy diciendo sobre esto es que lo pienses. Ender Wiggin hizo dos grandes cosas por la humanidad. Eliminó a los insectores. Y nunca regresó a la Tierra.

Vlad se volvió hacia Peter con auténtico fuego en los ojos.

—¿Crees que no sé quién dispuso eso?

—Yo lo recomendé —dijo Peter—. No era Hegemón entonces. ¿Pero te atreves a decirme que me equivoqué? ¿Qué habría sucedido si el mismo Ender estuviera aquí en la Tierra? Rehén de todo el mundo. Y si su patria consiguiera mantenerlo a salvo, ¿entonces qué? Ender Wiggin, el exterminador de insectores, ahora a la cabeza de las Fuerzas Armadas de los temidos Estados Unidos. Piensa en las maniobras, las alianzas, los ataques preventivos, todo porque esa arma grande y terrible estaría en manos de la nación que aún piensa que tiene el derecho de juzgar y gobernar a todo el mundo.

Vlad asintió.

—Entonces es una feliz coincidencia que te dejara sin rival para la Hegemonía.

—Tengo rivales, Vlad. El califa tiene millones de seguidores que creen que él es el elegido por Dios para gobernar la tierra.

—¿No vas a hacerle la misma oferta a Alai?

—Vlad, no espero persuadirte. Sólo informarte. Si llega el día en que piensas que tu mejor esperanza de seguridad es abandonar la Tierra, cuelga una nota en el sitio web del que te pondré un enlace en un correo electrónico. Si te das cuenta que la única posibilidad de paz que tiene tu nación es que todos los graduados de la Escuela de Batalla desaparezcan de la Tierra, dímelo, y yo me encargaré de poneros a todos a salvo.

—A menos que vaya a mis superiores y les cuente lo que acabas de decirme.

—Cuéntaselo —dijo Peter—. Cuéntaselo y pierde los últimos hilos de libertad que te quedan.

—Así que no se lo contaré.

—Y te lo pensarás. Es algo que se quedará en el fondo de tu mente.

—Y cuando los graduados de la Escuela de Batalla se hayan marchado, allí estará Peter. Hermano de Ender Wiggin. El gobernante natural de toda la humanidad.

—Sí, Vlad. La única posibilidad que tenemos de unidad es contar con un líder de consenso fuerte. Nuestro George Washington.

—Y ése eres tú.

—Podría ser el califa y tendríamos un futuro como mundo musulmán. O podríamos convertirnos todos en vasallos del Reino Medio. O, cuéntame, Vlad, ¿preferiríamos que nos gobernaran quienes ahora te tratan tan amablemente aquí?

—Me lo pensaré —dijo Vlad—. Pero piensa tú en otra cosa. La ambición era parte de la base por la que fuimos elegidos para la Escuela de Batalla. ¿Hasta qué punto crees que estaremos dispuestos a sacrificarnos? Mira a Virlomi. La persona más tímida que la Escuela de Batalla pudo admitir. Pero para conseguir su propósito se ha convertido en dios. Y parece representar el papel con entusiasmo, ¿no?

—La ambición confrontada al instinto de supervivencia —dijo Peter—. La ambición lleva a asumir grandes riegos. Pero nunca te lleva a una destrucción segura.

—A menos que seas tonto.

—No hay ningún tonto en este parque hoy —dijo Peter—. A menos que cuentes a los espías que respiran con cañitas bajo el agua para poder escuchar nuestra conversación.

—Es lo mejor que saben hacer los estonios.

—Me alegra saber que los rusos no han olvidado su sentido del humor.

—Todo el mundo conoce unas pocas docenas de chistes estonios.

—¿De quién cuentan chistes los estonios?

—De los estonios, naturalmente. Sólo que no se dan cuenta de que son chistes.

Riendo, dejaron el parque y regresaron, Peter al coche donde le esperaba su chofer, Vlad al tren que lo llevaría de vuelta a San Petersburgo.

Algunos graduados de la Escuela de Batalla acudieron a Ribeirão Preto a escuchar la invitación de Peter. Con otros, contactó a través de amigos mutuos. Con los miembros del grupo de Ender se reunió directamente. Con Carn Carby en Australia. Con Dink Meeker y Crazy Tom en Inglaterra. Con Shen en Tokio. Con Fly Molo en Manila. Y con Dumper en pleno consejo de quechuas en las ruinas de Machu Picchu, su cuartel general extraoficial mientras trabajaba firmemente para organizar a los americanos nativos de Sudamérica.

Ninguno de ellos aceptó su oferta. Todos la escucharon y la recordaron.

Mientras tanto, la guerra de guerrillas de la India se hizo más salvaje. Más y más soldados persas y paquistaníes fueron retirados de China. Hasta que llegó el día en que no hubo ninguno acorralando al hambriento ejército chino de la provincia de Sichuan. Han Tzu se puso en movimiento.

Los turcos se retiraron a la provincia de Xinjiang. Los indonesios regresaron a sus barcos y se retiraron a Taiwan. Los árabes se unieron a la ocupación de la India. La China de Han quedó libre de ocupantes extranjeros sin que el emperador disparara un solo tiro.

De inmediato, estadounidenses, europeos y latinoamericanos regresaron, comprando y vendiendo, ayudando a China a recuperarse de las guerras de conquista vacías. Mientras las naciones musulmanas continuaban sangrando armas y dinero y hombres en la guerra cada vez más brutal para controlar la India.

Mientras tanto, un nuevo par de ensayistas irrumpieron en las redes.

Uno se hizo llamar «Lincoln» y hablaba de la necesidad de poner fin a las sangrientas guerras y la opresión, y asegurar los derechos y libertades de todas las sociedades dando a un Gobierno mundial honrado y que respetara las leyes control exclusivo sobre todas las armas de la guerra.

El otro se hizo llamar «Martel», refiriéndose a Charles *el Martillo*, que detuvo el avance musulmán hacia Europa en Poitiers. Martel seguía insistiendo en el grave peligro al que se enfrentaba el mundo debido a la existencia del califa. Los musulmanes, que ya constituían más de la tercera parte de la población de algunos países europeos, se envalentonarían, tomarían el poder y obligarían a toda Europa a vivir bajo la brutal ley musulmana.

Hubo algunos comentaristas que vieron en estos dos ensayistas una similitud con los días en que Locke y Demóstenes se enfrentaban, con una división similar entre la búsqueda de la paz y las advertencias de guerra. Locke y Demóstenes habían resultado ser Peter y Valentine Wiggin. Sólo una vez respondió Peter a una pregunta sobre «Lincoln»:

—Hay varias formas de poder unir al mundo. Me alegro de no ser el único que espera que sea por medio de una democracia liberal en vez de por las conquistas del despotismo.

Y sólo una vez comentó Peter cuando le preguntaron por «Martel»:

—No creo que ayude a la causa de la paz mundial provocar el tipo de temor y odio que conduce a expulsiones y genocidio.

Ambas respuestas aumentaron la credibilidad de los dos ensayistas.

8

Ender

De: Rockette%Armenia@hegemon.gov
A: Noggin%Lima@hegemon.gov
Sobre: Me lo paso bien así que no critiques

Querido esposo:

¿Qué MÁS puedo hacer mientras estoy aquí sentada con un vientre del tamaño de un granero aparte de escribir? Es duro, considerando que el teclado está a la distancia de mis brazos. Y no es que la propaganda antimusulmana sea más difícil que respirar. Soy armenia, oh padre del globo que llevo dentro de mi abdomen. Sabemos que los musulmanes (los turcos en particular, por supuesto) llevan asesinando a cristianos armenios desde tiempos inmemoriales. Y que no son nunca de fiar. ¿Y sabes qué? Cuando busco pruebas, antiguas y contemporáneas, no tengo que levantarme de la silla.

Así que continuaré escribiendo los ensayos de Martel y seguiré riéndome mientras acusan a Peter de haberlos escrito él. Naturalmente, lo hago a petición suya, que es lo que tengo entendido que hizo Valentine cuando escribió los ensayos de Demóstenes cuando todos estábamos en la escuela. Pero sabes que nadie escuchará sus argumentos como Lincoln a menos que todos estén aterrorizados, ya sea de que los musulmanes se apoderen del mundo (es decir, más concretamente, de su barrio) o del horrible baño de sangre que se produciría si las naciones con minoría musulmana empezaran a oprimirla o expulsarla.

Además, Bean, creo que lo que estoy diciendo es verdad. Alai tiene buenas intenciones pero está claro que no controla a sus fanáticos seguidores. Están asesinando de verdad a gente y lo llaman «ejecuciones». Están intentando de verdad gobernar la India. Están agitando y creando algaradas y cometiendo atrocidades en Europa ahora mismo, presionando para que las naciones europeas se decanten hacia el califa y dejen de comerciar con China, que ofrece en realidad suministros a Virlomi.

Y ahora este escrito se tendrá que terminar porque los dolores estomacales que creía tener no lo son. El bebé piensa que viene ya, con dos meses de adelanto. Por favor, vuelve aquí ahora mismo.

Peter esperaba ante el paritorio con Anton y Ferreira.

—¿Significa algo este nacimiento prematuro? —le preguntó a Anton.

—No dejaron a los médicos analizar al niño, así que no tengo ningún material genético fiable con el que trabajar —contestó Anton—. Pero sabemos que en las primeras etapas la madurez se acelera mucho. Creo que es posible que el parto prematuro esté relacionado con la clave activada.

—Se me ocurre que podría ser la pista que necesitamos para encontrar a los otros bebés y desentrañar la red de Volescu.

—¿Porque los otros podrían ser también prematuros?

—Creo que Volescu tiene un sistema de control previsto y que, poco después de que lo arrestaran, se activó una alarma y todas las madres de alquiler huyeron. Eso no nos habría servido de nada antes, porque no sabíamos cuándo se disparó la señal, y las mujeres embarazadas puede que sean uno de los grupos demográficos más estables pero hay cientos de miles.

Ferreira asintió.

—Pero ahora podemos intentar correlacionar los nacimientos prematuros con los movimientos bruscos al mismo tiempo de otras mujeres con partos prematuros similares.

—Y luego comprobar su financiación. Tendrán los mejores cuidados hospitalarios posibles, y alguien los está pagando.

—A menos que este bebé sea prematuro porque Petra tiene algún tipo de problema —dijo Anton.

—No hay casos de partos prematuros en su familia —contestó Peter—. Y el bebé se ha estado desarrollando rápidamente. No en tamaño, me refiero, pero todas las partes estuvieron en su sitio antes de lo normal. Creo que este bebé es como Bean. Creo que la clave está activada. Así que usémosla como pista para averiguar adónde fue Volescu y dónde podrían estar esperando esos virus a ser liberados.

—Aparte de para encontrar a los bebés de Bean y Petra —dijo Anton.

—Por supuesto. Ése es el objetivo principal. —Peter se volvió hacia la jefa de enfermeras—. Que alguien me llame cuando se sepa algo del estado de la madre y el niño.

Bean se sentó junto a la cama de Petra.

—¿Cómo te encuentras?

—No tan mal como esperaba.

—Hay una cosa buena en los partos prematuros —dijo él—. El bebé es más pequeño y el proceso es más fácil. Está bien. Lo tienen en cuidados intensivos solamente por su tamaño. Todos sus otros órganos funcionan.

—Tiene... es como tú.

—Anton está supervisando los análisis ahora mismo. Pero eso supongo. —Le tomó la mano—. Lo que queríamos evitar.

—Si es como tú, entonces no lo lamento.

—Si es como yo, eso significa que Volescu en realidad no tenía ningún tipo de prueba. O la tenía y descartó a los bebés normales. O tal vez todos son como yo.

—Lo que tú querías evitar —susurró ella.

—Nuestros pequeños milagros.

—Espero que no estés demasiado decepcionado. Espero que tú... lo consideres una oportunidad para ver cómo podría haber sido tu vida si hubieras crecido con unos padres, en un hogar. No escapando con vida a duras penas y luego aprendiendo a sobrevivir en las calles de Rotterdam.

—A la edad de un año.

—Piensa en cómo será criar a este bebé rodeado de amor, enseñándole tan rápido como quiera aprender. Todos esos años perdidos recuperados para nuestro bebé.

Bean negó con la cabeza.

—Esperaba que el bebé fuera normal. Esperaba que todos fueran normales. Para no tener que considerarlo.

—¿Considerar el qué?

—Llevarme al bebé conmigo.

—¿Contigo adónde? —preguntó Petra.

—La F.I. tiene una nueva nave estelar. Muy secreta. Una nave mensajera. Usa un campo de gravedad para potenciar la aceleración. Alcanza la velocidad de la luz en una semana. El plan es que cuando encontremos a los bebés, yo me lleve a los que sean como yo y que despeguemos y sigamos viajando hasta que encontremos una cura para esto.

—Una vez que os hayáis marchado —dijo Petra—, ¿por qué crees que la flota se molestará en buscar una cura?

—Porque quieren activar la Clave de Anton sin que haya efectos colaterales —respondió Bean—. Seguirán trabajando en ello.

Petra asintió. Se estaba tomando aquello mejor de lo que Bean esperaba.

—Muy bien —dijo—. En cuanto encontremos a los bebés, nos iremos.

—¿Iremos?

—Estoy segura de que en tu centrista visión leguminosa del universo no se te habrá pasado por la cabeza ningún motivo por el que yo no deba ir contigo.

—Petra, significa aislarte de la especie humana. Para mí es distinto porque no soy humano.

—No me digas.

—¿Qué clase de vida sería para los bebés normales crecer confinados en una nave estelar?

—Sólo parecerían semanas, Bean. ¿Cuánto crecerían?

—Estarías aislada de todo. De tu familia. De todo el mundo.

—Estúpido —dijo ella—, *tú* eres todo el mundo ahora. Tú y nuestros bebés.

—Podrías criar a los bebés normales... normalmente. Con abuelos. Una vida normal.

—Una vida sin padre. Y sus hermanos en una nave estelar, de modo que no se conocerán nunca. No lo creo, Bean. ¿Piensas que voy a parir a este pequeño y luego dejar que alguien se lo lleve?

Bean le acarició la mejilla, el pelo.

—Petra, hay un montón de argumentos racionales contra lo que estás diciendo, pero acabas de dar a luz a mi hijo y no voy a discutir contigo ahora.

—Tienes razón —dijo Petra—. Evitemos esta discusión hasta que haya amamantado al bebé por primera vez y sea incluso más imposible para mí considerar que lo apartes de mí. Pero te lo digo ahora mismo: nunca cambiaré de opinión. Y si manipulas las cosas para poder escaparte y robarme a mi niño y dejarme viuda sin ni siquiera mi hijo para criarlo, entonces eres peor que Volescu. Cuando él robó a nuestros niños sabíamos que era un monstruo amoral. Pero tú... tú eres mi marido. Si me haces eso, rezaré para que Dios te ponga en la parte más profunda del infierno.

—Petra, sabes que no creo en el infierno.

—Pero saber que estoy rezando por una cosa así será un infierno para ti.

—Petra, sabes que no haré nada con lo que no estés de acuerdo.

—Entonces iré contigo, porque nunca estaré de acuerdo en nada más. Así que está decidido. No hay ninguna discusión que mantener luego, cuando sea racional. Ya soy tan racional como pueda serlo jamás. De hecho, no hay ningún motivo racional para que yo no vaya si quiero. Es una idea excelente. Y crecer en una nave estelar tiene que ser mejor que ser huérfano en las calles de Rotterdam.

—No me extraña que te pusieran piedra por nombre —dijo Bean.

—No cedo y no me desgasto. No soy sólo piedra, soy *diamante*.

Los ojos se le cerraban de sueño.

—Duérmete ahora, Petra.

—Sólo si puedo hacerlo agarrada a ti.

Él le tomó la mano; ella la agarró con fuerza.

—Conseguí que me dieras un bebé —dijo—. No se te ocurra pensar que no voy a salirme con la mía también en esto.

—Ya te lo he prometido, Petra. Lo que hagamos, será porque tú estés de acuerdo en que es lo adecuado.

—Creo que quieres dejarme. Viajar a... ninguna parte. Creo que ninguna parte es mejor que vivir conmigo...

—Eso es, nena —dijo Bean, acariciándole el brazo con la otra mano—. Ninguna parte es mejor que vivir contigo.

Hicieron que un sacerdote bautizara al bebé. Tuvo que entrar en cuidados intensivos neonatales para ello: no era la primera vez, naturalmente, que bautizaba a recién nacidos con problemas antes de que murieran. Pareció aliviado al saber que aquel bebé era sano y fuerte y que era probable que sobreviviera, a pesar de lo pequeño que era.

—Andrew Arkanian Delphiki, yo te bautizo en el nombre del Padre y del Hijo y del Espíritu Santo.

Había toda una multitud congregada alrededor de la incubadora. La familia de Bean, la familia de Petra y, por supuesto, Anton y Ferreira y Peter y sus padres y Suriyawong y los miembros del pequeño ejército de Bean que no estaban en ninguna misión. Tuvieron que sacar la incubadora a una sala de espera para que hubiera espacio para tanta gente.

—Vais a llamarlo Ender, ¿no? —dijo Peter.

—Hasta que nos lo prohíba —respondió Petra.

—Qué alivio —dijo Theresa Wiggin—. Ahora no tendrás que ponerle a ningún hijo tuyo el nombre de tu hermano, Peter.

Peter la ignoró, lo que significaba que sus palabras le habían pinchado.

—El bebé lleva el nombre de san Andrés —dijo la madre de Petra—. A los bebés se les pone nombre de santo, no de soldado.

—Por supuesto, mamá —dijo Petra—. Ender y nuestro bebé recibieron *los dos* el nombre de san Andrés.

Anton y su equipo descubrieron que, en efecto, el bebé tenía el síndrome de Bean. La Clave estaba activada. Y tener dos conjuntos de genes que comparar confirmó que la modificación genética de Bean era hereditaria.

—Pero no hay motivos para suponer que todos los bebés tengan la modificación —les dijo a Bean, Petra y Peter—. Sin embargo, es probable que la tendencia sea dominante. Así que todo hijo que la tenga será acelerado.

—Nacimiento prematuro —dijo Bean.

—Y podemos suponer que, estadísticamente, la mitad de los bebés deberían tener la tendencia. Las leyes de Mendel. No férreas, porque hay un elemento aleatorio. Así que tal vez sólo haya tres. O cinco. O más. O éste podría ser el único. Pero lo más probable...

—Sabemos cómo funciona la probabilidad, profesor —dijo Ferreira.

—Quiero recalcar la incertidumbre.

—Créame, la incertidumbre es mi vida —dijo Ferreira—. Ahora mismo hemos encontrado sólo dos docenas o casi un centenar de grupos de mujeres que dieron a luz dos semanas después que Petra y que se mudaron al mismo tiempo que otras de su grupo, desde el día en que Volescu fue arrestado.

—¿Cómo pueden no saber siquiera cuántos grupos tienen? —preguntó Bean.

—Criterios de selección —respondió Petra.

—Si los dividimos en grupos que se marcharon en tandas de seis en seis horas, entonces obtenemos el total más alto. Si los dividimos en grupos que se marcharon en tandas cada dos días, el total más bajo. Además podemos cambiar los marcos temporales y también cambian entonces los grupos.

—¿Qué hay de que los bebés sean prematuros?

—Eso supone que los doctores son conscientes de que los bebés lo son —dijo Ferreira—. Lo que hemos buscado ha sido un peso bajo al nacer. Eliminamos a todos los bebés que estaban por encima del extremo bajo dentro de lo normal. La mayoría de ellos serán prematuros. Pero no todos.

—Y todo esto depende de que los bebés hayan sido implantados al mismo tiempo —dijo Petra.

—Es todo lo que podemos hacer —dijo Peter—. Si resulta que la Clave de Anton no hace que todos nazcan tras el mismo periodo de gestación... bueno, no es más problema que el hecho de que no sabemos dónde se implantaron los otros embriones.

—Algunos de los embriones podrían haber sido implantados mucho más recientemente —dijo Ferreira—. Así que vamos a seguir añadiendo mujeres a la base de datos cuando den a luz niños que pesen poco y se hayan mudado más o menos en la época en que Volescu fue arrestado. ¿Sois conscientes de cuántas variables hay que no conocemos? Cuántos embriones tienen la Clave de Anton. Cuándo fueron implantados. *Si* fueron implantados todos. Si Volescu tenía una orden posterior.

—Creía que habías dicho que sí la tenía.

—La tenía —dijo Ferreira—. No sabemos cuál era. Tal vez provoca la liberación del virus. Tal vez hace que las madres se muden. Tal vez ambas cosas. Tal vez ninguna.

—Hay muchas cosas que no sabemos —dijo Bean—. Es curioso lo poco que conseguimos del ordenador de Volescu.

—Es un hombre cuidadoso —respondió Ferreira—. Sabía perfectamente bien que lo capturarían algún día y que se apoderarían de su ordenador. Hemos aprendido más de lo que él podía haber imaginado... pero menos de lo que nosotros esperábamos.

—Seguid buscando —dijo Petra—. Mientras tanto, tengo que aplicar una ventosa en forma de bebé a una de las partes más blandas de mi cuerpo. Prometedme que no desarrollará pronto los dientes.

—No sé —dijo Bean—. No puedo acordarme de cuando no los tenía.

—Gracias por los ánimos.

Bean se levantó por la noche, como de costumbre, a recoger al pequeño Ender para que Petra pudiera amamantarlo. Diminuto como era, tenía un buen par de pulmones. Menudo vozarrón.

Y, como de costumbre, en cuanto el bebé empezó a mamar Bean se quedó mirando hasta que Petra se dio la vuelta para alimentar al bebé por el otro lado. Entonces se quedó dormido.

Hasta que volvió a despertarse. Normalmente no lo hacía, así que por lo que él sabía la situación era la de siempre. Petra estaba todavía amamantando al bebé, pero también estaba llorando.

—Nena, ¿qué ocurre? —preguntó Bean, acariciándole el hombro.

—Nada —respondió ella. Ya no lloraba.

—No intentes mentirme. Estabas llorando.

—Soy muy feliz.

—Estabas pensando en la edad que tendrá el pequeño Ender cuando muera.

—Eso es una tontería —dijo ella—. Nos vamos a ir en nave estelar hasta que encuentren una cura. Vivirá hasta los cien años.

—Petra.

—Qué. No estoy mintiendo.

—Lloras porque en tu imaginación ya puedes ver la muerte de tu bebé.

Ella se incorporó y se cargó al hombro al bebé, ya dormido.

—Bean, no sabes nada de estas cosas. Estaba llorando porque estaba pensando en ti cuando eras un bebé, y en cómo no tuviste un padre al que recurrir cuando llorabas por la noche, ni una madre que te abrazara y te amamantara, y ninguna experiencia del amor.

—Pero cuando finalmente descubrí lo que era, conseguí más de lo que ningún hombre podría esperar.

—Eso es —dijo Petra—. Y que no se te olvide.

Ella se levantó y llevó al bebé de vuelta a la cuna.

Y los ojos de Bean se llenaron de lágrimas. No por lástima por sí mismo cuando era bebé. Sino al recordar a la hermana Carlotta, que se había convertido en su madre y había permanecido a su lado mucho antes de que él aprendiese lo que era el amor y pudiera devolverle algo. Y algunas de sus lágrimas fueron también para Poke, la amiga que lo aceptó cuando estaba a punto de morir de inanición en Rotterdam.

Petra, no sabes lo corta que es la vida, ni siquiera cuando no tienes una enfermedad como la Clave de Anton. Muchas personas llegan prematuramente a la tumba, y a algunas yo las puse allí. No llores por mí. Llora por mis hermanos que fueron eliminados por Volescu cuando destruyó las pruebas de sus crímenes. Llora por todos los niños a los que nadie ha querido jamás.

Bean volvió la cabeza para que Petra no pudiera ver sus lágrimas cuando regresó a la cama, pensando que era sutil. Lo viera ella o no, se acurrucó a su lado y lo abrazó.

¿Cómo podía decirle a esa mujer, que siempre había sido tan buena con él y le había dado más de lo que sabía devolver, cómo podía decirle que le había mentido? No creía que llegara a haber jamás una cura para la Clave de Anton.

Cuando se marchara en esa nave estelar con los bebés que tuvieran su misma enfermedad, esperaba despegar y dirigirse a las estrellas. Viviría lo suficiente para enseñar a sus hijos cómo pilotar la nave. Explorarían. Enviarían sus informes por ansible. Cartografiarían planetas habitables en lugares tan lejanos que ningún otro humano querría viajar a ellos. En quince o veinte años de tiempo subjetivo vivirían mil años o más de tiempo real, y los datos que recopilaran serían un tesoro. Serían los pioneros de un centenar de colonias o más.

Y luego morirían, sin tener recuerdo de haber puesto el pie en ningún planeta, y sin tener hijos que transmitieran su enfermedad a otra generación.

Y sería soportable, para ellos y para Bean, porque sabrían que allá en la Tierra su madre y sus hermanos sanos estaban viviendo vidas normales, y se casaban y tenían hijos propios, de modo que para cuando su viaje de mil años hubiera terminado, todos los seres humanos estarían emparentados con ellos de un modo u otro.

Así es como seremos parte de todo.

No importa lo que prometiera, Petra, tú no vas a venir conmigo, ni nuestros hijos sanos tampoco. Y algún día lo comprenderás y me perdonarás por haber roto mi promesa.

9

Pensión

De: PeterWiggin%personal@hegemon.gov
A: Champi%T'it'u@NacionQuechua.Freenet.ne.com
Sobre: La mejor esperanza de los pueblos quechua y aymara

Querido Champi T'it'u:

Gracias por aceptar reunirte conmigo. Teniendo en cuenta que te llamé Dumper como si todavía fueras un niño de la Escuela de Batalla amigo de mi hermano, me sorprende que no me expulsaras en el acto.

Como prometí, te envío el borrador de la Constitución del Pueblo Libre de la Tierra. Eres la primera persona fuera del círculo más interno de la Hegemonía en verlo, y por favor recuerda que es sólo un borrador. Agradecería tus sugerencias.

Mi objetivo es tener una Constitución tan atractiva para las naciones que son reconocidas como Estados como por los pueblos que todavía no tienen Estado. La Constitución fracasará si el lenguaje no es idéntico para ambas. Por tanto hay aspiraciones a las que habríais de renunciar y reclamaciones que tendríais que abandonar. Pero creo que verás que lo mismo se cumplirá con los Estados que ocupan territorio que reclamáis para los pueblos quechua y aymara.

Los principios de mayoría, viabilidad, vecindad y densidad os garantizarían un territorio autogobernado, pero mucho más pequeño de lo que reclamáis ahora.

Pero vuestra reclamación actual, aunque históricamente es justificable, es también insostenible sin una guerra sangrienta. Tus habilidades militares son suficientes para garantizar que el enfrentamiento estaría mucho más equilibrado de lo que esperan los Gobiernos de Ecuador, Perú, Bolivia y Colombia. Pero aunque consigas una victoria completa, ¿quién sería tu sucesor?

Hablo con sinceridad, porque creo que no sigues un delirio sino que te embarcas en una empresa específica y factible. El camino de la guerra podría tener éxito durante un tiempo (y la palabra clave es «podría», ya que nada es seguro en una guerra), pero el coste en sangre, pérdidas económicas y rencor durante generaciones sería demasiado alto.

Por otro lado, ratificar la Constitución de la Hegemonía os garantizará una patria, a la que aquellos que insisten en ser gobernados solamente por líderes quechua y aymara y en criar a sus hijos para que hablen quechua y aymara puedan emigrar libremente, sin necesitar el permiso de nadie.

Pero ten en cuenta la cláusula irrevocable. Puedo prometerte que se tomará muy en serio. No ratifiques esta Constitución si tu pueblo ni tú estáis dispuestos a cumplirla.

En cuanto a la pregunta personal que me hiciste: no creo que importe que sea yo quien una al mundo bajo un solo gobierno. Ningún individuo es irremplazable. Sin embargo, estoy bastante seguro de que tendrá que ser una persona exactamente igual que yo. Y en este momento, la única persona que cumple ese requisito soy yo.

Comprometido con un Gobierno liberal con el más alto grado de libertad personal. Igualmente comprometido con no tolerar ninguna ruptura de la paz ni la opresión de un pueblo sobre otro. Y lo bastante fuerte para que eso se cumpla y hacer que se sostenga.

Únete a mí, Champi T'it'u, y no serás un insurrecto oculto en los Andes. Serás un jefe de Estado dentro de la Constitución de la Hegemonía. Y si eres paciente, y esperas a que yo haya conseguido la ratificación de al menos dos de las naciones relacionadas, entonces tú y el mundo podréis ver lo pacífica y equitativamente que pueden manejarse los derechos de los pueblos nativos.

Sólo funciona si cada parte está decidida a hacer los sacrificios necesarios para asegurar la paz y la libertad de todas las otras partes. Si una sola parte está decidida a seguir un camino de guerra o de opresión, entonces algún día esa parte se encontrará bajo toda la presión que puedan ejercer las Naciones Libres. Ahora mismo eso no es mucho. ¿Pero cuánto tiempo crees que pasará antes de que yo consiga tener una fuerza considerable?

Si estás conmigo, Champi T'it'u, no necesitarás ningún aliado.

Sinceramente,

Peter

Algo molestaba a Bean, le roía el fondo de su mente. Al principio pensó que era debido a la fatiga, por dormir tan poco de noche. Luego lo achacó a la ansiedad porque sus amigos (bueno, los amigos de Ender y Petra) estaban implicados en una lucha a vida o muerte en la India, donde no podrían ganar todos.

Y por último, mientras cambiaba los pañales a Ender, se le ocurrió. Tal vez era por el nombre del bebé. Tal vez, pensó amargamente, por lo que tenía en las manos.

Terminó de cambiar al niño y lo dejó en la cunita, donde Petra, dormida, lo oiría si lloraba.

Entonces fue en busca de Peter.

Naturalmente, no fue fácil que lo recibiera. No es que hubiera una gran burocracia en Ribeirão Preto. Pero ya era lo bastante grande para que Peter pudiera permitirse pagar unas cuantas capas de protección. Nadie estaba allí plantado montando guardia. Pero un secretario aquí, un empleado allá, y Bean se encontró dando explicaciones tres veces (a las cinco y media de la mañana) antes de poder ver siquiera a Theresa Wiggin.

Y, pensándolo bien, quería verla.

—Está al teléfono con algún pez gordo europeo —le dijo—. O está haciendo la pelota o se la están haciendo a él, depende de lo grande y poderoso que sea el país.

—Así que por eso todo el mundo está levantado tan temprano.

—Él trata de levantarse temprano para aprovechar una buena parte del día de trabajo en Europa, cosa que es difícil, porque sólo son unas pocas horas de la mañana. De la mañana de ellos.

—Entonces hablaré contigo.

—Vaya, qué misterio —dijo Theresa—. Un asunto tan importante como para levantarte a las cinco y media para ver a Peter, y al mismo tiempo tan nimio como para poder hablar conmigo cuando ves que está hablando por teléfono.

Lo dijo con tanta elegancia que Bean podría haber pasado por alto la amarga queja que escondían sus palabras.

—¿Así que sigue tratándote como a una madre ceremonial? —preguntó Bean.

—¿Consulta la mariposa con la crisálida?

—Entonces... ¿cómo te tratan tus otros hijos? —preguntó Bean.

Su rostro se ensombreció.

—¿De eso querías hablar?

Bean no tuvo claro si la pregunta era una ironía afilada (como diciendo, eso no es asunto tuyo) o una sencilla pregunta: ¿has venido a hablar de eso? Decidió que lo primero.

—Ender es mi amigo —dijo Bean—. Más que nadie, excepto Petra. Lo echo de menos. Sé que hay un ansible en su nave. Sólo era una suposición.

—Tengo cuarenta y seis años —respondió Theresa—. Cuando Val y Andrew lleguen a su destino, yo seré... vieja. ¿Por qué iban a escribirme?

—De modo que no lo han hecho.

—Si lo han hecho, la F.I. no ha considerado adecuado informarme.

—Son malos carteros, que yo recuerde. Parecen creer que la mejor terapia familiar es el método «ojos que no ven, corazón que no siente».

—O no se puede molestar a Andrew y Valentine. —Theresa tecleó algo—. Ya está. Otra carta que nunca enviaré.

—¿Para quién escribes?

—A quién. Los extranjeros os estáis cargando el idioma inglés.

—Yo no hablo inglés. Hablo común. Hay expresiones distintas.

—Le escribo a Virlomi y le digo que aproveche que Suriyawong sigue enamorado de ella y que no tiene sentido jugar a ser dios en la India cuando podría serlo de verdad casándose y teniendo hijos.

—Ella no ama a Suri —dijo Bean.

—A otra persona, ¿entonces?

—Ama la India. Para ella es algo más que patriotismo.

—Matriotismo. Nadie en la India se considera padre de la patria.

—Y tú eres la matriarca. Dispensando consejos maternos a los graduados de la Escuela de Batalla.

—Sólo a los del grupo de Ender que son ahora jefes de Estado o líderes insurrectos o, en este caso, deidades inexpertas.

—Hay una pregunta que quisiera hacerte.

—Ah. De vuelta al tema.

—¿Ender recibe pensión?

—¿Pensión? Sí, creo que sí. Sí. Desde luego.

—¿Y qué está haciendo su pensión mientras él se mueve a la velocidad de la luz?

—Acumulando intereses, imagino.

—¿Entonces tú no la administras?

—¿Yo? Creo que no.

—¿Tu marido?

—Soy yo la que maneja el dinero —dijo Theresa—. Más o menos. Nosotros no tenemos pensión. Ahora que lo pienso, tampoco tenemos salario. Sólo estamos de paso. Somos ocupas. Los dos pedimos la baja en la universidad porque era demasiado peligroso que unos rehenes potenciales anduvieran sueltos donde nuestros enemigos pudieran secuestrarnos. Naturalmente, el secuestrador principal está muerto, pero... aquí nos quedamos.

—Así que la F.I. se está quedando con el dinero de Ender.

—¿Adónde quieres ir a parar? —preguntó Theresa.

—No lo sé. Estaba limpiándole el culito a mi pequeño Ender, y pensé que había un montón de mierda.

—No paran de tragar. El pecho no parece hacerse más pequeño. Y ellos chupan más de lo que pueden sin que el pecho se convierta en una pasa.

—Y entonces pensé: sé cuánto tengo de pensión, y es bastante. No tengo que trabajar mientras viva. Y Petra tampoco. La mayor parte simplemente la invertimos. Y la volvemos a invertir. Aumenta rápidamente. Muy pronto nuestros ingresos por las inversiones serán mayores que la pensión original que invertimos. Naturalmente, eso es en parte porque tenemos mucha información interna. Ya sabes, qué guerras están a punto de comenzar y cuál fracasará, ese tipo de cosas.

—Estás diciendo que alguien debería controlar el dinero de Ender.

—Te diré una cosa. Voy a preguntarle a Graff quién se está encargando.

—¿Quieres invertirlo? —preguntó Theresa—. ¿Vas a dedicarte a la bolsa o las finanzas cuando Peter haya conseguido la paz mundial?

—No estaré aquí cuando Peter...

—Oh, Bean, por el amor de Dios, no me tomes tan en serio y no hagas que me sienta mal por actuar como si no fueras a morirte. Prefiero no pensar en tu muerte.

—Sólo estaba diciendo que no soy una buena persona para manejar la... cartera de Ender.

—¿Entonces... quién?

—No sé. No tengo ningún candidato.

—Y por eso querías hablar con Peter.

Bean se encogió de hombros.

—Pero eso no tendría ningún sentido. Peter no sabe nada de inversiones y... no, no, no. Ya veo adónde quieres llegar.

—¿Cómo, cuando yo mismo no estoy seguro?

—Oh, claro que estás seguro. Crees que Peter está financiando parte de todo esto con la pensión de Ender. Crees que está haciendo un desfalco a costa de su hermano.

—Dudo que Peter lo llamara desfalco.

—¿Cómo lo llamaría entonces?

—Para Peter, Ender probablemente está comprando bonos del Gobierno emitidos por la Hegemonía. Así que cuando el Hegemón domine el mundo, Ender recibirá el cuatro por ciento cada año, libre de impuestos.

—Incluso yo sé que eso es una inversión pésima.

—Desde un punto de vista financiero, Peter tiene a su disposición más dinero que las escasas limosnas que las pocas naciones dispuestas pagan todavía a la Hegemonía.

—Hay alzas y bajas.

—¿Te lo ha dicho?

—John Paul está más al tanto de estas cosas. Cuando el mundo se preocupa por la guerra, el dinero fluye hacia la Hegemonía. No mucho, sólo un poco más.

—Cuando llegué aquí por primera vez estabais Peter, vosotros dos y los soldados que traje conmigo. Un par de secretarios. Y un montón de deudas. Sin embargo Peter siempre tenía dinero suficiente para enviarnos en los helicópteros que trajimos. Dinero para combustible, dinero para municiones.

—Bean, ¿qué se ganará si acusas a Peter de quedarse con la pensión de Ender? Sabes que Peter no se está haciendo rico con eso.

—No, pero se está haciendo Hegemón. Ender podría necesitar el dinero algún día.

—Ender nunca volverá a la Tierra, Bean. ¿De qué le servirá el dinero en el nuevo mundo que vaya a colonizar? ¿Qué daño está causando?

—Entonces estás de acuerdo en que Peter estafe a su hermano.

—*Si* está haciendo eso. Cosa que dudo. —La sonrisa de Theresa era tensa y sus ojos relampaguearon un instante. Mamá oso, protegiendo a su cachorro.

—Protege al hijo que está aquí, aunque esté engañando al hijo que está fuera.

—¿Por qué no vuelves a tu habitación y cuidas de tu propio hijo en vez de meterte con el mío?

—Y los pioneros colocan en círculo las carretas para protegerse de las flechas de los indios.

—Te aprecio, Bean. También me preocupas. Te echaré de menos cuando mueras. Haré todo lo que pueda para ayudar a Petra a superar los tiempos difíciles que le esperan. Pero mantén tus manos de tamaño de hipopótamo apartadas de mi hijo. Tiene el peso de una nación sobre los hombros, por si no te has dado cuenta.

—Creo que no voy a tener que entrevistarme con Peter esta mañana después de todo.

—Encantada de serte útil.

—No le digas que he venido, ¿de acuerdo?

—Con mucho gusto. De hecho, ya se me ha olvidado que has estado aquí.

Se volvió hacia el ordenador y volvió a teclear. Bean esperó que estuviera escribiendo palabras sin significado y cadenas de letras, porque estaba demasiado enfadada para escribir nada inteligible. Incluso pensó en asomarse, sólo para ver. Pero Theresa era una buena amiga que protegía a su hijo. No había ningún motivo para convertirla en una enemiga.

Se marchó. Sus largas piernas lo llevaban mucho más lejos, mucho más rápido que a cualquier otro hombre que caminara tan despacio. Y aunque no se movía rápido, todavía sentía su corazón bombear aceleradamente. Sólo con recorrer un pasillo era como si hubiera corrido un poco.

¿Cuánto tiempo? No tanto como tenía ayer.

Theresa lo vio marchar y pensó: amo a ese muchacho por ser tan leal a Ender. Y tiene todo el derecho a sospechar de Peter. Es el tipo de cosa que haría. Por lo que sé, Peter consiguió que la universidad nos pagara nuestro salario completo, pero no nos lo dijo, y ahora está cobrando nuestros cheques.

O tal vez le está pagando en secreto China o América o cualquier otro país que valore sus servicios como Hegemón.

A menos que valoren sus servicios como Lincoln. O... como Martel. Si es que estaba escribiendo realmente los ensayos de Martel. Algo así encajaba con los servicios de propaganda de Peter, pero la escritura no parecía típica de él, y difícilmente podía ser Valentine esta vez. ¿Había encontrado otro escritor sustituto?

Tal vez alguien estaba contribuyendo a lo grande a la causa de «Martel» y Peter se estaba embolsando el dinero para hacer avanzar la suya propia.

Pero no. La noticia de esas contribuciones acabaría por filtrarse. Peter nunca sería tan tonto como para aceptar dinero que pudiera comprometerlo si se descubría.

Lo comprobaré con Graff, veré si la F.I. le está pagando la pensión a Peter. Y si es así, tendré que matar a ese muchacho. O al menos le pondré mi cara de decepción y luego lo pondré verde delante de John Paul cuando estemos a solas.

Bean le dijo a Petra que iba a ir a entrenar con Suri y los muchachos. Y lo hizo: fue a donde ellos estaban entrenando. Pero se pasó el tiempo en uno de los helicópteros, haciendo una llamada encriptada y codificada a la antigua estación de la Escuela de Batalla, donde Graff estaba reuniendo su flota de naves coloniales.

—¿Vas a venir a visitarme? —preguntó Graff—. ¿Quieres viajar al espacio?

—Todavía no —respondió Bean—. No hasta que haya encontrado a mis hijos perdidos.

—¿Entonces tienes otro asunto que discutir?

—Sí. Pero inmediatamente se dará cuenta de que este asunto del que quiero hablar no es asunto mío.

—No puedo esperar. No, tengo que esperar. Hay una llamada que no puedo rechazar. Espera un momento, por favor.

El siseo de la atmósfera y los campos magnéticos y la radiación entre la superficie de la Tierra y la estación espacial. Bean pensó en interrumpir la conexión y esperar otra ocasión. O tal vez dejar correr todo el estúpido asunto.

Justo cuando Bean iba a cortar la llamada, Graff volvió a ponerse.

—Lo siento. Estoy en mitad de unas negociaciones complicadas con China para dejar que emigren parejas que esperan descendencia. Querían enviarnos algunos de los varones que les sobran. Les he dicho que íbamos a formar una colonia, no a librar una guerra. Pero lo que es negociar con los chinos... Crees que oyes que sí, pero al día siguiente descubres que te dijeron *no* muy delicadamente y luego escondieron las manos.

—Todos estos años controlando el tamaño de su población y ahora no quieren dejar marchar a unos cuantos miles —dijo Bean.

—Tú me has llamado. ¿Qué es ese asunto que no es asunto tuyo?

—Recibo mi pensión. Petra la suya. ¿Quién recibe la de Ender?

—Vaya, vas al grano.

—¿Va a parar a Peter?

—Qué excelente pregunta.

—¿Puedo hacer una sugerencia?

—Por favor. Que yo recuerde, tienes un historial de sugerencias interesantes.

—Deje de enviar la pensión a todo el mundo.

—Ahora soy el ministro de Colonización —dijo Graff—. Recibo mis órdenes del Hegemón.

—Está tan metido en la cama con la F.I. que Chamrajnagar piensa que tiene hemorroides y se despierta rascándole.

—Tienes un enorme potencial por descubrir como poeta —dijo Graff.

—Mi sugerencia es que la F.I. entregue el dinero de Ender a una parte neutral.

—Cuando se trata de dinero, no hay partes neutrales. La F.I. y el programa colonial gastan el dinero a la misma velocidad que llega. No tenemos ni idea de por dónde empezar un programa de inversiones. Y si piensas que estoy subvencionando un fondo mutuo terrestre con los ahorros de un héroe de guerra que ni siquiera podrá preguntar por el dinero durante otros treinta años, estás loco.

—Estaba pensando que podía entregarlo a un programa informático.

—¿Crees que no lo hemos pensado? Los mejores programas inversores son sólo un dos por ciento mejores prediciendo mercados y obteniendo beneficios que cerrarte los ojos y clavarte con un alfiler las listas de stock.

—¿Quiere decir que, con toda la experiencia informática y todos los recursos informáticos de la Flota, no pueden crear un programa neutral que se encargue del dinero de Ender?

—¿Por qué insistes tanto en que lo haga un software?

—Porque el software no se vuelve avaricioso y trata de robar. Ni siquiera para un propósito noble.

—¿Y si Peter está usando el dinero de Ender (eso es lo que te preocupa, ¿verdad?), y de repente lo cortamos, no se dará cuenta? ¿No retrasará eso sus esfuerzos?

—Ender salvó al mundo. Tiene derecho a su pensión completa, cuando la quiera, si llega a quererla alguna vez. Hay leyes que protegen a los niños actores. ¿Por qué no a los héroes de guerra que viajan a la velocidad de la luz?

—Ah —dijo Graff—. De modo que estás pensando en lo que pasará cuando te marches en esa nave que te hemos ofrecido.

—No necesito que ustedes se encarguen de mi dinero. Petra lo hará bien. Quiero que ella use ese dinero.

—Lo que quiere decir que no volverás jamás.

—Está usted cambiando de tema. Software. Manejar las inversiones de Ender.

—Un programa semiautónomo que...

—No semi. Autónomo.

—No hay programas autónomos. Además, es imposible modelar la bolsa. Nada que dependa de la conducta de las masas puede ser preciso. ¿Qué ordenador podría enfrentarse a eso?

—No lo sé —dijo Bean—. ¿No predice la conducta humana aquel jueguecito mental que nos hacía practicar?

—Era software educativo muy especializado.

—Vamos. Era su psiquiatra. Analizaban ustedes la conducta de los niños y...

—Eso es. Escúchate hablar. Analizábamos *nosotros*.

—Pero el juego también analizaba. Anticipaba nuestros movimientos. Cuando Ender jugaba, lo llevaba a sitios que el resto de nosotros no vio nunca. Pero el juego iba siempre por delante de él. Era un software cojonudo. ¿No puede enseñarle a jugar a las inversiones?

Graff pareció impacientarse.

—No lo sé. ¿Qué tiene que ver un programa viejo con...? Bean, ¿te das cuenta de los esfuerzos que me pides que haga para proteger la pensión de Ender? Ni siquiera sé si necesita ser protegida.

—Pero debería usted saber que no lo necesita.

—Culpa. Tú, la maravilla sin conciencia, estás usando la culpa conmigo.

—Me pasé mucho tiempo con la hermana Carlotta. Y Petra tampoco es manca.

—Miraré el programa. Miraré el dinero de Ender.

—Sólo por curiosidad, ¿para qué se está usando el programa ahora que no tienen chicos ahí arriba?

Graff bufó.

—No tenemos nada más que chicos aquí arriba. Los adultos están jugando. El Juego Mental. Sólo que les prometí que nunca permitiría que el programa analizara su juego.

—Entonces el programa sí que analiza.

—Hace preanálisis. Busca anomalías. Sorpresas.

—Espere un momento —dijo Bean.

—¿No quieres que lo haga examinar las finanzas de Ender?

—No he cambiado de opinión al respecto. Me estaba preguntando... tal vez podría examinar una base de datos enorme que tenemos aquí y analizarla... bueno, encontrar algunas pautas que nosotros no vemos.

—El juego se creó para un propósito muy específico. Buscar pautas en bases de datos no fue...

—Oh, vamos —dijo Bean—. Eso es todo lo que hacía. Pautas en nuestra conducta. El hecho de que creara la base de datos de nuestras acciones sobre la marcha no cambia la naturaleza de lo que estaba haciendo. Cotejaba nuestra conducta con la conducta de niños anteriores. Con nuestra propia conducta normal. Para ver hasta qué punto nos volvía locos su programa educativo.

Graff suspiró.

—Que tus informáticos se pongan en contacto con los míos.

—Con su bendición. Nada de «esfuerzos» de humo y espejos y arrastre de pies que no lleven deliberadamente a ninguna parte.

—¿De verdad te preocupa lo que hacemos con el dinero de Ender?

—Me preocupo por Ender. Puede que algún día necesite el dinero. Una vez hice la promesa de que impediría que Peter le hiciera daño a Ender. En cambio, no hice nada mientras Peter lo enviaba lejos.

—Por el bien de Ender.

—Ender tendría que haber podido decidir.

—Lo hizo —dijo Graff—. Si hubiera insistido en volver a la Tierra, yo lo habría dejado volver. Pero cuando Valentine subió a reunirse con él, se contentó.

—Bien —dijo Bean—. ¿Ha consentido en que le roben su pensión?

—Me encargaré de convertir el Juego Mental en un asesor financiero. El programa es complejo. Hace muchas autoprogramaciones y autoalteraciones. Así que tal vez, si se lo pedimos, pueda reescribir su propio código para convertirse en lo que quieres que sea. Es magia, después de todo. Cosas de ordenadores.

—Es lo que siempre he pensado —dijo Bean—. Como Santa Claus. Los adultos fingen que no existe, pero *nosotros* sabemos que sí.

Cuando terminó la conversación con Graff, Bean llamó inmediatamente a Ferreira. Ya era de día, así que Ferreira estaba despierto. Bean le contó el plan para que el programa de Juego Mental analizara la enorme base de datos de información vaga y mayormente inútil sobre los movimientos de mujeres embarazadas con bebés que pesaran poco al nacer y Ferreira dijo que se pondría a ello inmediatamente. Lo dijo sin entusiasmo, pero Bean sabía que Ferreira no era de la clase de hombres que dicen que van a hacer algo y no lo hacen, sólo porque no crean en ello. Cumpliría su palabra.

¿Cómo lo sé?, se preguntó Bean. ¿Cómo sé que puedo confiar en que Ferreira se dedique a esa búsqueda de palos de ciego una vez que ha dado su palabra? Mientras que sé, sin ni siquiera saber que lo sé, que Peter está financiando en parte sus operaciones robando a Ender. Eso es lo que me molestaba días antes de comprenderlo.

Maldición, pero yo soy listo. Más listo que ningún programa informático, incluso que el Juego Mental.

Si al menos pudiera controlarlo.

Tal vez no tenga la capacidad para manejar conscientemente una enorme base de datos y encontrar pautas en ella. Pero puedo manejar la base de datos de cosas que observo en la Hegemonía y lo que sé sobre Peter y, *sin hacer siquiera la pregunta*, encuentro una respuesta.

¿He podido hacerlo siempre? ¿O es que mi cerebro en crecimiento me proporciona poderes mentales cada vez mayores?

Debería examinar algunas de las ecuaciones matemáticas y ver si puedo encontrar pruebas de... de lo que sea que no puedan demostrar pero quieran.

Tal vez Volescu no está tan equivocado después de todo. Tal vez un mundo entero de mentes como la mía...

Mentes miserables, solitarias, desconfiadas como la mía. Mentes que ven la muerte acechando todo el tiempo. Mentes que saben que nunca verán crecer a sus hijos. Mentes que se dejan despistar por asuntos como cuidar de la pensión de un amigo que probablemente nunca la necesitará.

Peter va a ponerse furioso cuando descubra que esos cheques ya no van a parar a él. ¿Debería decirle que es cosa mía o dejar que piense que la F.I. lo ha hecho por su cuenta?

¿Y qué dice acerca de mi carácter que le diga que he sido yo?

Theresa no vio a Peter hasta mediodía, cuando ella y John Paul y su ilustre hijo se sentaron a almorzar papaya y queso y embutidos.

—¿Por qué siempre bebes eso? —preguntó John Paul.

Peter pareció sorprendido.

—¿Guaraná? Es mi deber como estadounidense no beber nunca Coca o Pepsi en un país que tiene refrescos indígenas. Además, me gusta.

—Es un estimulante —dijo Theresa—. Aturde el cerebro.

—Además produce gases —dijo John Paul—. Constantemente.

—*Frecuentemente* sería el término más adecuado —dijo Peter—. Y os agradezco que os preocupéis.

—Sólo cuidamos de tu imagen —contestó Theresa.

—Sólo me tiro pedos cuando estoy a solas.

—Como lo hace delante de nosotros —le dijo John Paul a Theresa—, ¿en qué nos convierte eso exactamente?

—Quiero decir «en privado». Y la flatulencia de las bebidas carbónicas no huele.

—Él cree que no huele —dijo John Paul.

Peter levantó el vaso y lo vació.

—Y os preguntáis por qué no me entusiasman estas pequeñas reuniones familiares.

—Sí —dijo Theresa—. La familia es un inconveniente para ti. Excepto cuando puedes gastarte los cheques de su pensión.

Peter los miró a ambos.

—Ni siquiera tenéis pensión. Ninguno de los dos. Ni siquiera tenéis cincuenta años todavía.

Theresa lo miró como si fuera estúpido. Él simplemente continuó comiendo su almuerzo.

—¿Te importa decirme de qué va todo esto? —preguntó John Paul.

—De la pensión de Ender —dijo Theresa—. Bean cree que Peter la ha estado robando.

—Así que, naturalmente, mamá lo cree.

—Oh, ¿entonces no es así? —preguntó Theresa.

—Hay una diferencia entre invertir y robar.

—No cuando inviertes en bonos de la Hegemonía. Sobre todo cuando un puñado de chozas del Amazonas tiene mayor valor inversor que tú.

—Invertir en el futuro de la paz mundial es una buena inversión.

—Invertir en *tu* futuro —dijo Theresa—. Lo cual es más de lo que hiciste por Andrew. Pero ahora que Bean lo sabe, puedes estar seguro de que esa fuente de financiación se secará muy rápidamente.

—Lo siento por Bean —dijo Peter—. Ya que de ahí se pagaba su búsqueda y la de Petra.

—No fue así hasta que decidiste que lo fuera —dijo John Paul—. ¿De verdad eres tan cicatero?

—Si Bean decide unilateralmente cortar una fuente de ingresos, entonces tengo que reducir gastos de alguna parte. Como su búsqueda personal no tiene nada que ver con los objetivos de la Hegemonía, parece justo que este proyecto suyo sea el primero en desaparecer. Es una tontería de todas formas. Bean no tiene ningún derecho a reclamar la pensión de Ender. No puede tocarla.

—No va a tocarla —dijo Theresa—. No quiere el dinero.

—¿Entonces te lo entregará a ti? ¿Qué harás, meterlo a plazo fijo, como haces con tu propio dinero? —Peter se echó a reír.

—No parece arrepentido —dijo John Paul.

—Ése es el problema con Peter —dijo Theresa.

—¿Sólo ése? —dijo Peter.

—O bien no le importa o es el fin del mundo. No hay término medio para él. Confianza absoluta o desesperación total.

—Hace años que no me desespero. Bueno, semanas.

—Dime una cosa, Peter —dijo Theresa—. ¿Hay alguien a quien no vayas a explotar para conseguir tus propósitos?

—Puesto que mi propósito es salvar a la especie humana de sí misma, la respuesta es no. —Se limpió la boca y dejó caer la servilleta sobre el plato—. Gracias por el encantador almuerzo. Me encanta pasar un ratito con vosotros.

Se marchó.

John Paul se arrellanó en su asiento.

—Bueno. Creo que le diré a Bean que si necesita la firma de algún pariente para lo que quiera hacer con la pensión de Ender, me alegraré de ayudarlo.

—Si conozco a Julian Delphiki, no necesitará ninguna ayuda.

—Bean salvó toda la empresa de Peter matando a Aquiles con gran riesgo personal y la memoria de nuestro hijo es tan corta que dejará de pagar los esfuerzos para rescatar a los hijos de Bean y Petra. ¿Qué gen es el que le falta a Peter?

—La gratitud siempre ha tenido corta vida en el corazón de la mayoría de la gente —dijo Theresa—. Ahora mismo Peter ni siquiera se acuerda de que la sintió alguna vez hacia Bean.

—¿Hay algo que podamos hacer?

—Una vez más, querido, creo que podemos contar con Bean. Esperará que Peter intente vengarse, y ya tendrá un plan.

—Espero que ese plan no requiera apelar a la conciencia de Peter.

Theresa se echó a reír. John Paul también. Fue una risa de lo más triste, en aquella habitación vacía.

10

Pena

De: FelixStarman%backdoor@Ruanda.gov.rw
A: PeterWiggin%personal@hegemon.gov
Sobre: Sólo queda una cuestión

Querido Peter:

Tus argumentos me han convencido. En principio, estoy dispuesto a ratificar la Constitución del Pueblo Libre de la Tierra. Pero en la práctica queda un asunto fundamental. He creado en Ruanda el Ejército y las Fuerzas Aéreas más formidables al norte de Pretoria y al sur de El Cairo. Por eso precisamente consideras Ruanda la clave para unificar África. Pero la motivación principal de mis soldados es el patriotismo, que no puede dejar de estar teñido de tribalismo tutsi. El principio del control civil de los militares no es, que digamos, tan importante en su idiosincrasia.

Que yo entregue mis tropas a un Hegemón que casualmente no sólo es blanco, sino estadounidense de nacimiento, supondría un grave riesgo de golpe de Estado que causaría un baño de sangre en las calles y desestabilizaría toda la región.

Por eso es esencial que decidas por adelantado quién será el comandante de mis fuerzas. Sólo hay un candidato plausible. Muchos de mis hombres tienen en alta consideración a Julian Delphiki. Se ha corrido la voz. Lo consideran una especie de dios. Su historial como genio militar es respetado por mi cuerpo de oficiales; su enorme tamaño le da estatura heroica, y la parte africana de su sangre, que es, por fortuna, visible en sus rasgos y color, lo convierte en un hombre al que los ruandeses patrióticos podrían seguir.

Si me envías a Bean para que esté a mi lado como el hombre que asumirá el mando de las fuerzas ruandesas cuando sean parte del Ejército del Pueblo Libre, entonces apoyaré y someteré el tema a plebiscito popular. La gente que no vote una Constitución contigo a la cabeza votará por una Constitución cuyo rostro sea el de Julian el Gigante.

Sinceramente,

Felix

Virlomi habló por el móvil con su contacto.

—¿Todo despejado? —preguntó.

—No es una trampa. Se han ido.

—¿Cómo está la situación?

—Lo siento muchísimo.

Muy mala.

Virlomi guardó el teléfono y abandonó el refugio de los árboles y se encaminó hacia el poblado.

Había cadáveres tendidos en la puerta de todas las casas ante las que pasaba. Pero Virlomi no se volvió. Tenían que asegurarse de filmar primero.

En el centro de la aldea, los soldados musulmanes habían matado y asado una vaca. Los cadáveres de una veintena de adultos hindúes rodeaban la hoguera.

—Diez segundos —dijo Virlomi.

Obediente, el hombre de la cámara grabó durante diez segundos. Durante la toma, un cuervo se posó pero no comió nada. Simplemente dio un par de pasos y echó a volar de nuevo. Virlomi escribió mentalmente el guión: «Los dioses envían a sus mensajeros para ver y, llenos de pena, se marchan volando.»

Virlomi se acercó a los muertos y vio que cada cadáver tenía un trozo de carne ensangrentada y a medio cocinar en la boca. No habían gastado balas con los muertos: les habían abierto la garganta.

—Primer plano. Esos tres, uno a uno. Cinco segundos cada uno.

El hombre de la cámara hizo su trabajo. Virlomi no tocó ninguno de los cadáveres.

—¿Cuántos minutos quedan?

—De sobra —dijo el hombre de la cámara.

—Entonces grábalos a todos. A todos.

El hombre de la cámara pasó de un cadáver a otro, sacando fotos digitales que pronto aparecerían en las redes. Mientras tanto, Virlomi fue de casa en casa. Esperaba que al menos quedara una persona con vida. Alguien que pudiera salvar. Pero no había nadie.

En la puerta de la casa más grande de la aldea, uno de los hombres de Virlomi la esperaba.

—Por favor, no entres, Señora.

—Debo hacerlo.

—No querrás esto en tu memoria.

—Entonces es exactamente lo que no debo olvidar.

Él inclinó la cabeza y se hizo a un lado.

Cuatro clavos en un travesaño habían servido a la familia como ganchos para la ropa. Esa ropa formaba un montón en el suelo. Habían atado las camisas alrededor de los cuellos de los niños, el más pequeño apenas un bebé, el mayor de unos nueve años. Los habían colgado de los ganchos para que se estrangularan lentamente.

Al otro lado de la habitación yacían los cadáveres de una pareja joven, otra pareja de mediana edad y una anciana. Habían obligado a los adultos de la casa a ver morir a sus hijos.

—Cuando haya terminado con la hoguera —dijo Virlomi—, que venga aquí.

—¿Hay suficiente luz aquí dentro, Señora?

—Derribad una pared.

La echaron abajo en cuestión de minutos y la luz inundó el oscuro lugar.

—Empieza aquí —le dijo Virlomi al hombre de la cámara, señalando los cadáveres de los adultos—. Haz un barrido lento. Y luego ve más rápido, hasta lo que se han visto obligados a contemplar. Céntrate en los cuatro niños. Luego, cuando yo entre en plano, quédate conmigo. Pero no tan cerca para no poder ver todo lo que hago con el niño.

—No puedes tocar a un cadáver —dijo uno de sus hombres.

—Los muertos de la India son mis hijos. No pueden ensuciarme.

Sólo los que los asesinaron están sucios. Lo explicaré a la gente que vea el vídeo.

El hombre de la cámara empezó a rodar, pero entonces Virlomi advirtió las sombras de los soldados en la toma y le hizo empezar de nuevo.

—Debe ser una toma continua —dijo—. Nadie lo creerá si no es una toma continua y sin sobresaltos.

El hombre de la cámara empezó de nuevo. Barrió lentamente. Cuando enfocó a los niños sus buenos veinte segundos, Virlomi entró en el plano y se arrodilló ante el cadáver del niño mayor. Extendió la mano y le tocó los labios con los dedos.

Los hombres no pudieron evitarlo. Jadearon.

Bueno, que lo hagan, pensó Virlomi. Lo mismo hará el pueblo de la India. Lo mismo hará el pueblo del mundo entero.

Se levantó y tomó al niño en brazos, levantándolo. Sin ninguna tensión en la camisa, se soltó fácilmente del clavo. Lo llevó al otro lado de la habitación y lo depositó en los brazos del joven padre.

—Oh, Padre de la India —dijo, en voz alta, para que lo registrara la cámara—. Dejo en tus brazos a tu hijo, la esperanza de tu corazón.

Se levantó y regresó lentamente a donde estaban los niños. Sabía que no debía mirar a la cámara. Tenía que actuar como si no supiera que la cámara estaba allí. No es que nadie fuera a dejarse engañar, pero mirar hacia la cámara le recordaba a la gente que había otros observadores. Mientras pareciera ajena a la cámara, quienes la vieran olvidarían que tenía que haber alguien grabando y se sentirían como si sólo ellos y ella y los muertos estuvieran en ese lugar.

Virlomi se arrodilló ante cada niño por turno, luego se incorporó y los liberó de los crueles clavos de los que antes colgaron chales o mochilas escolares. Cuando depositó al segundo chiquillo, una niña, junto a la joven madre, dijo:

—Oh, Madre de la Casa India, aquí está la hija que cocinaba y limpiaba a tu lado. Ahora tu hogar está bañado permanentemente con la sangre pura de los inocentes.

Cuando depositó a una niña pequeña junto a los cuerpos de la pareja de edad mediana, dijo:

—Oh, historia de la India, ¿tienes espacio para un cuerpecito más en tu memoria? ¿O estás llena de nuestra pena por fin? ¿Es por fin este cuerpo demasiado imposible de soportar?

Cuando liberó del gancho al niño de dos años no pudo caminar con él. Tropezó y cayó de rodillas y lloró y besó la cara distorsionada y ennegrecida. Cuando pudo volver a hablar, dijo:

—Oh, mi niño, mi niño, ¿por qué te parió mi vientre, sólo para escuchar tu silencio en lugar de tu risa?

No se levantó de nuevo. Habría sido demasiado torpe y mecánico. En cambio, se arrastró de rodillas por el áspero suelo, un lento y firme avance, de modo que cada gesto se convirtió en parte de una danza. Dejó el cuerpecito junto al cadáver de la anciana.

—¡Bisabuela! —lloró Virlomi—. Bisabuela, ¿no puedes salvarme? ¿No puedes ayudarme? Bisabuela, ¡me miras pero no haces nada! ¡No puedo respirar, bisabuela! ¡Tú eres la vieja! ¡Eres tú quien tiene que morir antes que yo, bisabuela! Yo debo rodear tu cuerpo y ungirte de ghi y agua del sagrado Ganges. ¡En mis manitas tendría que haber habido un puñado de paja para hacer pranam para ti, para mis abuelos, para mi madre, para mi padre!

Así le dio voz al niño.

Entonces rodeó con el brazo el hombro de la anciana y alzó en parte su cuerpo, para que la cámara pudiera ver su rostro.

—Oh, pequeño, ahora estás en los brazos de Dios, igual que yo. Ahora el sol chorreará por tu cara para calentarla. Ahora el Ganges lavará tu cuerpo. Ahora el fuego purificará y las cenizas fluirán hasta el mar. Mientras tu alma va a casa a esperar otro giro de la rueda.

Virlomi se volvió a mirar hacia la cámara y entonces señaló a todos los muertos.

—Así es como yo me purifico. Con la sangre de los mártires me lavo. En el hedor de la muerte encuentro mi perfume. Los amo más allá de la tumba, y ellos me aman, y me completan.

Entonces extendió la mano hacia la cámara.

—Califa Alai, nos conocimos entre las estrellas y los planetas. Entonces eras uno de los nobles. Eras uno de los grandes héroes, que actuaban por el bien de toda la humanidad. ¡Deben de haberte matado, Alai! ¡Debes de estar muerto puesto que ocurren estas cosas en tu nombre!

Hizo un gesto y el hombre de la cámara se acercó. Sabía por experiencia que con aquel operador sólo su rostro sería visible. Se mantuvo casi inexpresiva, pues a esa distancia cualquier tipo de expresión hubiese parecido histriónica.

—Una vez me hablaste en los pasillos de aquel lugar estéril. Sólo dijiste una palabra. *Salam*, dijiste. Paz, dijiste. Llenó mi corazón de alegría. —Sacudió una sola vez la cabeza, lentamente—. Sal de tu escondite, oh, califa Alai, y sé dueño de tu obra. O si no es tu obra, entonces repúdiala. Únete a mí en la pena por los inocentes.

Como su mano no se veía, hizo un gesto con los dedos para decirle al hombre de la cámara que abriera el plano e incluyera de nuevo toda la escena.

Entonces Virlomi dejó que sus emociones corrieran libres. Lloró de rodillas, luego gimió y se abalanzó sobre los cadáveres y aulló y sollozó durante un minuto entero. La versión para los ojos occidentales tendría texto en esa parte, pero para los hindúes toda la experiencia aterradora se extendería sin interrupción. Virlomi profanándose ante los cuerpos de los muertos sin lavar; pero no, no, Virlomi purificada por su martirio. El pueblo no podría apartar la mirada.

Ni los musulmanes que lo vieran. Algunos se pavonearían. Pero otros se sentirían horrorizados. Las madres se verían a sí mismas en su pena. Los padres se verían a sí mismos en los cadáveres de los hombres que habían sido incapaces de salvar a sus hijos.

Lo que ninguno de ellos oiría era lo que ella no había dicho: ni una sola amenaza, ni una sola maldición. Sólo pena y una llamada al califa Alai.

Para el mundo entero, el vídeo provocaría pena y horror.

El mundo musulmán quedaría dividido, pero la porción que se alegraría de aquel vídeo sería más pequeña cada vez que se mostrara.

Y para Alai, sería un desafío personal. Ella estaba colocando ante su puerta la responsabilidad por todo aquello. Tendría que salir de Damasco y tomar el mando en persona. Se acabó esconderse. Ella había forzado su jugada. Ahora tendría que ver qué podía hacer.

El vídeo recorrió el mundo, primero en las redes, luego en los medios de emisión, a los que se les proporcionaron archivos de alta resolución. Naturalmente, hubo acusaciones de que todo era falso, o de que los hindúes habían cometido aquellas atrocidades. Pero nadie lo creía realmente. Encajaba demasiado bien con la reputación que los musulmanes se habían creado durante las guerras islámicas que habían estallado siglo y medio antes de que llegaran los insectores. Y era inconcebible que los hindúes profanaran a los muertos como habían sido profanados ésos.

Aquellas atrocidades se cometían para sembrar el terror en los corazones de los enemigos. Pero Virlomi había tomado ésa y la había convertido en otra cosa. Pena. Amor. Resolución. Y, finalmente, una llamada a la paz.

No importaba que pudiera tener toda la paz que quisiera simplemente sometiéndose al dominio musulmán. El mundo comprendería que la completa sumisión al islam no traería la paz, sino la muerte de la India y su sustitución por una tierra de marionetas. Ella lo había dejado tan claro en vids anteriores que no hacía falta repetirlo.

Intentaron que Alai no viera el vídeo, pero él se negó a dejarles bloquear lo que veía en su propio ordenador. Lo vio una y otra vez.

—Espera a que podamos investigar si es verdad —dijo Ivan Lakowski, el ayudante medio kazajo en quien más confiaba y a quien se remitía cuando no actuaba como califa.

—Sé que es verdad.

—¿Porque conoces a esa Virlomi?

—Porque conozco a los soldados que dicen pertenecer al islam. —Miró a Ivan mientras las lágrimas corrían por sus mejillas—. Mi estancia en Damasco se ha terminado. Soy el califa. Dirigiré a los ejércitos en el campo. Y castigaré con mi propia mano a los hombres que actúen de esa forma.

—Es un digno objetivo —dijo Ivan—. Pero el tipo de hombres que masacraron esa aldea en la India y bombardearon con nucleares La Meca en la última guerra siguen ahí fuera. Por eso no se obedecen tus órdenes. ¿Qué te hace pensar que podrás alcanzar con vida a tus ejércitos?

—Porque si en verdad soy el califa y Dios quiere que lidere a su pueblo hacia el bien, me protegerá —dijo Alai.

11

Dios africano

De: H95Tqw0qdy@FreeNet.net
Colgado en el sitio: HijaShiva.org
Sobre: Sufriente hija de Shiva, el Dragón se apena por las
heridas que te causó.

   ¿No pueden el Dragón y el Tigre ser amantes y traer la
paz? O, si no hay paz, ¿no pueden el Tigre y el Dragón luchar juntos?

Bean y Petra se llevaron una sorpresa cuando Peter fue a visitarlos
a su casita situada en los terrenos del complejo de la Hegemonía.

—Honras nuestra humilde morada —dijo Bean.

—Sí, ¿verdad? —respondió Peter con una sonrisa—. ¿Está dormido el bebé?

—Lo siento, no me verás darle la teta —dijo Petra.

—Tengo buenas noticias y malas noticias.

Esperaron a que se las dijera.

—Necesito que vuelvas a Ruanda, Julian.

—Creía que el Gobierno ruandés estaba con nosotros —dijo Petra.

—No es una incursión. Necesito que tomes el mando del ejército
ruandés y lo incorpores a las fuerzas de la Hegemonía.

Petra se echó a reír.

—Estás bromeando. ¿Felix Starman va a ratificar tu Constitución?

—Resulta difícil de creer, pero sí. Felix es ambicioso al estilo en que
yo soy ambicioso: quiere crear algo que le sobreviva. Sabe que la mejor forma de que Ruanda permanezca a salvo y libre es que no haya

ningún ejército en el mundo. Y la única forma de que eso suceda es tener un Gobierno mundial que mantenga los valores liberales que ha fomentado en Ruanda: elecciones, derechos individuales, el dominio de la ley, educación universal y nada de corrupción.

—Hemos leído tu Constitución, Peter —dijo Bean.

—Te ha pedido a ti en concreto. Sus hombres te vieron cuando detuvisteis a Volescu. Ahora te llaman el Gigante Africano.

—Querido —le dijo Petra a Bean—, ahora eres un dios, como Virlomi.

—La cuestión es si eres mujer suficiente para estar casada con un dios —dijo Bean.

—Me cubro los ojos y así no me quedo ciega.

Bean sonrió y se volvió hacia Peter.

—¿Sabe Felix Starman el tiempo que me queda de vida?

—No. Lo considero un secreto de Estado.

—Oh, no —dijo Petra—. Ahora no podemos decírnoslo.

—¿Cuánto tiempo esperas que me quede?

—El suficiente para que el Ejército ruandés traslade su lealtad al Pueblo Libre.

—¿A ti?

—Al Pueblo Libre —dijo Peter—. No estoy creando ningún culto a la personalidad. Tienen que estar comprometidos con la Constitución. Y defender al Pueblo Libre que la ha aceptado.

—En términos prácticos, una fecha, por favor.

—Hasta después del plebiscito, como mínimo.

—¿Yo puedo ir con él? —preguntó Petra.

—Es cosa tuya. Probablemente estarás más segura allí que aquí, pero el viaje es largo. Puedes escribir los ensayos de Martel desde cualquier parte.

—Julian, nos lo deja a nosotros. ¡Ahora somos Pueblo Libre también!

—Ésa era la buena noticia —continuó Peter—. La mala noticia es que hemos tenido una súbita e inesperada caída en los ingresos. Tardaremos meses, al menos, en compensar lo que hemos dejado de recibir tan bruscamente. Por tanto, vamos a recortar los proyectos que no contribuyen directamente a los objetivos de la Hegemonía.

Petra se echó a reír.

—¿Tienes la cara de pedirnos que te ayudemos, cuando nos quitas los fondos de nuestra investigación?

—¿Ves? Inmediatamente reconoces que vuestra investigación no contribuía en nada.

—Tú también estás investigando —dijo Bean—. Para encontrar el virus.

—Si existe. Con toda probabilidad, Volescu se está burlando de nosotros, y el virus no funciona y ha sido dispersado.

—¿Entonces vas a apostar el futuro de la especie humana a esa idea?

—No, claro que no. Pero sin presupuesto, está fuera de nuestro alcance. Sin embargo, no está fuera del alcance de la Flota Internacional.

—¿Se lo vas a entregar a ellos?

—Les voy a entregar a Volescu. Y ellos continuarán investigando el virus que desarrolló y dónde podría haberse dispersado, si lo hizo.

—La F.I. no puede actuar en la Tierra.

—Puede si actúa contra una amenaza alienígena. Si el virus de Volescu funciona, y se suelta en la Tierra, crearía una nueva especie diseñada para sustituir completamente a la humanidad en una sola generación. El Hegemón ha divulgado el hallazgo secreto de que el virus de Volescu constituye una invasión alienígena, y la F.I. ha accedido amablemente a seguirla y... expulsarla por nosotros.

Bean se echó a reír.

—Bueno, parece que pensamos igual.

—¿De veras? Oh, sólo me estás halagando.

—Ya he entregado nuestra investigación al ministro de Colonización. Y los dos sabemos que Graff funciona realmente como una rama de la F.I.

Peter lo miró con calma.

—Así que sabías que tendría que cortar el presupuesto de tu investigación.

—Sabía que no tenías los recursos no importaba de cuánto presupuesto dispusieras. Ferreira hacía cuanto podía, pero ColMin tiene mejor software.

—Bueno, todo bien para todo el mundo, entonces —dijo Peter, levantándose para marcharse.

—Incluso para Ender —dijo Bean.

—Tu bebé es un niñito afortunado por tener unos padres tan atentos —dijo Peter. Y salió por la puerta.

Cuando Bean fue a verlo, Volescu parecía cansado. Viejo. El encierro no era bueno para él. No sufría físicamente, pero parecía marchitarse como una planta sin sol.

—Prométeme una cosa —dijo Volescu.

—¿Cuál?

—Algo. Cualquier cosa. Regatea conmigo.

—Lo único que quiere no volverá a tenerlo jamás —dijo Bean.

—Sólo porque eres vengativo. Desagradecido... Existes porque yo te creé y me tienes dentro de esta caja.

—Es una habitación de considerable tamaño. Tiene incluso aire acondicionado. Comparado con la forma en que trató a mis hermanos...

—No eran legalmente...

—Y ahora ha escondido a mis hijos. Y un virus con potencial para destruir la especie humana.

—Mejóralo.

—Bórrelo. ¿Cómo puede volver a dejársele en libertad? Combina grandiosidad con amoralidad.

—Más o menos como Peter Wiggin, a quien sirves tan fielmente. Su pequeño *aduladero*.

—Se dice «adulador».

—Sin embargo estás aquí, visitándome. ¿Podría ser que Julian Delphiki, mi querido medio sobrino, tenga un problema en el que yo podría ayudarle?

—Las mismas preguntas que antes.

—La misma respuesta. No tengo ni idea de lo que sucedió con tus embriones perdidos.

Bean suspiró.

—Creía que podría querer una oportunidad de arreglar las cosas con Petra y conmigo antes de que abandone esta Tierra.

—Oh, vamos —dijo Volescu—. ¿Me estás amenazando con la pena de muerte?

—No. Simplemente... va a salir usted de la Tierra. Peter va a entregarlo a la Flota Internacional. Con la teoría de que su virus es una invasión alienígena.

—Sólo si *tú* eres una invasión alienígena.

—Pero yo lo soy —contestó Bean—. Soy el primero de una raza de genios gigantes de corta vida. Piense qué población tan grande podría mantener la Tierra cuando la edad media de la muerte son los dieciocho años.

—Sabes, Bean, que no hay ningún motivo para morir joven.

—¿De veras? ¿Tiene el antídoto?

—Nadie necesita un antídoto para el destino. La muerte por gigantismo se produce por la tensión del corazón, que intenta bombear demasiada sangre a través de muchos kilómetros de arterias y venas. Si te alejas de la gravedad, tu corazón no tendrá que hacer sobreesfuerzos y no morirás.

—¿Cree que no lo he pensado? Y sin embargo sigo creciendo.

—Pues crece. La F.I. puede construirte una nave realmente grande. Una nave colonial. Puedes llenarla gradualmente con tu protoplasma y tus huesos. Vivirías años, atado a las paredes de la nave como un globo. Un Gulliver enorme. Tu esposa podría ir a visitarte. Y si te vuelves demasiado grande, bueno, siempre se puede amputar. Podrías convertirte en un ser de intelecto puro. Alimentado por vía intravenosa, ¿qué necesidad tendrías de vientre y entrañas? Al final, lo único que necesitarías sería el cerebro y la espina dorsal, que no tienen por qué morir. Una mente creciendo eternamente.

Bean se levantó.

—¿Para eso me creó, Volescu? ¿Para que fuera un monstruo lisiado en el espacio?

—Niño estúpido, para los humanos corrientes ya eres un monstruo. Su peor pesadilla. La especie que los sustituirá. Pero para mí eres hermoso. Incluso atado a un hábitat artificial, incluso sin miembros, sin tronco, sin voz, serías la criatura viva más hermosa.

—Y sin embargo estuvo a punto de matarme y quemar mi cuerpo dentro de la tapa de un retrete.

—No quería ir a la cárcel.

—Pero aquí está —dijo Bean—. Y su siguiente prisión está ahí fuera, en el espacio.

—Puedo vivir como Próspero, refinando mis artes en soledad.

—Próspero tenía a Ariel y Calibán.

—¿No comprendes? —dijo Volescu—. *Tú* eres mi Calibán. Y todos tus hijos... ellos son mis Arieles. Los he esparcido por la Tierra. Nunca los encontrarás. Sus madres están muy bien enseñadas. Ellos se aparearán, se reproducirán antes de que su gigantismo sea obvio. Funcione o no mi virus, tus hijos son mis virus.

—¿Eso es lo que planeó Aquiles?

—¿Aquiles? —Volescu se echó a reír—. ¿Ese subnormal sanguinario? Le dije que tus bebés estaban muertos. Eso era todo lo que quería. Estúpido.

—Así que no están muertos.

—Todos vivos. Todos implantados. Ahora, quizás, alguno de ellos haya nacido, ya que aquellos que tienen tus habilidades nacerán con dos meses de adelanto.

—¿Lo sabía y no nos lo dijo?

—¿Por qué debería haberlo hecho? El parto era seguro, ¿no? ¿Los bebés eran lo suficientemente maduros para respirar y funcionar por sí solos?

—¿Qué más sabe?

—Sé que todo se resolverá. ¡Julian, mírate, hombre! Te escapaste a la edad de *un año*. Lo que significa que diecisiete meses después de ser concebido podías sobrevivir sin padres. No me inquieta en lo más mínimo la salud de tus bebés, ni tú deberías inquietarte por ella tampoco. No te necesitan, porque tú no necesitaste a nadie. Déjalos ir. Deja que sustituyan a la antigua especie, poco a poco, en las generaciones por venir.

—No —dijo Bean—. Yo amo a esta especie. Y odio lo que hizo usted conmigo.

—Sin «lo que hice contigo» sólo serías Nikolai.

—Mi hermano es una persona maravillosa. Amable. Y muy listo.

—Muy listo, pero no tan listo como tú. ¿De verdad te cambiarías por él? ¿Te gustaría ser tan obtuso como es él comparado contigo?

Bean se marchó. No tenía ninguna respuesta a la última pregunta de Volescu.

12

Alá akbar

De: Graff%peregrinacion@colmin.gov
A: Boromakot%pinto@IComeAnon.com
Dirigido y enviado por IcomeAnon
Encriptado usando código ********
Decodificado usando código ***********
Sobre: Asesor financiero

Tu idea de convertir el software del Juego de Fantasía en un asesor financiero va sorprendentemente bien.
No hemos tenido tiempo de hacer más que pruebas a corto
plazo, pero hasta ahora ha sobrepasado a todos los expertos. Estamos suministrándole los fondos de la pensión
de Ender. Como sugeriste, nos aseguramos de que todas las
inversiones sean hechas bajo identidades falsas; también
nos aseguramos de que el software esté enganchado ampliamente por las redes en una interminable serie de formas autovariantes. Será imposible de localizar y de eliminar a menos que alguien haga un esfuerzo internacional
sistemático para borrarlo, cosa que es improbable que suceda, pues nadie sospecha de su existencia.

Ender no tendrá ninguna necesidad de dinero en su colonia, y lo hará mejor si no es consciente de que existe. La primera vez que entre en las redes después de su
vigésimo primer cumpleaños subjetivo, el software se le
revelará junto con la suma de sus inversiones. Dado el
tiempo transcurrido en el viaje, Ender cumplirá la mayoría de edad con una fortuna apreciable. Considerablemente más, he de añadir, que las proyecciones más op-

timistas sobre el valor de los bonos de la Hegemonía.

Pero las finanzas de Ender no son una emergencia y tus hijos sí que lo son.

Un equipo distinto está estudiando la base de datos que Ferreira nos envió para que nos proporcione información más útil. Eso implica un montón de investigaciones adicionales, no con búsquedas de datos pelados, sino con operadores individuales siguiendo bases de datos médicas, electorales, fiscales, inmobiliarias, de mudanzas, transportes y demás, algunas de ellas no accesibles legalmente. En vez de conseguir miles de positivos, ninguno de los cuales es probable que sea útil, estamos obteniendo cientos de positivos de los cuales algunos puede que nos lleven a alguna parte.

Lamento que tarde tanto, pero cuando conseguimos un positivo decente, tenemos que comprobarlo, a menudo con personal de tierra. Y por motivos obvios, no tenemos muchos agentes con los que trabajar.

Mientras tanto, te sugiero que recuerdes que nuestro trato depende de que conviertas a Peter en Hegemón de hecho además de serlo de nombre antes de marcharte. Me preguntaste cuál sería mi baremo de éxito. Podrás irte cuando Peter tenga control firme sobre más del cincuenta por ciento de la población mundial o cuando tenga suficiente fuerza militar para asegurarse la victoria aunque algún oponente potencial sea dirigido por graduados de la Escuela de Batalla.

Por tanto: sí, Bean, esperamos que vayas a Ruanda. Somos la mejor esperanza de que tú y tus hijos sobreviváis, y tú eres nuestra mejor esperanza de que Peter prevalezca y consiga la unidad y la paz general. Tu tarea comienza consiguiendo para Peter esa fuerza militar irresistible y la nuestra empieza encontrando a tus bebés.

Como tú, espero que ambas tareas puedan conseguirse.

Alai creía que, cuando tomara el control del complejo de Damasco, sería libre para gobernar como califa.

No tardó mucho en descubrir su error.

Todos los hombres del complejo de palacio, incluyendo sus guardaespaldas, le obedecían sin rechistar. Pero en cuanto intentó salir, incluso para cabalgar alrededor de Damasco, aquellos en quien más confiaba empezaron a discutir con él.

—No es seguro —dijo Ivan Lankowski—. Cuanto te deshiciste de la gente que te controlaba aquí, sus amigos sintieron pánico. Y sus amigos son también quienes dirigen nuestros ejércitos en todas partes.

—Siguieron mi plan en la guerra —respondió Alai—. Creía que eran leales al califa.

—Eran leales a la victoria —dijo Ivan—. Tu plan era brillante. Y tú... estuviste en el grupo de Ender. Fuiste su amigo más íntimo. Claro que siguieron tu plan.

—Así que creyeron en mí por la Escuela de Batalla, pero no como califa.

—Creyeron en ti como califa, pero más como la clase de figura simbólica que hace vagos pronunciamientos religiosos y discursos para levantar los ánimos, mientras que los señores de la guerra y los caudillos hacen todo el trabajo tedioso de tomar decisiones y dar órdenes.

—¿Hasta dónde llega su control?

—Es imposible saberlo —contestó Ivan—. Aquí, en Damasco, tus servidores leales han capturado y eliminado a varias docenas de agentes. Pero yo no te permitiría subir a un avión en Damasco... ni militar ni comercial.

—Entonces, si no puedo confiar en los musulmanes, llévame a los Altos del Golán, a Israel, y permíteme volar en un jet israelí.

—El mismo grupo que se niega a obedecerte en la India está también diciendo que nuestro acuerdo con los sionistas fue una ofensa contra Dios.

—¿Quieren empezar de nuevo *esa* pesadilla?

—Añoran los viejos tiempos.

—Sí, cuando los ejércitos musulmanes eran humillados allá donde estuvieran y el mundo temía a los musulmanes por los muchos inocentes asesinados en nombre de Dios.

—No tienes que discutir *conmigo* —recordó amablemente Ivan.

—Bueno, Ivan, si me quedo aquí, algún día mis enemigos terminarán en la India... ganen o pierdan. Sea cual sea el resultado, vendrán aquí, enloquecidos por la victoria o por la derrota indistintamente. Sea como sea, estaré muerto, ¿no te parece?

—Oh, clarísimamente, mi señor. Tenemos que encontrar un modo de salir de aquí.

—¿No hay ningún plan?

—Todo tipo de planes —dijo Ivan—. Pero todos implican salvar tu vida. No salvar al califato.

—Si huyo, el califato está perdido.

—Y si te quedas, el califato será tuyo hasta el día de tu muerte.

Alai se echó a reír.

—Bueno, Ivan, lo has analizado bien. Así que no tengo elección. Tengo que ir a donde están mis enemigos y destruirlos.

—Sugiero que utilices una alfombra mágica como medio de transporte más digno de confianza.

—¿Crees que sólo un genio podría llevarme a la India para enfrentarme al general Rajam?

—Vivo, sí.

—Entonces debo contactar con mi genio.

—¿Es buen momento? —preguntó Ivan—. Con el último vídeo de esa loca en todas las redes y los medios, Rajam va a estar muy cabreado.

—Es el mejor momento —contestó Alai—. Por cierto, Ivan, ¿puedes decirme por qué el sobrenombre de Rajam es Andariyy?

—¿Te aclararía algo si te digo que eligió el sobrenombre de «cuerda gruesa» él mismo?

—Ah. Así que no se refiere a su tenacidad ni a su fuerza.

—Él dice que sí. O al menos a la tenacidad de una parte concreta de su cuerpo.

—Y sin embargo... la cuerda es flácida.

—La cuerda gruesa no lo es.

—La cuerda gruesa es tan flácida como cualquier otra, a menos que sea muy corta.

Ivan se echó a reír.

—Me aseguraré de repetir ese chiste en el funeral de Rajam.

—No lo repitas en el mío.

—No asistiré a tu funeral, a menos que sea un funeral de masas.

Alai se puso al ordenador a redactar unos cuantos correos electrónicos. A la media hora de haberlos enviado recibió una llamada telefónica de Felix Starman de Ruanda.

—Lamento decirle que no podemos permitir maestros musulmanes en Ruanda —dijo Felix.

—Afortunadamente, no he llamado para eso.

—Excelente.

—Llamo en interés de la paz mundial. Y tengo entendido que ya ha tomado usted la decisión de quién es la mejor esperanza de la humanidad para conseguir ese objetivo... No, no diga nombres.

—Puesto que no tengo ni idea acerca de a quién se refiere...

—Excelente —dijo Alai—. Un buen musulmán siempre asume que los no creyentes no tienen ni idea. —Los dos se echaron a reír—. Lo único que le pido es que se sepa que hay un hombre cruzando a pie el Rub'al Khali porque su camello no lo deja montarlo y galopar.

—¿Y desea que alguien ayude a ese pobre vagabundo?

—Dios cuida de todas sus criaturas, pero el califa no siempre puede extender la mano para cumplir la voluntad de Dios.

—Espero que ese pobre desdichado reciba ayuda lo antes posible —dijo Felix.

—Que sea pronto. Estoy dispuesto en cualquier momento a oír buenas noticias suyas.

Se despidieron, y Alai se levantó y fue a buscar a Ivan.

—Haz las maletas —dijo.

Ivan alzó las cejas.

—¿Qué necesitarás?

—Ropa interior limpia. Mi vestido de califa más llamativo. Tres hombres que maten a mis órdenes y que no se vuelvan contra mí. Y un hombre leal con una cámara de vídeo y una batería cargada a tope y cinta de sobra.

—¿El hombre del vídeo tiene que ser uno de los soldados leales o una persona distinta?

—Que todos los soldados leales formen parte del equipo de filmación.

—¿Y yo seré uno de ellos?

—Eres tú quien tiene que decidirlo —dijo Alai—. Si fracaso, los hombres que me acompañen seguramente morirán.

—Mejor morir rápidamente ante el rostro del siervo de Dios que lentamente a manos de los enemigos de Dios.

—Mi ruso favorito —dijo Alai.

—Soy turco kazajo —le recordó Ivan.

—Dios fue bueno al enviarte.

—Y bueno cuando te entregó a todos los fieles.

—¿Dirás lo mismo cuando haya hecho lo que pretendo hacer?

—Siempre —dijo Ivan—. Siempre seré tu fiel servidor.

—Sólo eres servidor de Dios —dijo Alai—. Para mí, eres un amigo.

Una hora más tarde, Alai recibió un correo electrónico que sabía que era de Petra, a pesar de la inocente firma. Era una solicitud para que rezara por un niño que iba a ser operado en el hospital más grande de Beirut a las siete de la mañana siguiente. «Nosotros comenzaremos nuestras oraciones a las cinco de la mañana —decía la carta—, para que el amanecer nos encuentre rezando.»

Alai simplemente contestó: «Rezaré por su sobrino, y por todos los que lo aman, para que viva. Que sea la voluntad de Dios y nos alegremos de su sabiduría.»

Así que tendría que ir a Beirut. Bueno, el trayecto era bastante fácil. El problema era hacerlo sin alarmar a ninguno de los espías que le habían colocado sus enemigos.

Cuando salió del complejo de palacio, fue en un camión de la basura. Ivan había protestado.

—Un califa que tiene miedo de ensuciarse cumpliendo la misión de Dios es indigno de gobernar —le dijo Alai. Estaba seguro de que esto sería anotado y, si vivía, sería incluido en un libro sobre la sabiduría del califa Alai. Un libro que esperaba que fuera largo y mereciera la pena leer, en vez de breve y vergonzoso.

Disfrazado de anciana piadosa, Alai viajó en el asiento trasero de un viejo coche que conducía un soldado vestido de civil y con una barba falsa mucho más larga que su barba real. Si perdía, si lo mataban, el hecho de que vistiera de esa forma se tomaría como prueba de que nunca fue digno de ser califa. Pero si ganaba, formaría parte de la leyenda de su astucia.

La anciana aceptó una silla de ruedas para entrar en el hospital, empujada por el hombre de la barba que la había llevado hasta Beirut.

En el terrado esperaban tres hombres con maletines corrientes. Eran las cinco menos diez.

Si alguien del hospital hubiese advertido la desaparición de la anciana o buscado la silla de ruedas, o se hubiera preguntado por los tres hombres que habían llegado por separado, cada uno con ropa para un familiar que iba a recibir el alta médica, entonces la noticia ya habría llegado a los enemigos de Alai. Si alguien se ponía a investigar y lo mataban, sería igual que disparar una alarma en la cama del propio Rajam.

A las cinco menos tres minutos, dos médicos jóvenes, un hombre y una mujer, subieron a la azotea, en teoría para fumarse un cigarrillo. Pero no tardaron en quedar fuera de la vista de los tres hombres que esperaban con sus maletines.

Ivan miró a Alai, inseguro. Alai negó con la cabeza.

—Han venido a besuquearse —dijo—. Tienen miedo de que los denunciemos, eso es todo.

Ivan, cuidadoso, se levantó y se acercó a un sitio desde donde poder verlos. Regresó y se sentó.

—Están haciendo algo más que besuquearse —susurró.

—No deberían hacerlo si no están casados —dijo Alai—. ¿Por qué la gente piensa siempre que las dos únicas opciones son seguir el shari'ah más duro o descartar todas las leyes de Dios?

—Nunca has estado enamorado.

—¿Crees que no? Que no haya conocido a ninguna mujer no significa que no haya amado.

—Con la mente —dijo Ivan—, pero sé que con tu cuerpo has sido puro.

—Claro que soy puro. No estoy casado.

Un helicóptero médico se acercó. Eran exactamente las cinco. Cuando se aproximó lo suficiente, Alai pudo ver que procedía de un hospital israelí.

—¿Envían a Beirut doctores israelíes? —preguntó Alai.

—Los médicos libaneses envían pacientes a Israel.

—¿Entonces debemos suponer que nuestros amigos esperarán hasta que este helicóptero se marche? ¿O son éstos nuestros amigos?

—Te has escondido en la basura y te has disfrazado de mujer —dijo Ivan—. Comparado con eso, ¿qué es viajar en un helicóptero sionista?

El helicóptero aterrizó. Se abrió la puerta. No salió nadie.

Alai recogió el maletín que sabía suyo porque era liviano (estaba lleno solamente de ropas, no de armas) y se acercó atrevidamente a la puerta.

—¿Soy el pasajero que han venido a buscar?

El piloto asintió.

Alai se volvió hacia donde la pareja había ido a besarse. Vio movimiento. Lo habían visto. Hablarían.

Se volvió hacia el piloto.

—¿Puede el helicóptero llevarnos a los cinco?

—Sin problema.

—¿Y a siete?

El piloto se encogió de hombros.

—Volamos más bajo, más lento. Pero lo hacemos a menudo.

Alai se volvió hacia Ivan.

—Por favor, invita a nuestros jóvenes amantes a venir con nosotros.

Alai subió al helicóptero. Se quitó rápidamente la ropa de mujer. Debajo llevaba un sencillo traje occidental.

Instantes después, una pareja de aterrorizados médicos subió al helicóptero a punta de pistola, en distinto estado de desnudez. Al parecer les habían ordenado que mantuvieran un silencio absoluto, porque cuando vieron a Alai y lo reconocieron el hombre se puso blanco y la mujer empezó a llorar mientras intentaba abrocharse la ropa.

Alai se arrodilló ante ella.

—Hija de Dios —dijo—, no me preocupa tu inmodestia. Me preocupa que el hombre a quien has ofrecido tu desnudez no es tu marido.

—Vamos a casarnos —respondió ella.

—Entonces, cuando ese día llegue, tu desnudez bendecirá a tu marido y su desnudez te pertenecerá a ti. Hasta entonces, ten esta ropa. —Le tendió el disfraz que había llevado—. No pido que te vistas así siempre. Pero hoy, cuando Dios ha visto cómo intentaba pecar tu corazón, tal vez deberías recubrirte de humildad.

—¿No puede esperar a vestirse hasta que estemos en el aire? —preguntó el piloto.

—Por supuesto —contestó Alai.

—Que todo el mundo se ate el cinturón —dijo el piloto.

No había suficientes asientos en los lados: el centro había sido concebido para alojar una camilla. Pero el conductor de Alai sonrió e insistió en quedarse de pie.

—He ido en helicóptero a la batalla. Si no puedo mantener el equilibrio en un helicóptero médico, me merezco algunas magulladuras.

El helicóptero se ladeó al ascender, pero pronto recuperó el equilibrio, y la mujer se desabrochó el cinturón y empezó a vestirse torpemente. Todos los hombres apartaron la mirada, excepto su compañero, que la ayudó.

Mientras tanto, Alai y el piloto conversaron, sin hacer ningún intento por bajar la voz.

—No quiero a estos dos con nosotros para la empresa principal —dijo Alai—. Pero tampoco quiero matarlos. Necesitan tiempo para encontrar su camino de vuelta a Dios.

—Pueden quedarse en Haifa —contestó el piloto—. O puedo hacer que los lleven a Malta, si le conviene más.

—Haifa valdrá.

No fue un viaje largo, aunque volaran despacio y bajo. Para cuando llegaron, los médicos guardaban silencio y parecían arrepentidos. Tomados de la mano, trataban de no mirar demasiado a Alai. Aterrizaron en el tejado de un hospital, en Haifa, y el piloto apagó el motor y salió a conversar un momento con un hombre vestido de médico. Luego abrió la puerta.

—Tengo que volver a despegar —dijo—, para dejar sitio a su transporte. Así que tienen que salir. Todos menos estos dos.

Los médicos se miraron entre sí, asustados.

—¿Estarán a salvo? —preguntó Alai.

—Mejor si no ven su transporte ir y venir —dijo el piloto—. Pronto amanecerá y hay un poco de luz. Pero estarán a salvo.

Alai los acarició a ambos cuando salió del helicóptero.

Sus hombres y él vieron cómo el helicóptero médico despegaba. Al instante llegó otro helicóptero, pero esta vez uno de combate y largo alcance, lo bastante grande para transportar a muchos soldados a la batalla, y armado lo suficiente para sobrepasar un montón de obstáculos.

La puerta se abrió y bajó Peter Wiggin.

Alai se acercó a él.

—*Salam* —dijo.

—La paz sea contigo también —dijo Peter.

—Te pareces más a Ender de lo que se ve en las fotografías oficiales.

—He retocado las imágenes en mi ordenador para parecer más viejo y más listo.

Alai sonrió.

—Has sido muy amable al transportarnos.

—Cuando Felix me contó la triste historia de ese caminante solitario no pude dejar pasar la oportunidad de ayudarlo.

—Creía que vendría Bean.

—Hay un montón de hombres entrenados por Bean —dijo Peter—. Pero Bean está en otra misión. En Ruanda, casualmente.

—¿Qué va a pasar ahora? —preguntó Alai.

—Oh, no —dijo Peter—. No haremos nada hasta que veamos qué resulta de nuestra pequeña aventura.

—Entonces vamos.

Peter cedió el paso a Alai, pero luego entró antes que ninguno de sus soldados. Ivan hizo amago de protestar, pero Alai le indicó que se relajara. Alai ya lo había apostado todo a que Peter iba a ser cooperante y digno de confianza. Aquél no era el momento de preocuparse por secuestros o asesinatos. Aunque ya había dentro veinte soldados de la Hegemonía, además de un buen montón de equipo. Alai reconoció al comandante tailandés como alguien que conocía de la Escuela de Batalla. Tenía que ser Suriyawong. Lo saludó con un gesto de cabeza. Suriyawong le devolvió el saludo.

Cuando estuvieron en camino (esta vez sin ninguna mujer avergonzada teniendo que ser reprendida oficialmente y perdonada y vestida) Peter señaló a los dos hombres que le acompañaban.

—Pensaba que el caminante solitario del que me habló nuestro mutuo amigo no necesitaba una gran escolta.

—Sólo la suficiente para llevarme a donde cierta cuerda gruesa se enrosca como una serpiente.

Peter asintió.

—Tengo amigos que intentan localizar su paradero exacto.

Alai sonrió.

—Supongo que está lejos del frente.

—Si está en Hiderabad —dijo Peter—, entonces estará bien protegido por su guardia. Pero si ha cruzado la frontera de Pakistán, la seguridad no será tan férrea.

—Sea como sea, no permitiré que tus hombres se expongan al peligro.

—Ni que sean identificados —dijo Peter—. No serviría de nada a nadie saber que conseguiste el poder real con la ayuda del Hegemón.

—Pareces estar cerca cada vez que hago un movimiento por el poder.

—Ésta será la última vez, si ganas.

—Será la última vez de todas formas —dijo Alai, y luego sonrió—. Los soldados me seguirán o no.

—Lo harán. Si tienen la oportunidad.

Alai indicó su pequeña escolta.

—Por eso ha venido mi equipo de cámaras.

Ivan sonrió y se levantó un poco la camisa para mostrar que llevaba un chaleco antibalas y granadas y cargadores y una pistola ametralladora.

—Oh —dijo Peter—. Ya veo que has ganado peso.

—Los chicos de la Escuela de Batalla siempre tenemos un plan —dijo Alai.

—No vas a abrirte paso luchando, entonces.

—Vamos a entrar como si esperáramos ser obedecidos. Con las cámaras rodando. Es un plan sencillo. Pero no tiene que funcionar mucho tiempo. A esa cuerda gorda siempre le han gustado las cámaras.

—Un hombre engreído y brutal, según mis fuentes —dijo Peter—. Y no estúpido.

—Ya veremos.

—Creo que tendrás éxito.

—Yo también.

—Y cuando lo tengas, creo que vas a hacer algo sobre las cosas de las que se ha quejado Virlomi.

—Es por esas cosas por lo que no podía esperar un momento más oportuno. Quiero lavar al islam de esa mancha sangrienta.

—Creo que contigo como califa, el Pueblo Libre de la Tierra puede coexistir con un islam unido —dijo Peter.

—Yo también lo creo. Aunque no pueda decirlo.

—Pero lo que yo quiero es la seguridad de poder usarlo en caso de que no sobrevivas. O bien hoy o en algún momento futuro, quiero asegurarme de no tener que enfrentarme a un califa con el que no pueda coexistir.

Peter le tendió a Alai un par de hojas de papel. Un guión. Alai empezó a leer.

—Si mueres de muerte natural y dejas tu trono a alguien que hayas elegido, entonces no tendré ninguna necesidad de esto —dijo Peter—. Pero si te asesinaran o secuestraran o te exiliaran o te destronaran por la fuerza, entonces quiero esto.

—¿Y si a ti te asesinan o te expulsan a la fuerza de tu cargo? —preguntó Alai—. ¿Qué pasará entonces con este vídeo, suponiendo que yo diga estas cosas ante la cámara?

—Trata de animar a tus seguidores para que no piensen que matarme sería bueno para el islam, y mis soldados y doctores se encargarán de protegerme de cualquier otra causa posible de muerte.

—En otras palabras, tendré que arriesgarme —dijo Alai.

—Vamos, este vídeo sólo valdrá si no estás presente para desmentirlo. Y si yo estoy muerto, no tendrá ningún valor para mi indigno sucesor.

Alai asintió.

—Cierto.

Se levantó, abrió su maletín y se vistió con el llamativo traje de califa con el que el pueblo musulmán esperaba verlo. Mientras tanto, el hombre de la cámara de Peter emplazó su equipo... y dispuso un fondo, para que no fuera obvio que se grababa en un helicóptero de batalla lleno de soldados.

Tres motocicletas se detuvieron ante la puerta del complejo militar de Hiderabad, antiguo cuartel general del Ejército indio, luego de los ocupantes chinos y en aquel momento de los «libertadores» paquistaníes. Cuatro hombres viajaban en dos de las motos, en la tercera lo hacía un único pasajero con una mochila en el asiento de atrás.

Se detuvieron bien lejos de la puerta protegida, para que nadie supusiera que se trataba de un atentado suicida. Todos levantaron las manos para que ningún guardia de gatillo fácil les disparara mientras uno de los hombres sacaba una cámara de vídeo de la mochila y le colocaba un conector satélite.

Eso atrajo la atención de los guardias, quienes inmediatamente telefonearon pidiendo consejo a alguien de más autoridad.

Sólo cuando la cámara estuvo lista el hombre que iba solo en su motocicleta se despojó del abrigo que llevaba. Los guardias casi quedaron cegados por la blancura de su túnica, mucho antes de que se colocara el turbante de kaffia y el cordel en la cabeza.

Incluso los guardias que no estaban cerca para reconocer su rostro dedujeron por la ropa y por el hecho de que se trataba de un joven negro que su califa había ido a verlos. Ninguno de los soldados rasos y pocos de los oficiales sospechaban que el general Rajam no fuera a alegrarse de recibir una visita del califa. Así que estallaron en vítores, algunos de ellos con un ulular que recordaba los gritos de los guerreros árabes al cabalgar a la batalla, aunque todos aquellos soldados eran paquistaníes.

La cámara empezó a rodar cuando Alai alzó los brazos para recibir la aclamación de su pueblo.

Atravesó el puesto de control sin ser molestado.

Alguien le ofreció un jeep, pero él lo rechazó y siguió caminando. El hombre de la cámara y su equipo, no obstante, se subieron al vehículo y viajaron junto al califa primero y luego por delante de él. Mientras, el ayudante del califa, Ivan Lankowski, vestido de civil como el resto del equipo, explicaba a los oficiales que corrían junto a él que el califa había ido a otorgar al general Rajam los honores que se había ganado. Esperaba que el general Rajam y aquellos hombres que desearan compartir ese honor saludaran al califa en la plaza abierta, delante de todos los soldados del califa.

La noticia corrió rápidamente, y poco después el avance de Alai fue acompañado por miles de soldados uniformados que vitoreaban y lo llamaban por su nombre. Abrieron un camino para el equipo de filmación, y los que pensaban que estaban dentro del campo de la cámara hicieron una muestra especialmente exuberante de su amor por el califa, por si alguien de casa estaba viendo y los reconocía.

Alai se sentía razonablemente confiado de que fuera lo que fuese que estuviera planeando Rajam no lo haría durante una transmisión en directo vía satélite, con miles de soldados mirando. Rajam hubiese preferido que Alai muriera en accidente de avión por el camino, o asesinado en alguna parte, lejos de él. Ya que estaba allí, tendría que esperar, ver qué pretendía Alai, mientras buscaba una manera aparentemente inocente de deshacerse de él, matarlo o capturarlo y enviarlo de vuelta a Damasco y mantenerlo bajo estrecha vigilancia.

Como Alai esperaba, Rajam lo estaba esperando en lo alto de las impresionantes escaleras que conducían al edificio más hermoso del complejo. Pero Alai sólo subió unos cuantos escalones y se detuvo, le dio la espalda a Rajam y se dirigió a los soldados... y la cámara. La luz era buena.

El equipo de grabación ocupó su puesto al pie de las escaleras.

Alai alzó los brazos pidiendo silencio y esperó. Los gritos se acallaron.

—¡Soldados de Dios! —gritó.

Un enorme rugido, que remitió de inmediato.

—¿Dónde está el general que os ha dirigido?

Otro rugido... pero ostensivamente menos entusiasta. Alai esperó que a Rajam no le molestara demasiado la diferencia de popularidad.

Alai no miraba: contaba con que Ivan le indicara el momento en que Rajam estuviera cerca. Vio cómo le hacía señas para que ocupara su puesto a la izquierda de Alai, directamente delante de la cámara.

Ivan hizo una señal. Alai se volvió y abrazó y besó a Rajam.

Apuñálame ahora, quiso decir Alai. Porque ésta es tu última oportunidad, perro traicionero y asesino.

En cambio, le habló en voz baja al oído.

—Como solía decir mi viejo amigo Ender Wiggin, Rajam, la puerta del enemigo ha caído.

Entonces interrumpió el abrazo, ignorando la sorprendida expresión del rostro de Rajam, y le tomó la mano, ofreciéndolo a los vítores de los soldados.

Alai alzó las manos para exigir silencio y lo obtuvo.

—¡Dios ha visto todas las acciones que se han realizado en su nombre aquí en la India!

Aplausos. Pero también, en algunos rostros, incertidumbre. Habían visto los vídeos de Virlomi, incluido el más reciente. Algunos de ellos, los más inteligentes, sabían que no podían estar seguros de lo que Alai pretendía con aquello.

—¡Y Dios sabe, como todos vosotros sabéis, que nada se ha hecho en la India excepto por la voluntad del general Rajam!

Los aplausos fueron decididamente tibios.

—¡Hoy es el día que Dios ha elegido para pagar la deuda de honor debida!

Los aplausos apenas habían empezado cuando el equipo de grabación echó mano a sus pistolas ametralladoras y llenó de balas el cuerpo de Rajam.

Al principio muchos de los soldados pensaron que era un intento de asesinato del califa, y se produjo un clamor. Alai se alegró de ver que aquéllos no eran los musulmanes de la historia: pocos huyeron de las balas y muchos se abalanzaron hacia delante. Pero Alai alzó los brazos y pasó a un escalón superior, sobre el cadáver de Rajam. Al mismo tiempo, como les había instruido, Ivan y los dos hombres que no sostenían la cámara subieron las escaleras y se colocaron en fila junto a Alai y alzaron las armas sobre sus cabezas.

—¡*Alá akbar!* —gritaron al unísono—. ¡Mahoma es su profeta! ¡Y Alai es el califa!

De nuevo alzó Alai las manos y esperó hasta que consiguió un silencio relativo y la carrera hacia las escaleras se detuvo. Ya había soldados a su alrededor.

—¡Los crímenes de Andariyy Rajam han llenado de hedor el mundo! ¡Los soldados del islam vinieron a la India como libertadores! ¡Vinieron en nombre de Dios, como amigos de nuestros hermanos y hermanas de la India! ¡Pero Andariyy Rajam traicionó a Dios y a su califa animando a algunos de nuestro pueblo a cometer crímenes terribles!

»¡Dios ya ha declarado el castigo por esos crímenes! Ahora yo tendré que limpiar al islam de ese mal. ¡Nunca jamás tendrá ningún hombre, mujer ni niño motivos para temer al ejército de Dios! ¡Ordeno a todos los soldados de Dios que arresten a cualquier hombre que cometa atrocidades contra el pueblo que vinimos a liberar! Ordeno a las naciones del mundo que no den refugio a esos criminales. Ordeno a mis soldados que arresten a cualquier hombre que haya ordenado esas atrocidades y a cualquier hombre que supiera de esas atrocidades pero no hiciera nada para castigar a los ofensores. Arrestadlos y testificad contra ellos, y en el nombre de Dios yo los juzgaré.

»Si se niegan a someterse a mi autoridad, entonces se declararán en rebelión contra Dios. Traédmelos para que los juzgue; si no se resisten a vosotros y son inocentes, no tienen nada que temer. ¡En toda ciudad y fortaleza, en cada campamento y aeródromo, que mis soldados arresten a los ofensores y los conduzcan ante los oficiales que son leales a Dios y al califa!

Alai mantuvo su pose durante diez largos segundos mientras los soldados vitoreaban. Entonces vio que la cámara bajaba, mientras algunos soldados arrastraban ya a varios hombres hacia él y otros corrían hacia edificios cercanos en busca de otros.

Era una justicia burda la que iba a imponerse mientras el ejército musulmán se hacía pedazos. Y sería interesante ver con quién se alineaban hombres como Ghaffar Wahabi, el primer ministro de Pakistán. Iba a ser una lástima tener que usar ese ejército para someter a un Gobierno musulmán.

Pero Alai tenía que actuar con rapidez, aunque fuera de manera sanguinaria. No podía permitirse dejar escapar a ninguno de los ofensores para que conspiraran contra él.

Mientras veía cómo le colocaban delante a los acusados, bajo la dirección de Ivan y sus hombres (quienes, después de todo, no iban a morir aquel día), Alai habló para sí mismo: ¡Ahí tienes, Hot Soup! Mira cómo Alai ha adaptado tu treta a sus propósitos.

Los soldados del grupo de Ender todavía aprendemos los unos de los otros.

Y en cuanto a ti, Peter, guárdate tu pequeño vídeo. Nunca hará falta. Pues todos los hombres son sólo herramientas en las manos de Dios, y yo, no tú, soy la herramienta que Dios ha elegido para unir al mundo.

13

Encontrada

De: Graff%peregrinacion@colmin.gov
A: PADelphiki@TutsiNet.rw.net
Sobre: ¿Puedes viajar?

Como tu marido está muy ocupado en Ruanda ahora mismo, me pregunto si puedes viajar. No esperamos ningún daño físico, aparte de los rigores normales del viaje aéreo. Pero siendo el pequeño Ender todavía tan joven, probablemente querrás dejarlo. O no. Si deseas traerlo, haremos cuanto podamos para que te sientas cómoda.

Hemos confirmado la identidad de uno de tus hijos. Una niña. Naturalmente, estamos buscando primero a los niños que comparten el estado genético de Bean. Ya hemos accedido a muestras de sangre de la niña, tomadas en un hospital porque el parto fue prematuro. La paridad genética es absoluta: es vuestra. Es muy probable que sea difícil para sus padres momentáneos, sobre todo la madre, quien, como la víctima del proverbial cuco, acaba de parir a la hija de otra mujer. Lo comprenderé si no quieres estar presente. Tu presencia, sin embargo, podría ayudarlos a creer que eres en efecto la verdadera madre de «su» hija. Tú decides.

Petra estaba furiosa con Peter... y con Graff. Esos conspiradores, tan seguros de saber lo que era mejor para todo el mundo. Si estaban reteniendo el anuncio de la ratificación mientras los tumultos, no, el baño de sangre en el mundo musulmán continuaba, ¿entonces por qué no podía Bean ir con ella a recoger al primero de sus hijos perdidos que encontraban?

No, eso era imposible, él tenía que consolidar la fidelidad del Ejército ruandés, y tantas otras cosas, como si eso realmente importara. Y lo más enloquecedor de todo, ¿por qué seguía Bean el juego? ¿Desde cuándo se había vuelto *obediente*?

—Tengo que quedarme —decía una y otra vez, sin ninguna explicación más, a pesar de que ella le exigía algún tipo de justificación.

¿Era también Bean un conspirador? Pero no contra *ella*, seguramente. ¿Por qué le ocultaba sus pensamientos? ¿Qué secretos podía guardar?

Cuando quedó claro que Bean no iría con ella, Petra metió ropa de bebé, pañales y una muda de ropa para ella en una única bolsa, luego recogió al pequeño Ender y se marchó al aeropuerto de Kayibanda.

Allí la recibió Mazer Rackham.

—¿Ha venido a Kigali en vez de encontrarse conmigo allí? —dijo ella.

—Buenos días a ti también —contestó Rackham—. No confiamos en los vuelos comerciales para este asunto. Creemos que la red de Aquiles está rota, pero no podemos arriesgarnos a que secuestren a tu bebé o te lastimen en ruta.

Así que Aquiles todavía nos doblega y nos cuesta tiempo y dinero, incluso después de la muerte. O bien es sólo una excusa para asegurarte de supervisar las cosas directamente. ¿Por qué son mis hijos tan importantes para ti? ¿Cómo sé que tú no tienes también un plan para uncir a nuestros hijos a la yunta de algún noble proyecto para salvar al mundo?

Lo que dijo en voz alta fue:

—Gracias.

Despegaron en un avión privado que supuestamente pertenecía a una de las grandes compañías solares desalinizadoras que estaban desarrollando el Sáhara.

Convenía saber qué compañías utilizaba la F.I. como tapadera para sus operaciones en el planeta.

Sobrevolaron el Sáhara y Petra no pudo evitar sentirse complacida por la vista del restaurado lago Chad y el enorme proyecto de irrigación que lo rodeaba. Había leído que la desalinización de la costa libia ya avanzaba más rápido que la evaporación, y que el lago Chad ya influía en el clima de los alrededores. Pero no estaba preparada para ver tantos kilómetros de praderas, ni los rebaños de animales pastando. La hierba y las enredaderas convertían la arena y el Sahel en suelo fértil de nuevo. Y la deslumbrante superficie del lago Chad estaba salpicada de velas de barcos de pesca.

Aterrizaron en Lisboa y Rackham la llevó primero a un hotel, donde ella amamantó a Ender, se lavó y luego se cargó al niño en bandolera. Con el pequeño a cuestas regresó al vestíbulo, donde Rackham se reunió con ella y la condujo a una limusina que los esperaba fuera.

Para su sorpresa, sintió una súbita puñalada de miedo. No tenía nada que ver con aquel coche, ni con su destino de aquel día. Recordó otro día en Rotterdam, cuando le implantaron a Ender en el vientre. Bean salió con ella del hospital y los conductores del primer par de taxis estaban fumando. Así que Bean la hizo subir al tercero. Él subió al primero.

Los dos primeros taxis eran parte de un plan de secuestro y asesinato y Bean escapó por los pelos de la muerte. El taxi al que ella subió formaba parte de un plan completamente distinto: un plan para salvarle la vida.

—¿Conoce a este conductor? —preguntó Petra.

Mazer asintió gravemente.

—No dejamos nada al azar —dijo—. El conductor es un soldado de los nuestros.

Así que la F.I. tenía personal militar entrenado en la Tierra, vestido de civil y conduciendo limusinas. Qué escándalo.

Subieron a las colinas, hasta una casa grande y acogedora con una sorprendente vista de la ciudad y la bahía y, en los días claros, del Atlántico más allá. Los romanos habían visto aquel lugar, habían gobernado aquella ciudad. Los vándalos la habían conquistado y luego los visigodos. Los moros la habían ocupado a continuación y, luego, los cristianos la habían recuperado. Desde esa ciudad habían zarpado veleros que tras rodear África colonizaron la India y China y África y, con el tiempo, Brasil.

Y sin embargo no era nada más que una ciudad humana en un enclave precioso. Terremotos e incendios habían ido y venido, pero la gente seguía construyendo en las colinas y en el llano. Tormentas y calmas y piratas y guerras habían hundido barco tras barco, y sin embargo la gente seguía saliendo al mar con redes o artículos o cañones.

La gente hacía el amor y criaba bebés en las mansiones y en las diminutas casas de los pobres.

Ella había ido hasta allí desde Ruanda, igual que los humanos habían llegado de África hacía cincuenta mil años. No como parte de una tribu que se refugiaba en cavernas para pintar sus historias y adorar a sus dioses. Sino... ¿no estaba allí para quitarle un bebé de los brazos a una mujer? ¿Para reclamar que lo que había salido del vientre de aquella desconocida le pertenecería a ella de entonces en adelante? Igual que tantos se habían plantado en las colinas que daban a la bahía y dicho esto es mío ahora y siempre ha sido mío, a pesar de la gente que pensaba que le pertenecía y había poseído ese lugar toda su vida.

Mío, mío, mío. Ésa era la maldición y ése el poder de los seres humanos. Que lo que veían y amaban tenían que tenerlo. Podían compartirlo con otras personas pero sólo si concebían a esas otras personas como algo propio. Lo que poseemos es nuestro. Lo que tú posees también debería ser nuestro. De hecho, tú no posees nada si nosotros lo queremos. Porque tú no eres nada. Nosotros somos las personas reales, tú sólo te haces pasar por persona para intentar privarnos de lo que Dios pretendió que tuviéramos.

Y Petra comprendió por primera vez la magnitud de lo que Graff y Mazer Rackham y, sí, incluso Peter, intentaban hacer.

Estaban intentando conseguir que los seres humanos se definieran a sí mismos como pertenecientes todos a una sola tribu.

Había sido así brevemente mientras estuvieron amenazados por criaturas que eran verdaderamente extrañas; entonces la especie humana se había sentido un solo pueblo, y se había unido para rechazar a un enemigo.

Y en el momento en que se consiguió la victoria, todo se hizo pedazos y los resentimientos largamente acumulados estallaron en guerras. Primero la antigua rivalidad entre Rusia y Occidente. Y cuando eso fue reprimido por la F.I. y el antiguo polemarca fue sustituido por Chamrajnagar, las guerras se trasladaron a distintos campos de muerte.

Incluso buscaron a los graduados de la Escuela de Batalla y dijeron: nuestro. No personas libres, sino propiedad de esta o aquella nación.

Y esos mismos niños, antiguas propiedades, estaban ya a la cabeza de algunas de las naciones más poderosas. Alai, apuntalando con la sangre de sus enemigos los cimientos de su imperio fragmentado. Han

Tzu, restaurando la prosperidad de China lo más rápidamente posible para emerger de la derrota como potencia mundial. Y Virlomi, al descubierto ahora, negándose a unirse a ningún grupo, alzándose por encima de la política, aunque Petra sabía que no soltaría su tenaza sobre el poder.

¿No se había sentado Petra con Han Tzu y Alai y había controlado flotas y escuadrones en las lejanas estrellas? Creían estar jugando solamente a un juego (todos ellos lo creían, menos Bean, que guardó el secreto), pero estaban salvando al mundo. Les encantaba estar juntos. Les encantaba ser uno, unidos bajo el liderazgo de Ender Wiggin.

Virlomi no estaba con ellos, pero Petra la recordaba también, como la chica en quien confió cuando era cautiva en Hiderabad. Le había dado un mensaje y Virlomi había aceptado la carga como si Petra fuera una persona real; lo había entregado a Bean y le había ayudado a ir a salvarla. Ya Virlomi había creado una nueva India de los despojos de la antigua: les había dado algo más poderoso que un mero Gobierno electo. Les había dado una reina divina, un sueño y una visión, y la India iba a ser, por primera vez, una gran potencia en consonancia con su gran población y su antigua cultura.

Los tres están engrandeciendo sus naciones en una época en que la grandeza de las naciones es la pesadilla de la humanidad.

¿Cómo conseguirá Peter dominarlos? Cómo les dirá: «No, esta ciudad, estos campos, ese lago no os pertenecen a vosotros ni a ningún grupo ni individuo, son parte de la Tierra y la Tierra nos pertenece a todos nosotros, a una única tribu. Una tropa crecida de babuinos que se ha refugiado al socaire de la noche de este planeta, que extrajo la vida del calor del día de este planeta.»

Graff y los suyos habían hecho su trabajo demasiado bien. Habían encontrado a todos los niños mejor dotados para gobernar; pero la ambición formaba parte de la mezcla que habían seleccionado. Y no sólo el deseo de igualar o incluso superar a los otros sino la agresividad, el deseo de gobernar y controlar.

La necesidad de salirnos con la nuestra.

Desde luego, yo la tengo. Si no me hubiera enamorado de Bean y me hubiera concentrado en nuestros hijos, ¿no sería una de ellos? Sólo me habría estorbado la debilidad de mi país. Armenia no tiene ni los recursos ni la voluntad nacional para gobernar grandes imperios. Pero Alai y Han Tzu heredan siglos de imperio y la sensación de que tienen derecho a gobernar. Mientras que Virlomi está creando su propio mito y enseñándole a su pueblo que ha llegado el día de que se cumpla su destino.

Sólo dos de estos grandes niños se han apartado de la pauta, del gran juego de matanza y dominio.

Bean nunca fue seleccionado por su agresividad. Lo seleccionaron sólo por su inteligencia. Su mente superaba de lejos todas las demás. Pero no era uno de *nosotros*. Podría haber resuelto los problemas tácticos y estratégicos con más facilidad que ningún otro, incluso que Ender. Pero no le importaba dominar o no; no le importaba vencer o no. Cuando tuvo un ejército propio, nunca ganó una batalla: empleaba todos sus esfuerzos en entrenar a sus soldados y en probar sus ideas.

Por eso pudo ser la perfecta sombra de Ender Wiggin. No necesitaba superar a Ender. Lo único que quería era sobrevivir. Y, sin saberlo, encajar. Amar y ser amado. Ender le dio eso. Y la hermana Carlotta. Y yo. Pero nunca necesitó mandar.

Peter es el otro. Y él sí que necesita mandar, superar a todos los demás. Sobre todo porque no lo seleccionaron para la Escuela de Batalla. ¿Qué es lo que lo contiene?

¿Ender Wiggin? ¿Es eso? Peter tiene que ser más grande que su hermano Ender. No puede hacerlo por medio de la conquista porque no es rival de esos veteranos de la Escuela de Batalla. No puede hacerlo en el campo de batalla contra Han Tzu ni Alai... ¡ni Bean ni yo, ya puestos! Sin embargo, tiene que ser de algún modo más grande que Ender Wiggin, y Ender Wiggin salvó a la especie humana.

Petra se detuvo al borde de la colina, al otro lado de la calle, frente a la casa donde la esperaba su segunda hija... una hija que pretendía quitarle a la mujer que la había parido. Contempló la ciudad y se vio a sí misma.

Soy tan ambiciosa como Hot Soup o Alai o cualquiera de ellos. Sin embargo, me enamoré y decidí casarme (contra su voluntad) con el único graduado de la Escuela de Batalla que no tenía ninguna ambición personal. ¿Por qué? Porque yo quería tener a la próxima generación. Quería los hijos más inteligentes. Aunque le dije que no quería que ninguno de ellos tuviera su dolencia, en realidad quería que la tuvieran. Que fueran como él. Quería ser la Eva de una nueva especie. Quería que mis genes fueran parte del futuro de la humanidad. Y lo serán.

Pero Bean también morirá. Eso lo he sabido todo el tiempo. He sabido que sería una viuda joven. En el fondo lo he sabido siempre. Qué cosa tan terrible comprender algo así sobre una misma.

Por eso no quiero que me quite a mis bebés. Debo tenerlos a todos, como los conquistadores tuvieron que tener esta ciudad. Tengo que tenerlos. Ése es mi imperio.

¿Qué clase de vida tendrán, conmigo como madre?

—No podemos posponer esto eternamente —dijo Mazer Rackham.

—Estaba pensando.

—Todavía eres lo bastante joven para creer que eso te llevará a alguna parte —dijo Rackham.

—No. No, soy más vieja de lo que cree. Sé que no puedo evitar ser quien soy.

—¿Por qué querrías hacerlo? —dijo Mazer Rackham—. ¿No sabes que siempre fuiste la mejor de todos?

Ella se volvió hacia él, reprimiendo el arrebato de orgullo, negándose a creerlo.

—Eso es una tontería. Soy la menor. La peor. La que se rompió.

—La que Ender presionó más, en quien más confió. *Él* lo sabía. Además, no he querido decir que fueras la mejor en la guerra. Quería decir la mejor, punto. La mejor en ser humana.

La ironía de oírle decir eso después de que ella hubiera caído en la cuenta de lo egoísta y ambiciosa y *peligrosa* que era estuvo a punto de arrancarle una carcajada. En cambio, extendió la mano y le tocó el hombro.

—Pobre hombre —dijo—. Nos considera sus hijos.

—No —respondió Rackham—, eso es cosa de Hyrum Graff.

—¿Tenía usted hijos? ¿Antes de su viaje?

Rackham negó con la cabeza. Pero ella no pudo saber si estaba diciendo que no, que no había tenido hijos, o que no, que no quería hablar de eso.

—Entremos.

Petra se dio media vuelta, cruzó la estrecha calle, lo siguió a través de la verja del jardín y se acercó a la puerta de la casa. Estaba abierta a la cálida luz del otoño. Las abejas zumbaban entre las flores del jardín pero ninguna entraba en la casa: ¿qué se les había perdido allí, cuando todo lo que necesitaban estaba fuera?

El hombre y la mujer esperaban en el comedor de la vivienda. Una mujer vestida de civil (aunque a Petra le pareció un soldado, de todas formas) estaba de pie tras ellos. Quizá vigilaba para asegurarse de que no intentaran huir.

La esposa estaba sentada en un sillón y sostenía en brazos a su hija recién nacida. El marido se apoyaba en una mesa. Su rostro era una máscara de desesperación. La mujer había estado llorando. Así que ya lo sabían.

Rackham habló de inmediato.

—No quería que entregaran el bebé a unos desconocidos —les dijo al hombre y la mujer—. Quería que vieran que el bebé va a ir a casa con su madre.

—Pero ella ya tiene un bebé —dijo la mujer—. No me dijo que ella ya...

—Sí que lo dijo —intervino el hombre.

Petra se sentó en una silla, frente al hombre, esquinada respecto a la mujer. Ender se agitó un poquito pero siguió durmiendo.

—Queríamos conservar a los demás, no que nacieran todos a la vez —dijo Petra—. Quería parirlos yo misma. Mi marido se está muriendo. Quería seguir teniendo sus bebés cuando ya no esté.

—¿Pero no tiene más? ¿No puede renunciar a ésta? —La voz de la mujer era tan suplicante que Petra se odió a sí misma por decir que no.

Rackham habló antes de que ella lo hiciera.

—Esta niña se está muriendo ya de la misma enfermedad que está matando a su padre. Y a su hermano. Por eso nacieron prematuros.

Esto tan sólo hizo que la mujer se aferrara al bebé con más fuerza.

—Tendrán hijos propios —dijo Rackham—. Todavía tienen los cuatro embriones fertilizados que ya crearon.

El padre lo miró mansamente.

—La próxima vez adoptaremos —dijo.

—Lamentamos mucho —continuó Rackham— que esos criminales robaran el uso de su vientre para parir la criatura de otra mujer. Pero la niña es suya, y si adoptan, tendrían hijos voluntariamente entregados por sus padres.

El hombre asintió. Comprendía.

Pero la mujer tenía al bebé en brazos.

Petra intervino.

—¿Le gustaría sostener a su hermano? —Extendió los brazos y sacó a Ender de la bandolera—. Se llama Andrew. Tiene un mes.

La mujer asintió.

Rackham tendió las manos y recogió a la niña. Petra le tendió a Ender a la mujer.

—Mi... la niña... la llamo Bella. Mi pequeña Lourinha —lloró.

¿Lourinha? El cabello del bebé era castaño. Pero al parecer no hacía falta que el pelo fuera muy claro para ganarse el apelativo de «rubia».

Petra tomó a la niña de manos de Rackham. Era aún más pequeña que Ender, pero sus ojos eran igual de inteligentes y curiosos. El pelo de Ender era igual de negro que el de Bean. El de Bella se parecía más al de Petra. Le sorprendió advertir lo feliz que la hacía que el bebé se pareciera a ella.

—Gracias por parir a mi hija —dijo Petra—. Me apena su pena, pero espero que también pueda usted alegrarse de mi alegría.

Llorando, la mujer asintió y se abrazó a Ender. Se volvió hacia el bebé y le habló como se le habla a los niños pequeños.

—*Es tu feliz em ter irminha? Es tu felizinho?*

Entonces estalló en lágrimas y lo entregó a Rackham.

Petra se incorporó, colocó a Bella en la bandolera donde antes llevaba a Ender. Luego levantó a Ender y se lo colocó contra el hombro.

—Lo siento mucho —dijo—. Por favor, perdóneme por no dejarla quedarse con mi bebé.

La mujer negó con la cabeza.

—*Não ha de que desculpar* —dijo.

—No hay nada que perdonar —murmuró la mujer de aspecto severo que al parecer no era sólo guardiana, sino también intérprete.

La mujer dejó escapar un alarido de pesar y se puso en pie de un salto, volcando la silla. Sollozó y farfulló y se abrazó a Bella y la cubrió de besos. Pero no intentó tomar al bebé.

Rackham se llevó a Petra mientras la guardia y el marido hacían lo mismo con la mujer y la sujetaban, todavía sollozando, mientras Petra y Rackham salían de la casa.

Ya en el coche, Rackham se sentó detrás con Petra y tuvo a Ender en brazos para el trayecto hasta el hotel.

—Sí que son pequeños —dijo.

—Bean dice que Ender es una persona de juguete.

—Ya veo por qué.

—Me siento como una secuestradora muy amable —dijo Petra.

—No lo hagas —contestó Rackham—. Aunque eran embriones cuando te los robaron, fue un secuestro, y ahora has recuperado a tu hija.

—Pero esta gente no hizo nada malo.

—Piensa de nuevo. Recuerda cómo los encontramos.

Se mudaron, recordó ella. Cuando el subterfugio de emergencia de Volescu disparó un mensaje, se mudaron.

—¿Por qué aceptarían...?

—La mujer no lo sabe. Nuestro trato con el marido fue que no se lo diríamos. Él es completamente estéril. Su intento de fertilización *in vitro* no cuajó. Por eso aceptó la oferta de Volescu y le hizo creer a su esposa que el bebé era realmente suyo. Él es quien recibió el mensaje e inventó un motivo para que se mudaran a esta casa.

—¿No preguntó de dónde procedía el bebé?

—Es un hombre rico —dijo Rackham—. Los ricos tienden a dar por supuestas las cosas que simplemente les vienen a las manos.

—Pero la esposa no pretendía hacer ningún daño.

—Ni Bean tampoco, y sin embargo se está muriendo —dijo Rackham—. Ni yo, y sin embargo me enviaron a un viaje que me hizo saltar décadas en el futuro y que me costó a todos y todo. Y tú perderás a Bean, aunque no has hecho nada malo. La vida está llena de pesar, hasta el grado exacto en que nos permitimos amar a otras personas.

—Ya veo que es usted el filósofo residente del Ministerio de Colonización.

Rackham sonrió.

—Los consuelos de la filosofía son muchos, pero nunca suficientes.

—Creo que Graff y usted planearon toda la historia del mundo. Creo que eligieron a Bean y Peter para los papeles que están representando ahora.

—Te equivocas. Te equivocas de plano. Todo lo que Graff y yo hicimos fue elegir a los niños que pensamos que podrían ganar la guerra e intentamos entrenarlos para la victoria. Fracasamos una y otra vez hasta que encontramos a Ender. Y a Bean para apoyarlo. Y al resto del grupo para ayudarlo. Y cuando la última batalla terminó y vencimos, Graff y yo tuvimos que enfrentarnos al hecho de que la solución a un problema se había convertido en la causa de otro.

—Los genios militares que identificaron iban a hacer pedazos al mundo con su ambición.

—O serían utilizados como peones para satisfacer la ambición de otros, sí.

—Así que decidieron utilizarlos como peones en su propio juego una vez más.

—No —dijo Rackham en voz baja—. Decidimos encontrar un modo de liberar a la mayoría para vivir una vida humana. Todavía estamos trabajando en eso.

—¿A la mayoría?

—No había nada que pudiéramos hacer por Bean —dijo Rackham.

—Supongo que no.

—Pero entonces sucedió algo que no habíamos planeado —dijo Rackham—. Que no esperábamos. Él encontró el amor. Fue padre. Y tú hiciste feliz a aquel por quien nosotros no podíamos hacer nada. Así que tengo que admitir que sentimos mucha gratitud hacia ti, Petra. Podrías haber estado ahí fuera jugando con los otros. —Rió—. Nunca lo hubiésemos imaginado. Te sales de las gráficas en lo que se refiere a ambición. No tanto como Peter, pero casi. Sin embargo, de algún modo, renunciaste a todo.

Ella sonrió lo más beatíficamente que pudo.

Si supieras la verdad, pensó. O tal vez la sabía, pero decirle que la admiraba era una forma de manipularla...

Nadie dice completamente en serio lo que dice. Incluso cuando la gente cree que está diciendo la verdad, siempre se esconde algo tras sus palabras.

Había anochecido cuando regresó a su casa en el complejo militar en las afueras de Kigali. Mazer Rackham no entró con ella. Así que cargó con los dos bebés, Ender en la bandolera de nuevo y Bella al hombro.

Bean estaba allí, esperándola. Corrió hacia ella y tomó en brazos a la nueva bebé y apretó su mejilla contra la mejilla de la criatura.

—No la aplastes, grandullón —dijo Petra.

Él se echó a reír y la besó. Se sentaron juntos en el filo de la cama, con los dos niños en brazos, y luego se los cambiaron, una y otra vez.

—Nos quedan siete —dijo Petra.

—¿Ha sido difícil?

—Menos mal que no estabas allí —dijo Petra—. No estoy segura de que hubieras sido capaz de soportarlo.

14

Los visitantes de Virlomi

De: SerImperial%HotSoup@CiudadProhibida.ch.gov
A: Suriyawong@hegemon.gov
Sobre: Hemos encontrado a Paribatra

Suriyawong, me alegra decirte que Paribatra, el antiguo primer ministro de Tailandia, ha sido localizado. Su salud no es buena pero con cuidados adecuados se cree que podrá recuperarse hasta donde cabe esperar en un hombre de su edad.

El antiguo Gobierno casi había perfeccionado el arte de hacer desaparecer a las personas sin llegar a matarlas, pero aún estamos tratando de localizar a otros exiliados tailandeses. Tengo grandes esperanzas de encontrar y liberar a los miembros de tu familia.

Sabes que me opuse a todas estas acciones ilegales contra Tailandia, sus ciudadanos y su Gobierno. He aprovechado la primera oportunidad para deshacer tanto daño como me ha sido posible.

Por motivos políticos internos no puedo entregar a Paribatra directamente a la organización de Tailandia Libre de Ambul en este momento, aunque espero que este grupo sea el núcleo del nuevo Gobierno de Tailandia y espero una pronta reconciliación.

Como entregamos a Paribatra al cuidado del Hegemón, parece adecuado que tú, que tanto te esforzaste por liberar Tailandia, seas quien lo reciba.

Virlomi fue a Hiderabad y, delante de la verja del complejo militar donde una vez trabajó en virtual cautiverio, trazando planes para guerras e invasiones en las que no creía, construyó una choza con sus manos.

Cada día iba a un pozo y sacaba agua, aunque había pocas aldeas en la India que no tuvieran ya agua corriente y potable. Cada amanecer enterraba sus detritos nocturnos, aunque la mayoría de las aldeas tenían sistemas de alcantarillado en funcionamiento.

Los indios acudían a ella a centenares para hacerle preguntas. Cuando estaba cansada, salía y lloraba por ellos y les suplicaba que volvieran a casa. Se iban, pero a la mañana siguiente llegaban otros.

Ningún soldado se le acercaba, así que no hubo ninguna provocación abierta por parte de los musulmanes del complejo militar. Naturalmente, ella controlaba al Ejército indio, que se volvía más fuerte cada día, por medio de sus móviles codificados, que cada día eran cambiados por otros nuevos y recargados por ayudantes que se hacían pasar por suplicantes ordinarios.

De vez en cuando personas de otras tierras iban a verla. Sus ayudantes les decían entre susurros que ella no hablaba con nadie que no estuviera descalzo, y si llevaban traje occidental les ofrecían ropa adecuada, cosa que no les gustaba, así que era mejor que fueran vestidos ya con ropa india de su propia elección.

Tres visitantes fueron a verla en una semana de vigilia.

El primero fue Tikal Chapekar. El emperador Han lo había puesto en libertad, junto con muchos otros cautivos indios. Si esperaba algún tipo de ceremonia cuando regresó a la India, se quedó con un palmo de narices.

Al principio supuso que el silencio de los medios se debía a que los conquistadores musulmanes no permitían ninguna mención del regreso del primer ministro prisionero de la India.

Así que fue a Hiderabad a quejarse al califa en persona, quien gobernaba su vasto imperio musulmán desde dentro de los muros del complejo militar que había allí. Le permitieron entrar en el complejo, aunque mientras esperaba en el puesto de control sintió curiosidad por una choza que se alzaba a unas docenas de metros de distancia, ante la cual hacían cola muchísimos más indios de los que la hacían para ver a los gobernantes de la nación.

—¿Qué es esa choza? —preguntó—. ¿Tienen que ir ahí los ciudadanos corrientes antes de entrar por esta verja?

Los guardias de la puerta se rieron de su pregunta.

—¿Eres indio y no sabes dónde vive Virlomi?

—¿Quién es Virlomi?

Entonces los guardias recelaron.

—Ningún hindú diría eso. ¿Quién eres?

Les explicó que había permanecido cautivo hasta hacía unos pocos días y que no estaba al tanto de las noticias.

—¿Noticias? —dijo uno de los guardias—. Virlomi no sale en las noticias. Ella crea sus propias noticias.

—Ojalá nos dejaran pegarle un tiro —murmuró otro.

—Y entonces ¿quién te protegería cuando te arrancaran miembro tras miembro? —dijo otro, alegremente.

—Entonces... ¿quién es ella? —preguntó Chapekar.

—El alma de la India es una *mujer* —dijo el que quería dispararle. Dijo «mujer» con todo el desprecio que cabía en una sola palabra. Luego escupió.

—¿Qué cargo ostenta? —preguntó Chapekar.

—Los hindúes ya no tienen cargos —contestó otro guardia—. Ni siquiera tú, ex primer ministro.

Chapekar sintió una oleada de alivio. Alguien había reconocido su nombre.

—¿Porque prohibís al pueblo indio elegir a sus propios gobernantes?

—Lo permitimos —dijo el guardia—. El califa convocó unas elecciones, pero no salió nadie.

—¿Nadie votó?

—Nadie se presentó para el puesto.

Chapekar se echó a reír.

—La India es una democracia desde hace cientos de años. La gente se presenta a los cargos públicos. La gente vota.

—No cuando Virlomi le pide que no sirvan en ningún cargo hasta que los señores musulmanes abandonen la India.

Entonces Chapekar lo comprendió todo. Ella era carismática, como Gandhi hacía siglos. Algo bien triste, ya que imitaba un estilo de vida indio primitivo que no existía desde hacía mucho tiempo. Con todo, había magia en los antiguos iconos, y con tantos desastres cayendo sobre la India, el pueblo buscaría a alguien que diera alas a su imaginación.

Sin embargo, Ghandi nunca había gobernado la India. Ese trabajo era para gente más práctica. Si él pudiera hacer correr la voz de que había vuelto... Sin duda el califa querría un Gobierno indio legítimo restaurado que ayudara a mantener el orden.

Después de una espera adecuada, lo condujeron a un edificio. Después de otra espera, lo llevaron a la antesala del despacho del califa. Y finalmente lo condujeron a su presencia.

Excepto que la persona con la que se encontró no era el califa, sino su antiguo adversario, Ghaffar Wahabi, que había sido primer ministro de Pakistán.

—Creía que iba a ver al califa —dijo Chapekar—, pero me alegro de verte a ti primero, viejo amigo.

Wahabi sonrió y asintió, pero no se levantó y, cuando Chapekar hizo ademán de acercarse a él, unas manos lo contuvieron. Sin embargo no le impidieron sentarse en una silla, cosa de agradecer, porque Chapekar ya se cansaba fácilmente.

—Me alegra ver que los chinos han recuperado el sentido común y liberan a sus prisioneros. Este nuevo emperador que tienen es débil, un mero muchacho, pero una China débil es mejor para todos nosotros, ¿no crees?

Chapekar negó con la cabeza.

—Los chinos lo adoran.

—El islam ha hundido en el polvo el rostro de China —dijo Wahabi.

—¿Y el rostro de la India también? —preguntó Chapekar.

—Hubo excesos bajo el anterior liderazgo militar. Pero el califa Alai, que Dios lo conserve, puso fin a eso hace algún tiempo. Ahora la líder de los rebeldes se sienta ante nuestra verja y no tenemos problemas, y ella y sus seguidores no son molestados.

—Así que el dominio musulmán es benigno. Y sin embargo, cuando el primer ministro indio regresa, no hay una sola palabra en la televisión, ni una entrevista. No hay ningún coche esperándolo. Ningún cargo.

Wahabi sacudió la cabeza.

—Mi viejo amigo, ¿no recuerdas? Cuando los chinos rodeaban y engullían a tus ejércitos, mientras barrían la India, hiciste un gran anuncio público. Dijiste, si no recuerdo mal, que no habría ningún Gobierno en el exilio. Que el gobernador de la India a partir de entonces sería... y lo digo con toda modestia... yo.

—Quería decir, por supuesto, hasta mi regreso.

—No fuiste muy claro —dijo Wahabi—. Estoy seguro de que podremos conseguir que alguien te ponga el vídeo. Puedo mandar llamar si...

—Vas a mantener a la India sin Gobierno porque...

—La India tiene un Gobierno. Desde la desembocadura del Indo a la desembocadura del Ganges, desde el Himalaya a las olas que lamen las orillas de Sri Lanka, la bandera de Pakistán ondea sobre una India unida. Bajo el liderazgo inspirado por Dios del califa Alai, loado sea Alá.

—Ahora comprendo por qué suprimes la noticia de mi llegada —dijo Chapekar, poniéndose en pie—. Tienes miedo de perder lo que tienes.

—¿Qué tengo yo? —Wahabi rió—. Nosotros somos el Gobierno, pero Virlomi tiene la India. ¿Crees que *nosotros* censuramos las noticias referidas a ti? *Virlomi* le pidió al pueblo indio que no viera la televisión mientras los invasores musulmanes mantuvieran su presencia no deseada en la Madre India.

—¿Y la obedecen?

—La caída en el consumo nacional de energía es notable. Nadie te entrevistó, viejo amigo, porque *no* hay periodistas. Y aunque los hubiera, ¿por qué iban a preocuparse por ti? No gobiernas la India, y yo no gobierno la India, y si quieres tener algo que ver con la India, te quitarás los zapatos y te pondrás en esa fila delante de la choza que hay ante la verja.

—Sí —dijo Chapekar—. Eso haré.

—Vuelve y cuéntame qué te dice. Yo mismo he estado pensando en hacerlo también.

Así que Chapekar salió del complejo militar y se unió a la fila. Cuando el sol se puso y el cielo empezó a oscurecerse, Virlomi salió de la choza y lloró de pena porque no podía oírlos y hablar personalmente con todos.

—Marchaos a casa —dijo—. Rezo por vosotros, por todos. Sea cual sea el deseo de vuestro corazón, que los Dioses os lo concedan, si eso no causa daño a otros. Si necesitáis comida o trabajo o refugio, volved a vuestra ciudad o vuestro pueblo y decid que Virlomi reza por esa ciudad, por ese pueblo. Decid que mi oración es ésta: que los dioses bendigan al pueblo hasta el grado exacto en que ayude a los hambrientos y desempleados y sin hogar. Luego ayudad a hacer de esta plegaria una bendición sobre ellos en vez de una maldición. Intentad encontrar a alguien menos afortunado que vosotros y ayudadle. Al ayudarle, también os levantaréis.

Luego volvió a entrar en la choza.

La multitud se dispersó. Chapekar se sentó a esperar hasta la mañana.

Uno de los otros que estaban en la cola dijo:

—No te molestes. Nunca ve a nadie que pasa la noche. ¡Dice que si deja que la gente obtenga ventaja haciendo eso pronto la llanura se cubrirá de indios roncando y nunca volverá a dormir!

El hombre y otros más se rieron, pero Chapekar no se rió. Ahora que había visto a su adversaria, se preocupó. Era hermosa y de aspecto amable, y se movía con gracia inenarrable. Lo dominaba todo: la demagoga perfecta para la India. Los políticos siempre habían gritado para azuzar el frenesí de la gente. Pero aquella mujer hablaba amablemente y los hacía anhelar sus palabras, así que apenas tenía que decir nada para que ellos se sintieran benditos por escucharla.

Con todo, no era más que una mujer solitaria. Chapekar sabía mandar ejércitos. Más importante, sabía cómo hacer que el Congreso aprobara las leyes y mantener a raya a los miembros del partido. Todo lo que necesitaba hacer era unirse a esa muchacha y pronto sería el verdadero dueño de su partido.

Ahora lo que necesitaba era un sitio donde pasar la noche y regresar a verla por la mañana.

Se marchaba cuando uno de los ayudantes de Virlomi le tocó el hombro.

—Señor —dijo el joven—, la Señora ha pedido verle.

—¿A mí?

—¿No es usted Tikal Chapekar?

—Lo soy.

—Entonces ha pedido verle a usted. —El joven lo miró de arriba abajo, luego se arrodilló, recogió un poco de tierra y la arrojó al traje de Chapekar y empezó a frotarla.

—¿Qué estás haciendo? ¿Cómo te atreves?

—Si no parece que su traje es viejo y ha visto usted mucho sufrimiento, entonces...

—¡Idiota! ¡Mi traje *es* viejo y he sufrido en el exilio!

—A la Señora no le importará, señor. Pero haga lo que desee. Es esto o el taparrabos. Ella tiene varios en la choza, para poder humillar a los hombres orgullosos.

Chapekar miró al joven con mala cara, luego se agachó, recogió tierra y empezó a frotársela por la ropa.

Unos cuantos minutos más tarde entró en la choza. Estaba iluminada por tres lamparitas de aceite. Las sombras bailaban en las paredes de barro seco.

Ella lo saludó con una sonrisa que parecía cálida y amistosa. Tal vez aquello iría mejor que lo que había temido.

—Tikal Chapekar —dijo—. Me alegra que nuestro pueblo vuelva del cautiverio.

—El nuevo emperador es débil —respondió Chapekar—. Cree que complacerá a la opinión mundial dejando marchar a sus prisioneros.

Ella no dijo nada.

—Has hecho un trabajo excelente molestando a los musulmanes.

Ella no dijo nada.

—Quiero ayudarte.

—Excelente —dijo ella—. ¿Qué armas sabes usar?

Él se echó a reír.

—Ninguna arma.

—Entonces... no como soldado, pues. ¿Sabes escribir a máquina? Sé que sabes leer, así que supongo que puedes seguir los registros de nuestros ordenadores militares.

—¿Militares?

—Somos una nación en guerra —dijo ella simplemente.

—Pero yo no soy soldado de ninguna clase.

—Lástima.

—Soy gobernador.

—El pueblo indio está haciendo un trabajo excelente gobernándose solo ahora mismo. Lo que necesita son soldados que expulsen a sus agresores.

—Pero tú tienes un gobierno aquí mismo. Tus ayudantes, que le dicen a la gente lo que tiene que hacer. El que me cubrió de tierra.

—Ellos ayudan a la gente. No la gobiernan. Le dan consejo.

—¿Y así es cómo gobiernas toda la India?

—Yo hago sugerencias y mis ayudantes cuelgan los vids en las redes —dijo Virlomi—. Luego el pueblo decide si obedecerme o no.

—Puedes rechazar el Gobierno ahora —dijo Chapekar—. Pero algún día lo necesitarás.

Virlomi negó con la cabeza.

—Nunca necesitaré un Gobierno. Tal vez algún día la India decida tener un Gobierno, pero yo no lo necesitaré nunca.

—Entonces no me detendrías si instara a seguir exactamente ese mismo curso. En las redes.

Ella sonrió.

—Quien acuda a tu sitio, que esté de acuerdo o disienta como considere adecuado.

—Creo que cometes un error —dijo Chapekar.

—Ah —dijo Virlomi—. ¿Y te parece frustrante?

—La India necesita algo mejor que una mujer solitaria en una choza.

—Y sin embargo esta mujer solitaria en una choza ha contenido al ejército chino en los pasos del este el tiempo suficiente para que los musulmanes lograran su victoria. Y esta mujer solitaria dirigió la guerra de guerrillas y los levantamientos contra las tropas de ocupación musulmanas. Y esta mujer solitaria trajo al califa de Damasco a Hiderabad para que tomara el control de su propio ejército, que cometía atrocidades contra la India.

—Y estás muy orgullosa de tus logros.

—Me agrada que los dioses vieran adecuado darme algo útil que hacer. Te he ofrecido algo útil a ti también, pero lo rechazas.

—Me has ofrecido humillación y futilidad. —Chapekar se levantó para marcharse.

—Exactamente los dones que una vez recibí de tu mano.

Él se volvió a mirarla.

—¿Nos hemos visto antes?

—¿Lo has olvidado? Una vez viniste a ver a los graduados de la Escuela de Batalla que estaban planificando tu estrategia. Pero rechazaste todos nuestros planes. Los despreciaste y seguiste en cambio los planes del traidor Aquiles.

—Vi todos vuestros planes.

—No, sólo viste los planes que Aquiles quiso que vieras.

—¿Fue culpa mía? Creía que eran vuestros.

—Yo preví la caída de la India porque los planes de Aquiles debilitaban nuestros ejércitos y exponían nuestras líneas de suministros a los ataques chinos. Preví que no harías nada excepto inútil retórica, como el monstruoso acto de nombrar a Wahabi gobernador de la India, como si el Gobierno de la India fuera tuyo para otorgarlo a otro según tu voluntad. Vi, todos vimos, lo inútil y vanidoso y estúpido que eras en tu ambición, y lo fácilmente que Aquiles te manipuló con halagos.

—No tengo por qué escuchar esto.

—Entonces márchate —dijo Virlomi—. No digo nada que no se repita una y otra vez en los lugares secretos de tu corazón.

Él no se marchó.

—Después de irme, para notificar al Hegemón lo que estaba pasando, para que tal vez mis amigos de la Escuela de Batalla pudieran salvarse del plan de Aquiles para asesinarlos a todos... cuando ese encargo se cumplió, establecí la resistencia al dominio chino en las montañas del este. Pero en la Escuela de Batalla, dirigidos por un joven brillante, valiente y hermoso llamado Sayagi, los miembros de la Escuela de Batalla trazaron planes que habrían salvado la India, si tú los hubieras seguido. A riesgo de su propia vida, los publicaron en las redes, sabiendo que Aquiles no permitiría que te llegara ninguno si te los enviaban a través de él. ¿Viste los planes?

—No tengo costumbre de obtener mis planes de guerra en las redes.

—No. Obtuviste tus planes de nuestro enemigo.

—No lo sabía.

—Tendrías que haberlo sabido. Estaba muy claro lo que era Aquiles. Viste lo que nosotros vimos. La diferencia es que nosotros lo odiábamos y tú lo admirabas... por exactamente las mismas tendencias.

—Nunca vi los planes.

—Nunca pediste ni una brizna de consejo a las mentes más brillantes de la India. En cambio, confiaste en un psicópata belga. Y seguiste su consejo para librar una guerra sin motivo contra Birmania y Tailandia, extendiendo el conflicto a naciones que no nos habían hecho ningún daño. Un hombre que abraza la voz del mal cuando le susurra al oído no es menos maligno que quien susurra.

—No me impresiona tu habilidad para acuñar aforismos.

—Sayagi desafió a Aquiles a la cara, y Aquiles lo mató.

—Entonces fue un idiota al hacerlo.

—Muerto como está, Sayagi tiene más valor para la India del que tú has tenido o tendrás jamás en todos los días de tu vida.

—Lamento que esté muerto. Pero yo no lo estoy.

—Te equivocas. Sayagi sigue viviendo en el espíritu de la India. Pero tú estás muerto, Tikal Chapekar. Estás tan muerto como puede estarlo un hombre, y todavía respiras.

—Así que ahora me vienes con amenazas.

—Les pedí a mis ayudantes que te trajeran a mí para poder ayudarte a comprender lo que te sucederá ahora. No hay nada para ti en la India. Tarde o temprano te marcharás y te labrarás una vida en otra parte.

—No me marcharé nunca.

—Sólo el día en que te marches empezarás a comprender el Satyagraha.

—¿La aceptación pacífica?

—La disposición a sufrir, tú mismo y en persona, por una causa que crees justa. Sólo cuando estés dispuesto a abrazar el Satyagraha empezarás a compensar lo que le has hecho a la India. Ahora deberías irte.

Chapekar no había advertido que nadie estuviera escuchando. Podría haberse quedado a discutir, pero en el momento en que ella dijo aquellas palabras un hombre entró en la choza y lo sacó.

Pensaba que lo iban a dejar marchar, pero no lo hicieron. Lo condujeron al pueblo y lo sentaron al fondo de una pequeña oficina y le mostraron unas imágenes de las redes.

Eran imágenes suyas. Una corta escena en la que el joven le echaba tierra encima.

«Tikal Chapekar ha vuelto», dijo una voz.

La imagen cambió para mostrar a Chapekar en sus días de gloria. Breves escenas y fotos.

«Tikal Chapekar trajo la guerra a la India al atacar Birmania y Tailandia sin ninguna provocación, todo para intentar convertirse en un gran hombre.»

Entonces aparecieron imágenes de víctimas indias de atrocidades.

«En cambio, fue hecho prisionero por los chinos. No estuvo aquí para ayudarnos en nuestra hora de necesidad.»

La imagen donde aparecía cubierto de tierra regresó a la pantalla.

«Ahora ha vuelto del cautiverio y quiere gobernar la India.»

Una imagen de Chapekar hablando alegremente con los guardias musulmanes ante las puertas del complejo.

«Quiere ayudar a los musulmanes a dominarnos para siempre.»

De nuevo cubierto de tierra.

«¿Cómo podemos deshacernos de este hombre? Que todos finjan que no existe. Si nadie le habla, nadie lo atiende, lo acoge, lo alimenta o lo ayuda de ningún modo, tendrá que recurrir a los extranjeros que invitó a nuestra tierra.»

Fue entonces cuando pasaron las imágenes de Chapekar entregando a Wahabi el gobierno de la India.

«Incluso en la derrota invitó al mal a que cayera sobre nosotros. Pero la India no lo castigará. La India simplemente lo ignorará hasta que se marche.»

El programa terminó, naturalmente, con la escena en que le arrojaban tierra encima.

—Bonito montaje —dijo Chapekar.

Ellos lo ignoraron.

—¿Qué queréis de mí, para no publicar ese montón de basura?

Ellos lo ignoraron.

Al cabo de un rato empezó a enfurecerse y trató de derribar los ordenadores al suelo. Fue entonces cuando lo agarraron y lo echaron por la puerta.

Chapekar recorrió la calle, buscando alojamiento. Había casas con habitaciones en alquiler. Abrían la puerta cuando llamaba, pero cuando le veían la cara volvían a cerrarla.

Finalmente, se plantó en la calle y gritó:

—¡Todo lo que quiero es un lugar donde dormir! ¡Y un poco de comida! ¡Lo que le daríais a un perro!

Pero nadie le dijo que se callara.

Chapekar fue a la estación de tren y trató de comprar un billete con el dinero que los chinos le habían dado para que volviera a casa. Pero nadie quiso venderle ningún billete. Le cerraban todas las ventanillas a las que se acercaba en la cara y la fila pasaba a la ventanilla contigua, sin dejarle sitio.

Al mediodía siguiente, agotado, hambriento, sediento, volvió al complejo militar musulmán y, después de que sus enemigos lo alimentaran y lo vistieran y le ofrecieran un lugar para bañarse y dormir, lo expulsaron de la India y luego de territorio musulmán. Acabó en Holanda, donde tendría que vivir de la caridad pública hasta que encontrara trabajo.

El segundo visitante no siguió ningún camino conocido para llegar a la choza. Virlomi simplemente abrió los ojos en plena noche y, a pesar de la completa oscuridad, pudo verlo sentado en la esterilla, junto a la puerta.

—Estás muerto —le dijo ella.

—Sigo esperando renacer.

—Deberías haber vivido —le dijo Virlomi—. Yo te admiraba mucho. Habrías sido un buen marido para mí y un buen padre para la India.

—La India ya vive. No necesita que la des a luz —dijo Sayagi.

—La India no sabe que está viva, Sayagi. Despertar a alguien del coma es llevarlo a la vida igual que una madre da vida cuando pare a un bebé.

—Siempre tienes una respuesta, ¿no? Y la manera en que hablas ahora... como una diosa. ¿Cómo sucedió, Virlomi? ¿Fue cuando Petra decidió confiar en ti?

—Fue cuando decidí intervenir.

—Tu intervención tuvo éxito —dijo Sayagi—. La mía fracasó.

—No tendrías que haberle hablado a Aquiles. Tendrías que haberlo matado sin más.

—Dijo que había llenado el edificio de explosivos.

—¿Y lo creíste?

—Había otras vidas en juego además de la mía. Tu escapaste para poder salvar la vida de los miembros de la Escuela de Batalla. ¿Tendría yo entonces que haber sacrificado sus vidas?

—Me malinterpretas, Sayagi. Todo lo que digo es que o se actúa o no se actúa. O haces la cosa que crea la diferencia o no haces nada en absoluto. Elegiste un camino intermedio y, cuando se trata de la guerra, el camino intermedio es la muerte.

—Ahora me lo dices.

—Sayagi, ¿para qué has venido a verme?

—No lo he hecho. Sólo soy un sueño. Estás lo bastante despierta para darte cuenta de eso. Tú inventas ambas partes de esta conversación.

—Entonces, ¿por qué estoy inventándote? ¿Qué necesito aprender de ti?

—Mi destino —dijo Sayagi—. Hasta ahora todos tus gambitos han funcionado, pero eso es porque siempre has jugado contra necios. Ahora Alai controla a un enemigo, Han Tzu a otro y Peter Wiggin es el más peligroso y sutil de todos. Contra todos estos adversarios, no vencerás tan fácilmente. La muerte se encuentra al final de este camino, Virlomi.

—No tengo miedo a morir. Me he enfrentado a la muerte muchas veces, y cuando los dioses decidan que me ha llegado la hora...

—¿Ves, Virlomi? Ya has olvidado que no crees en los dioses.

—Pero sí que creo, Sayagi. ¿Cómo si no puedo explicar mi sarta de victorias imposibles?

—Un entrenamiento soberbio en la Escuela de Batalla. Tu innata inteligencia. Indios sabios y valientes que sólo esperaban a un líder decisivo para enseñarles a actuar como un pueblo digno de su propia civilización. Y enemigos muy, muy estúpidos.

—¿Y no podría ser que los dioses hayan dispuesto que yo tuviera estas cosas?

—Fue una red ininterrumpida de causalidad que se remonta al primer humano que no fue un chimpancé. Y más atrás, hasta la agrupación de los planetas alrededor del sol. Si deseas llamar Dios a eso, adelante.

—La causa de todo —dijo Virlomi—. El *propósito* de todo. Y si no hay dioses, entonces mis propósitos tendrán que valer.

—Hacer de ti el único dios que exista.

—Si te llamo de entre los muertos tan sólo con el poder de mi mente, yo diría que soy bastante poderosa.

Sayagi se echó a reír.

—¡Oh, Virlomi, si al menos hubiéramos vivido! ¡Qué amantes habríamos podido ser! ¡Qué hijos habríamos podido tener!

—Puede que tú hayas muerto, pero yo no.

—¿Tú no? La auténtica Virlomi murió el día que escapaste de Hiderabad, y esta impostora ha estado representando el papel desde entonces.

—No —dijo Virlomi—. La auténtica Virlomi murió el día que se enteró de que te habían matado.

—Y ahora me lo dices. Cuando estaba vivo, ni un besito, nada.

Creo que ni siquiera te enamoraste de mí hasta que estuve a salvo muerto.

—Márchate —dijo ella—. Es hora de que duerma.

—No. Despierta, enciende tu lámpara y anota esta visión. Aunque sólo sea una manifestación de tu inconsciente, es fascinante, y merece la pena reflexionar sobre ella. Sobre todo acerca de la parte sobre el amor y el matrimonio. Tienes algún retorcido plan dinástico para casarte. Pero te digo que sólo serás feliz casándote con un hombre que te ame a ti, no que ansíe la India.

—Ya lo sabía —dijo Virlomi—. Es que no creía que importara si yo soy feliz o no.

Fue entonces cuando Sayagi dejó la tienda. Ella escribió y escribió y escribió. Pero cuando despertó por la mañana descubrió que no había escrito nada. El hecho de escribir formaba también parte del sueño.

No importaba. Lo recordaba. Aunque él negara ser en realidad el espíritu de su amigo muerto y se burlara de ella por creer en los dioses, ella creía, y sabía que él era un espíritu en tránsito y que los dioses lo habían enviado para darle una lección.

El tercer visitante no tuvo que recibir ayuda de los ayudantes. Llegó caminando de los campos vacíos y ya llevaba atuendo campesino. Sin embargo, no iba vestido de campesino indio. Llevaba la ropa de un trabajador de los campos de arroz chinos.

Se puso al final de la cola y se inclinó hasta el suelo. No avanzó cuando la cola avanzó. Permitió que todos los indios le pasaran delante. Y cuando atardeció y Virlomi lloró y se despidió de todos, no se marchó.

Los ayudantes no fueron a verlo. En cambio Virlomi salió de la choza y se acercó a él en la oscuridad, portando una lámpara.

—Levántate —le dijo—. Estás loco al venir hasta aquí sin escolta.

Él se levantó.

—¿Entonces me han reconocido?

—¿Podrías parecer más chino?

—¿Corren los rumores?

—Pero los mantenemos apartados de las redes por ahora. Por la mañana, no habrá modo de controlarlos.

—He venido a pedirte que te cases conmigo —dijo Han.

—Soy mayor que tú —contestó Virlomi—. Y tú eres el emperador de China.

—Creía que ésa era una de mis mejores cualidades.

—Tu país conquistó al mío.

—Pero yo no. Devolví a los cautivos y en cuanto tú lo digas, vendré aquí formalmente y me arrodillaré delante de ti, de nuevo, y te pediré disculpas de parte del pueblo chino. Cásate conmigo.

—¿Qué demonios tienen que ver las relaciones entre dos naciones con compartir la cama con un muchacho de quien no tenía una gran opinión en la Escuela de Batalla?

—Virlomi, podemos destruirnos el uno al otro como rivales. O podemos unirnos y juntos tener a más de la mitad de la población del mundo.

—¿Cómo podría funcionar? El pueblo indio nunca te seguirá. El pueblo chino nunca me seguirá a mí.

—Funcionó para Fernando e Isabel.

—Sólo porque combatían a los moros. E Isabel y su pueblo tuvieron que luchar para impedir que Fernando limitara sus derechos como reina de Castilla.

—Entonces nosotros lo haremos aún mejor —dijo Han—. Todo lo que has hecho ha sido perfecto.

—Como me recordó hace poco un buen amigo, es fácil ganar cuando te enfrentas a idiotas.

—Virlomi —dijo Han.

—¿Ahora vas a decirme que me amas?

—Pero es que te amo —dijo Han—. Y sabes por qué. Todos los que fuimos elegidos para la Escuela de Batalla sólo amamos una cosa y respetamos una cosa: amamos la inteligencia y respetamos el poder. Tú creaste el poder de la nada.

—He creado el poder del amor y la confianza de mi pueblo.

—Te amo, Virlomi.

—Me amas... y sin embargo te consideras superior a mí.

—¿Superior? Yo nunca he dirigido a ejércitos en la batalla. Tú sí.

—Tú estabas en el grupo de Ender —dijo Virlomi—. Yo no. Siempre pensarás que soy inferior por eso.

—¿De verdad me estás diciendo que no? ¿O simplemente que lo intente con más energía o que se me ocurran mejores razones o que demuestre mi valor de otra forma?

—No voy a ponerte una serie de pruebas de amor —dijo Virlomi—. Esto no es un cuento de hadas. Mi respuesta es no. Ahora y siempre. El dragón y el tigre no tienen que ser necesariamente enemigos, pero ¿cómo pueden un mamífero y un reptil que pone huevos aparearse?

—Así que recibiste mi carta.

—Un cifrado patéticamente fácil. Cualquiera con medio cerebro podría entenderlo. Tu código era sólo una versión evidente de tu apodo con los dedos en una fila superior del teclado.

—Y sin embargo sólo tú, de todos los miles que acceden a las redes, descubrió que era yo.

Virlomi suspiró.

—Prométeme una cosa —dijo Han.

—No.

—Oye primero lo que tengo que pedirte.

—¿Por qué tendría que prometerte nada?

—¿Para que no vuelva a invadir preventivamente la India?

—¿Con qué ejército?

—No me refiero a ahora.

—¿Cuál es la promesa que quieres que haga?

—Que no te casarás tampoco con Alai.

—¿Una hindú casándose con el califa del islam? No sabía que tuvieras sentido del humor.

—Te lo pedirá.

—Vete a casa, Han. Y, por cierto, vimos llegar los helicópteros y los dejamos pasar. También les pedimos a los opresores musulmanes que no os derribaran.

—Lo agradecí. Creía que significaba que me apreciabas, al menos un poquito.

—Te aprecio —dijo Virlomi—. Pero no pretendo que me engañes.

—No sabía que hubiera engaños sobre la mesa.

—No hay nada sobre la mesa. Vuelve a tu helicóptero, Niño Emperador.

—Virlomi, te lo suplico. Seamos amigos, al menos.

—Eso estaría bien. Algún día, tal vez.

—Escríbeme. Llega a conocerme.

Ella sacudió la cabeza, riendo, y regresó a su choza. Han Tzu caminó de vuelta a los campos mientras el viento de la noche se alzaba.

15

Ratificación

De: RadaghasteBellini%privado@presidência.br.gov
A: PeterWiggin%privado@hegemon.gov
Sobre: Por favor considéralo cuidadosamente

Si tu objetivo es establecer la paz mundial, amigo mío, ¿por qué comienzas nuestra Constitución con un acto deliberado de provocación contra dos naciones ampliamente separadas, una de las cuales podría hacer caer sobre ti todo el peso del islam?

¿Va a fundarse la paz sobre la guerra después de todo? Y si no tuvieras a Julian Delphiki comandando a cien mil soldados africanos amigos, ¿lo intentarías?

De: PeterWiggin%privado@hegemon.gov
A: RadaghasteBellini%privado@presidência.br.gov
Sobre: Tenemos que hacerlo realidad

La historia está repleta de cadáveres de intentos de Gobierno mundial. Debemos demostrar inmediatamente que somos serios, que somos capaces y que somos transformadores.

Y, sin Delphiki, seguiría tu más prudente consejo, porque no contaría con nuestras tropas africanas.

La ceremonia fue bastante simple. Peter Wiggin, Felix Starman, Klaus Boom y Radaghaste Bellini se presentaron en una plataforma en Kiyagi, Ruanda. No hubo ningún intento por atraer a multitudes de ciudadanos para que aplaudieran; tampoco hubo ningún tipo de presencia militar. El público estuvo formado íntegramente por periodistas.

Se proporcionaron copias de la Constitución sobre la marcha. Felix Starman explicó muy brevemente el nuevo sistema de gobierno; Radaghaste Bellini informó acerca del mando militar unificado; Klaus Boom explicó los principios bajo los cuales podrían ser admitidas nuevas naciones al Pueblo Libre de la Tierra.

—No se admitirá a ninguna nación que no respete ya los derechos humanos, incluyendo un derecho al voto libre, adulto y universal. —Entonces dejó caer la bomba—. Tampoco requerimos que una nación haya sido ya reconocida por cualquier otra nación u otro conjunto de naciones, siempre y cuando cumpla nuestros otros requisitos.

Los periodistas murmuraron entre sí mientras Peter Wiggin se acercaba al estrado y en la pantalla, tras él, aparecía el mapa. Mientras iba nombrando cada país que había ratificado en secreto la Constitución, éstos se fueron iluminando en azul claro en el mapa.

Sudamérica mostraba las zonas más grandes de azul, con Brasil iluminando la mitad del continente, junto con Bolivia, Chile, Ecuador, Surinam y Guyana. En África el azul no predominaba tanto, pero coloreaba la mayoría de las naciones africanas que habían mantenido estabilidad y democracia durante al menos cien años: Ruanda, Bostwana, Camerún, Mozambique, Angola, Ghana, Liberia. No había dos naciones que tuvieran frontera común. Nadie pasó por alto el hecho de que Sudáfrica y Nigeria no participaban, a pesar de su largo historial de estabilidad y libertad; tampoco dejó nadie de advertir que ninguna nación musulmana estaba incluida.

En Europa, el mapa era aún más exiguo: Holanda, Eslovenia, Chequia, Estonia y Finlandia.

En el resto del territorio mundial el azul escaseaba. Peter había creído que las Filipinas estarían listas para el anuncio, pero en el último minuto el Gobierno había decidido esperar a ver. Tonga había ratificado la Constitución, y también Haití, la primera nación donde las habilidades de Peter habían sido puestas a prueba. Varias otras pequeñas naciones caribeñas también aparecían en azul.

—En cuanto sea posible —dijo Peter—, se celebrarán plebiscitos en todas las naciones que han ratificado. En el futuro, sin embargo, los plebiscitos precederán a la entrada de las naciones en el PLT. Mantendremos capitales en tres sitios: Ribeirão Preto, Brasil; Kiyagi, Ruanda, y Rotterdam en Holanda. Sin embargo, puesto que el idioma oficial del PLT es el común y a pocas personas la pronunciación de Ribeirão Preto les resulta... cómoda...

Los periodistas se rieron, ya que ellos eran quienes habían tenido que soportar la dificultad de aprender a pronunciar las nasales portuguesas.

—... el Gobierno brasileño nos ha permitido amablemente traducir el nombre de la ciudad por motivos de gobierno mundial. A partir de ahora, pueden ustedes referirse a la capital sudamericana de la PLT como Blackstream, «arroyo negro», en una sola palabra.

—¿Harán lo mismo con Kiyagi? —gritó un periodista.

—Puesto que puede usted pronunciar su nombre, no lo haremos —contestó Peter.

Más risas.

Sin embargo, el hecho de que Peter aceptara la pregunta provocó una riada de preguntas más. Peter alzó las manos.

—Un momento, sean pacientes.

Se callaron.

—Hay un motivo por el que hemos elegido el nombre de Pueblo Libre de la Tierra para nuestra Constitución en vez del de, digamos, Naciones Unidas.

Más risas. Todos sabían por qué no iba a ser utilizado ese nombre.

—Esta Constitución es un contrato entre ciudadanos libres, no entre naciones. Las antiguas fronteras serán respetadas mientras tengan sentido, pero cuando no lo tengan se harán ajustes. Y la gente que durante mucho tiempo ha sido privada de fronteras nacionales legalmente reconocidas y de autogobierno obtendrá esas cosas dentro del PLT.

Dos nuevas luces aparecieron, parpadeando en un azul más vivo. Una iluminó una gran porción de los Andes. La otra ocupó un trozo de Sudán suroccidental.

—El PLT reconoce de entrada la existencia de las naciones de Nubia, en África, y Runa, en Sudamérica. Se celebrarán plebiscitos inmediatamente y, si el pueblo de esas regiones vota por ratificar la Constitución, entonces el PLT actuará con vigor para proteger sus fronteras. Advertirán ustedes que parte del territorio de Runa ha sido ofrecido voluntariamente por las naciones de Bolivia y Ecuador en aceptación de uno de los términos para su entrada en el PLT. El Pueblo Libre de la Tierra saluda a los previsores y generosos líderes de esas naciones.

Peter se inclinó hacia delante.

—El PLT actuará con energía para proteger el proceso electoral. Cualquier intento de interferir en estos plebiscitos será considerado como un acto de guerra contra el Pueblo Libre de la Tierra.

Ahí quedaba lanzado el guante.

Las preguntas posteriores, como Peter esperaba, se centraron en las dos nuevas naciones cuyas fronteras incluían territorios que pertenecían a dos naciones que no habían ratificado la Constitución: Perú y Sudán. En vez de verse acosado a preguntas escépticas sobre el PLT, Peter ya había planteado de antemano lo serio que era eso. El tema del Perú era menos importante: nadie dudaba de la habilidad del PLT para aplastar a los militares peruanos. Más serio era lo de Sudán: un país musulmán que había jurado lealtad al califa Alai.

—¿Van a declarar la guerra contra el califa Alai? —preguntó un periodista de un servicio de noticias musulmán.

—No declaramos la guerra a nadie. Pero el pueblo de Nubia tiene una larga historia de opresión, atrocidades, hambruna e intolerancia religiosa debida al Gobierno de Sudán. ¿Cuántas veces en los doscientos últimos años ha conseguido la presión internacional que Sudán prometa cambiar de actitud? Sin embargo, los forajidos y criminales de Sudán interpretaron inmediatamente la sorprendente unificación del mundo musulmán por parte del califa Alai como un permiso para renovar su tratamiento genocida de los nubios. Si el califa Alai desea defender a los criminales de Sudán mientras que rechaza a los de la India, es su elección. Una cosa es segura: cualquier derecho que los sudaneses pudieran haber dicho tener sobre Nubia hace tiempo que ha expirado. El pueblo nubio, debido a las guerras y el sufrimiento, se ha unido en una nación que merece la categoría de Estado... y protección.

Peter terminó poco después la conferencia de prensa anunciando que Starman, Bellini y Boom celebrarían otras conferencias de prensa dos días más tarde en sus respectivos países.

—Pero las Fuerzas Armadas, la guardia fronteriza y los servicios de aduanas de estas naciones están ahora bajo el control del PLT. No existen el Ejército ruandés o el brasileño. Sólo el Ejército del PLT.

—¡Espere! —exclamó un periodista—. ¡No hay ningún «Hegemón» en toda esta Constitución!

Peter regresó al micrófono.

—Sí que lee rápido —dijo.

Risas, luego silencio expectante.

—El cargo de Hegemón se creó para afrontar una emergencia que amenazaba toda la Tierra. Yo continuaré como Hegemón tanto por la autoridad que me confiere el haber sido inicialmente escogido para el cargo como con la autorización temporal del PLT, hasta que no exista ninguna amenaza militar contra el Pueblo Libre de la Tierra. Soy el último Hegemón y espero renunciar al cargo lo antes posible.

Peter se marchó de nuevo y, esta vez, ignoró las preguntas que le hacían a gritos.

Como esperaba, Perú y Sudán ni siquiera declararon la guerra. Como se negaban a reconocer la legitimidad del PLT y las nuevas naciones extraídas de su territorio, ¿contra quién iban a declararla?

Las tropas peruanas reaccionaron primero, dirigiéndose a los escondites conocidos del movimiento revolucionario Champi T'it'u'. Algunos estaban vacíos pero otros estaban defendidos por soldados ruandeses perfectamente entrenados. Peter se servía de los ruandeses de Bean para que las acciones no fueran interpretadas como otra guerra entre Brasil y Perú: tenía que ser el PLT defendiendo las fronteras de un Estado miembro.

Las tropas peruanas cayeron en trampas bien planeadas y se encontraron con fuerzas de tamaño apreciable cruzando sus líneas de suministro y comunicaciones.

Rápidamente se supo por todo Perú que los soldados ruandeses estaban mejor entrenados y mejor equipados que los peruanos... y que los dirigía Julian Delphiki. Bean. El Gigante.

La moral se vino abajo. Las tropas ruandesas aceptaron la rendición de todo el ejército peruano. El congreso de Perú inmediatamente votó de manera casi unánime el ingreso en el PLT. Radaghaste Bellini, como presidente provisional de la región sudamericana del PLT, rechazó su oferta, declarando que, por principio, ningún territorio se añadiría al PLT por medio de la conquista o la intimidación: «Invitamos a la nación de Perú a celebrar un plebiscito y, si el pueblo de Perú decide unirse al Pueblo Libre de la Tierra, le daremos la bienvenida para que se una a sus hermanos y hermanas de Runa, Bolivia, Ecuador y Chile.»

Todo hubo acabado en dos semanas, con plebiscito y todo: Perú ya formaba parte del PLT, y Bean y el grueso de las tropas ruandesas regresaron a África.

Como resultado directo de esta acción decisiva, Belize, Cayena, Costa Rica y la República Dominicana anunciaron que celebrarían plebiscitos sobre la Constitución.

El resto del mundo esperó a ver qué ocurría en Sudán.

Las tropas sudanesas estaban desplegadas ya por toda Nubia: habían entrado en combate con los «rebeldes» nubios que resistían el renovado impulso de imponer la Shari'ah a los cristianos y paganos de la región. Así que aunque había multitud de actos de desafío contra la proclamación de Peter del nuevo estatus de Nubia, no se produjo ningún cambio real.

Suriyawong, dirigiendo el cuerpo de elite del Ejército del PLT que Bean y él habían creado años antes y utilizado de manera efectiva desde entonces, llevó a cabo una serie de rápidas incursiones diseñadas para desmoralizar a las tropas sudanesas y aislarlas de sus suministros. Los silos de municiones y los arsenales fueron destruidos. Se quemaron convoyes. Pero como los helicópteros de Suri regresaban a Ruanda después de cada incursión no había nadie contra quien el ejército sudanés pudiera contraatacar.

Luego Bean regresó con el grueso de las tropas ruandesas. Burundi y Uganda le concedieron permiso para transportar su ejército por su territorio.

Como era de esperar, los sudaneses trataron de atacar al ejército de Bean dentro de las fronteras de Uganda, antes de que llegara a Nubia. Sólo entonces descubrieron que aquel ejército era una ilusión: no había nada que atacar más que un puñado de viejos camiones vacíos cuyos conductores huyeron al primer signo de peligro.

Pero era un ataque a territorio ugandés. Uganda no sólo declaró la guerra a Sudán, sino que también anunció un plebiscito sobre la Constitución.

Mientras tanto, el ejército de Bean ya había atravesado el Congo y estaba en Nubia. Y el cuerpo de choque de Suriyawong se apoderó de los dos aeródromos a los que habían regresado los aviones que habían formado parte del ataque al convoy señuelo. Los pilotos aterrizaron sin sospechar ningún problema, y fueron hechos prisioneros.

Los pilotos entrenados entre los soldados de Suriyawong inmediatamente despegaron de nuevo en aviones sudaneses y llevaron a cabo un bombardeo de demostración contra las defensas aéreas de Jartún. Y el ejército de Bean realizó ataques simultáneos contra todas las bases militares sudanesas de Nubia. Como no estaban preparadas para combatir a un verdadero ejército, las fuerzas sudanesas se rindieron o fueron derrotadas el mismo día.

Sudán llamó al califa Alai para que interviniera y descargara la cólera del islam contra las cabezas de los infieles invasores.

Peter celebró inmediatamente una conferencia de prensa.

—El Pueblo Libre de la Tierra no conquista. Las porciones musulmanas de Sudán serán respetadas y todos los prisioneros serán devueltos en cuanto tengamos el compromiso del califa Alai y del Gobierno sudanés de que reconocen Nubia como nación y como parte del Pueblo Libre de la Tierra. Las Fuerzas Aéreas Sudanesas serán devueltas a Sudán, junto con todas sus bases. Nosotros respetamos la soberanía de Sudán y de todas las naciones. Pero nunca reconoceremos el derecho de ninguna nación a perseguir un país sin Estado dentro de sus fronteras. En la medida en que esté dentro de nuestro poder, garantizaremos a esas minorías un Estado dentro de la Constitución del Pueblo Libre de la Tierra y defenderemos su existencia nacional.

»Julian Delphiki es comandante de todas las fuerzas del PLT en Nubia y las zonas ocupadas temporalmente de Sudán. Sería una tragedia si dos viejos amigos de la guerra contra los insectores, Julian Delphiki y el califa Alai, se enfrentaran en combate por un asunto tan ridículo como es que Sudan tenga o no derecho a continuar persiguiendo a quienes no son musulmanes.

Las negociaciones pronto redibujaron las fronteras, de modo que una porción importante de lo que Peter había declarado originalmente como Nubia siguió en territorio de Sudán. Naturalmente, él nunca había pretendido conservar ese territorio y los líderes nubios ya lo sabían. Pero fue suficiente para que el califa Alai pudiera justificarse. Al final, Bean y Suriyawong se dedicaron a devolver prisioneros y proteger los convoyes de no musulmanes que decidieron dejar sus hogares en territorio sudanés y encontrar otro hogar en su nueva nación.

Tras esta clara victoria, el PLT fue tan enormemente popular en el África negra que nación tras nación solicitaron celebrar un plebiscito. Felix Starman indicó a la mayoría de ellas que tenían que reformar primero su Gobierno interno para respetar los derechos humanos y celebrar elecciones libres. Pero los plebiscitos en las democracias de Sudáfrica, Nigeria, Namibia, Uganda y Burundi se celebraron inmediatamente, y quedó claro que el Pueblo Libre de la Tierra tenía verdadera entidad como Estado intercontinental, con convincente poder militar y liderazgo seguro. Cuando Colombia aceptó las fronteras de Runa y solicitó formar parte del PLT, pareció inevitable que toda Latinoamérica y África subsahariana formasen parte del PLT más pronto que tarde.

Hubo movimiento en otras partes también. Bélgica, Bulgaria, Letonia, Lituania y Eslovaquia empezaron a planear sus propios plebiscitos, como hicieron Filipinas, las islas Fiji y la mayoría de las diminutas islas-nación del Pacífico.

Naturalmente las capitales del PLT se vieron inundadas de solicitudes por parte de minorías que querían que el PLT les garantizara su nacionalidad. La mayoría tuvieron que ser ignoradas. Temporalmente.

El día en que Sudán (muy presionado por el califa Alai) reconoció tanto Nubia como el PLT, Peter se sorprendió cuando la puerta de su despacho se abrió y entraron sus padres.

—¿Qué va mal? —preguntó Peter.

—Nada —dijo su madre.

—Hemos venido a decirte que estamos muy orgullosos de ti —dijo su padre.

Peter sacudió la cabeza.

—Es sólo el primer paso de un camino largo. No tenemos aún ni el veinte por ciento de la población mundial. Y hará falta tiempo para integrar todas esas nuevas naciones en el PLT.

—Es el primer paso del camino *adecuado* —dijo su padre.

—Hace un año, si alguien hubiera hecho una lista de naciones y hubiera dicho que se unirían en una sola nación bajo una sola Constitu-

ción y entregarían el mando de sus Fuerzas Armadas al Hegemón...
¿alguien no se hubiera reído? —dijo su madre.

—Todo es gracias a Alai y Virlomi —respondió Peter—. Las atrocidades cometidas por los musulmanes en la India y la publicidad que Virlomi dio a esas acciones sumadas a todas las guerras recientes...

—Aterraron a todo el mundo —dijo su padre—. Pero las naciones que se unen al PLT no son las que tuvieron más miedo. No, Peter, fue tu Constitución. Fuiste *tú*: tus logros en el pasado, las promesas que hiciste sobre el futuro...

—Fueron los chicos de la Escuela de Batalla —dijo Peter—. Sin la reputación de Bean...

—Usaste las herramientas que tenías —dijo su madre—. Lincoln tenía a Grant. Churchill tenía a Montgomery. Es parte de su grandeza que no se sintieran celosos de sus generales y pudieran delegar en ellos.

—Así que no me convenceréis de lo contrario —dijo Peter.

—Tu lugar en la historia ya estaba asegurado por tu trabajo como Locke, antes de que te convirtieras en Hegemón —dijo el padre—. Pero hoy, Peter, te has convertido en un gran hombre.

Se quedaron en la puerta un instante.

—Bueno, eso es lo que hemos venido a decirte —dijo la madre.

—Gracias —respondió Peter.

Se marcharon, cerrando la puerta tras ellos.

Peter volvió a sus papeles.

Y entonces se dio cuenta que no podía verlos porque las lágrimas le nublaban los ojos.

Se sentó y descubrió que estaba llorando. No, sollozando. En silencio... pero su cuerpo se sacudía como si acabara de liberarse de una terrible carga. Como si acabara de descubrir que su enfermedad terminal se había curado espontáneamente. Como si acabara de recuperar a un hijo largamente perdido.

Ni una sola vez en toda la conversación había dicho nadie la palabra «Ender» ni se había referido a él de ninguna manera.

Pasaron sus buenos cinco minutos antes de que Peter recuperara el control de sí mismo. Tuvo que levantarse y lavarse la cara en el pequeño cuarto de baño de su despacho antes de poder volver al trabajo.

16

El grupo

De: Tejedora%Virlomi@MadreIndia.in.net
A: PeterWiggin%privado@hegemon.gov
Sobre: Conversación

No te conozco personalmente, pero admiro tus logros.
Ven a visitarme.

V.

De: PeterWiggin%privado@hegemon.gov
A: Tejedora%Virlomi@MadreIndia.in.net
Sobre: Reunión

Yo también admiro tus logros.

Te proporcionaré felizmente transporte seguro al PLT
o a cualquier lugar fuera de la India. Mientras siga bajo ocupación musulmana no viajaré a la India.

P. W.

De: Tejedora%Virlomi@MadreIndia.in.net
A: PeterWiggin%privado@hegemon.gov
Sobre: Lugar

Yo no pondré un pie fuera de un país que no sea la India; tú no entrarás en la India.

Por tanto: Colombo, Sri Lanka. Iré en barco. El mío no será cómodo. Si traes uno mejor, disfrutaremos mucho más tu visita.

v.

Fly Molo se reunió con Bean en el aeropuerto de Manila e hizo cuanto pudo para que no se le notara la sorpresa de ver lo alto que era Bean.

—Dijiste que venías por motivos personales —dijo Fly—. Perdona mi naturaleza recelosa. Eres el jefe de las Fuerzas Armadas del PLT, y yo soy el jefe de las Fuerzas Armadas filipinas, ¿y sin embargo no tenemos nada que discutir?

—Supongo que tus militares están magníficamente bien entrenados y bien equipados.

—Sí —dijo Fly.

—Entonces hasta que nos llegue el momento de desplegarnos en alguna parte, nuestros departamentos de planificación y logística tienen más que decirse que nosotros dos. Oficialmente hablando.

—Entonces estás aquí como amigo.

—Estoy aquí —dijo Bean—, porque tengo un hijo en Manila. Un niño. Me han dicho que se llama Ramón.

Fly sonrió.

—¿Y es la primera vez que estás aquí? ¿Quién es la madre, una azafata?

—Me robaron el bebé, Fly. Cuando era un embrión. Fertilización *in vitro*. El niño es mío y de Petra. Es especialmente importante para nosotros, porque es el primero del que tenemos noticias que no comparte mi estado.

—¿Quieres decir que no es feo?

Bean se echó a reír.

—Lo has hecho bien aquí en Filipinas, amigo mío.

—Es fácil. Si alguien discute conmigo, le digo: «Estuve en el grupo de Ender», y todos cierran el pico y hacen lo que yo les digo.

—A mí me pasa lo mismo.

—Excepto con Peter.

—Sobre todo con Peter —dijo Bean—. Soy el poder tras el trono, ¿no lo sabías? ¿No lees los periódicos?

—Veo que a los periódicos les encanta mencionar tus logros como autor de ninguna victoria cuando eras comandante en la Escuela de Batalla.

—Algunos logros son tan extraordinarios que nunca vuelves a superarlos.

—¿Cómo está Petra? —preguntó Fly. Y hablaron de las personas que conocían ambos y de sus recuerdos de la Escuela de Batalla y de la Escuela de Mando y de la guerra con los insectores hasta que llegaron a una casa en las colinas situadas al este de Manila.

Había varios coches delante. Dos soldados ataviados con los nuevos uniformes del PLT la flanqueaban.

—¿Guardias? —preguntó Bean.

Fly se encogió de hombros.

—No fue idea mía.

No tuvieron que acreditarse. Y cuando entraron, se dieron cuenta de que aquélla no era la reunión que esperaban.

Era una reunión, al parecer, del grupo de Ender... de los que estaban disponibles. Dink, Shen, Vlad a un lado de la larga mesa. Crazy Tom, Carn Carby y Dumper (Champi T'it'u) al otro. Y en la cabecera de la mesa, Graff y Rackham.

—Ahora estamos todos —dijo Graff—. Por favor, Fly, Bean, ocupad vuestros asientos. Bean, confío en que le dirás a Petra todo lo que suceda aquí. En cuanto a Han Tzu y el califa Alai, ahora son jefes de Estado y no viajan con facilidad ni sin que se haga público. Sin embargo, todo lo que os digamos les será dicho también a ellos.

—Conozco a algunas personas a quienes les encantaría bombardear esta habitación —dijo Vlad.

—Todavía falta alguien —dijo Shen.

—Ender continúa su viaje. Su nave funciona a la perfección. Su ansible funciona bien. No obstante, recordad que para él apenas ha pasado un año desde que este grupo destruyó a las Reinas Colmena. Aunque pudierais hablar con él, parecería... joven. El mundo ha cambiado y vosotros también. —Graff miró a Rackham—. Mazer y yo estamos profundamente preocupados, por vosotros y por el mundo en su conjunto.

—No nos va mal —dijo Carn Carby.

—Y gracias a Bean y al hermano mayor de Ender, tal vez el mundo está mejor —dijo Dumper. Lo dijo como si lanzara un reto, como si esperase que le llevaran la contraria.

—Me importa un culo de rata el mundo —dijo Bean—. Me están chantajeando para que ayude a Peter. Y no es Peter quien me chantajea, precisamente.

—Bean se refiere a un trato que hizo conmigo libremente —dijo Graff.

—¿De qué va esta reunión? —preguntó Dink—. Ya no es usted nuestro profesor. —Miró a Rackham—. Ni usted es tampoco nuestro comandante. No hemos olvidado cómo ambos nos estuvieron mintiendo continuamente.

—Nunca podríamos convenceros de nuestra sincera devoción a vuestro bienestar allá en la escuela, Dink —dijo Graff—. Así que, como pide Dink, no perderé el tiempo en preliminares. Contemplad esta mesa. ¿Qué edad tenéis?

—La suficiente para no chuparnos el dedo —murmuró Carn.

—¿Qué edad tienes, Bean, dieciséis? —preguntó Fly.

—La verdad es que no llegué a nacer nunca —respondió Bean—, y los registros de mi decantación fueron destruidos cuando tenía más o menos un año. Pero dieciséis, sí, probablemente.

—Y todos los demás debemos rondar los veinte, año arriba o año abajo —dijo Fly—. ¿Cuál es su argumento, coronel Graff?

—Llámame Hyrum —dijo Graff—. Me gustaría pensar que ahora somos colegas.

—Colegas en *qué* —murmuró Dink.

—La última vez que os reunisteis —dijo Graff—, cuando Aquiles orquestó vuestro secuestro en Rusia, ya se os tenía en gran estima por todo el mundo. Se consideraba que teníais... potencial. Sin embargo, desde entonces, uno de vosotros se ha convertido en califa, ha unido el inunificable mundo musulmán y ha dirigido la conquista de China y la... liberación de la India.

—Alai ha perdido el juicio, eso es lo que ha hecho —dijo Carn.

—Y Han Tzu es emperador de China. Bean es comandante de los invictos ejércitos del PLT, además de ser conocido como el hombre que finalmente acabó con Aquiles. En conjunto, lo que una vez se consideraba potencial se ve ahora con certeza.

—¿Entonces a quiénes ha reunido aquí? —preguntó Crazy Tom—. ¿A los perdedores?

—He reunido a la gente a quien recurrirán los Gobiernos nacionales para impedir que Peter Wiggin una el mundo.

Todos se miraron entre sí.

—Nadie ha hablado conmigo todavía —dijo Fly Molo.

—Pero recurrieron a ti para que sofocaras la rebelión musulmana en Filipinas, ¿no? —dijo Rackham.

—Somos ciudadanos de nuestros países —dijo Crazy Tom.

—Pues el mío me alquila —comentó Dink—. Como a un taxi.

—Porque siempre te llevas bien con la autoridad —contestó Crazy Tom.

—Esto es lo que sucederá —dijo Graff—. China, la India y el mundo musulmán se destruirán entre sí. A la nación que se imponga, Bean la destruirá en el campo de batalla por cuenta del PLT. ¿Duda alguien de que pueda hacerlo?

Bean levantó la mano.

Nadie más lo hizo.

Y entonces la levantó Dink.

—No tiene hambre —dijo.

Nadie discutió con él.

—¿Qué puede querer decir Dink con eso? —preguntó Graff—. ¿Alguna idea?

Nadie parecía tener ninguna.

—Tú no quieres decirlo, pero lo diré yo —continuó Graff—. Es bien sabido que Bean obtuvo mejores puntuaciones en los tests de la Escuela de Batalla que nadie desde nunca. Nadie se le acercó siquiera. Bueno, Ender, pero «cerca» es un término relativo. Digamos que Ender es quien estuvo *más cerca*. Pero no sabemos a qué distancia porque Bean se salía de las tablas.

—¿Cómo? —dijo Dink—. ¿Contestaba a preguntas que ustedes no hacían?

—Exactamente —respondió Graff—. Eso es lo que me mostró la hermana Carlotta. Tenía tiempo de sobra para hacer las pruebas. Las comentaba y mencionaba cómo podían mejorarse. Era imparable. Irresistible. Eso es lo que el mundo sabe de Julian Delphiki. Y sin embargo, cuando lo pusimos al mando de todos vosotros en Eros, en la Escuela de Mando, mientras esperábamos a que Ender decidiera o no si continuar con su... educación, ¿qué sucedió?

De nuevo silencio.

—Oh, ¿por eso debemos pretender que las cosas no fueron como fueron? —dijo Graff.

—No nos gustó —respondió Dink—. Era más joven que todos nosotros.

—Ender también —replicó Graff.

—Pero conocíamos a Ender —dijo Crazy Tom.

—Amábamos a Ender —dijo Shen.

—Todo el mundo amaba a Ender —dijo Fly.

—Puedo daros una lista de gente que lo odiaba. Pero vosotros lo amabais. Y no amabais a Bean. ¿Por qué?

Bean soltó una carcajada. Los otros lo miraron. Excepto los que se sintieron avergonzados y apartaron la mirada.

—Nunca aprendí a ser adorable —dijo Bean—. En un orfanato, con eso hubiese conseguido que me adoptaran, pero en la calle me habrían matado.

—Tonterías —contestó Graff—. Ser adorable no te habría bastado para ser apreciado en este grupo, de todas formas.

—Y la verdad es que era adorable —dijo Carn—. No te enfades, pero eras la mar de vivaracho.

—Si ésa es la palabra que utilizas para decir «mocoso engreído» —dijo Dink amablemente.

—Vamos, vamos —dijo Graff—. No os caía mal Bean. A la mayoría. Pero no os gustaba servir a sus órdenes. Y no podéis decir que fuera porque erais demasiado independientes para servir a las órdenes de nadie, porque servíais alegremente bajo las órdenes de Ender. Le entregabais a Ender todo cuanto teníais.

—Más de lo que teníamos —dijo Fly.

—Pero no a Bean —dijo Graff, como si eso probara algo.

—¿Esto es una terapia de grupo o algo parecido? —preguntó Dink. Vlad intervino.

—Claro que sí. Quiere que lleguemos a las mismas conclusiones a las que ha llegado él.

—¿Sabes cuáles son? —preguntó Graff.

—*Hyrum* piensa que no seguimos a Bean como seguimos a Ender porque sabíamos algo sobre Bean que no sabe el resto del mundo. Y a causa de eso es probable que estemos dispuestos a desafiarlo en combate mientras que el resto del mundo se rendiría ante él debido a su reputación. ¿No es eso?

Graff sonrió, benigno.

—Pero eso es una estupidez —dijo Dumper—. Bean es un buen

comandante. Lo he visto. Dirigiendo a sus ruandeses en nuestra campaña en Perú. Es cierto que las tropas peruanas no estaban bien dirigidas ni bien entrenadas, pero esos ruandeses... adoraban a Bean. Habrían marchado hasta despeñarse por un barranco si él se lo hubiera pedido. Cuando él quería, se ponían inmediatamente en acción.

—¿Y tu argumento es...? —preguntó Dink.

—Mi argumento es que nosotros no lo seguimos bien, pero otra gente sí. Bean es auténtico. Sigue siendo el mejor de todos nosotros.

—No he visto a sus ruandeses —dijo Fly—, pero lo he visto con los hombres que Suriyawong y él entrenaron. Cuando las fuerzas del Hegemón eran un centenar de tipos y dos helicópteros. Dumper tiene razón. Alejandro Magno no podría haber tenido soldados más devotos y más efectivos.

—Gracias por las alabanzas, chicos —dijo Bean—, pero se os está escapando el argumento de Hyrum.

—«Hyrum» —murmuró Dink—. Qué tierno.

—Díselo —dijo Bean—. Lo saben, pero no saben que lo saben.

—Díselo tú —dijo Graff.

—¿Esto es un campo de reeducación chino? ¿Tenemos que dedicarnos a la autocrítica? —Bean rió amargamente—. Es lo que Dink ha dicho al principio. No tengo hambre. Lo cual podría parecer una estupidez, considerando que me he pasado la vida muerto de hambre. Pero no tengo hambre de *supremacía*. Y todos vosotros sí.

—Ése es el gran secreto de los tests —dijo Graff—. La hermana Carlotta le hizo pasar la batería de pruebas estándar que nosotros usábamos. Pero había una prueba adicional. Una que yo le di, o que le dio uno de mis ayudantes más dignos de confianza. Un test de ambición. Ambición competitiva. Todos puntuasteis muy, muy alto. Bean no.

—¿Bean no es ambicioso?

—Bean quiere la victoria —dijo Graff—. Le gusta ganar. *Necesita* ganar. Pero no necesita derrotar a nadie.

—Todos nosotros cooperamos con Ender —dijo Carn—. No tuvimos que derrotarlo a él.

—Pero sabíais que os llevaría a la victoria. Y mientras tanto, todos competíais unos con otros. Excepto Bean.

—Sólo porque era mejor que ninguno de nosotros. ¿Por qué competir si has ganado? —dijo Fly.

—Si alguno de vosotros se enfrentara a Bean en batalla, ¿quién ganaría?

Ellos pusieron los ojos en blanco o soltaron una risita o se burlaron de algún modo de la pregunta.

—Eso dependería —dio Carn Carby—, del terreno y del clima, y del signo del zodíaco. No hay nada seguro en la guerra, ¿no?

—No había clima ninguno en la sala de batalla —dijo Fly, sonriendo.

—Puedes imaginarte derrotando a Bean, ¿no? —respondió Graff—. Y es posible. Porque Bean es sólo mejor que el resto de todos vosotros si todo lo demás es igual. Sólo que nunca lo es. Y una de las variables más importantes en la guerra es el ansia que te hace correr riesgos ridículos porque intuyes que hay un camino a la victoria y tienes que seguir ese camino porque cualquier otra cosa que no sea la victoria resulta inconcebible. Insoportable.

—Muy poético —dijo Dink—. El romance de la guerra.

—Mirad a Lee —dijo Graff.

—¿A cuál? —preguntó Shen—. ¿El chino o el americano?

—Lee. L-E-E el virginiano —respondió Graff—. Cuando el enemigo se hallaba en territorio de Virginia, venció. Corrió los riesgos que necesitaba correr. Envió a Stonewall Jackson a través de un bosque hasta Chancellorsville, dividiendo sus fuerzas y exponiéndose peligrosamente contra Hooker, exactamente el tipo de comandante intrépido que podría haber explotado esa oportunidad si se hubiera dado cuenta de que la tenía.

—Hooker era un idiota.

—Decimos eso porque perdió. ¿Pero hubiese perdido si Lee no hubiera realizado el peligroso movimiento que hizo? No pretendo que volvamos a librar la batalla de Chancellorsville. Mi argumento es...

—Antietam y Gettysburg —dijo Bean.

—Exactamente. En cuanto Lee dejó Virginia y entró en territorio del Norte, ya no tenía hambre. Creía en la causa de defender Virginia, pero *no* creía en la causa de la esclavitud, y sabía que la guerra era por eso. No quería ver a su estado derrotado, pero no quería que la causa del Sur venciera. Todo inconscientemente. No sabía esto sobre sí mismo. Pero era cierto.

—¿No tuvo nada que ver con la fuerza abrumadora del Norte?

—Lee perdió en Antietam contra el segundo comandante más estúpido y más tímido que tenía el Norte, McClellan. Y Meade en Gettysburg no fue terriblemente imaginativo. Meade vio el terreno elevado y lo ocupó. ¿Y qué hizo Lee? Basándonos en cómo actuó Lee en todas sus campañas de Virginia, ¿qué hubiese cabido esperar que hiciera Lee?

—Negarse a luchar en ese terreno —dijo Fly—. Maniobrar. Deslizarse a la derecha. Robar una marcha. Situarse entre Meade y Washington. Encontrar un campo de batalla donde los de la Unión tuvieran que intentar forzar *su* posición.

—Andaba corto de suministros —dijo Dink—. Y no tenía información de su caballería

—Excusas —dijo Vlad—. No valen las excusas en la guerra. Graff tiene razón. Lee no actuó como Lee una vez que salió de Virginia. Pero ése fue Lee. ¿Qué tiene eso que ver con Bean?

—Piensa que, cuando yo no creo en una causa —intervino Bean—, puedo ser derrotado. Que me derrotaría a mí mismo. El problema es que yo sí que creo en la causa. Creo que Peter Wiggin es un hombre decente. Implacable, pero he visto cómo utiliza el poder y no lo hace para dañar a nadie. Realmente está intentando crear un orden mundial que lleve a la paz. Quiero que gane. Quiero que gane *rápidamente*. Y si alguno de vosotros piensa que puede detenerme...

—No tenemos que detenerte —dijo Crazy Tom—. Sólo tenemos que esperar a que estés muerto.

Silencio absoluto.

—Eso es —dijo Graff—. Ése es el tema de esta reunión. Bean dispone de poco tiempo. Así que, mientras viva, el Hegemón será percibido como imbatible. Pero en el momento en que no esté, ¿qué sucederá? Dumper o Fly serán nombrados probablemente comandantes tras él, puesto que ya están dentro del PLT. Pero todos los demás de esta mesa os sentiríais perfectamente libres de enfrentaros a cualquiera de los dos, ¿me equivoco?

—Demonios, *Hyrum* —dijo Dink—, nosotros nos enfrentaríamos a Bean.

—Y así el mundo saltaría en pedazos, y el PLT, aunque fuera el vencedor, se alzaría sobre los cadáveres de millones de soldados muertos por *vuestra ambición competitiva*. —Graff miró ferozmente alrededor de la mesa.

—Eh —dijo Fly—, todavía no hemos matado a nadie. Cuéntales eso a Hot Soup y Alai.

—Mirad a Alai —dijo Graff—. Le hicieron falta dos purgas para conseguir verdadero control sobre las fuerzas islámicas, pero ahora lo tiene, ¿y qué ha hecho? ¿Ha abandonado la India? ¿Se ha retirado de Xinjiang o del Tíbet? ¿Han abandonado Taiwan los musulmanes indonesios? Sigue dispuesto a enfrentarse a Han Tzu. ¿Por qué? No tiene ningún sentido. No puede mantener la India. No podría gobernar China. Pero tiene el sueño de Gengis.

—Siempre volvemos a Gengis —dijo Vlad.

—Todos queréis al mundo unido. Pero lo queréis hacer vosotros mismos, porque no podéis soportar la idea de que nadie más se alce en la cima de la colina.

—Venga ya —dijo Dink—. En nuestros corazones todos somos Cincinato. Estamos deseando regresar a la granja.*

Todos se rieron.

—En esta mesa se sientan cincuenta años de guerra sangrienta —dijo Graff.

—¿Y qué? —repuso Dink—. Nosotros no inventamos la guerra. Sólo somos buenos en ella.

—La guerra se inventa cada vez que alguien tiene tanta hambre de dominio que no puede dejar en paz a las naciones pacíficas. Es exactamente la gente como vosotros la que inventa la guerra. Aunque tengáis una causa, como la tenía Lee, ¿se habría esforzado el Sur todos aquellos sangrientos años de Guerra Civil si no hubiera tenido la firme creencia de que sucediese lo que sucediera «Marse Robert» los salvaría? Aunque no toméis la decisión de hacer la guerra, las naciones volverán a enzarzarse en guerras sólo porque os tienen *a vosotros*.

—Entonces, ¿cuál es la solución, Hyrum? —dijo Dink—. ¿Tienes píldoras de cianuro para que nos las traguemos y salvemos al mundo de nosotros mismos?

—No serviría de nada —intervino Vlad—. Aunque lo que dices fuera verdad, hay otros graduados de la Escuela de Batalla. Mira a Virlomi... se ha adelantado a todo el mundo.

—Todavía no ha vencido a Alai —dijo Crazy Tom—. Ni a Hot Soup.

---

* Se refiere a Lucio Quinto Cincinato, cónsul romano que, nombrado dictador para salvar al pueblo, regresó a su trabajo en el campo seis días después de cumplir su misión. (N. del T.)

Vlad insistió en ese punto.

—Mirad a Suriyawong. Es él en quien Peter confiará después de que Bean se... retire. No fuimos los únicos chicos de la Escuela de Batalla.

—El grupo de Ender —dijo Graff—. Vosotros sois los que salvaron al mundo. Vosotros sois los que tenéis la magia. Y hay cientos y cientos de graduados de la Escuela de Batalla en la Tierra. Nadie va a creer que sólo porque tengan uno o dos o cinco puede conquistar el mundo. ¿Cuál de ellos sería?

—Así que quieres deshacerte de todos nosotros —dijo Dink—. Y por eso nos has traído aquí. No vamos a salir con vida, ¿no?

—Sonríe, Dink —respondió Graff—. Podrás irte a casa en cuanto esta reunión se acabe. ColMin no asesina a nadie.

—Eso sí que es un tema interesante —dijo Crazy Tom—. ¿Qué es lo que hace ColMin? Mete a gente en naves espaciales, como sardinas, y luego la envía a mundos coloniales. Y nunca volverán, no al mundo que dejaron. Cincuenta años de ida, cincuenta años de vuelta. El mundo nos habría olvidado a todos para entonces, aunque fuéramos a una colonia y regresáramos a casa. Cosa que, por supuesto, no nos dejarán hacer.

—Así que esto no es un asesinato —dijo Dink—, es otro maldito secuestro.

—Es una oferta —intervino Rackham—, que podéis aceptar o rechazar.

—Yo la rechazo —dijo Dink.

—Escucha la oferta —dijo Rackham.

—Escucha esto —dijo Dink, con un gesto.

—Os ofrezco el mando de una colonia. A cada uno de vosotros. Ningún rival. No sabemos de ningún ejército enemigo que se enfrente a vosotros, pero habrá mundos llenos de peligros e incertidumbres, y vuestras habilidades serán altamente adaptables. La gente os seguirá, gente mayor que vosotros, en parte porque sois el grupo de Ender, en parte porque... *principalmente* por vuestras propias habilidades. Aprenderán rápidamente a obtener información, clasificarla por su grado de prioridad, prever consecuencias y tomar decisiones correctas. Seréis los fundadores de nuevos mundos humanos.

Crazy Tom se puso a cecear como un niño pequeño.

—¿Y *lez* pondrán a *loz planetaz nueztroz nombrez*?

—No seas capullo —dijo Carn.

—Lo *ziento*.

—Mirad, caballeros —dijo Graff—. Vimos lo que les pasó a las Reinas Colmena. Se agruparon en un único planeta y fueron arrasadas de un solo golpe. Cualquier arma que nosotros podamos inventar, cualquier enemigo podría inventarla y usarla contra nosotros.

—Venga ya —respondió Dink—. Las Reinas Colmena se extendieron y colonizaron tantos planetas como vosotros vais a colonizar... De hecho, lo que estáis haciendo es colonizar los mundos que ellas ya habían tomado porque son los únicos que tienen atmósfera respirable y flora y fauna comestible.

—De hecho, vamos a llevarnos nuestra propia flora y fauna —dijo Graff.

—Dink tiene razón —intervino Shen—. La dispersión no funcionó con las Reinas Colmena.

—Porque no se dispersaron —replicó Graff—. Tenían insectores en todos los planetas, pero cuando vosotros volasteis su mundo natal, *todas* las Reinas Colmena estaban allí. Pusieron todos sus huevos en una sola cesta. Nosotros no vamos a hacer eso. En parte porque la especie humana no es sólo un puñado de reinas y un montón de obreras y zánganos, y cada uno de nosotros es una reina colmena y tiene las semillas para rehacer toda la historia humana. Así que dispersar a la humanidad *funcionará*.

—Igual que toser en una multitud dispersa la gripe —comentó alegremente Crazy Tom.

—Exactamente —dijo Graff—. Llámanos enfermedad, no me importa... Yo *soy* humano y quiero que nos extendamos a todas partes como una epidemia, para que no puedan aniquilarnos nunca.

Rackham asintió.

—Y para conseguirlo, necesita que sus colonias tengan las mejores posibilidades de supervivencia.

—Es decir, vosotros. Si puedo conseguiros.

—Así que nosotros hacemos que tus colonias funcionen —dijo Carn—, y tú nos sacas de la Tierra para que Peter pueda poner fin a todas las guerras y traer el reino milenario de Cristo.

—Si Cristo viene o no ya no es asunto mío —contestó Graff—. Lo único que me importa es salvar a los seres humanos. Colectiva e individualmente.

—Qué noble.

—No —dijo Graff—. Os creé. No individualmente...

—Menos mal que lo dices —respondió Carn—, porque mi padre tendría que matarte por ese ultraje a mi madre.

—Yo os encontré. Os puse a prueba. Os reuní. Hice que el mundo entero conociera vuestra existencia. El peligro que representáis lo creé yo.

—Así que en realidad estás intentando enmendar tus errores.

—No fue ningún error. Era esencial para ganar la última guerra. Pero no es raro en la historia que la solución de un problema se convierta en la raíz del siguiente.

—Así que esto es meramente una operación de limpieza —dijo Fly.

—Esta reunión es para ofreceros una posibilidad de hacer algo que satisfará vuestra irresistible ansia de supremacía mientras asegura la supervivencia de la especie humana, aquí en la Tierra y ahí fuera en la galaxia.

Ellos reflexionaron sobre eso un instante.

Dumper fue el primero en hablar.

—Yo he elegido ya el trabajo de mi vida, coronel Graff.

—Es *Hyrum* —susurró Dink con fuerza—. Porque es nuestro colega.

—Lo elegiste y lo has hecho —dijo Graff—. Tu pueblo tiene una nación, y sois parte del PLT. Esa lucha se ha acabado para ti. Todo lo que te queda es servir bajo las órdenes de Peter Wiggin hasta que te rebeles contra él o te conviertas en su comandante militar... y luego en su sustituto como Hegemón. Dominar el mundo. ¿Me voy acercando?

—No tengo esos planes —dijo Dumper.

—Pero te suena. No finjas lo contrario. Os conozco, muchachos. No estáis locos. No sois malvados. *Pero no podéis parar.*

—Por eso no has invitado a Petra —dijo Bean—. Porque entonces no podrías haber dicho «muchachos» todo el tiempo.

—Te olvidas que ahora somos sus colegas —dijo Dink—. Así que podemos llamarlos a Rackham y a él «muchachos» también.

Graff se levantó de su asiento en la cabecera de la mesa.

—He hecho la oferta. La sopesaréis, os guste o no. Veréis desarrollarse los acontecimientos. Todos sabéis cómo contactar conmigo. La oferta está en pie. Hemos acabado aquí por hoy.

—No —dijo Shen—. Porque no vas a hacer nada sobre el verdadero problema.

—¿Y cuál es?

—Nosotros sólo somos guerreros potenciales y asesinos de niños —dijo Shen—. No estáis haciendo nada respecto a Hot Soup y Alai.

—Y a Virlomi —añadió Fly Molo—. Si buscas a alguien verdaderamente peligroso, *ella* lo es.

—Se les hará la misma oferta que a vosotros —respondió Rackham—. De hecho, a uno se le ha hecho ya.

—¿A cuál? —preguntó Dink.

—Al que estaba en posición de oírla.

—Hot Soup, entonces —dijo Shen—. Porque ni siquiera has podido ir a ver al señor califa.

—Qué listos resultáis todos —dio Graff.

—«Waterloo se ganó en los patios de recreo de Eton» —citó Rackham.

—¿Qué demonios significa eso? —preguntó Carn Carby—. Ni siquiera fuiste a Eton.

—Era una analogía —dijo Rackham—. Si no os hubierais pasado toda la infancia jugando a juegos de guerra, sabríais algo. Tenéis tan poca educación...

17

Barcos

De: Champi%T'it'u@Runa.gov.qu
A: WallabyWannabe%ChicoGenio@stratplan/mil.gov.au
Sobre: «Buena idea»

Pues claro que la «oferta» de Graff te pareció una buena idea. Tú vives en Australia.

Dumper

De: WallabyWannabe%ChicoGenio@stratplan/mil.gov.au
A: Champi%T'it'u@Runa.gov.qu
Sobre: Ja ja

La gente que vive en la luna (perdón, los Andes) no debería hacer bromas sobre Australia.

Carn

De: Champi%T'it'u@Runa.gov.qu
A: WallabyWannabe%ChicoGenio@stratplan/mil.gov.au
Sobre: «¿Quién bromeaba?»

He visto Australia y he vivido en un asteroide y me quedo con el asteroide.

Dumper

De: WallabyWannabe%ChicoGenio@stratplan/mil.gov.au
A: Champi%T'it'u@Runa.gov.qu
Sobre: Asteroide

Australia no necesita sistemas de soporte vital como los asteroides ni coca como los Andes para ser habitable. Además, sólo te gustaba el asteroide porque se llamaba Eros y eso es lo más cerca del sexo que has estado jamás.

                                                            Carn

De: Champi%T'it'u@Runa.gov.qu
A: WallabyWannabe%ChicoGenio@stratplan/mil.gov.au
Sobre: Al menos

Al menos yo tengo sexo. Masculino, por cierto. Ábrete la bragueta y mira a ver qué eres (se sujeta la presilla de la cremallera y se tira hacia abajo). (Oh, espera, estás en Australia. Hacia arriba, entonces.)

                                                            Dumper

De: WallabyWannabe%ChicoGenio@stratplan/mil.gov.au
A: Champi%T'it'u@Runa.gov.qu
Sobre: Veamos... bragueta... cremallera... tirar...

¡Ay! ¡Aaaag! ¡Auuuuu!

                                                            Carn

Los marineros estaban tan nerviosos por tener a la Señora a bordo de su dhow que fue una suerte que no embarrancaran el bote nada más zarpar. Y la navegación fue lenta, con montones de maniobras: cada viraje del barco parecía requerir tanto trabajo como la reinvención de la navegación. Sin embargo, Virlomi no mostró ninguna impaciencia.

Era el momento de dar el siguiente paso, de que la India buscara la escena mundial. Ella necesitaba un aliado para liberar a su nación de los ocupantes extranjeros. Aunque las atrocidades habían terminado (ahora no había nada que filmar), Alai insistía en mantener sus tropas musulmanas por toda la India. Esperaba provocaciones hindúes. Sabía que Virlomi no podría controlar a su pueblo tan férreamente como Alai controlaba ya a sus tropas.

Pero ella no iba a meter a Han Tzu en el asunto. Había luchado demasiado duro para sacar a los chinos de la India como para invitarlos a volver. Además, aunque no tuvieran ninguna religión con la que obligar a la gente como los musulmanes de Alai, los chinos eran igual de arrogantes, se creían igualmente con derecho a gobernar el mundo.

Y esos chicos del grupo de Ender, todos estaban seguros de que podían ser sus amos. ¿No comprendían que toda la vida de Virlomi era un rechazo a su complejo de superioridad? A ellos los habían escogido para que libraran la guerra contra los alienígenas. Los dioses habían luchado de su parte en aquella guerra. Pero en aquel momento luchaban de parte de Virlomi.

No era creyente en sus inicios. Había explotado su conocimiento de la religión de su pueblo. Pero a lo largo de las semanas y los meses y los años de su campaña contra China y luego contra los musulmanes había visto cómo todo se doblegaba y encajaba en sus planes. Todo lo que se le ocurría funcionaba y, como había pruebas que demostraban que Alai y Han Tzu eran más inteligentes que ella, debía ser que entidades más sabias que ellos le estaban suministrando a ella ideas.

Sólo había una persona que pudiera darle la ayuda que necesitaba, y sólo un hombre en el mundo cuyo matrimonio no la humillaría. Después de todo, cuando ella se casara sería toda la India quien se casara, y los hijos que engendrara serían los hijos de una diosa, al menos a los ojos del pueblo. Como la partenogénesis estaba fuera de toda cuestión, necesitaba un marido. Y por eso había llamado a Peter Wiggin.

Wiggin, el hermano del gran Ender. El hermano *mayor*. ¿Quién pondría entonces en duda que sus hijos llevarían los mejores genes disponibles en la Tierra? Fundarían una dinastía que podría unir al mundo y gobernar para siempre. Casándose con ella, Peter podría añadir la India a su PLT y transformarlo de la fachada que era en la unión de más de la mitad de la población del mundo. Y ella (y la India) se elevarían por encima de cualquier otra nación. En vez de ser líder de una sola nación, como China, o jefe de una religión brutal y retrógrada, como Alai, ella sería la esposa del iluminado Locke, el Hegemón de la Tierra, el hombre cuya visión traería por fin la paz a todo el mundo.

El barco de Peter no era grande: estaba claro que no era un hombre manirroto. Pero tampoco era el primitivo dhow de un pescador: el barco de Peter tenía líneas modernas y parecía haber sido diseñado para alzarse y volar sobre las olas. *Velocidad*. No había tiempo que perder en el mundo de Peter Wiggin.

En otro tiempo ella había pertenecido a ese mundo. Ya llevaba años siguiendo el ritmo de vida de la India. Había caminado despacio cuando la gente la miraba. Había tenido que comportarse con la sencilla gracia que se esperaba de alguien de su posición. Y había tenido que guardar silencio cuando los hombres discutían y hablar sólo cuando era adecuado. No podía permitirse hacer nada que la rebajara ante sus ojos.

Pero se había perdido la velocidad de las cosas. Las lanzaderas que la llevaban de la Escuela de Batalla a la Escuela Táctica. Las claras superficies pulidas. La rapidez de los juegos en la sala de batalla. Incluso la intensidad de la vida en Hiderabad, entre los otros miembros de la Escuela de Batalla, antes de que escapara para informar a Bean de dónde estaba Petra. Eso estaba más cerca de sus verdaderas inclinaciones que aquella pose de primitivismo.

Se hace lo que requiere la victoria. Los que tienen ejércitos, entrenan ejércitos. Pero cuando Virlomi había empezado sólo se tenía a sí misma. Así que se entrenó y se disciplinó para parecer lo que necesitaba parecer.

En el proceso, se había convertido en lo que necesitaba *ser*.

Pero eso no significaba que hubiera perdido la habilidad para admirar el estilizado y veloz navío que Peter le había traído.

Los pescadores la ayudaron a bajar del dhow y subir al bote de remos que la llevaría de una nave a la otra. En el golfo de Mannar, había indudablemente olas mucho más grandes, pero las pequeñas islas del Puente de Adán servían de protección, así que sólo había una leve mar picada.

Lo cual era bueno. Un leve mareo la había acompañado desde su subida a bordo. No le apetecía que los marineros la viesen vomitar. No esperaba marearse. ¿Cómo iba a saber que tenía tendencia a hacerlo? Los helicópteros no le causaban problemas, ni los coches en las carreteras serpenteantes, ni siquiera la gravedad cero. ¿Por qué habría tenido que marearla un poco de agitación en el agua?

El bote de remos fue mejor que el dhow. Más terrorífico pero menos mareante. Ella sabía controlar el miedo. El miedo no le daba ganas de vomitar. Sólo la hacía estar más decidida a ganar.

Peter estaba en la borda de su barco y fue su mano la que tomó para ayudarse a subir a bordo. Eso era una buena señal. Él no estaba intentando ninguna jugada que la obligara a acudir a él.

Peter hizo que sus hombres ataran el bote a su barco y luego los llevó a bordo a descansar en la relativa comodidad de la cubierta mientras ella entraba con él en el camarote principal.

Era hermoso y estaba decorado con mobiliario cómodo, pero no era demasiado grande ni pretencioso. Tenía la nota justa de opulencia contenida. Un hombre de gusto.

—El barco no es mío, naturalmente —dijo Peter—. ¿Por qué iba yo a malgastar dinero del PLT en un barco? Es un préstamo.

Ella no dijo nada: después de todo, no decir nada era parte de lo que era ahora. Pero se sintió un poco decepcionada. Una cosa era la modestia, pero ¿por qué se sentía él obligado a decirle que no era el dueño del barco, que era frugal? Porque pensaba que ella creía verdaderamente en la imagen que daba, de alguien que buscaba la tradicional sencillez india (no la pobreza), y que esa imagen no era algo orquestado para apoderarse de los corazones del pueblo indio.

Bueno, no podía esperar que fuese tan perspicaz como yo. A él no lo admitieron en la Escuela de Batalla, después de todo.

—Siéntate —dijo Peter—. ¿Tienes hambre?

—No, gracias —respondió ella en voz baja. ¡Si él supiera lo que le sucedería a cualquier comida que ella intentara tomar en el mar!

—¿Té?

—Nada.

Él se encogió de hombros... ¿con turbación? ¿Porque ella lo había rechazado? ¿Realmente era un niño en ese aspecto? ¿Se lo tomaba como algo personal?

Bueno, se suponía que debía tomárselo como algo personal. Es que no comprendía el cómo ni el porqué.

Claro que no. ¿Cómo podía imaginar lo que ella iba a ofrecerle?

Hora de ser Virlomi. Hora de hacerle saber de qué iba aquella reunión.

Él estaba de pie cerca de un bar con frigorífico. Parecía estar intentando decidirse entre invitarla a sentarse con él a la mesa o en los suaves sillones atornillados al suelo.

Ella dio dos pasos y lo alcanzó, apretujó su cuerpo contra el suyo, pasó los brazos de la India bajo los suyos y alrededor de su cuello. Se alzó de puntillas y lo besó en los labios. No con vigor, sino suave y cálidamente. No fue el beso casto de una niña; fue una promesa de amor, lo mejor que sabía mostrar. No había tenido mucha experiencia antes de que Aquiles llegara e hiciera de Hiderabad un lugar de trabajo casto y aterrador. Unos cuantos besos con muchachitos que conocía. Pero había aprendido algo de lo que los excitaba y Peter era, después de todo, poco más que un muchachito, ¿no?

Y pareció funcionar. Él desde luego devolvió el beso.

Las cosas salían tal como esperaba. Los dioses la acompañaban.

—Sentémonos —dijo Peter.

Pero para su sorpresa, lo que él indicó fue la mesa, no los suaves sillones. No el asiento ancho, donde podrían haberse sentado juntos.

La mesa, donde habría una plancha de madera (algo frío y liso, de todas formas) entre ellos.

Cuando estuvieron sentados, Peter la miró dubitativo.

—¿Realmente has venido para esto?

—¿Para qué pensabas?

—Esperaba que tuviera algo que ver con que la India ratificaría la Constitución del PLT.

—No la he leído —dijo ella—. Pero debes saber que la India no renuncia fácilmente a su soberanía.

—Será bastante fácil, si le pides al pueblo indio que vote por ello.

—Pero, verás, necesito saber qué obtiene la India a cambio.

—Lo que reciben todas las naciones del PLT. Paz. Protección. Comercio libre. Derechos humanos y elecciones.

—Eso es lo que le dais a Nigeria —dijo Virlomi.

—Eso es lo que le damos a Vanuatu y Kiribati también. Y a Estados Unidos y Rusia y China y, sí, a la India, cuando decida unirse a nosotros.

—La India es la nación más poblada de la Tierra. Y se ha pasado los tres últimos años luchando por sobrevivir. Necesita más que mera protección. Necesita un lugar especial cerca del centro del poder.

—Pero yo no soy el centro del poder —dijo Peter—. No soy ningún rey.

—Sé lo que eres.

—¿Qué soy? —Él parecía divertido.

—Eres Gengis. Washington. Bismarck. Un constructor de imperios. Un unidor de pueblos. Un forjador de naciones.

—Soy un rompedor de naciones, Virlomi —dijo Peter—. Conservaremos la *palabra* nación, pero llegará a significar lo que significa *estado* en América. Una unidad administrativa, pero poco más. La India tendrá una gran historia, pero a partir de ahora, tendremos una historia *humana*.

—Qué noble —dijo Virlomi. Aquello no estaba saliendo como ella pretendía—. Creo que no comprendes lo que te estoy ofreciendo.

—Me estás ofreciendo algo que quiero mucho: la India en el PLT. Pero el precio que me pides que pague es demasiado alto.

—¡Precio! —Era estúpido de verdad—. Tenerme no es un precio que *tú* pagas. Es un sacrificio que *yo* hago.

—Y hay quien dice que el romanticismo ha muerto —dijo Peter—. Virlomi, eres una veterana de la Escuela de Batalla. Sin duda te darás cuenta de que es imposible que yo me case para que la India esté en el PLT.

Sólo entonces, en el momento de su desafío, quedó claro todo el asunto. No el mundo como *ella* lo veía, centrado en la India, sino el mundo como lo veía él, consigo mismo en el centro de todo.

—Así que se trata de ti —dijo Virlomi—. No puedes compartir el poder con nadie.

—Puedo compartir el poder *con todo el mundo* —dijo Peter—, y ya lo hago. Sólo un necio cree que puede gobernar solo. Sólo se puede gobernar con la obediencia voluntaria y la cooperación de aquellos a los que supuestamente gobiernas. Ellos tienen que *querer* que los lideres. Y si yo me casara contigo (por atractiva que sea la oferta en todos los aspectos), ya no me verían como un agente sincero. En vez de confiar en mí para que dirija la política exterior y militar del PLT para beneficio del mundo entero, considerarían que lo desvío todo hacia la India.

—No todo.

—Más que todo. Me verían como la herramienta de la India. Puedes estar segura de que el califa Alai declararía inmediatamente la guerra, no sólo a la India, donde ya tiene a sus tropas, sino al PLT. Me las tendría que ver con una guerra sangrienta en Sudán y Nubia, cosa que no quiero.

—¿Por qué habrías de temerla?

—¿Por qué no?

—Tienes a *Bean* —dijo ella—. ¿Cómo puede Alai alzarse contra ti?

—Bueno, si Bean es tan poderoso e irresistible, ¿por qué te necesito a *ti*?

—Porque nunca podrás confiar en Bean como esposa. Y Bean no te proporciona mil millones de personas.

—Virlomi, sería tonto si confiara en ti, esposa o no. Tú no traerías a la India al PLT, llevarías el PLT a la India.

—¿Por qué no una sociedad?

—Porque los dioses no necesitan socios mortales —dijo Peter—. Has sido diosa demasiado tiempo. No habrá ningún hombre con quien puedas casarte mientras pienses que lo estás elevando sólo con dejar que te toque.

—No digas algo de lo que no puedas retractarte —dijo Virlomi.

—No me hagas decir lo que es tan duro de escuchar —contestó Peter—. No voy a comprometer mi liderazgo de todo el PLT sólo por conseguir que se una a él un país.

Lo decía en serio. Creía de verdad que su posición estaba por encima de la suya. ¡Se consideraba más grande que la India! ¡Más grande que un dios! Creía que se *rebajaría* al tomar lo que ella ofrecía.

Pero ya no había nada más que decirle. No perdería el tiempo con amenazas vanas. Le demostraría lo que podía hacerles a aquellos que querían a la India como enemiga.

Él se puso en pie.

—Lamento no haber previsto tu oferta —dijo Peter—. No te habría hecho perder el tiempo. No tenía ningún deseo de avergonzarte. Creía que habrías comprendido mejor mi situación.

—Yo soy sólo una mujer. La India es sólo un país.

Él dio un pequeño respingo. No le gustó que le arrojaran a la cara sus arrogantes palabras. Bueno, recibirás más de lo que has lanzado, hermano de Ender.

—He traído a otras dos personas a verte —dijo Peter—. Si estás dispuesta.

Abrió una puerta y el coronel Graff y un hombre a quien ella no conocía entraron en la habitación.

—Virlomi, creo que conoces al ministro Graff. Y éste es Mazer Rackham.

Ella inclinó la cabeza, sin demostrar ninguna sorpresa.

Se sentaron y le explicaron su oferta.

—Ya tengo el amor y la fidelidad de la nación más grande de la Tierra —dijo Virlomi—. Y no he sido derrotada por los enemigos más terribles que China y el mundo musulmán pudieron lanzar contra mí. ¿Por qué debería huir y esconderme en una colonia en alguna parte?

—Es un trabajo noble —dijo Graff—. No es esconderse, sino construir.

—Las termitas construyen.

—Y las hienas desgarran —dijo Graff.

—No tengo ninguna necesidad ni ningún interés en lo que me ofrecen —dijo Virlomi.

—No, simplemente no ves aún la necesidad. Siempre te costó trabajo cambiar tu manera de ver las cosas. Eso es lo que te detuvo en la Escuela de Batalla, Virlomi.

—Usted ya no es mi maestro.

—Bueno, desde luego te equivocas en una cosa, sea yo tu maestro o no —dijo Graff.

Ella esperó.

—Aún no te has *enfrentado* a los enemigos más terribles que China y el mundo musulmán pueden lanzar contra ti.

—¿Cree que Han Tzu puede volver a entrar en la India? Yo no soy Tikal Chapekar.

—Y él no es el Politburó ni el Tigre de las Nieves.

—Es *miembro del grupo de Ender* —dijo ella, con burlona reverencia.

—No está atrapado en su propia mística —dijo Rackham, que no había hablado hasta ese momento—. Por tu propio bien, Virlomi, echa un buen vistazo al espejo. Eres lo que es la megalomanía en las primeras etapas.

—No tengo ninguna ambición para mí misma —dijo Virlomi.

—Si defines la India como lo que tú puedes concebir que sea, te despertarás alguna terrible mañana y descubrirás que no es lo que tú *necesitas* que sea.

—Y me dice esto por su enorme experiencia gobernando... ¿qué país era, señor Rackham?

Rackham se limitó a sonreír.

—El orgullo, cuando se pincha, se desinfla.

—¿Eso es un proverbio? —preguntó Virlomi—. ¿O debería anotarlo?

—La oferta sigue en pie —dijo Graff—. Es irrevocable mientras vivas.

—¿Por qué no le hace la misma oferta a Peter? Él es quien necesita hacer un largo viaje.

Decidió que no iba a haber una frase de despedida mejor que ésa, así que se dirigió lenta, graciosamente hacia la puerta. Nadie habló cuando se marchó.

Sus marineros la ayudaron a volver al bote de remos y zarparon. Peter no se asomó por la borda para despedirla; otra descortesía más, aunque ella no se habría despedido de él aunque lo hubiera hecho. En cuanto a Graff y Rackham, pronto irían a verla para pedirle fondos... no, *permiso* para dirigir su pequeño ministerio colonial.

El dhow no la llevó a la misma aldea de pescadores de la que había zarpado: no tenía sentido ponerle las cosas fáciles a Alai, si había descubierto su partida de Hiderabad y la había seguido.

Regresó en tren a Hiderabad, haciéndose pasar por una ciudadana corriente... por si algún soldado musulmán era lo bastante osado para registrar el tren. Pero la gente sabía quién era. ¿Qué rostro era mejor conocido en toda la India? Y, como no era musulmana, no tenía que cubrirse la cara.

Lo primero que haré, cuando gobierne la India, será cambiar el nombre de Hiderabad. No volverá a llamarse Bhagnagar: aunque llevaba el nombre de una mujer india, el nombre que le había puesto el príncipe musulmán que destruyó la aldea india original para construir el Charminar, un monumento a su propio poder, supuestamente en honor a su amada esposa hindú.

La India nunca volverá a ser aniquilada para complacer el ansia de poder de los musulmanes. El nuevo nombre de Hiderabad será el nombre original de la aldea: Chichlam.

Desde la estación de tren fue a un piso franco en la ciudad y, desde ahí, sus ayudantes la llevaron de vuelta a la choza donde supuestamente había estado meditando y rezando por la India durante los tres días que había permanecido fuera. Allí durmió unas cuantas horas.

Cuando se despertó mandó a un ayudante que le trajera un sari sencillo pero elegante, uno que sabía que podría llevar con gracia y belleza, y que realzaría su esbelto cuerpo de la mejor manera. Cuando se lo hubo colocado a su satisfacción y su pelo estuvo arreglado convenientemente, salió de su choza y se acercó a la verja de Hiderabad.

Los soldados del puesto de guardia se la quedaron mirando, boquiabiertos. Nadie esperaba que intentara entrar, y no tenían ni idea de qué hacer.

Mientras ellos corrían a preguntar a sus superiores de la ciudad, Virlomi simplemente entró. No se atrevieron a detenerla ni a desafiarla: no querían ser responsables de iniciar una guerra.

Ella conocía aquel sitio tan bien como cualquiera y sabía qué edificio albergaba el cuartel general del califa Alai. Aunque caminó con gracia, sin prisas, tardó un ratito en llegar hasta allí.

Una vez más, no prestó atención a los guardias ni empleados ni secretarios ni oficiales musulmanes importantes. No eran nada para ella. A esas alturas ya debían de estar al corriente de la decisión de Alai, y su decisión obviamente era dejarla pasar, pues nadie le puso objeciones.

Sabia decisión.

Un joven oficial incluso trotó ante ella, abriéndole puertas e indicando qué camino seguir.

La condujo a una gran sala donde Alai la esperaba, con una docena de altos oficiales de pie junto a las paredes.

Ella se situó en el centro de la habitación.

—¿Por qué tienes miedo de una mujer solitaria, califa Alai?

Antes de que él tuviera tiempo de responder la obvia verdad (que, lejos de tener miedo, la había dejado pasar sin molestarla y sin haberla cacheado por el complejo de su cuartel general hasta su presencia), Virlomi empezó a desenrollar su sari. Sólo tardó un instante en hallarse desnuda ante él. Entonces alzó la mano y se soltó el largo cabello, y luego lo agitó y lo peinó con sus dedos.

—Ves que no traigo ningún arma oculta. La India se alza ante ti, desnuda e indefensa. ¿Por qué la temes?

Alai había apartado la mirada en cuanto quedó claro que ella iba a desnudarse. Lo mismo habían hecho los más piadosos de sus oficiales. Pero algunos al parecer pensaron que era su responsabilidad asegurarse de que ella, en efecto, no llevaba armas. Virlomi disfrutó de su consternación, su rubor... y, sospechó, su deseo. Vinisteis aquí a saquear la India, ¿no? Y sin embargo estoy fuera de vuestro alcance. Porque no estoy aquí para vosotros, sirvientes menores. Estoy aquí para vuestro amo.

—Dejadnos —dijo Alai a los otros hombres.

Incluso el más modesto de ellos no pudo evitar mirarla mientras salían por la puerta, dejándolos a los dos solos.

La puerta se cerró tras ellos. Alai y Virlomi quedaron a solas.

—Muy simbólico, Virlomi —dijo Alai, todavía negándose a mirarla—. Se hablará mucho de esto.

—La oferta que te hago es a la vez simbólica y tangible. Ese advenedizo de Peter Wiggin ha llegado demasiado lejos. ¿Por qué deberían musulmanes e hindúes ser enemigos, cuando juntos tenemos el poder para aplastar su ambición desnuda?

—Su ambición no está tan desnuda como estás tu —respondió Alai—. Por favor, vístete para que pueda mirarte.

—¿No puede un hombre mirar a su esposa?

Alai se echó a reír.

—¿Un matrimonio dinástico? Creía que ya le habías dicho a Han Tzu lo que podía hacer con esa idea.

—Han Tzu no tenía nada que ofrecerme. Tú eres el líder de los musulmanes de la India. Una gran porción de mi pueblo arrancada de la madre India con infructuosa hostilidad. ¿Y por qué? Mírame, Alai.

O la fuerza de su voz tuvo ese poder sobre él, o no pudo resistir su deseo, o tal vez simplemente decidió que, puesto que estaban a solas, no tenía que mantener la pretensión de perfecta rectitud.

La miró de arriba abajo, como si tal cosa, sin reacción. Mientras lo hacía, ella alzó los brazos por encima de la cabeza y se dio media vuelta.

—Aquí está la India —dijo—, sin resistirse a ti, sin huir de ti, sino dándote la bienvenida, casada contigo, suelo fértil donde plantar una nueva civilización de musulmanes e hindúes unidos.

Se volvió a mirarlo.

Él siguió contemplándola, sin molestarse en mantener sus ojos fijos sólo en su rostro.

—Me intrigas —dijo.

Eso pensaba, respondió ella en silencio. Los musulmanes nunca tienen la virtud que pretenden tener.

—Debo considerar esto.

—No —dijo ella.

—¿Crees que decidiré en un instante?

—No me importa. Pero saldré de esta habitación en unos instantes. O lo hago vestida con ese sari, como tu esposa, o lo haré desnuda, dejando atrás mis ropas. Atravesaré desnuda tu complejo y desnuda regresaré con mi pueblo. Que ellos decidan lo que creen que se me ha hecho dentro de estos muros.

—¿Provocarías una guerra de esa manera? —dijo Alai.

—Tu presencia en la India es la provocación, califa. Te ofrezco paz y unidad entre nuestros pueblos. Te ofrezco la alianza permanente que nos permitirá, juntos, a la India y el islam, unir el mundo en un solo Gobierno y, de paso, hacer a un lado a Peter Wiggin. Nunca fue digno del apellido de su hermano: ha desperdiciado el tiempo y la atención del mundo.

Se acercó a él, hasta que sus rodillas tocaron las suyas.

—Tendrás que tratar con él tarde o temprano, califa Alai. ¿Lo harás con la India en tu cama y a tu lado, o lo harás mientras la mayor parte de tus fuerzas tienen que quedarse aquí para impedirnos destruirte por la espalda? Porque es lo que haré. Seremos amantes o enemigos, y el momento para decidir es ahora.

Él no hizo ninguna vana amenaza de detenerla o matarla: sabía que no podía hacer eso, como no podía dejarla salir desnuda del complejo. La verdadera cuestión era si sería un marido reticente o entusiasta.

Extendió la mano y tomó la de ella.

—Has elegido sabiamente, califa Alai —dijo ella. Se inclinó y lo besó. El mismo beso que le había dado a Peter Wiggin, y que él había tratado como si no fuera nada.

Alai se lo devolvió cálidamente. Sus manos se movieron sobre su cuerpo.

—Primero la boda —dijo ella.

—Déjame adivinar —contestó él—. Quieres casarte ahora.

—En esta habitación.

—¿Te vestirás para que podamos mostrar el vídeo de la ceremonia? Ella se rió y le besó la mejilla.

—Para la publicidad, me vestiré.

Empezó a retirarse, pero él la tomó de la mano, la atrajo y la volvió a besar, apasionadamente esta vez.

—Es una buena idea —le dijo—. Una idea atrevida. Una idea peligrosa. Pero buena.

—Permaneceré a tu lado en todo.

—No por delante —dijo él—. No por detrás, ni por encima, ni por debajo.

Ella lo abrazó y besó su turbante. Luego se lo quitó de la cabeza y le besó el cabello.

—Ahora tendré que volver a tomarme la molestia de ponérmelo —dijo él.

Tendrás que tomarte todas las molestias que yo quiera, pensó Virlomi. Acabo de lograr una victoria aquí, hoy, en esta habitación, califa Alai. Tú y tu Alá tal vez no os deis cuenta, pero los dioses de la India gobiernan en este lugar y ellos me han concedido la victoria sin que otro soldado muera en una guerra inútil.

Así de necios eran en la Escuela de Batalla por dejar entrar a tan pocas chicas. Los muchachos quedaban indefensos ante las mujeres cuando regresaban a la Tierra.

18

Yerevan

De: PetraDelphiki@PuebloLibreTierra.pl.gov
A: DinkMeeker@colmin.gov
Sobre: No me puedo creer que estés en esa dirección

Cuando Bean me contó lo que pasó en la reunión, pensé: conozco a un tipo que nunca va a seguir el plan de Graff.

Luego recibí tu carta informándome de tu cambio de dirección y entonces reflexioné un poco y me di cuenta: no hay ningún sitio en la Tierra donde Dink Meeker vaya a encajar. Tienes demasiada habilidad para contentarte en cualquier parte donde te dejen servir.

Pero creo que te equivocas al rechazar ser jefe de la colonia a la que vas a unirte. En parte es porque: ¿quién va a hacerlo mejor que tú? No me hagas reír.

Pero el motivo principal es: ¿qué clase de infierno en vida va a ser para el líder de la colonia con Mister Insubordinado allí mismo? Sobre todo cuando todo el mundo sabrá que estuviste en el grupo de Ender y se preguntará por qué no eres tú el líder...

No me importa lo leal que vayas a ser, Dink. No es por ti. Eres un mocoso de la Escuela y lo serás siempre. Así que admite lo mal seguidor que eres, y da el paso y LIDERA.

Y por si no lo sabías, el más estúpido de todos los genios posibles: todavía te quiero. Siempre te he querido. Pero ninguna mujer en su sano juicio se casaría jamás contigo y tendría tus bebés porque NADIE PODRÍA SOPORTAR CRIARLOS. Tendrás unos niños infernales. Así que tenlos en una colonia donde haya un sitio adonde ir cuando se escapen de casa unas quince veces antes de cumplir los diez años.

Dink, voy a ser feliz, a la larga. Y sí, me preparé para tiempos difíciles cuando me casé con un hombre que va a morir y cuyos hijos probablemente tendrán la misma enfermedad. Pero Dink... nadie se casa jamás con nadie que no vaya a morir.

Que Dios esté contigo, amigo mío. El cielo sabe que el diablo ya lo está.

Con amor,

Petra

En el vuelo de Kiev a Yerevan, Bean llevaba en brazos a dos bebés y Petra a uno: quien tuviera más hambre se quedaba con mamá. Los padres de Petra vivían allí; a la muerte de Aquiles, cuando habían podido regresar a Armenia, los inquilinos de su antigua casa de Maralik habían cambiado demasiado para que quisieran regresar.

Además, Stefan, el hermano menor de Petra, era ya todo un viajero y Maralik le quedaba demasiado pequeño. Yerevan, aunque no era lo que nadie podría considerar una de las grandes ciudades del mundo, seguía siendo la capital de la nación y tenía una universidad en la que merecería la pena estudiar cuando se graduara en el instituto.

Pero para Petra, Yerevan era una ciudad tan desconocida como lo habría sido Volgogrado o cualquiera de las ciudades llamadas San Salvador. Incluso el armenio que todavía hablaban muchos por la calle le sonaba extraño. La entristecía. No tengo tierra materna, pensó.

Bean, sin embargo, lo absorbía todo. Petra subió primero al taxi y él le tendió a Bella y al más nuevo (pero más grande) de los bebés, Ramón, a quien él había recogido en Filipinas. Cuando Bean estuvo dentro del taxi, alzó a Ender hasta la ventanilla. Y como su hijo primogénito empezaba a mostrar signos de que comprendía el habla, no fue sólo un juego.

—Ésta es la tierra de tu mamá —dijo Bean—. Toda esta gente se le parece. —Bean se volvió hacia los dos que Petra tenía en brazos—. Todos vosotros parecéis distintos, porque la mitad de vuestro material genético procede de mí. Y yo soy mestizo. Así en toda vuestra vida no habrá ningún sitio adonde podáis ir y os parezcáis a los lugareños.

—Eso es, tú deprime y aísla a tus hijos desde el principio —dijo Petra.

—A mí me ha ido bien.

—No estuviste deprimido de niño. Estuviste desesperado y aterrado.

—Por eso intentamos que las cosas mejoren para nuestros hijos.

—Mira, Bella, mira, Ramón —dijo Petra—. Esto es Yerevan, una ciudad con montones de personas que no conocemos de nada. El mundo entero está lleno de extraños.

El taxista habló, en armenio:

—Nadie en Yerevan es extraño para Petra Arkanian.

—Petra Delphiki —corrigió ella suavemente.

—Sí, sí, por supuesto —dijo él en común—. ¡Yo sólo querer decir que si tú querer una bebida en taberna, nadie dejará que tú pagar!

—¿Vale eso para su marido? —preguntó Bean.

—¿Un hombre grandote como usted? —dijo el conductor—. ¡Ellos no dirán precio, preguntarán qué querer dar! —Soltó una risotada. No advertía, naturalmente, que el tamaño de Bean lo estaba matando—. Hombre grande como usted, bebés pequeñitos como ésos. —Se rió de nuevo.

A ver qué gracia le haría si supiera que el bebé más grande, Ramón, era el más joven.

—Sabía que tendríamos que haber venido andando desde el aeropuerto —dijo Bean en portugués.

Petra hizo una mueca.

—Qué descortés, hablar en una lengua que él no conoce.

—Ah. Me alegra saber que el concepto de descortesía existe en Armenia.

El taxista aprovechó la mención a Armenia, aunque el resto de la frase, al estar en portugués, era un misterio para él.

—¿Ustedes querer un recorrido por Armenia? No ser país grande. Yo poder llevarlos, precio especial, sin taxímetro.

—No tenemos tiempo para eso —dijo Petra en armenio—. Pero gracias por el ofrecimiento.

La familia Arkanian vivía en un bonito edificio de apartamentos, todo balcones y cristal, pero lo bastante elevado para que no se viera ropa colgando desde la calle. Petra había avisado a su familia de su llegada, pero les había pedido que no fueran a recibirla al aeropuerto.

Ellos se habían acostumbrado tanto a la extraordinaria seguridad durante los días en que Petra y Bean se escondían de Aquiles Flandres que lo habían aceptado sin rechistar.

El portero reconoció a Petra por las fotos que aparecían en los periódicos armenios cada vez que había un artículo sobre Bean. No sólo los dejó subir sin anunciarlos, sino que insistió en llevar las maletas.

—Ustedes dos y tres bebés, ¿y éste ser todo equipaje que traen?

—Apenas llevamos ropa —dijo Petra, como si aquello fuera lo más sensato del mundo.

Estaban a medio camino en el ascensor cuando el portero se echó a reír y dijo:

—¡Estar bromeando!

Bean sonrió, le dio una moneda de cien dólares de propina. El portero la lanzó al aire y luego se la guardó en el bolsillo con una sonrisa.

—¡Menos mal que haberla dado él! ¡Si haber sido Petra Arkanian, mi esposa nunca me dejar a mí gastarlo!

Cuando las puertas del ascensor se cerraron, Bean dijo:

—A partir de ahora, tú das las propinas en Armenia.

—Se quedarían la propina de todas formas, Bean. No quiere decir que vayan a devolvérnoslas.

—Oh, vaya.

La madre de Petra bien podría haber estado de pie en la puerta, tan rápido la abrió. Tal vez lo estuviera.

Hubo abrazos y besos y un torrente de palabras en armenio y común. Al contrario que el taxista y el portero, los padres de Petra hablaban con fluidez el común. Igual que Stefan, que había faltado a sus clases del instituto aquel día. Y el joven David estaba siendo educado obviamente con el común como su primera lengua, ya que se puso a charlar casi continuamente desde el momento en que entraron en el apartamento.

Hubo una comida, por supuesto, y vecinos invitados, porque aunque se tratase de una gran ciudad aquello seguía siendo Armenia. Pero en un par de horas sólo quedaron ellos nueve.

—Nueve —dijo Petra—. Nosotros cinco y vosotros cuatro. Os he echado de menos.

—Ya tienes tantos hijos como nosotros —dijo el padre.

—Las leyes han cambiado —repuso Bean—. Además, no pretendíamos tenerlos todos a la vez precisamente.

—A veces pienso que todavía estás en la Escuela de Batalla —le dijo la madre a Petra—. Tengo que recordarme que no, que volviste a casa, que te casaste, que tienes bebés. Ahora finalmente podemos ver a los bebés. ¡Pero son tan pequeños!

—Tienen un defecto genético —dijo Bean.

—Naturalmente, lo sabemos —dijo el padre—. Pero sigue siendo una sorpresa lo pequeños que son. Y sin embargo son tan... maduros.

—Los pequeñitos salen a su padre —contestó Petra con una sonrisa triste.

—Y los normales salen a su madre —dijo Bean—. Gracias por dejarnos usar vuestro apartamento para la reunión no oficial de esta noche.

—No es un sitio seguro.

—La reunión es no oficial, no secreta. Esperamos que los observadores turcos y azerbaiyanos hagan sus informes.

—¿Seguro que no intentarán asesinaros? —preguntó Stefan.

—Lo cierto, Stefan, es que te lavaron el cerebro cuando eras chiquitín —dijo Bean—. Cuando digan la palabra clave, saltarás y matarás a todos los presentes en la reunión.

—No, me voy al cine —dijo Stefan.

—Es terrible que digas eso —lo reprendió Petra—. Incluso en broma.

—Alai no es Aquiles —le dijo Bean a Stefan—. Somos amigos y no dejará que los agentes musulmanes nos asesinen.

—Eres amigo de nuestro enemigo —dijo Stefan, como si fuera demasiado increíble.

—Sucede en algunas guerras —dijo el padre.

—Todavía no hay guerra —les recordó la madre.

Entendieron la indirecta, dejaron de hablar de los problemas del momento y se dedicaron a recordar. Aunque como Petra había sido enviada a la Escuela de Batalla tan joven no podía decirse que tuvieran mucho que recordar. Más parecía que la estuvieran informando de su nueva identidad en una misión encubierta. *Esto* es lo que deberías recordar de tu infancia, si hubieras tenido una.

Y entonces aparecieron el primer ministro, el presidente y el ministro de Asuntos Exteriores. La madre se llevó a los bebés al dormitorio, mientras Stefan se llevaba a David a ver una película. Como el padre era viceministro de Exteriores, le permitieron quedarse, aunque no hablar.

La conversación fue compleja pero amistosa. El ministro de Exteriores explicó lo ansiosa que estaba Armenia por unirse al PLT, y luego el presidente repitió todo lo que había dicho, y después el primer ministro empezó a repetirlo todo otra vez.

Bean levantó una mano.

—Dejemos de ocultar la verdad. Armenia es un país cercado, con los turcos y los azerbaiyanos casi rodeándolo por completo. Como Georgia se niega a unirse al PLT de momento, les preocupa que no podamos ofrecerles suministros, mucho menos defenderlos contra el ataque inevitable.

Ellos se sintieron obviamente aliviados porque Bean comprendía.

—Quieren que los dejen en paz —dijo.

Ellos asintieron.

—Pero ésta es la verdad: si no derrotamos al califa Alai y rompemos esta extraña y súbita unión de naciones musulmanas, entonces el califa Alai acabará por conquistar todas las naciones colindantes. No porque Alai lo quiera, sino porque no podrá ser califa mucho tiempo si no sigue agresivamente una política expansionista. Dice que ésa no es su intención, pero desde luego acabará haciéndolo porque no tiene más remedio.

A ellos no les gustó escuchar eso, pero siguieron atendiendo.

—Armenia luchará contra el califa tarde o temprano. La cuestión es si lo harán ustedes ahora, mientras yo lidero todavía las fuerzas del PLT en su defensa, o más tarde, cuando se encuentren completamente solos contra una fuerza abrumadora.

—Sea como sea, Armenia pagará —dijo el presidente, sombrío.

—La guerra es impredecible —continuó Bean—. Y todos los costes son altos. Pero *nosotros* no pusimos a Armenia donde está, rodeada de musulmanes.

—Dios lo hizo —dijo el presidente—. Así que intentamos no quejarnos.

—¿Por qué no puede Israel ser su provocación? —preguntó el primer ministro—. Militarmente, son mucho más fuertes que nosotros.

—Más bien al contrario —dijo Bean—. Geográficamente su situación es y ha sido siempre desesperanzada. Y se han integrado tanto con las naciones musulmanas que los rodean que, si ahora se unieran al PLT, los musulmanes se sentirían profundamente traicionados. Su furia sería terrible y nosotros no podríamos defenderlos. Mientras que ustedes... digamos que a lo largo de los últimos siglos los musulmanes han matado a más armenios que a judíos. Los odian, los consideran una terrible intrusión en sus tierras, aunque estaban ustedes aquí mucho antes de que ningún turco saliera de Asia central. Hay una carga de culpa unida al odio. Y si se incorporan ustedes al PLT se enfurecerían, sí, pero no se sentirían *traicionados*.

—Esos matices se me escapan —dijo el presidente, escéptico.

—Suponen una diferencia enorme en la manera en que combate un ejército. Armenia es vital para obligar a Alai a actuar antes de que esté preparado. Ahora mismo la unión con la India es todavía meramente formal, no un hecho sólido. Es un matrimonio, no una familia.

—No tiene que citarme a Lincoln.

Petra dio interiormente un respingo. La cita «un matrimonio, no una familia» no procedía de Lincoln en absoluto. Procedía de uno de sus ensayos como Martel. Era mala señal que la gente confundiera a Lincoln y Martel. Pero naturalmente era mejor no corregir el error, no fuera a parecer que estaba demasiado familiarizada con las obras de ambos.

—Resistiremos como hemos resistido desde hace semanas —dijo el presidente—. Se está pidiendo demasiado a Armenia.

—Estoy de acuerdo —contestó Bean—. Pero recuerde lo que estamos pidiendo. Cuando los musulmanes decidan por fin que Armenia no debería existir, no preguntarán.

El presidente se apretó la frente con los dedos. Era un gesto que Petra definía como «sondear en busca de un cerebro».

—¿Cómo vamos a celebrar un plebiscito? —preguntó.

—Es exactamente un plebiscito lo que necesitamos.

—¿Por qué? ¿Qué les aporta a ustedes militarmente a no ser extender en demasía sus fuerzas y contener una parte relativamente pequeña de los ejércitos del califa?

—Conozco a Alai —dijo Bean—. No querrá atacar Armenia. Aquí el terreno es una pesadilla para una campaña. Ustedes no constituyen ninguna amenaza seria. Atacar Armenia no tiene ningún sentido.

—Entonces ¿no nos atacarán?

—Los atacarán sin ninguna duda.

—Es usted demasiado sutil para nosotros —dijo el primer ministro.

Petra sonrió.

—Mi marido no es sutil. El argumento es tan obvio que ustedes piensan que no puede querer decir esto. Alai no atacará. Pero los musulmanes sí. Eso forzará su juego. Si Alai se niega a atacar, pero otros musulmanes atacan, entonces el liderazgo de la yihad pasará a otro. Ataque a esos que ataquen por libre o no, el mundo musulmán se dividirá y dos líderes competirán.

El presidente no era tonto.

—Esperan ustedes otra cosa —dijo.

—Todos los guerreros están llenos de esperanza —respondió Bean—. Pero comprendo su falta de confianza en mí. Para mí es el gran juego. Pero para ustedes se trata de sus hogares, de sus familias. Por eso quisimos reunirnos aquí. Para asegurarles que también se trata de nuestros hogares y nuestras familias.

—Sentarse y esperar a que el enemigo ataque es decidir morir —dijo Petra—. Le pedimos a Armenia que haga este sacrificio y corra este riesgo porque, si no lo hace, Armenia estará condenada. Pero si se unen ustedes al Pueblo Libre de la Tierra, entonces Armenia tendrá la defensa más poderosa.

—¿Y en qué consistirá esa defensa?

—En mí —dijo Petra.

—¿Una madre que todavía está dando el pecho? —preguntó el primer ministro.

—La armenia miembro del grupo de Ender —respondió ella—. Yo dirigiré las fuerzas armenias.

—Nuestra diosa de la montaña contra la diosa de la India —dijo el ministro de Exteriores.

—Esto es una nación cristiana —intervino el padre de Petra—. Y mi hija no es ninguna diosa.

—Estaba bromeando —dijo su jefe.

—Pero la verdad que subyace —dijo Bean— es que Petra es una digna rival para Alai. Igual que yo. Y Virlomi no es rival para ninguno de nosotros.

Petra esperaba que esto fuera cierto. Virlomi ya tenía años de experiencia en el terreno: si no en la logística de mover grandes ejércitos, sí en el tipo de pequeñas operaciones que serían más efectivas en Armenia.

—Tenemos que pensarlo —dijo el presidente.

—Entonces estamos donde estábamos —dijo el ministro de Asuntos Exteriores—. Pensando.

Bean se puso en pie (una visión formidable) y se inclinó para saludarlos.

—Gracias por reunirse con nosotros.

—¿No sería mejor si pudieran conseguir que esa nueva... sociedad hindú-musulmana... fuera a la guerra contra China? —dijo el primer ministro.

—Oh, eso sucederá tarde o temprano —contestó Bean—. ¿Pero cuándo? El PLT quiere romper el soporte de la Liga Musulmana del califa Alai ahora. Antes de que se haga más fuerte.

Y Petra supo lo que estaban pensando todos: antes de que Bean muera. Porque Bean es el arma más importante.

El presidente se levantó de su asiento, pero colocó cada mano sobre una de los otros dos.

—Tenemos aquí a Petra Arkanian. Y a Julian Delphiki. ¿No podríamos pedirles que asesoraran a nuestros militares en nuestros preparativos para la guerra?

—No veo que aquí haya ningún militar —dijo Petra—. No quiero que piensen que les hemos sido impuestos.

—No se sentirán así —dijo blandamente el ministro de Exteriores. Pero Petra sabía que los militares no estaban representados porque estaban ansiosos por unirse al PLT, precisamente porque no se sentían capaces de defender ellos solos Armenia. No habría ningún problema con una vuelta de inspección.

Después de que los principales dirigentes de Armenia salieran del apartamento, Petra y su padre se tumbaron en los sillones y Bean se tendió en el suelo, y de inmediato empezaron a discutir qué había sucedido y lo que pensaban que iba a suceder.

La madre llegó cuando su conversación estaba terminando.

—Todos dormidos, criaturitas —dijo—. Stefan recogerá a David después de la película, pero los adultos tenemos un ratito por delante.

—Bien, bien —dijo el padre.

—Estábamos discutiendo si era una pérdida de tiempo o no que hayamos venido aquí —informó Petra.

La madre puso los ojos en blanco.

—¿Cómo puede ser una pérdida de tiempo?

Y entonces, para sorpresa de todos, se echó a llorar.

—¿Qué pasa? —De inmediato se sintió rodeada por la preocupación de su marido y su hija.

—Nada —respondió—. Es que... no has venido a traer a estos bebés porque tuvieras que negociar. Aquí no ha pasado nada que no pudiera haber pasado por teleconferencia.

—Entonces, ¿por qué crees que estamos aquí? —preguntó Petra.

—Habéis venido a decirnos adiós.

Petra miró a Bean y, por primera vez, advirtió que eso podía ser verdad.

—Si es así, no lo hemos planeado —dijo.

—Pero es lo que estáis haciendo —dijo la madre—. Vinisteis en persona porque puede que no volváis a vernos. ¡Por culpa de la guerra!

—No —respondió Bean—. No por culpa de la guerra.

—Madre, ya conoces el estado de Bean.

—¡No estoy ciega! ¡Puedo ver que ha crecido tanto que apenas cabe dentro de las casas!

—Y lo mismo les pasa a Ender y Bella. Tienen la misma enfermedad que Bean. Cuando rescatemos a todos nuestros otros hijos, vamos a irnos al espacio. A velocidad de la luz. Para poder aprovecharnos de los efectos relativistas. Para que Bean esté vivo cuando por fin encuentren una cura.

El padre sacudió la cabeza.

—Entonces habremos muerto antes de que volváis a casa —dijo la madre.

—Piensa que vuelvo a estar en la Escuela de Batalla.

—Tengo todos estos nietos, pero... luego no los veo. —La madre volvió a llorar.

—Yo no me marcharé hasta que Peter Wiggin esté al control de todo —dijo Bean.

—Por eso tenéis tanta prisa para empezar esta guerra —dijo el padre—. ¿Por qué no se lo dices a ellos?

—Necesitamos que tengan confianza en mí. Decirles que podría morir a mitad de la campaña no los convencerá para que se unan al PLT.

—¿Entonces los bebés crecerán en una nave espacial? —preguntó la madre, escéptica.

—Nuestra alegría será verlos hacerse mayores... —dijo Petra—, sin que ninguno sea tan grande como su padre.

Bean levantó un pie enorme.

—Es difícil llenar estos zapatos.

—Es cierto que esta guerra, en Armenia, es la que queremos librar —dijo Petra—. Con todas estas montañas. Irá despacio.

—¿Despacio? —preguntó el padre—. ¿No es lo opuesto de lo que queréis?

—Lo que queremos es que la guerra termine lo antes posible —respondió Bean—. Pero en este caso ir lento acelerará las cosas.

—Vosotros sois los estrategas brillantes —dijo el padre, marchándose a la cocina—. ¿Alguien más quiere algo de comer?

Esa noche, Petra no pudo dormir. Salió al balcón y contempló la ciudad.

¿Hay algo en este mundo que no pueda dejar?

He vivido apartada de mi familia durante casi toda mi vida. ¿Significa eso que la añoraré más o menos?

Pero entonces advirtió que eso no tenía nada que ver con su melancolía. No podía dormir porque sabía que iba a llegar la guerra. Su plan era mantener el conflicto en las montañas, hacer que los turcos pagaran cada metro. Pero no había ningún motivo para suponer que las fuerzas de Alai (o de quien fueran las fuerzas musulmanas) no bombardearían los grandes núcleos de población. Los bombardeos de precisión llevaban tanto tiempo siendo la norma (desde que se habían lanzado nucleares contra La Meca) que un súbito cambio a bombas de saturación antipoblación sería un choque desmoralizador.

Todo depende de que podamos dominar y controlar el aire. Y el PLT no tiene tantos aviones como la Liga Musulmana.

Malditos sean esos cegatos israelíes por entrenar a las Fuerzas Aéreas árabes y conseguir que se cuenten entre las más formidables del mundo.

¿Por qué se mostraba Bean tan confiado?

¿Era sólo porque sabía que pronto dejaría la Tierra y no tendría que estar allí para enfrentarse a las consecuencias?

Eso era injusto. Bean había dicho que se quedaría hasta que Peter fuera Hegemón de facto además de nominal. Bean no faltaba a su palabra.

¿Y si nunca encuentran una cura? ¿Y si navegamos eternamente por el espacio? ¿Y si Bean se muere ahí fuera conmigo y los bebés?

Oyó pasos tras ella. Supuso que sería Bean, pero se trataba de su madre.

—¿Despierta sin que sea por causa de los bebés?

Petra sonrió.

—Tengo muchas cosas en la cabeza para dormir.

—Pero necesitas hacerlo.

—Al final, mi cuerpo cederá me guste o no.

Su madre contempló la ciudad.

—¿Nos has echado de menos?

Ella sabía lo que su madre quería que dijera: todos los días. Pero tendría que contentarse con la verdad.

—Cuando tengo tiempo de pensar en algo, sí. Pero no es que os eche de menos... Es que me alegro de que estéis en mi vida. Me alegro de que estéis en este mundo. —Se volvió para mirar a su madre—. Ya no soy una niña pequeña. Sé que todavía soy muy joven y estoy segura de que no sé nada todavía, pero ahora formo parte del ciclo de la vida. Ya no soy de la generación más joven. Así que no me aferro a mis padres como antes me hubiese gustado hacer. Eché muchas cosas de menos allá arriba, en la Escuela de Batalla. Los niños necesitan a su familia.

—Y crean una familia con lo que tienen a mano —dijo su madre con tristeza.

—Eso no les sucederá nunca a mis hijos. El mundo no está siendo invadido por alienígenas. Puedo quedarme con ellos.

Entonces recordó que algunas personas dirían que algunos de sus hijos eran una invasión alienígena.

No podía pensar de esa forma.

—Llevas mucho peso en tu corazón —dijo su madre, acariciándole el pelo.

—No tanto como Bean. Mucho menos que Peter.

—¿Es un buen hombre ese Peter Wiggin?

Petra se encogió de hombros.

—¿Los grandes hombres son de verdad buenos? Sé que pueden serlo, pero los juzgamos por un baremo diferente. La grandeza los cambia, fueran lo que fuesen cuando empezaron. Es como las guerras: ¿solucionan algo? Pero no podemos pensar de esa forma. Lo que cuenta de una guerra no es si resolvió las cosas o no. La pregunta es: ¿librar la guerra fue mejor que no librarla? Y supongo que el mismo tipo de pregunta debería hacerse respecto a los grandes hombres.

—Si es que Peter Wiggin es grande.

—Madre, Peter era Locke, ¿recuerdas? Detuvo una guerra. Ya era grande antes de que yo volviera de la Escuela de Batalla. Y todavía era un adolescente. Más joven de lo que yo soy ahora.

—Entonces he hecho una pregunta equivocada. ¿Será un mundo bajo su gobierno un buen lugar donde vivir?

Petra volvió a encogerse de hombros.

—Creo que es lo que él pretende. No he visto que sea vengativo. Ni corrupto. Se está asegurando de que todas las naciones que se unen al PLT lo hagan por votación popular, para que nada sea forzoso. Eso es prometedor, ¿no?

—Armenia se pasó tantos siglos anhelando tener su propia nación... Ahora la tenemos, pero parece que el precio para conservarla es renunciar a ella.

—Armenia seguirá siendo Armenia, madre.

—No, no lo será. Si Peter Wiggin gana todo lo que intenta ganar, Armenia será... Kansas.

—¡Difícilmente!

—Todos hablaremos común y, si vas de Yerevan a Rostov o Ankara o Sofía, ni siquiera sabrás que has ido a alguna parte.

—Todos hablamos común ahora. Y nunca habrá un momento en que no puedas distinguir Ankara de Yerevan.

—Estás muy segura.

—Estoy segura de un montón de cosas. Y la mitad de las veces tengo razón. —Le sonrió a su madre, pero la sonrisa que ésta le devolvió no era auténtica.

—¿Cómo lo hiciste? —preguntó Petra—. ¿Cómo renunciaste a tu hija?

—No «renunciamos» —dijo su madre—. Te llevaron. La mayor parte de las veces conseguía creer que todo había sido por una buena causa. Las otras veces lloraba. No fue como si hubieras muerto porque estabas viva todavía. Me sentía orgullosa de ti. Te echaba de menos. Fuiste buena compañía casi desde tu primera palabra. ¡Pero tan ambiciosa! —Petra sonrió un poquito al oír eso—. Ahora estás casada. La ambición para ti misma se ha acabado. Ahora la ambición es para tus hijos.

—Sólo quiero que sean felices.

—Eso es algo que tú no puedes hacer por ellos. Así que no lo fijes como objetivo tuyo.

—No tengo ningún objetivo, madre.

—Eso está bien. Entonces nunca se te romperá el corazón.

La madre la miró con expresión seria.

Petra se rió un poco.

—¿Sabes?, cuando estoy fuera algún tiempo, se me olvida que tú lo sabes todo.

La madre sonrió.

—Petra, no puedo salvarte de todo. Pero quiero hacerlo. Lo haría si pudiera. ¿Ayuda eso? ¿Saber que alguien quiere que seas feliz?

—Más de lo que crees, madre.

Ella asintió. Las lágrimas le corrían por las mejillas.

—Salir al espacio. Es como encerrarte en tu propio ataúd. ¡Lo sé! Pero así es como me parece. Sólo sé que voy a perderte, como si estuvieras muerta. Tú también lo sabes. ¿Por eso estás aquí, despidiéndote de Yerevan?

—De la Tierra, Madre. Yerevan es lo último.

—Bueno, Yerevan no te echará de menos. Las ciudades no lo hacen nunca. Continúan y nosotros no suponemos ninguna diferencia para ellas. Por eso odio las ciudades.

Y eso también se cumple con la especie humana, pensó Petra.

—Creo que es buena cosa que la vida continúe. Como el agua en una noria. Saca un poco, el resto vuelve a llenarse.

—Cuando mi hija desaparece, nada llena su lugar.

Petra sabía que su madre se refería a los años que había pasado sin Petra, pero lo que destelló en su mente fueron los seis bebés que aún no habían encontrado. Las dos ideas juntas hacían que la pérdida de esos bebés (si existían siquiera) fuera demasiado dolorosa. Petra empezó a llorar. Odiaba llorar.

Su madre la rodeó con sus brazos.

—Lo siento, Pet —dijo—. Ni siquiera estaba pensando. Yo añoraba a una hija, y tú tienes tantos y ni siquiera sabes si están vivos o muertos.

—Pero ni siquiera son reales para mí —contestó Petra—. No sé por qué estoy llorando. Ni siquiera los he visto.

—Ansiamos a nuestros hijos. Necesitamos cuidarlos, una vez que les damos vida.

—Yo ni siquiera hice eso. Otras mujeres los parieron a todos menos a uno. Y voy a perderlo.

Y de repente su vida pareció tan terrible que resultó insoportable. Sollozó mientras su madre la abrazaba.

—Oh, mi pobre niña —murmuraba la madre—. Tu vida me rompe el corazón.

—¿Cómo puedo quejarme así? —dijo Petra, la voz aguda por el llanto—. He visto parte de algunos de los acontecimientos más grandes de la historia.

—Cuando tus bebés te necesitan, la historia no proporciona mucho consuelo.

Y, como siguiendo una señal, llegó el sonido de un bebé llorando dentro del apartamento. La madre hizo amago de acudir, pero Petra la detuvo.

—Bean la atenderá. —Usó el faldón de la camisa para secarse los ojos.

—¿Sabes por el llanto qué bebé es?

—¿No lo sabías tú?

—Nunca tuve dos hijos a la vez, mucho menos tres. No hay muchos partos múltiples en nuestra familia.

—Bueno, he encontrado la forma perfecta de tener partos múltiples. Conseguir otras ocho mujeres para que te ayuden a dar a luz. —Consiguió soltar una débil risita en respuesta a su humor negro.

El bebé volvió a llorar.

—Definitivamente, es Bella, siempre es más insistente. Bean la cambiará y luego me la traerá.

—Podría hacerlo yo y él seguir durmiendo —ofreció la madre.

—Son algunos de nuestros mejores momentos juntos —dijo Petra—. Cuidar a los bebés.

La madre le dio un pellizquito en la mejilla.

—Entiendo una indirecta.

—Gracias por hablar conmigo, mamá.

—Gracias por volver a casa.

La madre entró en el apartamento. Petra se quedó en el balcón. Al cabo de un rato, Bean se acercó, descalzo. Petra se subió la camiseta y Bella empezó a mamar ruidosamente.

—Menos mal que tu hermano Ender puso en marcha la fábrica de leche —dijo Petra—, o habrías tenido que contentarte con el biberón.

Mientras permanecía allí, amamantando a Bella y contemplando la ciudad de noche, las enormes manos de Bean la sujetaron por los hombros y le acariciaron los brazos. Tan amablemente. Tan suavemente.

Una vez fue tan pequeño como esta niñita.

Pero siempre un gigante, mucho antes de que su cuerpo lo demostrara.

19

Enemigos

De «Nota para el Hegemón: No se puede combatir una epidemia con una reja».
Por «Martel».
Colgado en «Red de Advertencia Primera»

La presencia de Julian Delphiki, el «gorila» del Hegemón, en Armenia, podría ser interpretada como unas vacaciones familiares por algunos, pero otros recordamos que Delphiki estuvo en Ruanda antes de que ratificara la Constitución del PLT.

Cuando se tiene en cuenta que la esposa de Delphiki, Petra Arkanian, también miembro del grupo de Ender, es armenia, ¿a qué conclusión puede llegarse excepto a la de que Armenia, un enclave cristiano casi por completo rodeado de naciones musulmanas, está preparándose para ratificar?

Añadamos los estrechos lazos entre el Hegemón y Tailandia, donde la mano izquierda de Wiggin, el general Suriyawong, está «asesorando» al general Phet Noi y al primer ministro Paribatra, recién regresados tras su cautiverio en China, y la posición del PLT en Nubia... y parece que el Hegemón está rodeando el pequeño imperio del califa Alai.

Muchos eruditos están diciendo que la estrategia del Hegemón es «contener» al califa Alai. Pero ahora que los hindúes se han pasado a la cama del musulmán (perdón, quise decir «campamento»), la contención no es suficiente.

Cuando el califa Alai, nuestro moderno Tamerlán, decida que quiere un bonito montón de cráneos humanos (es tan difícil encontrar buenos decoradores hoy en día), podrá reunir grandes ejércitos y concentrarlos donde le plazca en sus fronteras.

Si el Hegemón espera pasivamente, tratando de «contener» a Alai tras una reja de alianzas, entonces se encontrará frente a una fuerza abrumadora dondequiera que Alai decida golpear.

El islam, la sangrienta «religión única», tiene antecedentes de ser tan sólo levemente menos devastadora para la especie humana que los insectores.

Es hora de que el Hegemón cumpla con su trabajo y emprenda una acción decisiva y preventiva... preferiblemente en Armenia, donde sus fuerzas podrán golpear como un cuchillo el cuello del islam. Y, cuando lo haga, será el momento de que Europa, China y América despierten y se unan a él. Necesitamos unidad contra esta amenaza igual que la necesitaremos siempre contra una invasión alienígena.

De: PeterWiggin%personal@PuebloLibreTierra.pl.gov
A: PetraDelphiki%pierdete@PuebloLibreTierra.gov
Sobre: El último ensayo de Martel
Encriptado usando código: ******
Decodificado usando código: ********

«Golpear como un cuchillo el cuello del islam», desde luego. ¿Usando qué enorme ejército? ¿Usando qué gran fuerza aérea para neutralizar a los musulmanes y aerotransportar ese enorme ejército por el terreno montañoso entre Armenia y el «cuello» del islam?

Afortunadamente, aunque Alai y Virlomi comprenderán que Martel está diciendo chorradas, la prensa musulmana es famosa por su paranoia. ELLA sí que creerá que hay una amenaza. Así que ahora la presión existe y el juego ha empezado. Eres una provocadora natural, Petra. Prométeme que nunca te enfrentarás a mí por ningún motivo.

Oh, espera. Soy Hegemón-de-por-vida, ¿no?

Buen trabajo, mami.

El califa Alai y Virlomi estaban sentados juntos en la cabecera de una mesa de conferencias en Chichlam, que la prensa musulmana todavía llamaba Hiderabad.

Alai no podía comprender por qué a Virlomi le molestaba que se negara a insistir en que los musulmanes llamaran a la ciudad por su nombre premusulmán. Ya tenía suficientes problemas sin un humillante e innecesario cambio de nombre. Se habían casado para conseguir el autogobierno. Y era un método mucho mejor que la guerra: pero sin haber obtenido una victoria en el campo de batalla, era inadecuado que Virlomi insistiera en detalles triunfales como hacer que tus invictos conquistadores cambiaran el nombre que ellos usaban para referirse a su propia sede gubernamental.

En los últimos días, Alai y Virlomi se habían reunido con varios grupos.

En una conferencia de jefes de Estados musulmanes habían escuchado los lamentos y sugerencias de pueblos tan alejados como Indonesia, Argel, Kazajstán y Yemen.

En una conferencia mucho más tranquila de minorías musulmanas, habían escuchado las fantasías revolucionarias de yihadistas filipinos, franceses, españoles y tailandeses.

Y en el ínterin habían ofrecido banquetes y escuchado los severos consejos de los ministros de Asuntos exteriores franceses, americanos y rusos.

Estos señores de los antiguos imperios cansados ¿no habían advertido que sus naciones hacía mucho que no formaban parte del mundo? Sí, rusos y americanos aún tenían un ejército formidable, ¿pero dónde estaba su voluntad imperialista? Creían que todavía podían mandar a gente como Alai, que tenía poder y sabía usarlo.

Pero no hacía ningún daño al califa Alai fingir que tales naciones aún importaban en el mundo. Se las aplacaba con gestos sabios con la cabeza y palabras paliativas y se iban a casa y se sentían bien por haber ayudado a promover «la paz en la Tierra».

Alai se había quejado después a Virlomi. ¿No era suficiente para los americanos que el mundo entero usara su moneda y que los dejara dominar la F.I.? ¿No era suficiente para los rusos que el califa Alai mantuviera sus ejércitos apartados de su frontera y no hiciera nada para apoyar a los grupos musulmanes rebeldes dentro de éstas?

Y los franceses... ¿qué esperaban que hiciera Alai cuando se enteró de cuál era la opinión de su Gobierno? ¿No comprendían que ahora eran espectadores del gran juego, por propia elección? Los jugadores no iban a dejar que los aficionados marcaran los tantos, no importaba lo bien que hubieran jugado en sus tiempos.

Virlomi escuchó con gesto benigno y no dijo nada en todas esas reuniones. La mayoría de los visitantes se marchaban con la impresión de que era una figura decorativa y de que el califa Alai tenía el control completo. Esta impresión no hacía daño. Pero como Alai y sus consejeros más cercanos sabían, era también completamente falsa.

La reunión de ese día era mucho más importante. Reunidos alrededor de la mesa se hallaban los hombres que realmente dirigían el imperio musulmán: los hombres en quienes Alai confiaba, que se aseguraban de que los jefes de los diversos Estados musulmanes hicieran lo que Alai quería que hiciesen, sin quejarse por lo constreñidos que estaban bajo el pulgar del califa. Como Alai contaba con el apoyo entusiasta de la mayor parte del pueblo musulmán, tenía una ventaja enorme para obtener el apoyo de sus Gobiernos. Pero Alai no tenía aún el poder para establecer un sistema financiero independiente. Por eso dependía de las contribuciones de las diversas repúblicas y reinos y Estados islámicos que le servían.

Los hombres de esa mesa se aseguraban de que el dinero fluyera hacia Hiderabad y la autoridad en sentido contrario, con las mínimas fricciones.

Lo más notable de esos hombres era que no eran más ricos que en el momento de su nombramiento. A pesar de todas las oportunidades para aceptar sobornos y sacarse un sobresueldo, habían permanecido puros. Los motivaba la devoción a la causa del califa y el orgullo por sus posiciones de confianza y honor.

En vez de un visir, Alai tenía una docena. Se reunían alrededor de aquella mesa para aconsejarlo y oír sus decisiones.

Y cada uno de ellos lamentaba la presencia de Virlomi.

Y Virlomi no hacía nada para evitarlo. Porque aunque hablaba suave y brevemente, insistía en usar la voz tranquila y la enigmática actitud que tan bien había mantenido entre los hindúes. Pero los musulmanes no tenían ninguna tradición de diosas, excepto tal vez en Indonesia y Malasia, donde se mostraban especialmente atentos a desalentar esas tendencias donde las encontraban. Virlomi era como un alienígena entre ellos.

Allí no había ninguna cámara. Ese papel no funcionaba para aquel público. Entonces, ¿por qué insistía en hacerse la diosa?

¿Era posible que se lo creyera? ¿Que después de años de interpretar el papel para mantener viva la resistencia india creyera que la inspiraban los dioses? Era ridículo pensar que creyera ser divina. Si el pueblo musulmán llegaba a sospechar alguna vez que ella se lo creía esperaría que Alai se divorciara de ella y acabara con toda esa tontería. Aceptaban la idea de que el califa, como el Salomón de la antigüedad, pudiera casarse con mujeres de muchos reinos para simbolizar la sumisión de esos reinos al islam igual que una esposa se somete al marido.

Ella no podía creerse una diosa. Alai estaba seguro de ello. Esas supersticiones habrían sido eliminadas en la Escuela de Batalla.

Pero claro, hacía diez años de su estancia en la Escuela de Batalla, y Virlomi había vivido aislada y adulada durante la mayor parte de ese tiempo. Habían sucedido cosas que hubiesen cambiado a cualquiera. Ella le había hablado de la campaña de piedras en la carretera, la »Gran Muralla de la India», de cómo había visto sus propias acciones convertidas en un enorme movimiento. Le había contado cómo se convirtió primero en una mujer santa y luego en una diosa oculta al este de la India.

Cuando le habló del Satyagraha, él creyó comprenderlo. Sacrificas cualquier cosa, todo para defender lo que es justo sin causar daño a otro.

Y sin embargo ella también había matado a hombres empuñando armas. Había momentos en que no evitaba la guerra. Cuando le contó que su banda de guerreros se habían enfrentado a todo el ejército chino, impidiendo que volviera a la India, incluso que enviara suministros a los ejércitos que los persas y paquistaníes de Alai estaban destruyendo sistemáticamente, él advirtió cuánto le debía a su inteligencia como comandante, como una dirigente que podía inspirar increíbles actos de valentía en sus soldados, como maestra que podía entrenar a campesinos para convertirlos en soldados brutalmente eficaces.

Entre el Satyagraha y la masacre tenía que haber un punto donde Virlomi (la niña de la Escuela de Batalla) viviera de verdad.

O quizá no. Quizá las crueles contradicciones de sus propias acciones la habían conducido a poner la responsabilidad en otra parte. Ella servía a los dioses. Era una diosa ella misma. Por tanto no estaba mal que viviera según el Satyagraha un día y arrasara un convoy entero en una emboscada al siguiente.

La ironía era que, cuanto más vivía con ella, más la amaba Alai. Era una amante dulce y generosa, y hablaba francamente con él, como una niña, como si fueran amigos de la escuela. Como si fueran todavía niños.

Y es lo que somos, ¿no?

No. Alai era ya un hombre, a pesar de no haber cumplido aún los veinte años. Y Virlomi era mayor que él, no una niña.

Pero no habían tenido infancia. Juntos y a solas, su matrimonio era más parecido a jugar a ser marido y mujer que otra cosa. Todavía era divertido.

Y cuando llegaban a una reunión como ésa, Virlomi podía abandonar aquel tono juguetón, hacer a un lado la niña natural y convertirse en la irritante diosa hindú que seguía interponiéndose entre el califa Alai y sus sirvientes de más confianza.

Naturalmente, el consejo estaba preocupado por Peter Wiggin y Bean y Petra y Suriyawong. Se había tomado muy en serio aquel ensayo de Martel.

Así que, naturalmente, para ser irritante, Virlomi lo despreció.

—Martel puede escribir lo que se le antoje. No significa nada.

Cuidando de no contradecirla, Hadrubet Sasar, *Espino*, señaló lo obvio.

—Los Delphiki están de verdad en Armenia y llevan allí una semana.

—Tienen familia allí —dijo Virlomi.

—Y están de vacaciones y se llevan a los bebés a visitar a sus abuelos —dijo Alamandar. Como de costumbre, su ironía era tan seca que se podía pasar por completo por alto el hecho de que despreciaba por completo la idea.

—Por supuesto que no —dijo Virlomi, y su desdén no fue tan sutil—. Wiggin *quiere* que pensemos que están planeando algo. Retiramos tropas turcas de Xinjiang para invadir Armenia. Entonces Han Tzu golpea Xinjiang.

—Tal vez el califa tenga algunos datos que indican que el emperador de China está aliado con el Hegemón —dijo Espino.

—Peter Wiggin sabe cómo utilizar a la gente que no sabe que está siendo utilizada —contestó Virlomi.

Alai la escuchó y pensó: ese principio podría aplicarse igualmente a los armenios y a Han Tzu. Tal vez Peter Wiggin los está utilizando sin su consentimiento. Una simple cuestión como enviar a Bean y Petra a visitar a los Arkanian y luego divulgar la historia falsa de que esto significaba que los armenios están a punto de unirse al PLT.

Alai levantó una mano.

—Najjas. ¿Queréis comparar el lenguaje de los ensayos de Martel con los escritos de Peter Wiggin, incluyendo los ensayos de Locke, y decirme si podrían estar escritos por la misma mano?

Un murmullo de aprobación recorrió la mesa.

—No emprenderemos ninguna acción contra Armenia —dijo el califa Alai— basándonos en rumores de las redes sin fundamento. Ni basándonos en nuestro histórico recelo hacia los armenios.

Alai observó su reacción. Algunos asintieron, pero la mayoría ocultó su reacción. Y Musafi, el más joven de sus visires, evidenció su escepticismo.

—Musafi, háblanos —dijo Alai.

—Representa poca diferencia para el pueblo que podamos demostrar o no que los armenios conspiran contra nosotros —respondió Musafi—. Esto no es un tribunal. Hay muchos que están diciendo que en vez de ganar pacíficamente la India mediante el matrimonio la perdimos de la misma manera.

Alai no miró a Virlomi: tampoco sintió ningún envaramiento ni cambio en su actitud.

—No hicimos nada cuando el Hegemón humilló a los sudaneses y robó la tierra musulmana de Nubia. —Musafi alzó la mano ante la inevitable objeción—. El pueblo *cree* que esa tierra fue robada.

—Entonces temes que piensen que el califa es ineficaz.

—Esperaban que extendieras el islam por todo el mundo. En cambio, pareces estar perdiendo terreno. El mismo hecho de que Armenia no pueda ser la fuente de una invasión seria significa también que es un lugar seguro para emprender acciones limitadas que asegurarán al pueblo que el califato sigue vigilando el islam.

—¿Y cuántos hombres deberían morir por eso? —repuso Alai.

—¿Por la unidad continuada del pueblo musulmán? —preguntó Musafi—. Tantos como Dios ama.

—Hay sabiduría en eso —dijo Alai—. Pero el pueblo musulmán no es el único pueblo del mundo. Fuera del islam, Armenia es percibida como una heroica nación víctima. ¿No hay ninguna posibilidad de que cualquier tipo de acción en Armenia sea interpretada como la prueba de que el islam se está expandiendo, tal como sugiere acusador Martel? ¿Qué sucederá entonces con las minorías musulmanas en Europa?

Virlomi se inclinó hacia delante, mirando con descaro a los consejeros a la cara, como si tuviera alguna autoridad en esa mesa. Nunca Alai miraba a sus amigos con una expresión tan agresiva. Pero claro: esos hombres no eran amigos de ella.

—¿Os preocupa la unidad?

—Siempre ha sido un problema del mundo musulmán —dijo Alamandar. Algunos de los hombres se rieron.

—El «Pueblo Libre» no puede invadirnos porque somos más poderosos que él en cualquier punto por donde pudiera atacar —dijo Virlomi—. ¿Es nuestro objetivo unir al mundo bajo el liderazgo del califa Alai? Entonces nuestro gran rival no es Peter Wiggin. Es Han Tzu. Vino a mí con planes contra el califa Alai. Me propuso matrimonio para que la India y China pudieran unirse contra el islam.

—¿Cuándo fue eso? —preguntó Musafi.

Alai comprendió por qué lo preguntaba.

—Fue antes de que Virlomi y yo consid333äramos casarnos, Musafi. Mi esposa se ha comportado con perfecta propiedad.

Musafi quedó satisfecho; Virlomi no mostró ningún signo de que le preocupara la interrupción.

—No se libran guerras para incrementar la unidad doméstica... para conseguir eso hay que seguir políticas económicas que hagan que el pueblo engorde y se enriquezca. Las guerras se libran para crear seguridad, para expandir fronteras y eliminar peligros futuros. Han Tzu es uno de esos peligros.

—Desde que ocupó su cargo, Han Tzu no ha emprendido ninguna acción agresiva —dijo Espino—. Se ha mostrado conciliador con todos sus vecinos. Incluso devolvió a casa al primer ministro indio, ¿no es cierto?

—Eso no fue un gesto conciliador —dijo Virlomi.

—El expansionista Tigre de las Nieves ya no está, su política ha fracasado. No tenemos nada que temer de China —dijo Espino.

Había ido demasiado lejos y todos en la mesa lo sabían. Una cosa era hacer sugerencias y otra contradecir abiertamente a Virlomi.

Con resolución, Virlomi se arrellanó en su asiento y miró a Alai, esperando que actuara contra el ofensor.

Pero Espino se había ganado su mote porque decía verdades incómodas. Tampoco pretendía Alai empezar a desterrar a consejeros de su grupo sólo porque Virlomi se enfadara con ellos.

—Una vez más, nuestro amigo Espino demuestra que su nombre está bien escogido. Y una vez más, le perdonamos su rudeza... ¿o debo decir agudeza?

Risas... pero todos seguían atentos a la ira de Virlomi.

—Veo que este consejo prefiere enviar a los musulmanes a morir en guerras de adorno mientras permite al verdadero enemigo ganar fuerzas sólo porque aún no nos ha molestado. —Virlomi se volvió directamente hacia Espino—. El buen amigo de mi esposo es como el hombre en un bote que hace aguas, rodeado de tiburones. Tiene un rifle, y su amigo el pasajero dice: «¿Por qué no disparas a esos tiburones? ¡Cuando el bote se hunda y estemos en el agua, no podrás usar el rifle!»

»"Idiota —dice el hombre—. ¿Por qué debería provocar a los tiburones? Ninguno me ha mordido todavía."

Espino parecía decidido a forzar su suerte.

—Tal como yo he oído la historia, el bote estaba rodeado de delfines y el hombre les disparó hasta que se quedó sin munición. «¿Por qué has hecho eso?», preguntó su amigo. Y el hombre respondió: «Porque uno de ellos era un tiburón disfrazado.» «¿Cuál?», preguntó su compañero. «Idiota, ya te he dicho que iba disfrazado.» Entonces la sangre en el agua atrajo a muchos tiburones, pero el arma del hombre estaba descargada.

—Gracias por tu sabio consejo —dijo Alai—. Ahora debo pensar en todo lo que se ha dicho.

Virlomi le sonrió a Espino.

—Debo recordar tu visión alternativa de la historia. Es difícil decidir cuál es más graciosa. Tal vez una sea graciosa para los hindúes y la otra para los musulmanes.

Alai se levantó y empezó a estrechar las manos de los hombres, despidiéndolos a cada uno por turno. Ya había sido suficientemente grosero por parte de Virlomi continuar la conversación pero siguió insistiendo.

—O tal vez la historia de Espino sea graciosa sólo para los tiburones —dijo al grupo en conjunto—. Porque si hay que creer su historia, los tiburones se salvan.

Virlomi nunca había ido tan lejos hasta entonces. Si hubiera sido una esposa musulmana, él habría podido agarrarla del brazo y llevársela amablemente de la sala, y luego explicarle por qué no podía decir esas cosas a hombres que no tenían libertad para responder.

Pero claro, si ella hubiera sido una esposa musulmana no habría estado en la mesa para empezar.

Alai estrechó la mano al resto y todos le mostraron deferencia. Pero también vio creciente cansancio. Su fracaso en impedir que Virlomi ofendiera tan escandalosamente a un hombre que había admitido haber llegado demasiado lejos les parecía debilidad. Sabía que se estaban preguntando cuánta influencia tenía Virlomi sobre él. Y si estaba verdaderamente ejerciendo como califa o era sólo un esposo inepto, casado con una mujer que creía ser una diosa.

En resumen, ¿estaba sucumbiendo el califa Alai a la idolatría al casarse con esa loca?

No es que ninguno dijera tal cosa... ni siquiera entre ellos, ni siquiera en privado.

De hecho, probablemente tampoco lo pensaban.

Lo estoy pensando yo.

Cuando Virlomi y él estuvieron a solas, Alai salió de la sala de conferencias para ir al cuarto de baño, donde se lavó la cara y las manos.

Virlomi lo siguió al interior.

—¿Eres fuerte o débil? —preguntó—. Me casé contigo por tu fuerza.

Él no dijo nada.

—Sabes que tengo razón. Peter Wiggin no puede tocarnos. Sólo Han Tzu se interpone entre nosotros y la unión del mundo bajo nuestro dominio.

—Eso no es cierto, Virlomi.

—¿Entonces tú también me contradices?

—Somos iguales, Virlomi —dijo Alai—. Podemos contradecirnos mutuamente... cuando estemos solos.

—Así que me equivoco, ¿quién representa una amenaza más grande que Han Tzu?

—Si atacamos a Han Tzu, sin provocación, y parece que puede perder, o pierde, entonces podemos esperar que la población musulmana de Europa sea expulsada, y las naciones de Europa se unirán, probablemente con Estados Unidos, probablemente con Rusia. En vez de una frontera montañosa que Han Tzu no está amenazando, tendremos una frontera indefendible de miles de kilómetros en Siberia y enemigos cuyo poder militar conjunto hará que el nuestro sea ridículo.

—¡América! ¡Europa! Esos viejos gordos.

—Veo que estás tomando en consideración mis ideas.

—Nada es seguro en la guerra —dijo Virlomi—. Esto *podría* suceder, aquello *podría* suceder. Yo te diré lo que sucederá. La India actuará, se unan los musulmanes a nosotros o no.

—La India, que tiene poco equipo y ningún ejército entrenado, ¿se enfrentará a los soldados veteranos de China... y sin la ayuda de las divisiones turcas en Xinjiang y las divisiones indonesias en Taiwan?

—El pueblo indio hará lo que yo le pida que haga —dijo Virlomi.

—El pueblo indio hará lo que tú le pidas, mientras sea *posible*.

—¿Quién eres tú para decir qué es posible?

—Virlomi. No soy Alejandro de Macedonia.

—Eso está clarísimo. De hecho, Alai, ¿en qué batalla has luchado y vencido jamás?

—¿Quieres decir antes o después de la guerra final contra los insectores?

—¡Por supuesto... fuiste uno del sagrado grupo! ¡Así que tienes razón en todo siempre!

—Y fue mi plan lo que destruyó la voluntad china de luchar.

—Tu plan... que dependía de que *mi* pequeña banda de patriotas mantuviera a raya a las tropas chinas en las montañas de la India oriental.

—No, Virlomi. Tu acción de contención salvó miles de vidas, pero si todos los chinos que enviaron a las montañas se hubieran enfrentado a nosotros en la India, habríamos vencido.

—Eso es fácil de decir.

—Porque mi plan era que las tropas turcas tomaran Beijing mientras la mayor parte de las fuerzas chinas estaban ocupadas en la India, punto en el cual las tropas chinas habrían sido retiradas de la India. Tu heroica acción salvó muchas vidas y logró que nuestra victoria fuera más rápida. Por unas dos semanas y unas cien mil bajas. Así que estoy agradecido. Pero nunca has dirigido grandes ejércitos al combate.

Virlomi agitó una mano, quitándole toda importancia.

—Virlomi —dijo Alai—. Te amo y no estoy intentando hacerte daño, pero has estado luchando todo este tiempo contra comandantes muy malos. Nunca te has enfrentado a alguien como yo. O como Han Tzu. O como Petra. Y desde luego no contra alguien como Bean.

—¡Las estrellas de la Escuela de Batalla! —exclamó Virlomi—. Antiguas puntuaciones y miembros de un club cuyo presidente fue engañado y enviado al exilio. ¿Qué has hecho tú últimamente, califa Alai?

—Me casé con una mujer que tenía un plan atrevido.

—Pero ¿con quién me casé yo?

—Con un hombre que quiere al mundo unido en paz. Creía que la mujer que construyó la Gran Muralla de la India querría lo mismo. Creía que nuestro matrimonio era parte de eso. Nunca supuse que tuvieras tanta sed de sangre.

—No es sed de sangre, es realismo. Veo a nuestro auténtico enemigo y voy a combatirlo.

—Nuestro *rival* es Peter Wiggin —dijo Alai—. Tiene un plan para unir al mundo, pero el suyo depende de que el califato se desmorone en medio del caos y que el islam deje de ser una fuerza en el mundo. Eso es lo que pretendía el ensayo de Martel: provocarnos para que hagamos una estupidez en Armenia. O en Nubia.

—Bueno, al menos te has dado cuenta de eso.

—Me he dado cuenta de todo —dijo Alai—. Y tú no ves lo más obvio. Cuanto más esperemos, más cerca estará el día en que Bean muera. Es un hecho cruel y terrible, pero cuando ya no esté, Peter Wiggin perderá su mejor instrumento.

Virlomi lo miró con desprecio.

—De vuelta a las puntuaciones de la Escuela de Batalla.

—Todos los chicos de la Escuela de Batalla fueron puestos a prueba —dijo Alai—. Incluida tú.

—Sí, ¿y qué consiguieron todos ellos? Estaban allí sentados en Hiderabad como esclavos pasivos mientras Aquiles los dominaba. Yo escapé. Yo. De algún modo, yo era diferente. ¿Pero qué salió en las pruebas de la Escuela de Batalla? Hay cosas que no medían.

Alai no le dijo lo obvio: ella era diferente sólo en que Petra le había pedido ayuda a ella y no a otra persona. No hubiese escapado de no habérselo pedido Petra.

—El grupo de Ender no surgió de las pruebas —dijo Alai—. Fuimos elegidos por lo que *hicimos*.

—Por lo que hicisteis que Graff consideró importante. Había cualidades que él no consideraba importantes y por eso no las buscó.

Alai se echó a reír.

—¿Qué, estás celosa porque no formaste parte del grupo de Ender?

—Estoy disgustada porque sigues creyendo que Bean es irresistible, ya que es tan «listo».

—No lo has visto en acción. Da miedo.

—No, eres tú quien tiene miedo.

—Virlomi, no hagas esto.

—¿Hacer qué?

—No fuerces mi jugada.

—No estoy forzando nada. Somos iguales, ¿no? Tú les dirás a tus ejércitos lo que tienen que hacer, y yo se lo diré a los míos.

—Si envías tus tropas en un ataque suicida contra China, entonces China estará en guerra conmigo también. Eso es lo que significa nuestro matrimonio. Así que me estás abocando a la guerra me guste o no.

—Puedo ganar sin ti.

—No te creas tu propia propaganda, querida. No eres ninguna diosa. No eres infalible. Y ahora mismo, eres tan irracional que me asustas.

—Irracional no —dijo Virlomi—. *Confiada.* Y decidida.

—Estudiaste donde lo hice yo. Ya conoces todos los motivos por los que un ataque contra China es una locura.

—Por eso usaremos la sorpresa. Por eso venceremos. Además, nuestros planes de batalla serán trazados por el gran califa Alai. ¡Y él era miembro del grupo de Ender!

—¿Qué pasó con la idea de que éramos iguales?

—*Somos* iguales.

—Nunca te he forzado a hacer nada.

—Yo tampoco te estoy forzando.

—Decirlo una y otra vez no hace que sea cierto.

—Hago lo que decido hacer, tú haces lo que decides hacer. Lo único que quiero de ti es... tu bebé dentro de mí antes de liderar a mis tropas en la guerra.

—¿Qué crees que es esto, la Edad Media? No dirigirás a tus tropas en la guerra.

—Lo haré.

—Eso se hace cuando eres comandante de un escuadrón. No tiene sentido cuanto tienes un ejército de un millón de hombres. No pueden verte, así que no sirve de nada.

—Me has recordado hace un minuto que no eres Alejandro de Macedonia. Bueno, Alai, yo *soy* Juana de Arco.

—Cuando he dicho que no soy Alejandro, no me refería a su astucia militar. Me refería a su matrimonio con una princesa persa.

Ella pareció irritada.

—Estudié sus campañas.

—Alejandro regresó a Babilonia y se casó con una hija del antiguo emperador persa. Hizo que sus oficiales se casaran también con persas. Estaba intentando unir a griegos y persas y convertirlos en una nación, haciendo a los persas un poco más griegos y a los griegos un poco más persas.

—¿Y?

—Los griegos dijeron: conquistamos el mundo siendo griegos. Los persas perdieron su imperio siendo persas.

—Así que tú no intentas hacer que tus musulmanes sean más hindúes o mis hindúes más musulmanes. Muy bien.

—Alejandro intentó mezclar soldados de Persia y soldados de Grecia en un solo ejército. No funcionó. Se hizo pedazos.

—Nosotros no vamos a cometer esos errores.

—Exactamente —dijo Alai—. No voy a cometer errores que destruyan mi califato.

Virlomi se echó a reír.

—Muy bien, pues. Si crees que invadir China es semejante error, ¿qué vas a hacer? ¿Divorciarte de mí? ¿Anular nuestro tratado? ¿Entonces qué? Tendrás que retirarte de la India y parecerás aún más un zhopa. O intentarás quedarte y entonces yo iré a la guerra contra ti. Todo se viene abajo, Alai. Así que no vas a librarte de mí. Vas a seguir siendo mi esposo y vas amarme y tendremos hijos juntos y conquistaremos el mundo y lo gobernaremos juntos, ¿y sabes por qué?

—¿Por qué? —dijo él tristemente.

—Porque así es como lo quiero. Eso es lo que he aprendido en los últimos años. Piense lo que piense, si decido que lo quiero, si hago lo que sé que tengo que hacer, entonces sucede. Yo soy la chica afortunada cuyos sueños se hacen realidad.

Ella se le acercó, lo rodeó con sus brazos, lo besó. Él le devolvió el beso, porque habría sido poco inteligente por su parte demostrarle lo triste y asustado que estaba, y lo poco que la deseaba en aquel momento.

—Te quiero —dijo ella—. Eres mi mejor sueño.

20

Planes

De: SerImperial%HotSoup@CiudadProhibida.ch.gov
A: Tejedora%Virlomi@MadreIndia.in.net, Califa%Salam@
califa.gov
Sobre: No hagáis esto

Alai, Virlomi, ¿en qué estáis pensando? Los movimientos de tropas no pueden ocultarse. ¿De verdad queréis este baño de sangre? ¿Estáis decididos a demostrar que Graff tiene razón y ninguno de nosotros pertenece a la Tierra?

De: Tejedora%Virlomi@MadreIndia.in.net
A: SerImperial%HotSoup@CiudadProhibida.ch.gov
Sobre: Niño idiota

¿Creías que las ofensas chinas en la India serían olvidadas? Si no quieres un baño de sangre, entonces jura fidelidad a la Madre India y al califa Alai. Desarma tus ejércitos y no ofrezcas ninguna resistencia. Seremos mucho más misericordiosos con los chinos de lo que los chinos lo fueron con la India.

De: Califa%correa@calif.gov
A: SerImperial%HotSoup@CiudadProhibida.ch.gov
Sobre: Mira de nuevo

Trata de no precipitar la acción, amigo mío. Las cosas no irán como parece que están yendo.

Mazer Rackham estaba sentado frente a Peter Wiggin en su despacho de Rotterdam.

—Estamos muy preocupados —dijo Rackham.

—Yo también.

—¿Qué has puesto en marcha, Peter?

—Mazer, todo lo que he hecho es seguir presionando, usando las pequeñas herramientas que tengo. *Ellos* deciden cómo responder a esa presión. Yo estaba preparado para una invasión de Armenia o Nubia. Estaba preparado para sacar partido de una expulsión en masa de musulmanes en algunas o en todas las naciones europeas.

—¿Y la guerra entre la India y China? ¿Estás preparado para eso?

—Ésos son tus genios, Mazer. Tuyos y de Graff. Vosotros los entrenasteis. Explícame por qué Alai y Virlomi están haciendo algo tan estúpido y suicida como es enviar tropas indias mal armadas contra el ejército de Han Tzu, que está plenamente equipado, tiene hambre de venganza y cuenta con una amplia experiencia de combate.

—Así que no es algo que hayas hecho tú.

—No soy como vosotros —dijo Peter, irritado—. No me considero un maestro titiritero. Tengo una cantidad limitada de poder e influencia en el mundo, y no es gran cosa. Tengo unos mil millones de ciudadanos que aún no se han convertido en una nación auténtica, así que tengo que seguir bailando sólo para que el PLT sea viable. Tengo una fuerza militar bien entrenada y bien equipada, con excelente moral, y es tan pequeña que ni siquiera se notaría en un campo de batalla de la India o de China. Tengo mi reputación personal como Locke y mi cargo ya-no-tan-hueco como Hegemón. Y tengo a Bean, sus habilidades y su extravagante reputación. ¿Ves algo en esta lista que me permita pensar siquiera en iniciar una guerra entre dos potencias mundiales sobre las que no tengo ninguna influencia?

—Te ha venido tan bien que no hemos podido evitar pensar que habías tenido algo que ver.

—No, ha sido obra vuestra —dijo Peter—. Volvisteis locos a esos chicos en la Escuela de Batalla. Ahora todos son reyes locos que usan las vidas de sus súbditos como piezas en un tablero de soberanía.

Rackham se acomodó en el asiento. Parecía un poco asqueado.

—Tampoco queríamos esto. Y no creo que estén locos. Alguien debe ver alguna ventaja en iniciar esta guerra, y sin embargo no imagino quién. Tú eres el único que tiene algo que ganar, así que pensamos...

—Lo creas o no, yo no empezaría una guerra como ésta aunque pensara que podría beneficiarme recogiendo los pedazos. Los únicos que inician guerras que acabarán eliminando a masas humanas con ametralladoras son fanáticos o idiotas. Creo que podemos descartar la idiotez. Así que... eso nos deja a Virlomi.

—Eso es lo que nos tememos. Que haya llegado a creerse su papel. Bendita por los dioses e irresistible. —Rackham alzó una ceja—. Pero tú lo sabías. Te reuniste con ella.

—Me propuso matrimonio. La rechacé.

—Antes de que fuera a ver a Alai.

—Tengo la impresión de que se casó con Alai de rebote.

Rackham se echó a reír.

—Te ofreció la India.

—Me ofreció un acuerdo. Yo lo convertí en una oportunidad.

—Cuando la rechazaste, sabías que se enfurecería y haría algo estúpido.

Peter se encogió de hombros.

—Sabía que haría algo lamentable. Algo para demostrar su poder. No tenía ni idea de que tentaría a Alai, y desde luego no imaginaba que él fuera a picar. ¿No sabía que está loca? Quiero decir, no desde un punto de vista médico, sino ebria de poder.

—Explícame tú por qué lo hizo —dijo Rackham.

—Él fue uno de los miembros del grupo de Ender. Graff y tú debéis tener tanto poder sobre Alai que sabéis cuándo se rasca el culo.

Rackham se limitó a esperar.

—Mira, no sé por qué lo hizo, excepto porque tal vez pensó que podría controlarla —dijo Peter—. Cuando regresó a casa procedente de Eros era un muchachito musulmán ingenuo y recto a quien mantuvieron aislado. Tal vez no estaba preparado para tratar con una mujer de verdad. La cuestión ahora es cómo se desarrollará esto.

—¿Cómo crees que se desarrollará?

—¿Por qué debo decirte lo que pienso? ¿Qué posible ventaja obtendré si Graff y tú sabéis lo que espero que ocurra y lo que me dispongo a hacer al respecto?

—¿Cómo dolerá?

—Dolerá porque, si decidís que vuestros objetivos son diferentes de los míos, mediaréis. He apreciado algunas de vuestras intervenciones, pero ahora no quiero que la F.I. ni ColMin hagan nada. Estoy haciendo malabarismos con demasiadas bolas para querer que otro malabarista voluntario venga a intentar ayudarme.

Rackham se echó a reír.

—Peter, Graff tenía razón respecto a ti.

—¿Qué?

—Cuando te rechazó para la Escuela de Batalla.

—Porque era demasiado agresivo —dijo Peter amargamente—. Y mira lo que acabó aceptando.

—Peter, piensa en lo que acabas de decir.

Peter lo pensó.

—Te refieres a los malabarismos.

—Me refiero a por qué fuiste rechazado de la Escuela de Batalla.

Peter inmediatamente se sintió estúpido. Les habían dicho a sus padres que su rechazo se debía a que era demasiado agresivo... peligrosamente agresivo. Y él les había sonsacado esa información a edad muy temprana. Desde entonces, había sido una carga que había llevado dentro: la idea de que era peligroso. A veces lo hacía ser atrevido; con más frecuencia, lo hacía no fiarse de su propio juicio, de su propio marco moral. ¿Estoy haciendo esto porque está bien? ¿Estoy haciendo lo otro porque realmente será en beneficio propio o sólo porque soy agresivo y no puedo soportar mantenerme al margen y esperar? Se había obligado a sí mismo a ser paciente, más sutil de lo que le indicaba su primer impulso. Una y otra vez se había contenido. Por esta causa había utilizado a Valentine y ahora utilizaba a Petra para que escribieran los ensayos más peligrosos y demagógicos: no quería ningún tipo de análisis textual que lo señalara como autor. Por eso se había abstenido de forzar a ninguna de las naciones que seguían jugando con él a unirse al PLT: no podía permitir que nadie lo percibiera como coercitivo.

Y todo aquel tiempo esa valoración sobre él había sido mentira.

—No soy demasiado agresivo.

—Es imposible ser demasiado agresivo en la Escuela de Batalla —dijo Rackham—. Intrépido... bueno, eso sería peligroso. Pero nadie te ha llamado jamás intrépido, ¿verdad? Y tus padres habrían sabido que eso era mentira, porque podrían haber visto el pequeño hijo de puta calculador que eras, incluso a los siete años.

—Vaya, gracias.

—No, Graff estudió tus pruebas y vio lo que el monitor nos mostraba, y entonces habló conmigo y me las enseñó y nos dimos cuenta: no te queríamos como comandante del ejército porque la gente no te ama. Lo siento, pero es cierto. No eres cálido. No inspiras devoción. Habrías sido un buen comandante a las órdenes de alguien como Ender. Pero nunca lo habrías mantenido todo unido como él hizo.

—Ahora lo estoy haciendo bien, gracias.

—No estás dirigiendo soldados. Peter, ¿te aman Bean o Suri? ¿Morirían por ti? ¿O te sirven porque creen en tu causa?

—Creen que el mundo unido conmigo como Hegemón sería mejor que el mundo unido bajo otra persona, o que un mundo desunido.

—Un simple cálculo.

—Un cálculo basado en una confianza que me he ganado a pulso.

—Pero no devoción personal —dijo Rackham—. Ni siquiera Valentine... sintió nunca devoción por ti, y te conocía mejor que nadie.

—Ella me odiaba.

—Demasiado fuerte, Peter. Usas una palabra demasiado fuerte. Ella no se fiaba de ti. Te temía. Veía tu mente como un engranaje. Muy listo. Siempre se dio cuenta de que estabas seis pasos por delante de ella. —Peter se encogió de hombros—. Pero no lo estabas, ¿verdad?

—Gobernar el mundo no es un juego de ajedrez —dijo Peter—. O, si lo es, es un juego con mil piezas poderosas y ocho mil millones de peones, y las capacidades de las piezas cambian y el tablero nunca permanece igual. ¿Hasta dónde puede uno ver? Todo lo que pude ver fue que me convenía ponerme en una posición en la que tuviera la mayor influencia posible y luego explotar las oportunidades que se presentaran.

Rackham asintió.

—Pero una cosa era segura. Con tu agresividad que se salía de las gráficas, con tu pasión por controlar los acontecimientos, sabíamos que te colocarías en el centro de todo.

Ahora le tocó a Peter el turno de reírse.

—Así que me dejasteis en casa y no me llevasteis a la Escuela de Batalla para que fuera lo que soy ahora.

—Como te decía, no estabas dotado para la vida militar. No aceptas muy bien las órdenes. La gente no siente devoción por ti y tú no sientes devoción por nadie.

—Podría ser, si encontrara a alguien a quien respetara lo suficiente.

—La única persona a quien respetaste tanto está ahora en una nave colonial, y nunca volverás a verla.

—Nunca habría podido seguir a Ender.

—No, nunca. Pero él es la única persona a la que respetaste lo suficiente. El problema era que se trataba de tu hermano menor. No habrías soportado la vergüenza.

—Bueno, todos estos análisis están muy bien, pero ¿en qué nos ayudan ahora?

—Nosotros tampoco tenemos ningún plan, Peter —dijo Rackham—. También estamos colocando solamente piezas útiles en su sitio. Sacamos a otras del tablero. Tenemos algunas bazas, como tú. Tenemos nuestro arsenal.

—Tenéis a toda la F.I. Podéis poner fin a todo esto.

—No —dijo Rackham—. El Polemarca Chamrajnagar es inflexible en ese aspecto y tiene razón. Podríamos obligar a detenerse a los ejércitos del mundo. Todos nos obedecerían o tendrían que pagar un precio terrible. Pero ¿quién gobernaría el mundo entonces?

—La flota.

—¿Y quién es la flota? Son voluntarios *de la Tierra*. Y a partir de ese momento, ¿quiénes serían nuestros voluntarios? ¿Gente que ama la idea de salir al espacio o gente que quiere controlar el Gobierno de la Tierra? Eso nos convertiría en una institución centrada en la Tierra. Destruiría el proyecto de colonización. Y odiarían a la Flota, porque pronto sería dominada por gente que ama el poder.

—Haces que parezca que sois un puñado de vírgenes histéricas.

—Lo somos —contestó Rackham—. Y es una frase extraña, viniendo de un chico virgen histérico como tú.

Peter no se molestó en responder a eso.

—Así que Graff y tú no haréis nada que comprometa la pureza de la F.I.

—A menos que alguien vuelva a utilizar las armas nucleares. No permitiremos que eso suceda. Dos guerras nucleares han sido suficientes.

—Nunca hemos tenido una guerra nuclear.

—La Segunda Guerra Mundial fue una guerra nuclear —dijo Rackham—, aunque sólo se lanzaran dos bombas. Y la bomba que destruyó La Meca fue el punto final de una guerra civil en el islam librada a través de sustitutos y con el terrorismo. Desde entonces, nadie ha vuelto a pensar en usar armas nucleares. Pero las guerras que se terminan con bombas nucleares son guerras nucleares.

—Bien. Definiciones.

—Hyrum y yo estamos haciendo cuanto podemos —dijo Rackham—. Igual que el Polemarca. Y, lo creas o no, estamos intentando ayudarte. Queremos que tengas éxito.

—¿Y ahora pretendes que me habéis estado ayudando todo el tiempo?

—En absoluto. No teníamos ni idea de si serías un gobernante sabio o un tirano. Ni idea de qué método utilizarías o cómo sería tu gobierno mundial. Sabíamos que no podrías hacerlo sólo a base de carisma porque no tienes mucho. Y admito que destacaste con mayor claridad después de que le echáramos un buen vistazo a Aquiles.

—Así que no os dispusisteis a apoyarme hasta que os disteis cuenta de que era mejor que Aquiles.

—Tus logros eran tan extraordinarios que manteníamos la cautela. Entonces Aquiles nos demostró que tus acciones eran cautelosas y contenidas en comparación con lo que hubiese podido hacer alguien verdaderamente implacable. Vimos a un tirano en acción y nos dimos cuenta de que tú no eras tal cosa.

—Dependiendo de qué se entienda por «tirano».

—Peter, estamos intentando ayudarte. Queremos unir al mundo bajo un Gobierno *civil*. Sin nuestro consejo, estás decidido a hacerlo por medio de persuasión y elecciones en vez de usando ejércitos y terror.

—Uso ejércitos.

—Sabes lo que quiero decir.

—Es que no quería que te hicieras ilusiones.

—Entonces dime qué estás pensando. Qué estás planeando. Para que no interfiramos con nuestras mediaciones.

—Porque estáis de mi parte —dijo Peter con desdén.

—No, no estamos «de tu parte». En realidad no formamos parte de este juego, excepto en lo que nos afecta. Nuestro trabajo es dispersar la especie humana a tantos mundos como sea posible. Pero hasta ahora sólo han despegado dos naves coloniales. Y pasará otra generación antes de que ninguna de ellas aterrice. Mucho antes de que sepamos si las colonias tienen éxito y aguantan. Todavía más antes de que sepamos si se convertirán en mundos aislados o si habrá beneficios suficientes para que el viaje interestelar sea económicamente factible. Eso es lo único que nos importa. Pero, para conseguirlo, nos hacen falta reclutas de la Tierra y tenemos que pagar las naves... de nuevo, en la Tierra. Y tenemos que hacerlo sin esperanza de beneficios durante al menos cien años. El capitalismo no sirve a la hora de pensar con cien años de antelación. Así que necesitamos fondos gubernamentales.

—Cosa que habéis conseguido aunque yo no he podido sacar ni un céntimo.

—No, Peter —dijo Rackham—. ¿No comprendes? Todo el mundo excepto Estados Unidos y Gran Bretaña y un puñado de países más pequeños ha dejado de pagar su cuota. Estamos viviendo de nuestras enormes reservas. Han sido suficientes para equipar dos naves, para construir un nuevo tipo de naves mensajeras de gravedad controlada, unos cuantos proyectos de ese estilo. Pero nos estamos quedando sin dinero. No tenemos manera de financiar ni siquiera las naves que están siendo construidas.

—Queréis que yo gane para que pague vuestra flota.

—Queremos que ganes para que la especie humana deje de gastar sus enormes recursos en formas de matarse y pueda enviar en cambio a toda la gente que moriría en las guerras al espacio. Y todo el dinero que se habría gastado en armas podrá invertirse en naves coloniales. La especie humana siempre lo ha gastado casi todo o bien en monumentos estúpidos como las pirámides o en guerras brutales, sangrientas y absurdas. Queremos unir al mundo para que todo este desperdicio termine de una vez.

Peter se echó a reír.

—Qué *soñadores*. ¡Qué idealistas!

—Éramos guerreros y estudiamos a nuestro enemigo. Las Reinas Colmena. Cayeron porque estaban demasiado unificadas. Los seres humanos son un diseño mejor de especie sentiente. Cuando acabemos con las guerras. Lo que las Reinas Colmena intentaron, nosotros podemos hacerlo. Extender la especie para que pueda desarrollar verdaderamente nuevas culturas.

—¿Nuevas culturas cuando insistís en que cada colonia esté compuesta enteramente por gente de una sola nación, de un solo grupo lingüístico?

—No somos absolutamente rígidos en eso, pero sí. Hay dos formas de ver la diversidad de una especie. Una es que en todas las colonias haya una copia completa de toda la especie humana: cada cultura, cada lengua, cada raza. Pero ¿qué sentido tiene eso? ¡La Tierra ya lo tiene! Y mira lo bien que ha salido.

»No, las grandes colonias del pasado tuvieron éxito precisamente porque estaban unidas internamente. Gente que se conocía, que tenía confianza mutua, que compartía los mismos propósitos, abrazaba las mismas leyes. Cada una monocromática, al principio. Pero cuando enviemos cincuenta naves coloniales monocromáticas pero todas de colores distintos, como si dijéramos (cincuenta colonias diferentes, cada una con una raíz lingüística y cultural propia), *entonces* la especie humana podrá llevar a cabo cincuenta experimentos diferentes. Auténtica diversidad de especies.

—No me importa lo que dices —dijo Peter—. Yo no voy a ir.

Rackham sonrió.

—No queremos que vayas.

—Las dos naves coloniales que habéis mandado. Una de ellas era la de Ender.

—Así es.

—¿Quién es el comandante de la segunda nave?

—Bueno, la *nave* está comandada por...

—Quien va a gobernar la *colonia* —dijo Peter.

—Dink Meeker.

Así que ése era el plan. Pretendían tomar al grupo de Ender y a todo aquel que tuviera un talento militar peligroso y enviarlos al espacio.

—Así que para vosotros —dijo Peter— esta guerra entre Han Tzu y Alai es vuestra peor pesadilla.

Rackham asintió.

—No os preocupéis —dijo Peter.

—¿Que no nos preocupemos?

—De acuerdo, preocupaos si queréis. Pero vuestra oferta al grupo de Ender, de sacarlos a todos del planeta, ofrecerles colonias... ahora comprendo de qué va todo esto. Os preocupan esos chicos de cuyas vidas os habéis apoderado. Queréis enviarlos a mundos donde no haya ningún rival. Pueden usar sus talentos para ayudar a triunfar a una comunidad sobre un nuevo mundo.

—Sí.

—Pero lo más importante es que no estarán en la Tierra.

Rackham se encogió de hombros.

—Sabíais que nadie podría unir jamás al mundo como necesitáis que esté unido mientras esos genios tan entrenados, tan agresivos y famosos estuvieran todavía en él.

—No lo previmos.

—Bueno, eso es mentira —dijo Peter—. Sabíais lo que sucedería, porque es obvio. Uno de *ellos* sería el dueño de la Tierra y todos los demás estarían muertos.

—Sí, eso lo vimos, pero no era una opción aceptable.

—¿Por qué no? Es la forma humana de resolver las cosas.

—Amamos a esos chicos, Peter.

—Pero, los améis o no, tarde o temprano se morirán. No, creo que os habríais contentado dejando que las cosas se resolvieran por sí solas, si pensarais que iba a funcionar. Si creyerais que uno de ellos saldría triunfante. Lo que no podíais soportar era saber que están tan igualados que ninguno de ellos vencería. Agotarían los recursos de la Tierra, toda esa población sobrante, y seguiría sin haber ningún ganador claro.

—Eso no ayudaría nada —dijo Rackham.

—Si hubierais podido encontrar una cura para la enfermedad de Bean, no me necesitaríais. Porque Bean podría lograrlo. Podría derrotar a los otros. Podría unir al mundo. Porque es mucho mejor que ellos.

—Pero se va a morir.

—Y lo amáis —dijo Peter—. Así que vais a intentar salvarle la vida.

—Queremos que te ayude a ganar primero.

—Eso no es posible. No con el tiempo que le queda.

—Por «ganar» quiero decir que queremos que te ayude a conseguir una posición desde la cual tu victoria sea inevitable, dadas tus habilidades. Ahora mismo, podrían impedírtelo todo tipo de casualidades. Contar con Bean aumenta tu poder e influencia. Si pudieras sacar al resto del grupo de Ender de este planeta, eso también sería de ayuda. Si eliminamos del tablero todas las piezas que podrían desafiarte... Si, en efecto, tú eres la reina en un juego de caballos y alfiles, entonces ya no necesitarás a Bean.

—Necesitaré a alguien —dijo Peter—. No estoy entrenado para la guerra como lo estuvieron esos chicos de la Escuela de Batalla. Y, como dices, no soy el tipo de persona por quien los soldados quieren morir.

Rackham se inclinó hacia delante.

—Peter, dinos lo que estás planeando.

—No estoy planeando nada. Simplemente, estoy esperando. Cuando me reuní con Virlomi, me di cuenta de que ella era la clave de todo. Es volátil, es poderosa y está ebria. Supe que ella haría algo desestabilizador. Algo que quebraría el equilibrio.

—¿Entonces crees que la guerra entre la India y China estallará? ¿Y que la Liga Musulmana de Alai se verá arrastrada?

—Es posible. Espero que no suceda.

—Pero si sucede, te dispones a atacar a Alai cuando sus fuerzas estén comprometidas combatiendo a China.

—No —dijo Peter.

—¿No?

—No vamos a atacar a nadie.

—Entonces... ¿qué? —dijo Rackham—. Quien se imponga en esta guerra...

—No creo que esta guerra vaya a importar mucho, si es que llega a estallar. Pero si lo hace, entonces ambos bandos quedarán debilitados por ella. No faltan las naciones ambiciosas dispuestas a dar un paso al frente y recoger los pedazos.

—¿Entonces eso es lo que crees que va a suceder?

—No lo sé. Ojalá me creyeras. Sólo estoy seguro de una cosa. El matrimonio de Alai y Virlomi está condenado. Y si quieres que alguno de ellos o ambos estén al mando de alguna de tus preciosas colonias, sería mejor que os asegurarais de sacarlos rápido del planeta.

—¿Estás planeando algo?

—¡No! ¿Es que no me estás escuchando? ¡Estoy estudiando todo el maldito asunto, igual que vosotros! Ya he jugado mis cartas: hacer que el liderazgo musulmán recele de mis intenciones. Provocarlos. Más un poco de diplomacia tranquila.

—¿Con quién?

—Con Rusia —contestó Peter.

—¿Estás intentando que se unan a ti para atacar a Alai? ¿O a China?

—No, no, no —dijo Peter—. Si intentara algo así, se correría la voz, ¿y entonces qué nación musulmana se uniría jamás al PLT?

—¿Entonces qué estás haciendo con diplomacia?

—Rogarles a los rusos que se mantengan apartados.

—En otras palabras, señalando la oportunidad y diciéndoles que no vas a interferir en absoluto.

—Sí —dijo Peter.

—La política es tan... indirecta.

—Por eso los conquistadores rara vez son buenos gobernantes.

—Y los grandes gobernantes rara vez son conquistadores.

—Cerrasteis la puerta para que no me convierta en conquistador —dijo Peter—. Así que si voy a ser el gobernante del mundo, y un gobernante bueno, entonces tengo que ganarme el puesto de modo que no haya que seguir matando a nadie para continuar en el poder. No le hace ningún bien al mundo que todo dependa de mí, si todo se desploma cuando yo muera. Necesito construir un imperio pieza a pieza, poco a poco, con instituciones poderosas que tengan su propio impulso, para que importe muy poco quién esté a la cabeza. Es lo que aprendí al crecer en Estados Unidos. Fue una nación creada de la nada... nada más que de un conjunto de ideales que nunca alcanzó. De vez en cuando tuvieron grandes líderes, pero normalmente sólo politicastros, y quiero decir desde el principio. Washington fue magnífico, pero Adams era paranoico y perezoso, y Jefferson fue un político vil e intrigante como pocas naciones han tenido como maldición. Aprendí mucho de él sobre destruir a los enemigos de uno con demagogia divulgada bajo pseudónimo.

—Así que lo estabas alabando.

—Estoy diciendo que Estados Unidos se forjó a sí misma con instituciones tan fuertes que pudieran sobrevivir a la corrupción, la estupidez, la vanidad, la ambición, la intrepidez e incluso la locura del jefe de su Ejecutivo. Estoy intentando hacer lo mismo con el Pueblo Libre de la Tierra. Basándolo en algunos ideales sencillos pero manejables. Atraer a las naciones porque se sientan libres de pertenecer a él. Unirlas con un lenguaje y un sistema legal y darles instituciones con vida propia. Y no puedo hacer nada de eso si conquisto un solo país y lo obligo a unirse. Es una regla que no podré violar nunca. Mis fuerzas derrotarán a los enemigos que ataquen al PLT, y llevaremos la guerra a su territorio para hacerlo. Pero en lo referente a unirse al PLT, sólo podrán hacerlo si una mayoría del pueblo lo quiere. Si deciden ser súbditos de nuestras leyes y formar parte de nuestras instituciones.

—Pero no desdeñas que otras naciones hagan sus conquistas por ti.

—El islam no ha aprendido nunca a ser una religión —dijo Peter—. Por naturaleza, es una tiranía. Hasta que aprenda a dejar que la puerta oscile hacia ambos lados y permita que los musulmanes decidan no ser musulmanes sin ser castigados, el mundo no tendrá más remedio que luchar contra ellos para ser libre. Mientras las naciones musulmanas permanecieron divididas, trabajando unas contra otras, no suponían un problema para mí, porque podía escogerlas una a una, sobre todo cuando el PLT ya fue lo bastante grande para que vieran cómo prosperaba la gente dentro de mis fronteras.

—Pero unidos bajo Alai...

—Alai es un tipo decente. Creo que tiene alguna idea para liberalizar el islam desde arriba. Pero no se puede hacer. Simplemente, se equivoca. Es un militar, no un político. Mientras los musulmanes corrientes piensen que es su deber matar a cualquier musulmán que intente dejar de serlo, mientras piensen que tienen el sagrado deber de empuñar las armas para obligar a los que no son creyentes a obedecer la ley islámica... no podrás liberalizar eso, no podrás convertirlo en un sistema decente para nadie. Ni siquiera para los musulmanes. Porque las personas más crueles, más obtusas, más malvadas siempre se encumbrarán al poder porque siempre serán las que estén más dispuestas a envolverse en la bandera de la media luna y asesinar a gente en nombre de Dios.

—De modo que Alai está condenado a fracasar.

—Alai está condenado a morir. En el momento en que los fanáticos se den cuenta de que no es un musulmán tan fanáticamente puro como ellos, lo matarán.

—¿E instalarán a un nuevo califa?

—Pueden instalar a quien se les antoje —dijo Peter—. A mí no me importará ya. Sin Alai, no habrá ninguna unidad islámica, porque sólo Alai puede guiarlos a la victoria. Y en la derrota, los musulmanes no permanecen unidos. Se mueven como una gran ola: hasta que se encuentran una muralla de roca que no se mueve. Entonces chocan y retroceden.

—Como hicieron después de que los derrotara Charles Martel.

—Es Alai quien los hizo poderosos —dijo Peter—. El único problema es que a Alai no le gustan las cosas que tiene que hacer para gobernar un sistema totalitario como el islam. Ya ha matado a más gente de la que quisiera. Alai no es un asesino, pero se ha convertido en uno y cada vez le gusta menos.

—Crees que no va a seguir a Virlomi a la guerra.

—Es una carrera. Entre los seguidores de Alai que planean matar a Virlomi para liberar a Alai de su influencia y los musulmanes fanáticos que planean matar a Alai porque traicionó al islam al casarse con Virlomi.

—¿Sabes quiénes son los conspiradores?

—No me hace falta —dijo Peter—. Si no hubiera conspiradores planeando asesinatos no habría un imperio musulmán. Y ésa es otra carrera. ¿Pueden matar a Alai o a Virlomi antes de que China o Rusia ataquen? Y aunque maten a uno o a ambos, ¿detendrá eso a China o a Rusia o las animará a atacar porque pensarán que la victoria es más probable?

—¿Y hay una versión en la que tú vas a la guerra?

—Sí. Si se deshacen de Virlomi, y Rusia y China no atacan, entonces Alai (o su sucesor, si también lo matan a él), se verá obligado a atacar Armenia y Nubia. Y ésa es una guerra que estoy dispuesto a librar. Los destruiremos. Seremos la roca contra la que el islam se estrellará y se hará pedazos.

—Y si Rusia y China los atacan antes de que puedan volverse hacia ti, seguirás beneficiándote de la guerra ya que las naciones asustadas se unirán a ti contra Rusia o China... contra el país que sea visto como agresivo y peligroso.

—Es como te decía —respondió Peter—. No tengo ni idea de cómo saldrán las cosas. Sólo sé que estoy dispuesto a sacar ventaja de cada situación que ocurra. Y estoy vigilando con mucha atención por si sucede algo imprevisto y puedo aprovecharme de ello.

—Ésta es la pregunta clave —dijo Rackham—. Es la información que he venido a conseguir.

—Me muero por oír la pregunta.

—¿Cuánto tiempo vas a necesitar a Bean?

Peter reflexionó sobre eso unos instantes.

—He tenido que hacer mis planes sabiendo que él iba a morirse. O, cuando le hiciste tu oferta, marcharse. Así que la respuesta es que mientras lo tenga, naturalmente que lo utilizaré, bien sea para intimidar a mis supuestos enemigos o para dirigir mis tropas cuando vayamos a la guerra. Pero si se marcha o se muere, podré apañármelas. Mis planes no dependen de tener a Bean.

—Pongamos que se marcha dentro de tres meses.

—Rackham, ¿habéis encontrado ya a sus otros hijos? ¿Es eso lo que estás diciendo? ¿Los habéis encontrado y no se lo habéis dicho porque creéis que necesito a Bean?

—No a todos.

—Sois fríos. Sois unos hijos de puta —dijo Peter—. Seguís usando a niños como herramientas.

—Sí —contestó Rackham—. Somos unos hijos de puta. Pero tenemos buenas intenciones. Igual que tú.

—Dadles a Bean y Petra sus bebés. Y salvadle la vida, si podéis. Es un buen hombre que se merece algo mejor que seguir siendo vuestro juguete.

21

Papeles

De: El Empalado
A: HonestoAbe%Lincoln@ManchadeBaba.org/EscribeAlAutor
Sobre: Que Dios me ayude

A veces uno da consejos suponiendo que nadie los seguirá. Espero que el hombre de arriba me perdone y siga teniendo un sitio para mí. Mientras tanto, dile al grandullón que tiene que hacer algo con la taza que rompí.

De: PeterWiggin%privado@hegemon.com
A: Graff%peregrinacion@colmin.gov
Sobre: Que Dios me ayude

Querido Hyrum:

Como verás más abajo, nuestro amigo eslavo al parecer ha sugerido a su Gobierno ideas que van a seguir, y lo lamenta. Suponiendo que tú seas el tipo de arriba, deduzco que esta codificación abierta sugiere que quiere escapar. Mis fuentes lo sitúan por última vez en Florida, pero si lo vigilan de cerca lo habrán trasladado a Idaho.

En cuanto a la taza que rompió, creo que se refiere a que Rusia, en vez de estar buscando una oportunidad para atacar a Alai, ha hecho un trato con la Liga Musulmana y, mientras China mira al sur para atacar la India, va a lanzarse sobre Han Tzu por el norte al tiempo que los turcos lo hacen por el oeste, los indonesios desde Taiwan y la loca invasión de Virlomi se dirige a las montañas. No tan loca ahora.

Sin embargo, si el «grandullón» a quien el Muchacho Ruso se refiere es alguien distinto al «hombre de arriba», entonces sólo puede referirse a cierto gigante a quien ambos conocemos. Consultaré con él y con la señora Gigante si podemos hacer algo para afrontar la situación.

Peter

Alai ya había impartido sus órdenes e iba a asegurarse de estar fuera de Hiderabad cuando fueran cumplidas. El califa no podía mancharse con el arresto de su propia esposa.

Pero el califa tampoco podía ser gobernado por ella. Alai sabía que los visires de su consejo la odiaban; si no la hacía arrestar por hombres que le fueran leales, entonces sin duda la matarían.

Más tarde, cuando las cosas se hubieran apaciguado, cuando ella hubiera recuperado el sentido y dejado de creerse imparable, la sacaría de la cárcel. No podría liberarla en la India, eso quedaba fuera de toda cuestión. Tal vez Graff se la quedara. Ella no era miembro del grupo de Ender, pero por el mismo razonamiento que Graff había usado en su invitación, el mundo sin duda sería un lugar más seguro sin ella, mientras que una colonia podría ser afortunada de contar con alguien a la cabeza con tanta habilidad y ambición.

Mientras tanto, sin Virlomi no había ningún motivo para que él gobernara desde Hiderabad. Continuaría respetando su tratado con la India y retiraría sus fuerzas. Los dejaría intentar rehacerse sin la locura de Virlomi tratando de lanzarlos permanentemente a la guerra. La India no podría montar una campaña militar significativa contra nada de más entidad que una bandada de patos durante muchos años. Alai se pasaría los siguientes poniendo en orden la casa del islam y tratando de forjar una auténtica nación de aquel caos que le había dejado la historia. Si los sirios e iraquíes y egipcios no podían llevarse bien y se despreciaban mutuamente en cuanto se olían, ¿cómo podía nadie esperar que marroquíes y persas y uzbecos y malayos vieran el mundo del mismo modo sólo porque un muecín los llamaba a la oración?

Además, tenía que tratar con los pueblos sin Estado: los kurdos, los bereberes, la mitad de las tribus nómadas de la antigua Bactria. Alai sabía perfectamente bien que esos musulmanes no seguirían a un califa que mantuviera el statu quo, no cuando Peter Wiggin tentaba a los revolucionarios en todas partes con sus promesas de un Estado y los ejemplos de Runa y Libia.

Nos hemos puesto a Nubia en contra nosotros mismos, pensó Alai. El antiguo desprecio musulmán por el África más negra todavía rebullía bajo la superficie; si Alai no hubiera sido miembro del grupo de Ender, habría sido inconcebible que él, negro africano, hubiera sido nombrado califa. Era en Sudán, donde las razas se encontraban cara a cara, donde había emergido la fealdad con tanta virulencia. El resto del islam hubiese metido en cintura a Sudán hacía tiempo. Y ahora todos pagaban el precio, con la humillación de Sudán en manos del PLT.

Así que tenemos que darles a los kurdos y los bereberes sus propios Gobiernos. De verdad, no esa mentira de las «regiones autónomas». Eso no habría sido popular en Marruecos e Irak y Turquía, Alai lo sabía. Por eso era estúpido en extremo embarcarse en guerras de conquista cuando no había paz ni unidad dentro del islam.

Alai gobernaría desde Damasco. Era mucho más central. Estaría rodeado de cultura musulmana en vez estarlo de cultura hindú. Sería un Gobierno predominantemente civil, no una descarada dictadura militar. Y el mundo vería que el islam no estaba interesado en conquistarlo. Que el califa Alai ya había liberado a más pueblos de sus conquistadores opresores de lo que podría hacer jamás Peter Wiggin.

Cuando Alai salió de su despacho, dos de los guardias lo siguieron. Desde que Virlomi había entrado sin más en su despacho el día en que se casaron, Alamandar había insistido en que no fuera fácil entrar en áreas delicadas del complejo.

—Estamos en un país enemigo y ocupado, mi califa —había dicho, y tenía razón.

Con todo, había algo que hacía que Alai se sintiera incómodo por tener que ser acompañado por los guardias cuando se trasladaba por el complejo. No le parecía bien. El califa tendría que haberse podido mover entre su propio pueblo con perfecta verdad y franqueza.

Cuando atravesó la puerta del aparcamiento, otros dos guardias se unieron a los dos que ya lo acompañaban. La limusina esperaba en la acera. La puerta trasera se abrió.

Vio a alguien corriendo hacia él entre los coches aparcados.

Era Ivan Lankowski. Alai lo había recompensado por su leal servicio poniéndole a cargo de la administración de las naciones turcas de Asia central. ¿Qué estaba haciendo allí? Alai no lo había llamado, e Ivan no había escrito ni llamado para comunicar su visita.

Ivan se metió la mano en la chaqueta, donde tendría que haber llevado un arma, de haber llevado pistolera.

Y la llevaba con seguridad: había llevado un arma durante demasiados años para sentirse cómodo sin una.

Alamandar salió de la puerta trasera abierta de la limusina. Mientras se ponía en pie, les gritó a los guardias:

—¡Disparadle, idiotas! ¡Va a matar al califa!

Ivan desenfundó su arma. Disparó y el guardia situado a la izquierda de Alai cayó como una piedra. El sonido fue extraño: el cañón tenía silenciador, pero Alai estaba lo bastante cerca como para que no hiciera mucho efecto.

Debería tirarme al suelo, pensó Alai. Para salvar mi vida, tendría que apartarme de la línea de fuego. Pero no podía tomarse el peligro en serio. No le parecía que estuviera en peligro.

Los otros guardias habían sacado sus armas. Ivan le disparó a otro, pero entonces las balas (sin silenciador) corrieron en la otra dirección e Ivan cayó al suelo. No soltó la pistola: la mantuvo sujeta hasta el final de su vida.

O tal vez no estaba muerto. Tal vez pudiera pasar sus últimos momentos explicándole Alai cómo podía haberlo traicionado de esa forma.

Alai se acercó al cuerpo de Ivan y le buscó el pulso. Ivan tenía los ojos abiertos. Ya estaba muerto.

—¡Apártate, mi califa! —gritó Alamandar—. ¡Puede que haya otros conspiradores!

Conspiradores. No había ninguna posibilidad de que hubiera otros conspiradores. Ivan no se fiaba de nadie lo suficiente para conspirar. La única persona en la que Ivan confiaba completamente era...

Era yo.

Ivan era un tirador perfecto. Incluso corriendo, no podría haberme apuntado y alcanzado torpemente a dos guardias.

—Mis guardias —dijo Alai, mirando a Alamandar—. Los que ha abatido... ¿se pondrán bien?

Uno de los otros guardias corrió a mirar.

—Los dos están muertos —anunció.

Pero Alai lo sabía. Ivan no le apuntaba a él. Había ido allí con un propósito en mente, el propósito que lo había guiado durante años. Ivan estaba allí para proteger a su califa.

Todo destelló en la mente de Alai con claridad meridiana. Ivan se había enterado de que había una conspiración contra el califa, en la que estaba implicada gente tan cercana a Alai que a Ivan le resultó imposible advertirlo desde la distancia sin correr el riesgo de alertar a uno de los conspiradores.

Alai extendió una mano para cerrar los ojos de Ivan, mientras que con la otra le quitaba la pistola de los dedos inertes. Sin apartar la mirada del rostro de Ivan, Alai disparó la pistola contra el guardia que se alzaba sobre él. Luego apuntó tranquilamente al guardia que había vuelto a comprobar los cadáveres y disparó. Alai nunca había sido tan buen tirador como Ivan. No podría haber hecho aquello corriendo. Pero arrodillado, lo hizo bien.

El guardia a quien había disparado sin mirar estaba tendido en la acera, retorciéndose. Alai volvió a dispararle y después se centró en Alamandar, que regresaba a la limusina.

Alai le disparó. Alamandar cayó en el coche y éste arrancó. Pero la puerta no estaba cerrada todavía y Alamandar no estaba en condiciones de cerrarla. Así que cuando pasó junto a Alai, hubo un breve instante en que el conductor no estuvo protegido por el pesado blindaje y el cristal a prueba de balas. Alai disparó tres rápidos tiros para tener más posibilidades de aprovechar ese instante.

Funcionó. El coche no giró. Se estampó contra un muro.

Alai corrió hacia la puerta trasera del vehículo, todavía abierta, donde Alamandar jadeaba y se sujetaba el pecho. Sus ojos ardían de furia y miedo mientras Alai le apuntaba con la pistola de Ivan.

—¡No eres califa! —jadeó Alamandar—. La mujer hindú es más califa que tú, perro negro.

Alai le disparó en la cabeza y lo hizo callar.

El conductor estaba inconsciente, pero Alai le disparó también.

Después volvió junto a los cadáveres de los guardias, que iban vestidos con trajes occidentales. Ivan le había disparado a uno en la cabeza. Era más grande que Alai, pero su ropa le valdría. Alai se quitó la túnica blanca en un momento. Debajo llevaba vaqueros, como siempre. Después de forcejear con el cadáver unos instantes consiguió la camisa y la chaqueta del hombre, y sin que se cayera ningún botón.

Alai recogió las pistolas de los dos guardias que no habían llegado a disparar ni un solo tiro y se las guardó en los bolsillos de la chaqueta. La pistola con silenciador de Ivan debía estar ya casi sin balas, así que Alai la arrojó hacia el cadáver de Ivan.

¿Dónde puede un africano esconderse en Hiderabad? No hay rostro más reconocible que el del califa, y los que no conocen su rostro conocen su raza. También sabrían que no hablaba hindi. No podría avanzar más de cien metros en Hiderabad.

Una vez más, no tenía ninguna posibilidad de salir con vida del complejo.

Espera. Piensa.

No esperes. Lárgate de aquí.

Ivan llegó corriendo entre los coches aparcados. Los hombres de Alamandar tenían que haber limpiado el aparcamiento de observadores; eso significaba que Ivan se había ocultado dentro de un coche. ¿Dónde estaba ese coche?

Las llaves en el contacto. Gracias, Ivan. Lo tuviste todo en cuenta. No había tiempo que perder tanteando con las llaves mientras me arrastraras hasta tu coche para sacarme de aquí.

¿Adónde ibas a llevarme, Ivan? ¿En quién confiabas?

Las últimas palabras de Alamandar resonaban en sus oídos. La mujer hindú es más califa que tú.

Él pensaba que todos la odiaban. Pero entonces se dio cuenta de que ella era la que abogaba por la guerra. Expansión. La restauración de un gran imperio.

Eso era lo que ellos querían. Y toda aquella charla acerca de la paz, de la consolidación, de reformar el islam desde dentro antes de extenderse al resto del mundo, de competir con Peter Wiggin usando los mismos métodos, de invitar a otras naciones a unirse al califato sin requerirles que se hicieran musulmanas o vivieran bajo la Shari'a... Ellos habían escuchado, habían mostrado su acuerdo, pero odiaban todo aquello.

Lo odiaban *a él*.

Y por eso cuando habían visto la ruptura entre Virlomi y él, la habían explotado.

¿O... estaba Virlomi detrás de aquello?

¿Estaba Virlomi preñada de él?

El califa ha muerto. Pero aquí está su bebé, nacido póstumo pero con los dones de Dios desde su nacimiento. En nombre del bebé califa, el consejo de visires gobernará. Y como la madre del nuevo califa es gobernadora de la India, él unirá las dos grandes naciones en una. Con Virlomi como regente, por supuesto.

No. Virlomi no podría haber querido que lo *asesinaran*.

Ivan seguramente tenía un avión esperando. El avión que lo había traído. Con su propia tripulación de confianza.

Alai condujo a velocidad normal. Pero no se dirigió al puesto de control por donde normalmente entraba en los terrenos del aeropuerto. Lo más probable era que aquel lugar estuviera en manos de los conspiradores. En vez de eso, se dirigió a una verja de servicio.

El guardia le dio el alto y empezó a decirle que sólo los vehículos autorizados podían cruzar esa verja.

—Soy el califa y quiero salir por esta verja.

—Oh —dijo el guardia, confuso—. Ya veo. Yo...

Sacó un teléfono móvil y empezó a marcar un número.

Alai no quería matar a aquel hombre. Era un idiota, no un conspirador. Así que abrió la puerta y lo golpeó. No fuerte. Lo suficiente para llamar su atención. Luego cerró la puerta y sacó la mano por la ventanilla.

—Dame ese móvil.

El soldado se lo entregó. Alai lo desconectó.

—Soy el califa. Cuando digo que me dejes pasar, no tienes que pedirle permiso *a nadie*.

El soldado asintió y corrió a los controles que descorrían la verja.

En cuando Alai la atravesó, vio un pequeño jet con letras en cirílico bajo las letras en común que anunciaban la corporación a la que pertenecía. El tipo de avión que Ivan hubiese utilizado.

Los motores se pusieron en marcha cuando Alai se acercó. No, cuando el coche de Ivan se acercó.

Alai detuvo el vehículo y bajó. La puerta del jet estaba abierta, formando peldaños hasta el suelo. Con una mano en la pistola que llevaba en el bolsillo (pues iba a tomar aquel avión fuera de Ivan o no), Alai subió los peldaños.

Un hombre de negocios (o eso parecía) lo esperaba dentro.

—¿Dónde está Ivan? —preguntó.

—No vamos a esperarlo —dijo Alai—. Murió salvándome.

El hombre asintió una vez, luego se acercó a la puerta y pulsó el botón para cerrarla.

—¡Vámonos! —gritó, y entonces le dijo a Alai—: Por favor, siéntate y abróchate el cinturón, mi califa.

El avión enfiló hacia la pista antes de que las puertas se cerraran.

—No hagáis nada fuera de lo corriente —dijo Alai—. Nada que los alerte. Hay armas que podrían abatir con facilidad este avión.

—Ése es exactamente nuestro plan, señor —respondió el hombre.

¿Qué harían los conspiradores cuando descubrieran que Alai había escapado?

No harían nada. No dirían nada. Mientras Alai pudiera aparecer vivo en alguna parte, no se atreverían a decir nada.

De hecho, continuarían actuando en su nombre. Si seguían los planes de Virlomi, si su loca invasión seguía adelante, entonces Alai sabría que estaban con ella.

Después de despegar, tras esperar el permiso de los controladores, el hombre de Ivan regresó y se mantuvo obedientemente a dos metros de distancia.

—Mi califa, ¿puedo hacerte una pregunta?

Alai asintió.

—¿Cómo murió?

—Disparando a los guardias que me rodeaban. Abatió a dos antes de que lo alcanzaran. Usé su arma para matar a los otros. Incluyendo a Alamandar. ¿Sabes hasta dónde llega la conspiración?

—No, señor —respondió el hombre—. Sólo sabíamos que iban a matarte en el avión que te llevara a Damasco.

—¿Y este avión? ¿Adónde me lleva?

—Es de largo recorrido, señor —dijo el hombre—. ¿Dónde te sentirás a salvo?

La madre de Petra estaba atendiendo a los bebés mientras Petra y Bean supervisaban los últimos preparativos para el inicio de las hostilidades. El mensaje de Peter había sido claro: ¿hasta qué punto podéis entretener a los turcos mientras estáis atentos a los rusos por la retaguardia?

Turcos y rusos aliados, o potenciales aliados. ¿A qué estaba jugando Alai? ¿Estaba Vlad en el ajo? Peter no compartía más información que la que creía tener... que era invariablemente menos de la que las otras personas necesitaban.

De todas formas, Bean y Petra habían pasado todos sus ratos de trabajo ideando acciones, usando las limitadas fuerzas armenias, mal equipadas y mal entrenadas, para causar la máxima disrupción.

Una incursión contra el objetivo turco más visible, Estambul, los encolerizaría sin conseguir nada.

Bloquear los Dardanelos sería un duro golpe contra todos los turcos, pero no había forma de proyectar esa fuerza desde Armenia hasta la orilla occidental del mar Negro y mantenerla.

¡Oh, aquellos días en que el petróleo tenía importancia estratégica! Entonces, los pozos rusos, azerbaiyanos y persas del Caspio hubieran sido el objetivo principal.

Pero todos los pozos habían sido desmantelados y el Caspio se usaba principalmente como fuente de agua, desalada y enviada para irrigar los campos que circundaban el mar de Aral, mientras el resto se usaba para reabastecer el lago antaño moribundo. Y atacar las tuberías de agua empobrecería a los campesinos sin afectar a la capacidad del enemigo para hacer la guerra.

El plan que finalmente elaboraron era bastante sencillo, una vez captada la idea.

—No hay manera de golpear directamente a los turcos —dijo Bean—. No hay nada centralizado. Así que atacaremos Irán. Está muy urbanizado, las grandes ciudades están todas en el noroeste y habrá una petición inmediata para que los soldados iraníes vuelvan a casa desde la India para combatirnos. Los turcos estarán bajo presión para ayudarlos y, cuando lancen un ataque mal planeado contra Armenia, nosotros estaremos esperando.

—¿Qué te hace pensar que estará mal planeado? —preguntó Petra.

—Porque Alai ya no dirige el espectáculo desde el bando musulmán.

—¿Cuándo ha sucedido eso?

—Si Alai estuviera al mando, no dejaría que Virlomi hiciera lo que está haciendo en la India. Es algo demasiado estúpido y en lo que morirán demasiados hombres. Así que... sea como sea, ha perdido el control. Y si ése es el caso, el enemigo musulmán al que nos enfrentamos es incompetente y fanático. Actúan por furia y pánico, con poca planificación —dijo Bean.

—¿Y si esto es cosa de Alai y tú no lo conoces tan bien como crees?

—Petra. *Conocemos* a Alai.

—Sí, y él nos conoce a nosotros.

—Alai es un constructor, como Ender. Siempre lo ha sido. Un imperio conseguido con conquistas audaces y sangrientas no merece la pena. Él quiere construir su imperio musulmán como Peter está construyendo el PLT, transformando el islam en un sistema al que otras naciones quieran unirse voluntariamente. Sólo que alguien ha decidido no seguir su camino. Bien sea Virlomi o los halcones de su propio Gobierno.

—¿O todos ellos? —preguntó Petra.

—Cualquier cosa es posible.

—Menos que Alai esté controlando los ejércitos musulmanes.

—Bueno, es bastante sencillo —dijo Bean—. Si nos equivocamos y el contraataque turco está brillantemente planeado, entonces perderemos. Lo más lentamente posible. Y esperemos que Peter tenga otro as en la manga. Pero nuestra misión es apartar la atención y las tropas turcas de China.

—Y mientras tanto, estaremos presionando la alianza musulmana —dijo Petra—. No importa lo que hagan los turcos, los persas no creerán estar haciendo lo suficiente.

—Suní contra chiíta —dijo Bean—. Es lo mejor que se me ocurrió.

Así que durante los dos últimos días habían estado trazando planes para el rápido y audaz ataque aéreo sobre Tabriz, y luego, cuando los iraníes empezaran a reaccionar a eso, para una evacuación inmediata y un ataque aéreo a Teherán. Mientras tanto, Petra, al mando de la defensa de Armenia, estaría preparada para que el contraataque turco tuviera que pagar cada metro de avance por las montañas.

Ya todo estaba listo, esperando tan sólo la orden de Peter. Petra y Bean no eran realmente necesarios mientras las tropas empezaban a desplegarse y se trasladaban los suministros a los depósitos de las zonas donde serían necesarios. Todo estaba en manos de los militares armenios.

—Lo que me asusta es que tienen confianza absoluta en que sabemos lo que estamos haciendo —le dijo Petra a Bean.

—¿Por qué te asusta?

—¿No te asusta a ti?

—Petra, nosotros sabemos lo que estamos haciendo. Simplemente, no sabemos por qué.

Fue en un descanso entre la planificación y la espera de la orden para actuar cuando Petra recibió una llamada en su teléfono móvil. Era su madre.

—Petra, dicen que son amigos tuyos, pero van a llevarse a los bebés.

El pánico se apoderó de Petra.

—¿Quién los acompaña? Que se ponga el que está al mando.

—No quiere. Dice que el «profesor» quiere que os reunáis con ellos en el aeropuerto. ¿Quién es el profesor? ¡Oh, que Dios nos ayude, Petra! Es como aquella vez que te secuestraron.

—Diles que estaremos en el aeropuerto y que si les hacen daño a los bebés los mataré. Pero no, madre, no es lo mismo.

A menos que lo fuera.

Petra le dijo a Bean lo que estaba sucediendo y se marcharon tranquilamente al aeropuerto. Vieron a Rackham en la acera y le pidieron al conductor que los dejara allí.

—Lamento haberos asustado —dijo Rackham—. Pero no tenemos tiempo para discutir hasta que subamos al avión. Allí podréis gritarme cuanto queráis.

—Nada es tan urgente como para tener que robar a nuestros bebés —dijo Petra, poniendo tanto veneno en su voz como le fue posible.

—¿Ves? —dijo Rackham—. Discutiendo en vez de venir conmigo.

Lo siguieron entonces, por pasillos secundarios, hasta un jet privado. Petra protestó por el camino.

—Nadie sabe que estamos aquí. Creerán que los hemos dejado en la estacada. Creerán que nos han secuestrado.

Rackham la ignoró. Se movía muy rápidamente para tratarse de un hombre tan viejo.

Los bebés se encontraban en el avión, cada uno cuidado por una enfermera distinta. Estaban bien. Sólo Ramón seguía tomando el pecho, porque los dos que tenían el síndrome de Bean ya tomaban comida más o menos sólida. Así que Petra se sentó y lo amamantó. Rackham se sentó frente a ellos en el lujoso jet y, mientras el avión despegaba, comenzó su explicación.

—Hemos tenido que sacaros de ahí porque el aeropuerto de Yerevan va a ser volado en pedazos dentro de un par de horas y tenemos que estar más allá del mar Negro cuando eso suceda.

—¿Cómo lo sabes? —exigió saber Petra.

—Nos lo dijo el hombre que planeó el ataque.

—¿Alai?

—Es un ataque ruso.

Bean estalló.

—Entonces ¿para qué tantas chorradas sobre distraer a los rusos?

—El plan sigue en pie. En cuanto veamos los aviones de ataque despegar del sur de Rusia, os lo haré saber y podréis dar la orden para lanzar *vuestro* ataque contra Irán.

—Esto es cosa de Vlad —dijo Petra—. Un súbito ataque preventivo para impedir que el PLT haga nada. Para neutralizarnos a mí y a Bean.

—Vlad quiere que sepáis que lo siente muchísimo. Está acostumbrado a que no sigan ninguno de sus planes.

—¿Has hablado con él?

—Lo sacamos de Moscú hace unas tres horas y recibimos sus informes lo más rápidamente posible. Creemos que aún no saben que se ha marchado. Aunque lo sepan, no hay ningún motivo para que no sigan adelante con su plan.

El teléfono situado junto al asiento de Rackham pitó una vez. Lo descolgó. Escuchó. Pulsó un botón y se lo tendió a Petra.

—Muy bien, los cohetes han sido lanzados.

—Imagino que necesito el código del país.

—No. Pulsa el número como si estuvieras todavía en Yerevan. Por lo que ellos saben, lo estás. Diles que vas a consultarlo con Peter y que te reunirás con ellos cuando el ataque esté en marcha.

—¿Lo haremos?

—Y luego llama a tu madre y dile que estás bien y que no hable de lo sucedido.

—Oh, eso será una hora demasiado tarde.

—Mis hombres le dijeron que si llamaba a alguien antes de tener noticias tuyas lo lamentaría mucho.

—Oh, muchas gracias por aterrorizarla aún más. ¿Tienes idea de lo que ha pasado esta mujer en su vida?

—Pero las cosas siempre salen bien. Está mejor que algunos.

—Gracias por tu optimismo.

Unos minutos más tarde, la fuerza de asalto se puso en marcha y se dio la advertencia para evacuar el aeropuerto, redirigir todos los vuelos que llegaban, evacuar las zonas de Yerevan más cercanas al aeródromo y alertar a los hombres de todos los posibles objetivos militares de territorio armenio.

En cuanto a la madre de Petra, estaba llorando tanto (con alivio, con furia por lo que había sucedido) que Petra apenas pudo hacerse entender. Pero finalmente la conversación acabó y Petra se sintió más fastidiada que nunca.

—¿Qué te da el derecho? ¿Por qué te crees que...?

—La guerra me da el derecho —dijo Rackham—. Si hubiera esperado a que regresaras a casa y recogieras a tus bebés y te reunieras con nosotros en el aeropuerto, este avión nunca habría despegado. Tengo que pensar en las vidas de mis hombres, no en los sentimientos de tu madre.

Bean puso una mano en la rodilla de Petra. Ella aceptó la necesidad de calma y guardó silencio.

—Mazer —dijo Bean—, ¿de qué va todo esto? Podrías habernos avisado con una llamada telefónica.

—Tenemos a vuestros otros bebés.

Petra se sentía ya muy nerviosa. Estalló en lágrimas. Se controló rápidamente. Y odió el hecho de haber actuado de modo tan... maternal.

—¿Todos ellos? ¿A la vez?

—Llevamos vigilándolos varias semanas —dijo Rackham—. Esperando el momento oportuno.

Bean esperó un momento antes de decir:

—Esperando a que Peter os dijera que estaba bien. Que no nos necesitabais ya para esta guerra.

—Todavía os necesita —dijo Rackham—. Mientras pueda teneros.

—¿Por qué esperasteis, Mazer?

—¿Cuántos? —dijo Petra—. ¿Cuántos hay?

—Uno más con el síndrome de Bean —respondió Rackham—. Cuatro más sin él.

—Eso hacen ocho —dijo Bean—. ¿Dónde está el noveno?

Rackham negó con la cabeza.

—¿Seguís buscando?

—No.

—Entonces tenéis información segura de que el noveno no fue implantado. O de que está muerto.

—No. Tenemos información fidedigna de que, esté vivo o muerto, no nos quedan criterios de búsqueda. Si el noveno bebé llegó a nacer, Volescu ocultó demasiado bien el nacimiento y a la madre. O la madre se está escondiendo. El software (el juego mental, si queréis) ha sido muy efectivo. No habríamos encontrado a ninguno de los niños normales sin sus creativas búsquedas. Pero también sabe cuando no se puede intentar nada más. Tenéis a ocho de nueve. Tres de ellos tienen el síndrome, cinco son normales.

—¿Y Volescu? —preguntó Petra—. ¿Podemos drogarlo?

—¿Por qué no torturarlo? —dijo Rackham—. No, Petra. No podemos. Porque lo necesitamos.

—¿Para qué? ¿Por su virus?

—Ya tenemos su virus. Y no funciona. Es un fracaso. Un timo. Un callejón sin salida. Volescu lo sabía. Le gustaba atormentarnos con la idea de que había puesto en peligro al mundo entero.

—Entonces ¿para qué lo necesitáis? —exigió saber Petra.

—Lo necesitamos para que trabaje en la cura para Bean y los bebés.

—Oh, bien —dijo Bean—. Vais a dejarlo suelto en un laboratorio.

—No —respondió Rackham—. Vamos a ponerlo en el espacio, en una estación de investigación con base en un asteroide, supervisado férreamente. Se le ha juzgado y condenado a muerte por terrorismo, secuestro y asesinato... el asesinato de tus hermanos, Bean.

—No existe la pena de muerte —dijo Bean.

—La hay en el tribunal militar, en el espacio —dijo Rackham—. Él sabe que vivirá mientras haga progresos a la hora de encontrar una cura válida para ti y los bebés. Nuestro equipo de coinvestigadores acabará por saber todo lo que sabe él. Cuando ya no lo necesitemos...

—No quiero que lo maten —dijo Bean.

—No —dijo Petra—. Yo quiero que lo maten *despacio*.

—Puede que sea malvado, pero yo no existiría si no fuera por él.

—Hubo un tiempo en que ése habría sido el crimen más grave del que se le hubiera podido acusar —dijo Rackham.

—He tenido una buena vida —replicó Bean—. Extraña y dura a veces. Pero he disfrutado de mucha felicidad. —Apretó la rodilla de Petra—. No quiero que lo maten.

—Salvaste tu propia vida... *de él* —dijo Petra—. No le debes nada.

—No importa —contestó Rackham—. No tenemos ninguna intención de matarlo. Cuando ya no nos sea útil, irá a una nave colonial. No es un hombre violento. Es muy listo. Podría ser útil para comprender la biota alienígena. Sería un despilfarro de recursos matarlo. Y no hay ninguna colonia que tenga equipo que él pueda adaptar para crear nada... biológicamente destructivo.

—Habéis pensado en todo —dijo Petra.

—Una vez más —protestó Bean—, podrías habernos dicho todo esto por teléfono.

—No quise.

—La F.I. no envía a un equipo como éste o a un hombre como tú a una misión de este tipo sólo porque no has querido usar el teléfono.

—Queremos enviaros ahora —dijo Rackham.

—Por si no te has estado escuchando a ti mismo —dijo Petra—, hay una guerra en marcha.

Bean y Rackham la ignoraron. Se limitaron a mirarse largamente.

Y entonces Petra vio que los ojos de Bean estaban llenos de lágrimas. Eso no sucedía muy a menudo.

—¿Qué está pasando, Bean?

Bean negó con la cabeza. Se dirigió a Rackham.

—¿Los tienes?

Rackham sacó un sobre del bolsillo interior de su chaqueta y se lo tendió a Bean, quien abrió el sobre, sacó un fino fajo de papeles y se los entregó a Petra.

—Es nuestra resolución de divorcio —dijo Bean.

Petra lo comprendió de inmediato. Él no iba a llevársela consigo. La dejaba atrás con los niños normales. Iba a llevarse al espacio a los tres niños con el síndrome. Quería que ella fuera libre para volver a casarse.

—Eres mi marido —dijo Petra. Rompió los papeles por la mitad.

—Son copias —dijo Bean—. El divorcio tiene fuerza legal te guste o no, los firmes o no. Ya no eres una mujer casada.

—¿Por qué? ¿Porque piensas que voy a *volver a casarme*?

Bean la ignoró.

—Pero todos los niños han sido registrados como legítimamente tuyos. No son bastardos, no son huérfanos, no son adoptados. Son hijos de padres divorciados; tú tienes la custodia de cinco de ellos y yo tengo la custodia de tres. Si el noveno es encontrado alguna vez, la custodia será tuya.

—El noveno es el único motivo por el que estoy escuchando esto —dijo Petra—. Porque si te quedas morirás, pero si nos vamos ambos, entonces podría haber un niño que...

Pero ella estaba demasiado furiosa para terminar. Porque cuando Bean había planeado aquello no podía saber que faltaría un niño. Y había hecho aquello y lo había mantenido en secreto durante... durante...

—¿Cuánto tiempo hace que planeaste esto? —preguntó Petra. Las lágrimas le corrían por el rostro, pero fue capaz de mantener la voz firme para hablar.

—Desde que encontramos a Ramón y supimos que había niños normales —contestó Bean.

—Es más complicado que eso —dijo Rackham—. Petra, sé lo difícil que esto es para ti...

—No, no lo sabes.

—Sí, claro que lo sé, joder —dijo Rackham—. Dejé una familia atrás cuando salí al espacio en el mismo tipo de viaje relativista en el que Bean va a embarcarse. Me divorcié de mi esposa antes de hacerlo. Tengo sus cartas. Toda la furia y la amargura. Y luego la reconciliación. Y luego una larga carta casi al final de su vida diciéndome que ella y su segundo esposo eran felices. Y que los niños estaban bien. Y que todavía me quería. Quise matarme. Pero hice lo que tenía que hacer. Así que no me digas que no sé lo duro que es esto.

—Tú no tenías otra opción. Pero yo podría ir con él. Podríamos llevar a todos los niños y...

—Petra —dijo Bean—. Si tuviéramos gemelos siameses, los separaríamos. Aunque uno de ellos fuera a morir con toda seguridad, los separaríamos, para que al menos uno de ellos pudiera llevar una vida normal.

Las lágrimas de Petra estaban ahora fuera de control. Sí, ella entendía su razonamiento. Los niños sin el síndrome podrían tener una vida normal en la Tierra. ¿Por qué iban a pasar su infancia confinados en una nave estelar, cuando podían tener la oportunidad normal de ser felices?

—¿Por qué no pudiste al menos dejarme formar parte de la decisión? —dijo Petra, cuando por fin logró controlar su voz—. ¿Por qué me dejaste fuera? ¿Creíste que no lo entendería?

—Fui egoísta —respondió Bean—. No quise pasar nuestros últimos meses juntos discutiendo al respecto. No quise que estuvieras llorando por mí y Ender y Bella todo el tiempo que estuvieras con nosotros. Quise llevarme conmigo estos últimos meses pasados cuando me fuera. Fue mi último deseo y sabía que me lo concederías, pero el único modo de poder cumplir ese deseo era que no lo supieras. Así que ahora, Petra, te lo pido. Déjame tener estos últimos meses sin que supieras lo que iba a suceder.

—Ya los tienes. ¡Me los has robado!

—Así es, por eso te lo pido ahora. Por favor. Déjame tenerlos. Déjame saber que me perdonas por ello. Que me los das libremente, ahora, después del hecho.

Petra no podía perdonarlo. No en aquel momento. Todavía no.

Pero no había ningún después.

Enterró el rostro en su pecho y lo abrazó y lloró.

Mientras ella lloraba, Rackham siguió hablando, con calma.

—Sólo un puñado de nosotros sabrá lo que está pasando realmente. Y en la Tierra, fuera de la F.I., sólo lo sabrá Peter. ¿Está claro? Así que este documento de divorcio es absolutamente secreto. Por lo que respecta a todo el mundo, Bean no está en el espacio: murió en el asedio de Teherán. Y no se llevó a ningún bebé. Nunca hubo más de cinco. Y dos de los bebés normales que hemos recuperado se llaman también Andrew y Bella. Por lo que respecta a todo el mundo, tú seguirás teniendo a todos tus bebés.

Petra se soltó de Bean y miró salvajemente a Rackham.

—¿Quieres decir que ni siquiera vas a dejarme llorar por mis bebés? ¿Nadie sabrá lo que he perdido excepto tú y *Peter Wiggin*?

—Tus padres han visto a Ender y Bella —contestó Rackham—. Es decisión tuya decirles la verdad o alejarte de ellos hasta que haya pasado el tiempo suficiente para que no noten que ha habido un cambio.

—Entonces se lo diré.

—Piénsatelo primero. Es una carga pesada.

—No presumas de enseñarme cómo querer a mis padres —dijo Petra—. Tú y yo sabemos que sólo habéis tomado vuestras decisiones basándoos en lo que es bueno para el Ministerio de Colonización y la Flota Internacional.

—Nos gustaría pensar que hemos encontrado la solución mejor para todos.

—¿Se supone que he de celebrar un funeral por mi esposo, sabiendo que no está muerto, y que eso es lo mejor para mí?

—Estaré muerto en todos los aspectos —dijo Bean—. Me habré ido para no volver jamás. Y tú tendrás hijos que criar.

—Y, sí, Petra —dijo Rackham—, hay algo más grande que considerar. Tu marido es ya una figura legendaria. Si se sabe que continúa vivo, entonces todo lo que Peter haga se le atribuirá a él. Habrá leyendas sobre su regreso. Sobre cómo el graduado más brillante de la Escuela de Batalla planeó realmente todo lo que hizo Peter.

—¿Esto entonces es por Peter?

—Es por intentar unir al mundo de manera pacífica, permanentemente. Es por abolir las naciones y las guerras que no cesarán mientras la gente pueda poner sus esperanzas en grandes héroes.

—Entonces deberíais enviarme al espacio a mí también, o decirle a la gente que estoy muerta. Formaba parte del grupo de Ender.

—Petra, tú elegiste tu camino. Te casaste. Tuviste hijos. Los hijos de Bean. Decidiste que eso era lo que más querías. Nosotros lo hemos respetado. Tienes a los hijos de Bean. Y has tenido a Bean casi tanto tiempo como lo habrías tenido si nosotros no hubiéramos intervenido nunca. Porque se está muriendo. Nuestros mejores cálculos dicen que no duraría otros seis meses sin tener que salir al espacio y vivir sin gravedad. Lo hemos hecho todo según tu elección.

—Es cierto que no requisaron a nuestros bebés —dijo Bean.

—Así que vive con tus decisiones, Petra. Cría a esos bebés. Y ayúdanos a hacer lo que podamos para ayudar a Peter a salvar el mundo de sí mismo. La historia de la heroica muerte de Bean al servicio del PLT lo ayudará con eso.

—Habrá leyendas de todas formas —dijo Petra—. Montones de héroes muertos tienen leyendas.

—Sí, pero si saben que lo metimos en una nave espacial y lo enviamos al espacio, no será sólo una leyenda, ¿verdad? La gente seria lo creería, no sólo los lunáticos normales.

—¿Entonces cómo continuarán el proyecto de investigación? —exigió Petra—. Si todo el mundo piensa que las únicas personas que necesitan la cura están muertas o no existieron nunca, ¿por qué continuar?

—Porque unas cuantas personas en la F.I. y ColMin lo sabrán. Y estarán en contacto con Bean por ansible. Lo llamarán para que vuelva a casa cuando se encuentre la cura.

Continuaron su vuelo mientras Petra intentaba aceptar lo que le habían dicho. Bean la abrazó casi todo el tiempo, aunque su furia renacía de vez en cuando y se sentía furiosa con él.

En su cabeza no cesaban de repetirse una y otra vez panoramas terribles y, a riesgo de darle ideas a Bean, le dijo:

—No te rindas, Julian Delphiki. No decidas que nunca va a haber una cura y termines el viaje. Aunque pienses que tu vida no vale nada, tendrás allí contigo a mis bebés. Aunque el viaje dure tanto que te estés muriendo de verdad, recuerda que esos niños son como tú. Supervivientes. Mientras algo no los mate.

—No te preocupes —respondió Bean—. Si tuviera la más mínima tendencia al suicidio, nunca nos habríamos conocido. Y yo nunca haría nada que pusiera en peligro a mis propios hijos. Sólo hago este viaje por ellos. De lo contrario, me contentaría con morir en tus brazos aquí, en la Tierra.

Ella lloró de nuevo un rato y luego tuvo que amamantar de nuevo a Ramón y después insistió en darles de comer a Ender y Bella ella misma, porque ¿cuándo volvería a tener la posibilidad de hacerlo? Trató de memorizar cada instante, aunque sabía que no podría. Sabía que ese recuerdo se desvanecería. Que aquellos bebés se convertirían sólo en un sueño lejano para ella. Que sus brazos recordarían mejor a los bebés que abrazara más tiempo... los niños que se quedarían con ella.

El único que había parido se marcharía.

Pero no lloró mientras les daba de comer. Eso habría sido un desperdicio. En cambio jugó con ellos y habló con ellos y bromeó con ellos para que le hablaran.

—Sé que diréis vuestra primera palabra dentro de poco. ¿Y si dices «mamá» ahora mismo, bebé perezoso?

Sólo cuando el avión aterrizó en Rotterdam y Bean hubo supervisado a las enfermeras mientras se llevaban a los bebés, Petra se quedó con Rackham en el avión, lo suficiente para expresar su peor pesadilla con palabras.

—No creas que no soy consciente de lo fácil que sería, Mazer Rackham, que esta falsa muerte de Bean no fuera falsa en absoluto. Por lo que sabemos no hay ninguna nave, no hay ningún proyecto para encontrar una cura y Volescu va a ser ejecutado. La amenaza de esa nueva especie que sustituya a vuestra preciosa especie humana habría desaparecido para entonces. E incluso la viuda guardaría silencio sobre lo que le habéis hecho a su marido y sus hijos, porque pensará que está en algún lugar del espacio, viajando a la velocidad de la luz, en vez de muerto en un campo de batalla en Irán.

Rackham la miró como si lo hubiera abofeteado.

—Petra, ¿qué crees que somos?

—Sin embargo, no lo niegas.

—Lo niego —dijo Rackham—. Hay una nave. Estamos buscando una cura. Lo devolveremos a casa. —Entonces ella vio las lágrimas que le corrían por las mejillas—. Petra, ¿no comprendes que amamos a los niños? ¿A todos vosotros? Ya hemos tenido que enviar lejos a Ender. Los vamos a enviar lejos a todos, excepto a ti. Porque os amamos. Porque no queremos que sufráis ningún daño.

—Entonces ¿por qué me dejáis a mí aquí?

—Por tus bebés, Petra. Porque aunque no tengan el síndrome, son también los bebés de Bean. Él es el único que no tiene ninguna esperanza de llevar una vida normal. Pero gracias a ti, tuvo una. ¿No sabes cuánto te amamos por haberle dado eso? Dios es testigo, Petra, nosotros nunca le haríamos daño a Bean, no por ninguna causa y desde luego no por nuestra conveniencia. Pienses lo que pienses que somos, te equivocas. Porque tus hijos son los únicos hijos que tenemos.

Ella no iba a sentir pena por él. Era su turno. Así que lo hizo a un lado y bajó las escaleras y tomó de la mano a su marido y siguió a las enfermeras que llevaban a sus hijos hacia una furgoneta cerrada.

Había cinco niños nuevos que no había visto todavía, esperándolos. La vida de Petra no había terminado todavía, aunque le pareciera estar muriendo con cada latido de su corazón.

22

Rumores de guerra

De: Graff%peregrinacion@colmin.gov
A: PeterWiggin%privado@PuebloLibreTierra.pl.gov
Sobre: Información

Adjunto los datos de las divisiones, incluidos los nombres de los comandantes. Pero el subterfugio es bastante sencillo: Rusia está jugándoselo todo a la conformidad de la Europa del este. Se supone que todos estarán aterrados ante una nueva Rusia agresiva. Éste es el movimiento que creían que iban a poder hacer cuando tenían a Aquiles con ellos y secuestraron a todo el grupo de Ender.

Lo que puedes decirles, con autoridad, es esto: Rusia ES agresiva de nuevo, ESTÁ dispuesta a demostrar que es otra vez una potencia mundial. Es peligrosa. Pero:

1. No tiene a Vlad. Tiene su plan, pero no sabe adaptarse a ningún cambio.

2. Nosotros tenemos el plan de Vlad, así que podemos prever cualquier movimiento que los rusos hagan mientras lo sigan, y los generales al mando van a seguirlo con devoción religiosa. No esperes flexibilidad alguna, ni siquiera cuando sepan que nosotros lo tenemos. Vlad conoce a los hombres al mando. En el Ejército ruso, hoy en día, todos los líderes con imaginación para improvisar no ascienden al grado donde importan.

3. Se va a proporcionar a Han Tzu este plan, así que su ejército principal se enfrentará al desastre en Oriente.

4. Han desnudado sus defensas occidentales. Un ejército veloz, competentemente liderado, debería tomar San Petersburgo en un paseo y Moscú en una semana. Ésa es la opinión de Vlad. Bean ha revisado esta información y está de acuerdo. Sugiere que quites a Petra de Armenia y la pongas al mando de la campaña en Rusia.

Cuando Suriyawong recibió la noticia de Peter, estaba preparado. El primer ministro Paribatra y el ministro de Defensa Ambul habían mantenido en secreto su afiliación al PLT hasta entonces. Armado con permisos birmanos y chinos para atravesar su territorio, el ejército tailandés iba a tener la oportunidad de enfrentarse a los indios que habían iniciado toda aquella insensatez con su invasión sin provocación de Birmania y Tailandia.

Las tropas fueron trasladadas en tren hasta territorio chino; camiones chinos con conductores chinos los llevaron el resto del camino hasta los puntos que Suriyawong había marcado en cuanto Peter lo sugirió como contingencia. En su momento, Peter había dicho: «Es una posibilidad remota, porque requiere una estupidez increíble por parte de algunas personas que no son estúpidas, pero estate preparado.»

Preparado para defender China. Eso era lo irónico.

Pero la China de Han Tzu no era la China que había abrazado el traicionero plan de Aquiles y aplastado a todo el mundo, llevándose por delante a todo el liderazgo tailandés y a los padres de Suriyawong. Por eso Suriyawong había podido persuadir a su alto mando, y éste a sus hombres, de que defender China no era más ni menos que una defensa de Tailandia.

—China ha cambiado —dijo Suriyawong a los oficiales—, pero la India no. Una vez más, violan la frontera de una nación que se cree en paz con ellos. Esta diosa a la que siguen, Virlomi, es sólo otra graduada de la Escuela de Batalla, como yo. Pero *nosotros* tenemos lo que ella no tiene. Nosotros tenemos el plan de Julian Delphiki. Y venceremos.

El plan de Bean, sin embargo, era bastante sencillo.

—La única manera de acabar con esto de una vez por todas es hacer que sea un desastre. Como las legiones de Varo en Teutoburgo. Ninguna acción de guerrilla. Ninguna posibilidad de retirada. Virlomi viva si es posible, pero si insiste en morir, adelante.

Ése era el plan. Pero Suriyawong no necesitaba más. El país montañoso al suroeste de China y el norte de Birmania era territorio propicio para las emboscadas. Las mal entrenadas tropas de Virlomi avanzaban a pie (de manera ridículamente lenta) en tres columnas principales, siguiendo tres valles fluviales, por tres carreteras inadecuadas. Los planes de Suriyawong exigían emboscadas simples y clásicas en las tres rutas. Ocultó contingentes relativamente pequeños pero bien armados en la entrada de los valles, donde las tropas indias pasarían de largo y, al fondo del valle, contingentes mayores con transporte más que suficiente para recorrer de un lado a otro el valle siguiendo órdenes.

Entonces era cuestión de esperar dos cosas.

La primera llegó el segundo día de espera. La avanzadilla situada más al sur le notificó que la segunda columna india había entrado en el valle y se movía con rapidez. Aquello no era ninguna sorpresa: habían tenido un viaje mucho más fácil que los dos ejércitos del norte.

—No tienen cuidado al explorar su avanzada —dijo el general a cargo del contingente—. Soldados rasos, marchando a ciegas. Cuando los observaba, no paraba de pensar que se trataba de un intento de engañarnos. Pero no... seguían pasando, con grandes huecos en la hilera, rezagados y sólo unos pocos regimientos destacaron exploradores. Ninguno de ellos fue capaz de encontrarnos. No han puesto un solo observador en los riscos. Son *perezosos*.

Cuando más tarde, ese mismo día, los otros dos contingentes ocultos informaron de modo similar, Suriyawong transmitió la información a Ambul. Mientras esperaba nuevos acontecimientos, hizo que sus oteadores buscaran algún signo de que Virlomi en persona viajaba con alguno de los tres ejércitos.

No había ningún misterio. Virlomi viajaba con el ejército indio del norte, en un jeep descubierto, y los soldados la vitoreaban cuando pasaba, moviéndose arriba y abajo de la línea... refrenando el avance de su propio ejército, ya que tenían que apartarse de la carretera para dejarle paso.

Suriyawong oyó esto con tristeza. Ella había llegado a ser muy brillante. Su plan de cómo acabar con la ocupación china había sido certero. Contener a los chinos para impedir que regresaran a la India o recibieran suministros cuando los persas y paquistaníes invadieron había sido una maniobra digna de las Termópilas. La diferencia era que Virlomi había sido más cuidadosa que los espartanos: ya había cubierto todas las retaguardias. Nada escapaba de sus guerrilleros indios.

Era hermosa y sabia y misteriosa. Suriyawong la había rescatado una vez, y cooperado en el pequeño drama que hizo posible el rescate... y aprovechado su reputación de diosa.

Pero en aquellos días, ella sabía que estaba sólo actuando.

¿O no? Tal vez habían sido sus ínfulas de diosa lo que la había llevado a rechazar los intentos de amistad y más que amistad de Suriyawong. El golpe había sido doloroso, pero él no estaba enfadado con ella. Tenía un aura de grandeza que no había visto en ningún otro comandante, ni siquiera en Bean.

Los despliegues de tropas que ella estaba llevando a cabo no eran los que habría esperado de la mujer que había tenido tanto cuidado con las vidas de sus hombres en todas sus acciones previas. Ni de la mujer que había llorado junto a los cadáveres de las víctimas de las atrocidades musulmanas. ¿No veía que estaba llevando a sus soldados al desastre? Aunque no hubiera ninguna emboscada en esas montañas (y era absolutamente predecible que las hubiera), un ejército tan mal pertrechado podría ser destruido a placer por un enemigo entrenado y decidido.

Como escribió Eurípides, a quien los dioses quieren destruir primero lo vuelven loco.

Ambul, sabiendo lo que Suriyawong sentía por Virlomi, se había ofrecido a dejarlo mandar sólo la parte del ejército que no se enfrentaría a ella directamente. Pero Suri se negó.

—Recuerda lo que dijo Bean que enseñó Ender: «Conocer al enemigo suficientemente bien para derrotarlo requiere que lo conozcas tan bien que no puedas sino amarlo.»

Bueno, Suriyawong ya amaba a su enemiga. Y la conocía. Tan bien que incluso creía entender su locura.

No era vanidosa. Nunca había pensado que fuera a sobrevivir. Pero todos sus planes tenían éxito. Era imposible que ella lo atribuyera a su propia habilidad. Así que pensaba que contaba con algo parecido al favor divino.

Pero tiene éxito a causa de sus habilidades y su entrenamiento, y ahora no los está empleando, y su ejército va a pagar por ello.

Suriyawong había dejado espacio de sobra para que los indios se movieran por los valles antes de que llegaran a la emboscada. No viajaban al mismo ritmo, así que tuvo que asegurarse de que las tres emboscadas se iniciaran al mismo tiempo. Tuvo que asegurarse de que los tres ejércitos estuvieran completamente dentro de la trampa. Las instrucciones para sus hombres eran claras: aceptad la rendición de cualquier soldado que arroje las armas y levante las manos. Matad a todo aquel que no lo haga. Pero no dejéis que ninguno salga del valle. *Todos* muertos o capturados.

Y Virlomi viva, si nos deja.

Por favor, déjanos, Virlomi. Por favor, déjanos traerte de vuelta a la realidad. De vuelta a la *vida*.

Han Tzu se hallaba con sus tropas. Era absurda la idea de un emperador invisible. Los soldados del ejército chino lo habían elegido y apoyaban su autoridad. Era suyo y ellos lo veían a menudo, compartiendo sus privaciones, escuchándolos, dándoles explicaciones.

Era lo que había aprendido de Ender. Si das órdenes y no explicas nada, puedes conseguir obediencia, pero no creatividad. Si les cuentas lo que pretendes, entonces si se demuestra que tu plan original es malo ellos encontrarán otro modo de conseguir tu objetivo. Dar explicaciones a tus hombres no mengua el respeto que sienten por ti, sino que demuestra tu respeto por ellos.

Así que Han Tzu daba explicaciones, charlaba, colaboraba y ayudaba, compartía la comida con los soldados rasos, se reía con sus chistes, escuchaba sus quejas. Un soldado se había quejado de que nadie podía dormir en un suelo como ése. Han Tzu inmediatamente se quedó con la tienda del hombre y durmió en ella, tal como estaba, mientras el hombre se quedaba en la tienda de Han Tzu. Por la mañana, el hombre juró que la cama de Han Tzu era la peor del ejército, y Han Tzu le dio las gracias por su primer buen día de sueño en semanas. La historia corría de boca en boca por todo el ejército antes del anochecer.

El ejército de Han Tzu no lo amaba más de lo que el ejército de Virlomi la amaba a ella. Y sin ningún atisbo de adoración. La diferencia esencial era que Han Tzu había trabajado para entrenar a su ejército, se había asegurado de que estuviera lo mejor equipado posible, y sus hombres conocían las historias de la última guerra, cuando Han Tzu había advertido constantemente a sus superiores de todos sus errores antes de que los cometieran. Todos creían que de haber sido Han Tzu emperador desde el principio no habrían perdido las tierras conquistadas.

Lo que no comprendían era que si Han Tzu hubiera sido su emperador, no habría habido ninguna conquista que perder. Porque Aquiles habría sido arrestado en el momento de su entrada en China y entregado a la F.I., bajo cuya autoridad habría sido confinado en un hospital mental. No habría habido ninguna invasión de la India y el Sureste Asiático, sólo una acción de contención para bloquear la invasión india de Birmania y Tailandia.

Un verdadero guerrero odia la guerra, Han Tzu lo comprendía bien. Había visto lo devastado que estaba Ender cuando se enteró de que el último juego, el examen final, había sido la guerra real, y que su victoria había provocado la destrucción completa de su enemigo.

Así que sus hombres confiaban en él mientras Han Tzu seguía retirándose, más y más, hacia China, moviéndose de una posición fuerte a otra pero sin permitir que su ejército se enfrentara a los invasores rusos.

Oyó lo que decían los hombres, las preguntas que hacían. Sus respuestas eran bastante sinceras: «Cuanto más lejos lleguen, más largas serán sus vías de suministro.» «Queremos que estén tan dentro de China que no puedan volver a casa.» «Nuestro ejército crece cuanto más nos replegamos en China, y el de ellos se encoge, ya que tienen que ir dejando hombres atrás para proteger su ruta.»

Y cuando le preguntaron por los rumores de un enorme ejército indio que invadía el sur, Han Tzu se limitó a sonreír y dijo: «¿La loca? El único indio que conquistó China fue Gautama Buda, y lo hizo con enseñanzas, no con artillería.»

Lo que no podía decirles era lo que estaban esperando.

A Peter Wiggin.

Peter Wiggin se encontraba ante los micrófonos, en Helsinki. Junto a él se hallaban los jefes de Gobierno de Finlandia, Estonia y Letonia.

Había ayudantes con teléfonos móviles seguros conectados con diplomáticos de Bangkok, Yerevan, Beijing y muchas capitales de la Europa del este.

Peter sonrió a los periodistas congregados.

—A petición de los Gobiernos de Armenia y China, ambos víctimas de agresiones simultáneas y sin previa provocación por parte de Rusia, la India y la Liga Musulmana del califa Alai, el Pueblo Libre de la Tierra ha decidido intervenir.

»Se nos unen en este esfuerzo muchos nuevos aliados, muchos de los cuales han accedido a celebrar plebiscitos para decidir si ratifican o no la Constitución del PLT.

»El emperador Han Tzu de China nos asegura que sus ejércitos son capaces de combatir a las fuerzas combinadas rusas y turcas que ahora operan dentro de la frontera norte de China.

»Al sur, Birmania y China han abierto sus fronteras al paso de un ejército dirigido por nuestro viejo amigo el general Suriyawong. Ahora mismo, en Bangkok, el primer ministro Paribatra celebra una conferencia de prensa para anunciar que Tailandia celebrará un plebiscito de ratificación, y en este momento el Ejército tailandés se considera bajo el mando provisional del PLT.

»En Armenia, donde no es posible celebrar ahora mismo una conferencia de prensa dadas las exigencias de la guerra, una nación atacada ha pedido ayuda y liderazgo al PLT. He colocado las tropas armenias bajo el mando directo de Julian Delphiki, y ahora resisten la agresión injustificada de turcos y rusos y han llevado la guerra a territorio musulmán, a Tabriz y Teherán.

»Y aquí en el este de Europa, donde Finlandia, Estonia, Letonia, Lituania, Eslovaquia, Chequia y Bulgaria se han unido ya al PLT, se nos unen nuestros nuevos aliados Polonia, Rumania, Hungría, Serbia, Austria, Grecia y Bielorrusia. Todos han repudiado el Pacto de Varsovia, que nunca los obligó a participar en una guerra ofensiva, en cualquier caso.

»Bajo el mando de Petra Delphiki, los ejércitos aliados combinados están haciendo ya rápidos progresos para capturar objetivos clave dentro de Rusia. Hasta el momento han encontrado poca resistencia, pero están preparados para repudiar cualquier fuerza que los rusos quieran lanzar contra ellos.

»Pedimos a los agresores (Rusia, la India y la Liga Musulmana) que depongan las armas y acepten un alto el fuego inmediato. Si esta oferta no es aceptada dentro de las próximas doce horas, entonces sólo se aceptará un alto el fuego según nuestros términos y en el momento de nuestra elección. Los enemigos de la paz pueden esperar perder todas las fuerzas que han comprometido en esta guerra inmoral.

»Ahora me gustaría ponerles un vídeo que fue grabado hace poco en un lugar seguro. Por si no lo reconocen, ya que los rusos lo han mantenido apartado durante muchos años, quien habla es Vladimir Denisovitch Porotchkot, ciudadano de Bielorrusia que hasta hace varios días fue mantenido contra su voluntad al servicio de una potencia extranjera, Rusia. También puede que lo recuerden ustedes como uno de los miembros del equipo de jóvenes guerreros que derrotaron al enemigo que amenazó la existencia de la especie humana.

Peter se apartó del micrófono. La habitación se oscureció; la pantalla cobró vida.

Allí apareció Vlad, en lo que parecía un despacho corriente en una habitación corriente de la Tierra. Sólo Peter sabía que la grabación había sido hecha en el espacio: en la antigua estación espacial de la Escuela de Batalla, de hecho, que en aquellos días era el Ministerio de Colonización.

«Pido disculpas a los pueblos de Armenia y China, cuyas fronteras fueron violadas y cuyos ciudadanos fueron asesinados por rusos que usaban planes ideados por mí. Supuse que los planes eran sólo de contingencia, en respuesta a una agresión. No sabía que serían utilizados, y sin la menor provocación. En cuanto comprendí que así era como iba a ser utilizado mi trabajo, escapé de la custodia rusa y ahora me encuentro en sitio seguro, donde por fin puedo decir la verdad.

»Llegó a mi conocimiento justo antes de que dejara mi cautiverio en Moscú que los líderes de Rusia, la India y la Liga Musulmana se han dividido el mundo entre ellos. Para la India serán todo el Sureste Asiático y la mayor parte de China. Para Rusia serán parte de China y todo el este y el norte de Europa. Para la Liga Musulmana serán toda África y los países de Europa occidental con grandes poblaciones musulmanas.

»Rechazo este plan. Rechazo esta guerra. Rechazo dejar que mi trabajo sea usado para esclavizar a gente inocente que no ha hecho ningún daño ni merece vivir bajo la tiranía.

»Por tanto he proporcionado al Pueblo Libre de la Tierra conocimiento completo de todos los planes que tracé para uso ruso. No hay ningún movimiento que estén haciendo ahora que no sea completamente anticipado por las fuerzas que actúan en concierto con el PLT.

»E insto al pueblo de Bielorrusia, mi auténtica patria, a votar para unirse al Pueblo Libre de la Tierra. ¿Quién más se ha mantenido implacable contra la agresión y a favor de la libertad y el respeto a todas las naciones y todos los ciudadanos?

»En cuanto a mí... mis talentos y mi formación están enteramente orientados hacia la guerra. No pondré mis habilidades al servicio de ninguna nación. Dediqué mi infancia a combatir un ejército alienígena que intentaba destruir la especie humana. No combatí a los insectores para que millones de humanos pudieran ser masacrados y cientos de millones conquistados y esclavizados.

»Me declaro en huelga. Insto a todos los otros graduados de la Escuela de Batalla, excepto a aquellos que sirven al PLT, a que se unan a mí en esta huelga. No planeéis la guerra, no libréis la guerra excepto para ayudar al Hegemón Peter Wiggin a destruir los ejércitos de los agresores.

»Y a los soldados les digo: no obedezcáis a vuestros oficiales. Rendíos a la primera oportunidad. Vuestra obediencia hace posible la guerra. ¡Aceptad la responsabilidad por vuestras propias acciones y uníos a mí en mi huelga! Si os rendís a las fuerzas del PLT, ellos harán todo lo posible por respetaros la vida y, a la primera oportunidad, devolveros con vuestras familias.

»Una vez más, pido perdón a aquellos que perdieron la vida por los planes que tracé. Nunca más.»

El vídeo terminó.

Peter volvió al micrófono.

—El Pueblo Libre de la Tierra y nuestros aliados están ahora en guerra con los agresores. Ya les hemos dicho todo lo que podemos decir sin comprometer ninguna operación militar en curso. No habrá ninguna pregunta.

Se apartó del micrófono.

Bean se encontraba en medio de las pequeñas camas con ruedas que albergaban a sus cinco hijos normales. A los que no volvería a ver cuando se marchara, ese mismo día.

Mazer Rackham le colocó una mano en el hombro.

—Hora de irse, Julian.

—Cinco —dijo Bean—. ¿Cómo se las apañará Petra?

—Tendrá ayuda. La verdadera pregunta es cómo te las apañarás tú en la nave mensajera. Te superan tres a uno.

—Como puedo atestiguar, los niños con mi defecto genético se vuelven autosuficientes a muy temprana edad —dijo Bean.

Tocó la cama del bebé llamado Andrew. El mismo nombre que el mayor de los hermanos. Pero ese Andrew era un niño normal. No era pequeño para su edad.

Y la segunda Bella. Llevaría una vida normal. Como lo harían Ramón y Julian y Petra.

—Si estos cinco son normales —le dijo a Rackham—, entonces el noveno niño... probablemente sea defectuoso.

—*Si* las probabilidades de que la tendencia se transmita son del cincuenta por ciento, y sabemos que cinco de los nueve no la tienen, entonces es razonable que el que falta tenga una probabilidad mayor de tenerla. Aunque como te diría cualquier experto, la probabilidad para cada niño era del cincuenta por ciento, y la distribución del síndrome entre los otros niños no tendrá ninguna repercusión en el resultado del noveno.

—Tal vez sea mejor que Petra no encuentre nunca... al noveno.

—Creo que no hay ningún noveno bebé, Bean. No todas las implantaciones funcionan. Bien puede haber habido un aborto. Eso explicaría bien la inexistencia de registros que pudiera localizar el software.

—No sé si sentirme consolado o escandalizado de que creas que la muerte de uno de mis hijos me resulta reconfortante.

Rackham hizo una mueca.

—Sabes lo que quiero decir.

Bean se sacó un sobre del bolsillo y lo colocó bajo Ramón.

—Diles a las enfermeras que dejen el sobre aquí, aunque se haga pis y lo moje todo.

—Por supuesto —contestó Rackham—. Por cierto, Bean, tu pensión será también invertida, como la de Ender, y la gestionará el mismo software.

—No. Dásela toda a Petra. La necesitará, con cinco bebés que criar. Tal vez seis algún día.

—¿Y qué pasará cuando vuelvas a casa, cuando encuentren la cura?

Bean lo miró como si estuviera loco.

—¿De verdad crees que eso sucederá?

—Si tú no lo crees, ¿por qué te vas?

—Porque podría pasar —respondió Bean—. Y si nos quedamos

aquí, es seguro que a los cuatro nos espera una muerte pronta. *Si* se encuentra la cura y *si* volvemos a casa, entonces podremos hablar de una pensión. Te diré una cosa. Cuando Petra muera, cuando esos cinco envejezcan y mueran, empieza a pagar mi pensión a una fundación controlada por ese software inversor.

—Volverás antes.

—No —dijo Bean—. No, es que... no. Una vez que hayamos pasado diez años fuera (y no hay ninguna esperanza de que se encuentre una cura antes), entonces, aunque encontréis una cura, no nos llaméis hasta que... bueno, hasta que Petra haya muerto antes de que volvamos. ¿Comprendes? Porque si vuelve a casarse (y quiero que lo haga) no quiero que tenga que verme. Verme tal como estoy ahora, el chico con el que se casó, el chico *gigante*. Ya es bastante cruel lo que estamos haciendo ahora. No voy a causarle un último tormento antes de que muera.

—¿Por qué no dejarla decidir a ella?

—No es elección suya —dijo Bean—. Una vez que nos marchemos, estaremos muertos. Nos habremos ido para siempre. Ella nunca podrá recuperar la vida que se habrá perdido. Pero no me preocupa, Mazer. No hay ninguna cura.

—¿Lo sabes con seguridad?

—Conozco a Volescu. No quiere encontrar ninguna cura. No cree que sea una enfermedad. Cree que es la esperanza de la humanidad. Y a excepción de Anton, nadie sabe lo suficiente para continuar la investigación. Fue un campo de estudio ilegal durante demasiado tiempo. Sigue manchado. Los métodos que empleó Volescu, todo el proceso relacionado con la Clave de Anton... nadie va a volver a usar esa clave, y por tanto no vais a tener ningún científico que sepa qué hacer en ese campo. El proyecto tendrá cada vez menos importancia para vuestros sucesores. Algún día, dentro de no mucho, alguien mirará los presupuestos y dirá: «¿Estamos pagando *qué*?» Y el proyecto morirá.

—Eso no sucederá —dijo Mazer—. La Flota no olvida a los suyos.

Bean se echó a reír.

—No lo comprendes, ¿verdad? Peter va a tener éxito. El mundo se unirá. La guerra internacional se acabará. Y con ello, el sentimiento de lealtad entre los militares se acabará también. Sólo habrá... naves coloniales y naves de comercio e institutos de investigación científica a los que escandalizará la idea de malgastar dinero haciendo un favor personal a un soldado que vivió cien años antes. O doscientos. O trescientos.

—Los fondos no serán comprometidos —dijo Rackham—. Usamos el mismo software inversor. Es realmente bueno, Bean. Va a ser uno de los proyectos mejor financiados, en unos pocos años.

Bean se rió.

—Mazer, no comprendes hasta dónde es capaz de llegar la gente para poner las manos encima de un dinero que piensa que se está malgastando en investigación pura. Ya verás. Pero no, lo retiro. No lo verás. Sucederá después de que mueras. Yo lo veré. Y brindaré por ti, entre mis hijos pequeños, y diré, va por ti, Mazer Rackham, viejo optimista. Creías que los humanos eran mejores de lo que son, y por eso te tomaste la molestia de salvar a la especie humana un par de veces.

Mazer pasó un brazo por la cintura de Bean y se agarró con fuerza durante un momento.

—Dales a los bebés un beso de despedida.

—No lo haré —dijo Bean—. ¿Crees que quiero que tengan pesadillas de un gigante inclinándose sobre ellos y tratando de comérselos?

—¡Comérselos!

—A los bebés les da miedo que se los coman —dijo Bean—. Hay un claro motivo evolutivo para ello: en nuestra tierra natal ancestral de África a las hienas les encantaba llevarse un bebé humano y comérselo. Supongo que nunca has leído literatura didáctica para niños.

—Más parece cosa de los cuentos de hadas de los hermanos Grimm.

Bean pasó de cama en cama, acariciando a cada niño. Tal vez se quedó un poco más con Ramón, ya que había pasado mucho más tiempo con él, en comparación con los pocos minutos que había estado con los otros.

Luego salió de la habitación y siguió a Rackham a la furgoneta sin ventanillas que le esperaba.

Suriyawong oyó el informe y la orden: «La conferencia de prensa se ha celebrado; se ha anunciado la participación tailandesa en el PLT; ahora comienzan las operaciones activas contra el enemigo.»

Suri calculó la partida de los seis contingentes para que llegaran simultáneamente, más o menos. También ordenó a los helicópteros de combate chinos que se colocaran en posición, dispuestos a unirse a la batalla en cuanto se consiguiera la sorpresa.

Uno de ellos lo llevaría a él a donde estaba Virlomi.

Si hay dioses cuidando de ella, pensó Suriyawong, entonces dejadla vivir. Aunque cien mil soldados mueran por su orgullo, por favor, dejadla vivir. El bien que hizo, la grandeza que hubo en ella, debería contar para algo. Los errores de los generales pueden matar a muchos miles, pero siguen siendo errores. Ella pretende la victoria, no la destrucción. Debería ser castigada sólo por su intento, no por el resultado.

No podía decirse que su intento fuera bueno.

Pero vosotros... ¡dioses de la guerra! ¡Shiva destructora! ¿Qué fue jamás Virlomi sino tu servidora? ¿Dejarás que tu servidora sea destruida sólo porque era muy buena en su trabajo?

San Petersburgo había caído más rápidamente de lo que esperaba nadie. La resistencia ni siquiera había podido considerarse «simbólica». Incluso la policía había huido, y los finlandeses y estonios acabaron trabajando para mantener el orden público en vez de combatir a un enemigo concreto.

Pero todo era cuestión de informes para Petra, que improvisaba su camino a través de Rusia. Sin una gran fuerza aérea, no había forma de aerotransportar a su ejército de brasileños y ruandeses hasta Moscú. Así que los llevaba en trenes de pasajeros, vigilando con atención incluso lo que parecía ser un avión de recreo para estar enterada en cuanto hubiera algún tipo de problemas. El armamento más pesado lo llevaban por autopistas grandes camiones polacos y alemanes, como los que surcaban las autovías de Europa constantemente, deteniéndose sólo para comer y orinar y visitar putas de carretera. Llevaban la guerra que los rusos habían iniciado hasta las puertas de Moscú.

Si el enemigo estaba decidido, podría localizar el avance del ejército de Petra. Después de todo, no se ocultaba lo que transportaban los trenes, ya que dejaban atrás las estaciones sin detenerse y exigían que despejaran las vías que tenían delante «¡o los reduciremos a cenizas a ustedes y su estación y su estúpida aldea de rusos asesinos de niños!». Todo bravatas: un simple poste telefónico derribado en las vías aquí y allá los habría retenido considerablemente. Y no iban a empezar a matar civiles.

Pero los rusos no lo sabían. Peter le había dicho que Vlad estaba seguro de que los comandantes que quedaban en Moscú se dejarían llevar por el pánico.

—Son corredores, no luchadores. Eso no significa que no vaya a luchar nadie... pero serán lugareños dispersos. Cuando encontréis resistencia, sorteadla. Si el ejército ruso en China es detenido y los vídeos internacionales muestran Moscú y San Petersburgo en vuestras manos, o bien el Gobierno buscará la paz o el pueblo se rebelará. O ambas cosas.

Bueno, había funcionado con los alemanes en Francia, en 1940. ¿Por qué no allí?

La pérdida de Vlad tuvo un efecto devastador sobre la moral rusa. Sobre todo porque los rusos sabían que el mismísimo Julian Delphiki había planeado el contraataque y Petra Arkanian lideraba el ejército que estaba «barriendo Rusia».

Más bien «resollaba por Rusia».

Al menos no era invierno.

Han Tzu dio las órdenes, y sus tropas en retirada se dirigieron a sus posiciones. Había calculado con exactitud sus movimientos, para atraer a los rusos al punto exacto al que necesitaba que llegaran en el momento exacto en que los quería allí.

La información del satélite que le envió Peter Wiggin le aseguraba que los turcos se habían replegado hacia el oeste, dirigiéndose a Armenia. ¡Como si pudieran llegar allí a tiempo para que sirviera de algo! Al parecer el califa Alai no había resuelto el eterno problema de los ejércitos musulmanes. A menos que estuvieran bajo un férreo control, se distraían fácilmente. Se suponía que Alai era ese control. Aquello hacía que Han Tzu se preguntara si Alai seguía al mando.

No importaba. El objetivo de Han Tzu era el enorme y cansado y debilitado ejército ruso que seguía rígidamente el plan de Vlad a pesar de que sus movimientos en pinza habían encontrado un Beijing vacío, sin fuerzas chinas que aplastar ni Gobierno chino del que apoderarse. Y a pesar de los informes desesperados que debían estar llegando desde Moscú mientras oían los rumores sobre el avance de Petra sin saber dónde estaba.

El comandante ruso al que se enfrentaba no se equivocaba al insistir en su campaña. El avance de Petra hacia Moscú era una operación cosmética, como Petra sin duda sabía: diseñado para causar pánico, pero sin fuerza suficiente para mantener ningún objetivo demasiado tiempo.

Al sur, también, el ejército de Suri haría un trabajo importante, pero el ejército de la India no era una amenaza seria; Bean, en Armenia, había hecho retroceder a los ejércitos turcos, pero éstos podían volver con facilidad.

Todo se reducía a esa batalla.

Por lo que a Han Tzu concernía, habría sido mejor que no hubiera batalla ninguna.

Estaban en los trigales, cerca de Jinan. El plan de Vlad daba por supuesto que los chinos se apoderarían del terreno elevado al sur del Hwang Ho y disputarían el cruce del río. Por tanto, los rusos estaban preparados con puentes portátiles y balsas para cruzar la corriente por sitios insospechados y luego rodear el supuesto reducto chino.

Y, tal como Vlad había predicho, las fuerzas de Han Tzu estaban en efecto congregadas en terreno elevado y disparaban a las tropas rusas que se aproximaban con reconfortante falta de efectividad. El comandante ruso tenía que sentirse confiado. Sobre todo cuando encontró los puentes sobre el Hwang Ho ineptamente «destruidos», así que las reparaciones fueron rápidas.

Han Tzu no podía permitirse una verdadera batalla, enfrentando cañón con cañón, tanque con tanque. Se había perdido demasiado material en las guerras anteriores y, aunque sus soldados eran veteranos encallecidos y el ejército ruso no había combatido desde hacía años, la incapacidad de Han de devolver a su ejército todo su poderío militar en el poco tiempo que llevaba como emperador sería inevitablemente decisivo. Han no iba a usar oleadas humanas para superar en número a los rusos. No podía permitirse desperdiciar aquel ejército. Tenía que mantenerlo intacto para enfrentarse a los ejércitos musulmanes, mucho más peligrosos, por si actuaban y se unían a la guerra.

Los zánganos rusos eran un buen enemigo para los chinos: ambos comandantes tendrían una imagen adecuada del campo de batalla. Era terreno de cultivo, perfecto para los tanques rusos. Nada de lo que Han Tzu hiciera podría sorprender a su enemigo. El plan de Vlad iba a funcionar. El comandante ruso tenía que estar seguro de ello.

Las fuerzas que habían permanecido ocultas tras el avance ruso informaron ahora de que los últimos rusos habían pasado los puestos de control sin darse cuenta de lo que significaban las pequeñas señales rojas en vallas, matorrales, árboles y postes.

Durante los siguientes cuarenta minutos, el ejército de Han Tzu sólo tuvo un objetivo: confinar al ejército ruso entre aquellas banderitas rojas y los terrenos elevados del otro lado del Hwang, mientras ningún soldado chino permanecía en esa zona.

¿No se daban cuenta los rusos de que todos los civiles habían sido evacuados, de que no se veía un sólo vehículo civil, de que las casas estaban vacías de pertenencias?

Hyrum Graff había impartido una vez una clase en la que dijo que Dios les enseñaría a destruir a su enemigo usando las fuerzas de la naturaleza. Su principal ejemplo fue la manera en que Dios usó una riada en el mar Rojo para destruir los carros del faraón.

Las banderitas rojas eran una marca de agua.

Han Tzu dio la orden para que volaran la presa. La muralla de agua tardaría cuarenta minutos en alcanzar al ejército ruso y destruirlo.

Los soldados armenios habían conseguido todos sus objetivos. Habían obligado al asustado Gobierno iraní a exigir la retirada de sus tropas de la India. Pronto llegaría una fuerza abrumadora y todo se habría perdido.

Pensaban, cuando los helicópteros negros llegaron volando bajo sobre la ciudad, que su tiempo se había cumplido.

Pero los soldados que salieron de los helicópteros eran tailandeses con uniforme del PLT. La fuerza de choque original entrenada por Bean y que el propio Bean o Suriyawong habían dirigido en tantas incursiones.

Luego Bean en persona salió del helicóptero.

—Lamento llegar tarde —dijo.

En cuestión de minutos, las tropas del PLT aseguraron el perímetro y los soldados armenios embarcaron en los helicópteros.

—Vais a volver a casa por el camino más largo —dijo uno de los tailandeses, riendo.

Bean hizo saber a todo el mundo que iba a bajar a la colina para ver cómo iban las cosas con la defensa. Los armenios vieron cómo se agachaba para pasar por la puerta de un edificio medio bombardeado.

Unos momentos después, el edificio estalló. No quedó nada en pie. Ninguna pared, ninguna chimenea. Ni Bean.

El helicóptero despegó entonces. Los armenios estaban tan felices por haber sido rescatados que les resultaba difícil recordar la terrible noticia que iban a tener que darle a Petra Arkanian. Su marido había muerto. Lo habían visto. Era imposible que nadie hubiera sobrevivido en aquel edificio.

23

Colono

De: PerroNegro%Salam@IComeAnon.com
A: Graff%peregrinacion@colmin.gov
Encriptado usando código: *******
Decodificado usando código: *********
Sobre: Mensaje de despedida de Vlad

Por qué le escribo desde mi escondite debería resultar obvio; ya le contaré la historia detallada en otro momento.

Quiero aceptar su invitación, si sigue en pie. Aprendí hace poco que, aunque soy un verdadero mago en estrategia militar, soy algo ignorante en lo que motiva a mi propio pueblo... incluso a aquellos que están más cerca de mí. Por ejemplo, ¿quién hubiese imaginado que odiarían a un califa negro africano, modernizador y potenciador de consensos, mucho más de lo que odiaban a una mujer hindú dictatorial, idólatra e inmodesta?

Iba a desaparecer simplemente de la historia y sentía lástima de mí mismo en el exilio, mientras lloraba por un querido amigo que dio su vida por salvar la mía en Hiderabad, cuando me di cuenta de que las noticias que repetían una y otra vez el mensaje de Vlad me estaban mostrando lo que tenía que hacer.

Así que he tomado medidas para grabar un vid dentro de una mezquita cercana. En un país donde estaré a salvo mostrando mi rostro, así que no se preocupe. No voy a dejar que se transmita a través de ustedes o Peter: eso lo desacreditaría inmediatamente. Voy a moverlo sólo a través de canales musulmanes.

Me di cuenta de esto: puede que haya perdido el apoyo de los militares, pero sigo siendo el califa. No es sólo un cargo político, sino también religioso. Y un cargo del que esos payasos no pueden deponerme bajo ningún concepto.

Mientras tanto, ahora sé cómo me llamaban a mis espaldas: «Perro negro.» Van a oír de nuevo esas palabras, puede estar seguro.

Cuando el vid se emita, le haré saber dónde estoy. Si todavía está dispuesto a aceptarme.

Randi veía las noticias con avidez. Le pareció positivo, al principio, cuando se enteró de que Julian Delphiki había muerto en Irán. Tal vez los enemigos que cazaban a su bebé fueran aplastados y ella pudiera salir al descubierto y proclamar que tenía al hijo y heredero de Aquiles.

Pero entonces cayó en la cuenta: el mal de este mundo no acabaría sólo porque unos cuantos enemigos de Aquiles murieran o fuesen derrotados. Habían hecho un trabajo demasiado bueno al satanizarlo. Si llegaban a saber quién era su hijo, como poco lo estudiarían y valorarían constantemente; en el peor de los casos, se lo arrebatarían. O lo matarían. No se detendrían ante nada por borrar de la Tierra el legado de Aquiles.

Randi se encontraba junto a la cuna de viaje de su hijito en la antigua habitación de motel que ahora era el apartamento de una sola habitación con cocina que tenía en Virginia. Una cuna de viaje era todo lo que necesitaba. Era muy pequeño.

Su nacimiento la había pillado por sorpresa. Antes de tiempo y muy rápido. Y, aunque era muy pequeño, no había tenido ningún problema. Ni siquiera parecía un bebé prematuro de ésos con aspecto tan... fetal. Como peces. Su niño no. Era precioso, de aspecto completamente normal. Sólo... pequeño.

Pequeño e inteligente. A veces casi la asustaba. Había dicho su primera palabra hacía tan sólo un par de días. «Mamá», naturalmente: ¿qué más conocía? Y cuando ella le hablaba, le explicaba cosas, le hablaba de su padre, parecía escuchar atentamente. Parecía comprender. ¿Era eso posible?

Por supuesto que sí. El hijo de Aquiles tenía que ser más listo de lo normal. Y si era pequeño, bueno, el propio Aquiles había nacido con un pie lisiado. Un cuerpo anormal con dotes extraordinarias.

En secreto, le había puesto por nombre al bebé Aquiles Flandres II. Pero tenía cuidado. No escribió ese nombre en ninguna parte más que en su corazón. En el certificado de nacimiento lo había inscrito como Randall Firth. Ella se hacía llamar Nichelle Firth. La auténtica Nichelle Firth era una mujer retrasada de un colegio especial donde había trabajado como auxiliar. Randi parecía lo bastante mayor, lo sabía, para hacer creer que tenía la edad adecuada: ser una fugitiva y trabajar tan duro y estar preocupada todo el tiempo le daba una especie de aspecto agotado que la envejecía. Pero ¿qué le importaba la vanidad? No estaba intentando atraer a ningún hombre. Sabía bien que ninguno querría casarse con una mujer sólo para ver que dedicaba todos sus cuidados al bebé de otro hombre.

Así que se maquillaba sólo lo suficiente para que la contrataran en trabajos decentes que no requerían un currículum largo. Le preguntaban dónde ha trabajado antes, y ella decía que en nada desde la facultad, ni siquiera me recordarían, me dediqué a las labores del hogar, pero mi marido no era de los que duermen en casa, así que aquí estoy, sin historial de trabajo pero mi bebé está sano y mi casa está limpia y sé trabajar como si mi vida dependiera de ello. Esa frase hacía que la contrataran en todas partes donde se molestaba en solicitar empleo. Nunca iba a tener un puesto ejecutivo, pero tampoco lo quería. Sólo cumplir con su jornada, sacar a Randall de la guardería y luego hablar con él, cantarle y aprender a ser una buena madre y a criar a un bebé sano y seguro de sí mismo que tuviera la fuerza de carácter necesaria para vencer la saña contra su padre y apoderarse del mundo entero.

Pero esas guerras, y el horrible rostro de Peter Wiggin ante las cámaras anunciando que esa nación formaba ya parte del PLT y que esa otra era aliada del PLT, la preocupaban. No podría esconderse eternamente. Sus huellas dactilares no podían cambiarse, y estaba aquel asunto del hurto de cuando era estudiante. Era una estupidez. Casi se había olvidado de que había cogido aquello. Si se hubiera acordado habría cambiado de opinión y lo habría pagado, como las otras veces. Pero se le olvidó y la detuvieron delante de la tienda, así que en efecto se trató de un robo, dijeron, y no era ya menor y recibió el tratamiento de arresto completo. La dejaron en libertad, pero sus huellas acabaron en el sistema. Así que algún día alguien sabría quién era realmente. Y el hombre que la abordó, que le dio el bebé de Aquiles... ¿cómo podía estar segura de que no lo contaría? Entre lo que les dijera y las huellas dactilares, podrían encontrarla no importaba cuántas veces se cambiara de nombre.

Fue entonces cuando decidió que por primera vez en la historia humana, cuando una persona no estaba a salvo en la Tierra tenía otro sitio adonde ir.

¿Por qué tenía Aquiles Flandres II que ser educado allí, oculto, con monstruos sedientos de sangre dispuestos a matarlo para castigar a su padre por ser mejor que ellos? En cambio podía crecer en un nuevo mundo colonial, donde a nadie le importaría que el bebé no fuera realmente suyo o que fuese pequeño, si era listo y trabajaba duro y ella lo criaba bien. Habían prometido que habría comercio con los mundos coloniales y visitas de las naves estelares. Cuando llegara el momento en que Aquiles Flandres II reclamara su herencia, su legado, su *trono*, ella lo subiría a bordo de una de esas naves y volverían a la Tierra.

Había estudiado los efectos relativistas del viaje estelar. Podrían pasar cien años o más (cincuenta años de ida y cincuenta años de vuelta), pero sólo serían tres o cuatro años de viaje. Así que todos los enemigos de Aquiles estarían muertos y enterrados. Ya nadie se molestaría en difundir mentiras flagrantes sobre él. El mundo estaría preparado para oír hablar de él con nuevos oídos, con la mente abierta.

No podía dejar al niño solo en el apartamento. Pero era una tarde lluviosa. ¿Merecía la pena arriesgarse a que se resfriara?

Lo abrigó bien y se lo cargó en bandolera. Era tan pequeño que parecía más liviano que su bolso. El paraguas los protegió a ambos de la lluvia. Estarían bien.

Fue un paseo largo hasta la estación de metro, pero ésa era la forma mejor (y más seca) de llegar a la oficina de contacto del Ministerio de Colonización, donde podría inscribirse. Corría un riesgo, naturalmente. Era posible que le tomaran las huellas, que hicieran una comprobación. Pero... sin duda eran conscientes de que mucha gente quería marcharse en una nave colonial porque necesitaba escapar de su pasado. Y si descubrían que se había cambiado de nombre, el arresto por hurto podría explicarlo. Había coqueteado con el delito y... ¿qué supondrían? Drogas, probablemente... Pero ahora quería empezar de cero, bajo un nuevo nombre.

O tal vez fuera mejor que usara su verdadero nombre.

No, porque con ese nombre no tenía ningún bebé. Y si le preguntaban si Randall era realmente suyo y le hacían una prueba genética, descubrirían que no tenía ninguno de sus genes. Se preguntarían dónde lo había secuestrado. Era tan pequeño que pensarían que se trataba de un recién nacido. Y el parto había sido tan fácil que no había habido desgarro ninguno... ¿tenían pruebas para determinar si había parido alguna vez? Pesadillas, pesadillas. No, les daría su nuevo nombre y se dispondría a huir si iban a buscarla. ¿Qué otra cosa podía hacer?

Merecía la pena el riesgo, con tal de sacar al bebé del planeta.

Camino de la estación pasó ante una mezquita, pero había policías fuera dirigiendo el tráfico. ¿Habían puesto una bomba? Esas cosas sucedían en otros sitios (en Europa, según no dejaba de escuchar), pero no en América, seguramente. No *últimamente*, al menos.

No una bomba. Sólo un orador. Sólo...

—El califa Alai —oyó decir a alguien, casi como si le estuviera hablando a ella.

¡El califa Alai! El único hombre en la Tierra que parecía tener valor para enfrentarse a Peter Wiggin.

Por suerte llevaba la cabeza cubierta con un pañuelo: tenía aspecto lo suficientemente musulmán para esa ciudad seglar, donde montones de musulmanes no llevaban ropa distintiva. Nadie cerró el paso a una mujer con su bebé, aunque obligaban a todos a dejar paraguas y bolsos y chaquetas en el mostrador de seguridad.

Entró en la sección femenina de la mezquita. Se sorprendió al comprobar que el entramado y las tallas de la decoración interferían en su capacidad para ver qué estaba pasando en la parte para hombres de la mezquita. Al parecer incluso las liberales mezquitas americanas seguían considerando que las mujeres no necesitaban ver al orador con sus propios ojos. Randi había oído hablar de ese tipo de cosas, pero la única iglesia a la que había asistido era presbiteriana, y allí las familias se sentaban juntas.

Había cámaras por toda la sección para hombres, así que tal vez la vista desde allí sería tan buena como la de la mayoría de los hombres. No iba a convertirse al islam, de todas formas, sólo quería echarle un vistazo al califa Alai.

Estaba hablando en común, no en árabe. Se alegró de ello.

—Sigo siendo califa, no importa dónde viva. Llevaré conmigo a mi colonia sólo a los musulmanes que crean en el islam como una religión de paz. Dejo detrás de mí los falsos musulmanes sedientos de sangre que llamaban perro negro a su califa y trataron de asesinarme para poder hacer la guerra a sus inofensivos vecinos.

»Así es la ley del islam, desde los tiempos de Mahoma y para siempre: Dios da permiso para hacer la guerra sólo cuando nos ataca el enemigo. En cuanto un musulmán alza la mano contra un enemigo que no le ha atacado, entonces no se trata de la yihad, sino que se ha convertido en el mismo shaitán. Declaro que todos aquellos que han planeado la invasión de China y Armenia no son musulmanes y todo buen musulmán que encuentre a esos hombres debe arrestarlos.

»A partir de ahora las naciones musulmanas sólo deben ser gobernadas por líderes elegidos libremente. Los no musulmanes pueden votar en esas elecciones. Se prohíbe molestar a todo no musulmán, aunque antes lo fuera, o privarlo de ninguno de sus derechos, o ponerlo en desventaja. Y si una nación musulmana vota por unirse al Pueblo Libre de la Tierra y ceñirse a su Constitución, eso está permitido por Dios. No hay ninguna ofensa en ello.

Randi se sintió acongojada. Era igual que el discurso de Vlad. Una completa capitulación a los falsos «ideales» de Peter Wiggin. Al parecer habían chantajeado o drogado o asustado incluso al califa Alai.

Ella se abrió paso con cuidado entre las mujeres, que de pie, sentadas o apoyadas abarrotaban la sala. Muchas de ellas la miraron como si estuviera pecando al marcharse; muchas otras miraban hacia el califa Alai con amor y anhelo.

Vuestro amor está mal dirigido, pensó Randi. Sólo un hombre era puro en su abrazo de poder, y ése era mi Aquiles.

Y a una mujer que la miró con especial ferocidad, Randi le señaló el pañal del bebé Aquiles e hizo un gesto. La mujer relajó de inmediato su mueca. Por supuesto, el bebé se había hecho caca y una mujer tenía que cuidar de sus hijos incluso antes que oír las palabras del califa.

Si el califa no puede enfrentarse a Peter Wiggin, entonces no hay ningún lugar en la Tierra donde educar a mi hijo.

Recorrió andando el resto del camino al metro mientras la lluvia caía cada vez con más fuerza. Sin embargo, el paraguas hizo su trabajo y el bebé permaneció seco. Entonces llegó a la estación y dejó de llover.

Así será en el espacio. Todos los cuidados a este bebé serán innecesarios. Puedo guardar el paraguas y no tendrá nada que temer. Y en el nuevo mundo podrá caminar al aire libre, a la luz de un nuevo sol, como el espíritu libre que nació para ser.

Cuando regrese a la Tierra, será un gran hombre que se elevará sobre estos enanos mortales.

Para entonces, Peter Wiggin estará muerto, como Julian Delphiki. Ésa es la única decepción: que mi hijo nunca podrá enfrentarse cara a cara con los asesinos de su padre.

24

Sacrificio

De: Mosca%Molo@FilMil.gov.fl
A: Graff%peregrinacion@colmin.gov
Sobre: Mi billete

Justo cuando las cosas empezaban a ponerse interesantes aquí, en la Tierra, no puedo desprenderme de la sensación de que tenías razón. Odio que pasen esas cosas.

Vinieron a verme hoy, entusiasmados como bebés. ¡Petra tomó Moscú con un ejército de mala muerte que viajaba en un tren de pasajeros! ¡Han Tzu eliminó a todo el ejército ruso sin sufrir más que una docena de bajas! ¡Bean pudo desviar las fuerzas turcas hacia Armenia e impedir que combatieran en China! Y, naturalmente, Bean también se lleva el mérito por la victoria de Suriyawong en China... todo el mundo quiere adjudicarles la gloria a los chicos y la chica del grupo de Ender.

¿Sabes qué querían de mí?

Que conquiste Taiwan. No es una broma. Se supone que tengo que trazar los planes. Porque, verás, mi pobre isla nación me tiene a mí, el chico del grupo, ¡y eso la convierte en una gran potencia! ¡Cómo se atreven esas tropas musulmanas a permanecer en Taiwan!

Les señalé que ahora que Han Tzu ha ganado a los rusos y los musulmanes probablemente no se atreverá a atacar, probablemente pretenderá quedarse con Taiwan. Y aunque no sea así, ¿de verdad creen que Peter Wiggin se quedará cruzado de brazos mientras Filipinas comete un acto de agresión injustificado contra Taiwan?

No quisieron escucharme. Me dijeron: «Haz lo que se te dice, chico genio.»

¿Qué me queda, Hyrum? (Me siento fatal por tutearte.) ¿Hacer lo que hizo Vlad, y trazar sus planes, y dejarlos caer en su propio pozo? ¿Hacer lo que hizo Alai y recharzarlos abiertamente y llamar a la revolución? (Eso es lo que ha hecho, ¿no?) ¿O hacer como Han y planear un golpe de Estado interno y convertirme en emperador de las Filipinas y señor del mundo de habla tagala?

No quiero dejar mi casa. Pero no hay paz para mí en la Tierra. No estoy seguro de querer la carga de dirigir una colonia. Pero al menos no tendré que trazar planes de muerte y opresión. Pero no me pongas en la misma colonia con Alai. Cree que es tan buen hombre por ser el sucesor del Profeta.

Incluso los tanques habían sido barridos corriente abajo, algunos de ellos durante kilómetros. Donde los rusos se habían desplegado para su ofensiva contra las fuerzas de Han Tzu, en terreno elevado, no había nada, ni rastro de que hubieran estado allí.

Tampoco quedaba rastro de que allí hubiera habido aldeas y campos.

Era una versión fangosa de la Luna. A excepción de un par de árboles de raíces profundas, no había nada. Haría falta mucho tiempo y mucho trabajo para restaurar esa tierra.

Pero había cosas que hacer. Primero, tenían que rescatar a los supervivientes, si había habido alguno, corriente abajo. Segundo, tenían que despejar los cadáveres y recoger los tanques y otros vehículos... y, lo más importante, las armas útiles.

Y Han Tzu tenía que dirigir gran parte de su ejército hacia el norte para retomar Beijing y eliminar los restos que pudieran quedar de la invasión rusa. Mientras tanto, los turcos podrían decidir regresar.

La guerra no había terminado todavía.

Pero la larga y sangrienta campaña que había temido, la campaña que hubiese desgarrado China y aniquilado a toda una generación, había sido evitada. Tanto en el norte como en el sur.

¿Y luego qué? Emperador de China, sí. ¿Qué esperaría el pueblo? Ahora que había conseguido esa gran victoria, ¿debía volver y someter de nuevo a los tibetanos? ¿Obligar a los turcohablantes de Xinjiang a someterse de nuevo al yugo chino? ¿Derramar sangre china en las playas de Taiwan para satisfacer antiguas reclamaciones de que los chinos tenían algún derecho heredado para gobernar a la mayoría malaya de esa isla? ¿Invadir cualquier nación que maltratara a su minoría china? ¿Dónde se detendría? ¿En las junglas de Papúa? ¿En la India? ¿O en la antigua frontera occidental del imperio de Gengis, las tierras de la Horda Dorada en las estepas de Ucrania?

Lo que más le asustaba de esos planteamientos era que podía hacerlo. Sabía que con China tenía un pueblo con la inteligencia, el vigor, los recursos y la voluntad unificada... todo lo que un gobernante necesitaba para salir al mundo y convertir en suyo cuanto viera. Y como era posible, había una parte de él que quería intentarlo, ver adónde conducía ese camino.

Sé adónde conduce, pensó Han Tzu. Conduce a Virlomi dirigiendo su patético ejército de voluntarios mal armados a una muerte segura. Conduce a Julio César muerto en el suelo del Senado, murmurando que ha sido traicionado. Conduce a Adolf y Eva muertos en un búnker subterráneo mientras su imperio se desmorona con explosiones por encima de sus cadáveres. O conduce a Augusto, buscando un sucesor, sólo para darse cuenta de que tiene que entregarlo todo a su retorcido y perverso... ¿hijastro? ¿Qué era Tiberio, en realidad? Un triste ejemplo de cómo se dirigen inevitablemente los imperios. Porque los que llegan a la cima en un imperio son los intrigantes, los asesinos o los señores de la guerra.

¿Es eso lo que quiero para mi pueblo? Me hice emperador porque de esa forma podía deponer al Tigre de las Nieves e impedir que me matara. Pero China no necesita ningún imperio. China necesita un buen gobierno. El pueblo chino necesita quedarse en casa y ganar dinero, o viajar por el mundo y ganar todavía más dinero. Necesita dedicarse a la ciencia y hacer literatura y ser parte de la especie humana.

Necesita que no mueran más hijos suyos en batalla. Necesita no tener que retirar los cadáveres del enemigo. Necesita paz.

La noticia de la muerte de Bean se difundió lentamente fuera de Armenia. A Petra le llegó, increíblemente, a su teléfono móvil en Moscú, donde estaba todavía dirigiendo a sus tropas en la toma completa de la ciudad. La noticia de la devastadora victoria de Han le había llegado a ella pero no al público general. Necesitaba tener el completo control de la ciudad antes de que el pueblo se enterara del desastre. Necesitaba asegurarse de que podría contener la reacción.

Fue su padre al teléfono. Su voz era ronca y ella supo de inmediato por qué la llamaba.

—Los soldados que fueron rescatados de Teherán. Volvieron vía Israel. Vieron... Julian no volvió con ellos.

Petra sabía perfectamente bien lo que había pasado. Y, para remache, que Bean se habría asegurado de que la gente creyera haberlo visto pasar. Pero dejó que la escena se representara y dijo las frases que se esperaban de ella.

—¿Lo dejaron allí?

—No había... nada que traer.

Un sollozo. Era bueno saber que su padre había llegado a amar a Bean. O tal vez sólo lloraba de pena por su hija, ya viuda y apenas mujer.

—Quedó atrapado en la explosión de un edificio. Todo voló por los aires. No pudo sobrevivir.

—Gracias por decírmelo, padre.

—Sé que es... ¿qué será de los bebés? Vuelve a casa, Pet, nosotros...

—Cuando acabe con la guerra, padre, volveré a casa y lloraré a mi marido y cuidaré a mis bebés. Ahora mismo están en buenas manos. Te quiero. Y a mamá. Estaré bien. Adiós.

Cortó la conexión.

Varios oficiales que la rodeaban la miraron extrañados. Por lo que había dicho de llorar a su marido.

—Esto es información de alto secreto —les dijo a los oficiales—. Sólo animaría a los enemigos del Pueblo Libre. Pero mi marido ha... entró en un edificio en Teherán y voló por los aires. Nada que hubiera dentro puede haber sobrevivido.

Ellos no la conocían, esos finlandeses, estonios, lituanos, letones. No lo suficiente para decir un sentido pero inadecuado «lo siento».

—Tenemos trabajo que hacer —dijo ella, aliviándolos de su responsabilidad de cuidarla. No podían saber que lo que estaba mostrando no era férreo autocontrol, sino fría ira. Perder a tu marido en la guerra era una cosa. Pero perderlo porque se negaba a llevarte consigo...

Eso era injusto. A la larga, ella hubiese decidido lo mismo. Sólo quedaba un bebé por encontrar. Y aunque ese bebé estuviera muerto o no hubiera existido nunca (¿cómo sabían cuántos había, excepto por lo que les había dicho Volescu?), los cinco bebés normales no tenían por qué vivir de un modo tan drásticamente deformado. Habría sido como obligar a un gemelo sano a pasarse toda la vida hospitalizado porque su hermano estuviera en coma.

Yo habría elegido lo mismo *si hubiera tenido tiempo*.

No había tiempo. La vida de Bean era ya demasiado frágil. Lo estaba perdiendo.

Y ella había sabido desde el principio que de un modo u otro lo perdería. Cuando él le suplicó que no se casara con ella, cuando insistió en que no quería ningún hijo, fue para evitar que se sintiera como se sentía en aquellos momentos.

Saber que era por su culpa, elección suya, no aliviaba nada el dolor. Si acaso, lo empeoraba.

Por eso estaba enfadada. Consigo misma. Con la naturaleza humana. Con el hecho de que era humana y por tanto tenía que tener esa naturaleza quisiera o no. El deseo de tener hijos con el mejor hombre que conocía, el deseo de aferrarse a él para siempre.

Y el deseo de continuar esa batalla y vencer, superando a sus enemigos, aislándolos, arrebatándoles el poder y apartándolos.

Era terrible comprender eso sobre sí misma: que amaba la competición de la guerra tanto como añoraba a su marido y sus hijos, porque hacer una cosa apartaría de su mente la pérdida de los otros.

Cuando los disparos comenzaron, Virlomi sintió un escalofrío de emoción. Pero también una enfermiza sensación de temor. Como si supiera algún terrible secreto sobre esa campaña que no se había permitido escuchar hasta que los cañonazos llevaron el mensaje a su conciencia.

Casi de inmediato, su conductor trató de ponerla a salvo. Pero ella insistió en dirigirse hacia el grueso del combate. Podía ver dónde estaba congregado el enemigo, en las montañas, a cada lado. Inmediatamente reconoció las tácticas que estaban empleando.

Empezó a dar órdenes. Mandó que notificaran a las otras dos columnas que se retiraran a los valles y enviaran equipos de reconocimiento. Envió a sus tropas de elite, las que habían combatido con ella durante años, pendiente arriba para que se enfrentaran al enemigo mientras ella retiraba al resto de sus soldados.

Pero la masa de soldados desentrenados estaba demasiado asustada para comprender sus órdenes o ejecutarlas bajo el fuego. Muchos hombres rompieron la formación y echaron a correr: directamente hacia el valle, donde quedaron expuestos a los disparos. Y Virlomi sabía que no muy lejos por detrás de ellos estarían las fuerzas de seguimiento que tan descuidadamente habían pasado de largo.

Todo porque ella, preocupada con los rusos, no esperaba que Han Tzu fuera capaz de enviar una fuerza de tamaño apreciable tan al sur.

Seguía asegurando a sus oficiales que se trataba de un contingente pequeño, que no podían dejar que los detuvieran. Pero los cadáveres seguían cayendo. Los disparos sólo parecían aumentar. Y ella se dio cuenta de que no se enfrentaba a una vieja unidad de la guardia de protección civil agrupada a toda prisa para acosarlos mientras marchaban. Eran soldados disciplinados que acorralaban sistemáticamente a sus tropas (sus cientos de miles de soldados) en un matadero a lo largo de la carretera y la ribera del río.

Y sin embargo los dioses seguían protegiéndola. Caminaba entre los soldados acobardados, erguida, y ni una sola bala la alcanzó. Los soldados caían a su alrededor, pero ella permanecía intacta.

Sabía cómo interpretaban eso los soldados: los dioses la protegían.

Pero ella entendía algo completamente diferente: el enemigo tiene órdenes de no hacerme daño. Y esos soldados están tan bien entrenados y son tan disciplinados que obedecen esa orden.

La fuerza que se enfrentaba a ellos no era grande: su potencia de fuego no era abrumadora. Pero la mayoría de sus soldados ni siquiera disparaban. ¿Cómo podían hacerlo? No veían un blanco al que disparar. Y el enemigo habría concentrado su fuego en cualquier fuerza que intentara dejar la carretera y subir a las colinas para atacar sus líneas.

Por lo que podía ver, si algún enemigo había muerto, era por accidente.

Soy Varo, pensó. He guiado a mis tropas a una trampa, como Varo guió a las legiones romanas, y todos vamos a morir. A morir sin dañar siquiera al enemigo.

¿En qué estaba yo pensando? Este terreno es ideal para emboscadas. ¿Por qué no lo vi? ¿Por qué estaba segura de que el enemigo no podía atacarnos aquí? Lo que estás segura de que el enemigo no *puede* hacer pero que podría destruirte si lo hiciera es algo que a pesar de todo debes tener en cuenta. Eso era elemental.

Ningún miembro del grupo de Ender hubiese cometido un error semejante.

Alai lo sabía. La había advertido desde el principio. Sus tropas no estaban preparadas para esa campaña. Sería una masacre. Y allí estaban, muriendo todos a su alrededor, la carretera entera cubierta de cadáveres. El trabajo de sus hombres había quedado reducido a la labor de apilar los cadáveres en parapetos improvisados contra el fuego enemigo. No tenía sentido seguir dando órdenes, porque no las entenderían ni las obedecerían.

Y sin embargo los hombres seguían luchando.

Su teléfono móvil sonó.

Supo de inmediato que era el enemigo, llamándola para que se rindiera. ¿Pero cómo podían conocer su número?

¿Era posible que Alai estuviera con ellos?

—Virlomi.

No era Alai. Pero ella conocía la voz.

—Soy Suri.

Suriyawong. ¿Eran tropas del PLT o tailandesas? ¿Cómo podían las tropas de Suri cruzar Birmania para llegar hasta allí?

No eran tropas chinas. ¿Por qué de pronto todo estaba tan claro? ¿Por qué no había estado claro antes, cuando Alai se lo advertía? En sus conversaciones privadas, Alamandar dijo que todo saldría bien porque los rusos tendrían al enemigo chino muy ocupado al norte. Mientras Han Tzu se defendiera de un ataque, el otro podría asolar China. O si intentaba luchar contra ambos ataques, entonces cada uno destruiría parte de su ejército.

Lo que ninguno de ellos había advertido era que Han Tzu era igual de capaz que ellos de encontrar aliados.

Suriyawong, cuyo amor ella había rechazado. Parecía algo muy lejano. De cuando eran niños. ¿Era aquello su venganza porque se había casado con Alai en vez de con él?

—¿Puedes oírme, Vir?

—Sí.

—Preferiría capturar a esos hombres. No quiero pasarme el resto del día matándolos a todos.

—Entonces para.

—No se rendirán mientras tú sigas luchando. Te adoran. Están muriendo por ti. Diles que se rindan y deja que los supervivientes vuelvan a casa con sus familias cuando termine la guerra.

—¿Decirles a los indios que se rindan a los *siameses*?

—Vir —dijo Suri—. Están muriendo por nada. Sálvales la vida.

Ella cortó la comunicación. Miró a los hombres que tenía alrededor, los que estaban vivos, agazapados tras los cadáveres de sus camaradas, buscando algún tipo de blanco en los árboles, en las pendientes... y sin poder ver nada.

—Han dejado de disparar —dijo uno de sus oficiales supervivientes.

—Suficientes hombres han muerto por mi orgullo —dijo Virlomi—. Que los muertos me perdonen. Viviré mil vidas para compensar este día vanidoso y estúpido. —Alzó la voz—. Deponed vuestras armas. Virlomi dice: deponed vuestras armas y levantaos con las manos arriba. ¡No entreguéis más vidas! ¡Deponed vuestras armas!

—¡Moriremos por ti, Madre India! —exclamó uno de los hombres.

—¡Satyagraha! —gritó Virlomi—. ¡Soportad lo que debe ser soportado! ¡Lo que hoy debéis soportar es la rendición! ¡La Madre India os ordena vivir para poder volver a casa y consolar a vuestras esposas y tener hijos que sanen las grandes heridas que han desgarrado hoy el corazón de la India!

Algunas de sus palabras y todo el significado de su mensaje fueron transmitidos por la carretera llena de cadáveres.

Ella dio ejemplo alzando las manos y saliendo de detrás de la muralla de cuerpos, al descubierto. Naturalmente, nadie le disparó, porque nadie lo había hecho durante toda la batalla. Pero pronto otros la imitaron. Formaron fila al lado de la pared de cadáveres que ella había elegido, dejando detrás sus armas.

De los árboles situados a ambos lados de la carretera fueron saliendo cautelosos soldados tailandeses, las armas todavía en ristre. Estaban cubiertos de sudor y el frenesí de la matanza apenas empezaba a abandonarlos.

Virlomi se dio media vuelta y miró hacia atrás. Saliendo de los árboles del otro lado de la carretera se encontraba Suriyawong. Ella retrocedió para reunirse con él en el prado, al otro lado de la muralla de cadáveres. Se detuvieron a tres pasos de distancia.

Ella indicó carretera arriba y abajo.

—Bien. Esto es obra tuya.

—No, Virlomi —dijo él con tristeza—. Es tuya.

—Sí. Lo sé.

—¿Vendrás conmigo a decirles a los otros dos ejércitos que dejen de luchar? Sólo se rendirán cuando tú lo digas.

—Sí —respondió ella—. ¿Ahora?

—Comunícaselo por teléfono, a ver si obedecen. Si intento llevarte ahora mismo, estos soldados volverán a empuñar las armas para detenerme. Por algún motivo, todavía te adoran.

—En la India adoramos a la Destructora además de a Vishnu y Brahma.

—No sabía que sirvieras a Shiva —dijo Suriyawong.

Ella no pudo responderle. Usó el teléfono móvil e hizo las llamadas.

—Están intentando que los hombres dejen de luchar.

Entonces el silencio entre ellos se prolongó. Virlomi pudo oír las órdenes a gritos de los soldados tailandeses que hacían formar a sus hombres en grupos pequeños y los hacían marchar valle abajo.

—¿No vas a preguntarme por tu marido? —dijo Suri.

—¿Qué pasa con él?

—¿Tan segura estás de que tus conspiradores musulmanes lo mataron?

—No iba a matarlo nadie —dijo ella—. Sólo iban a confinarlo hasta después de la victoria.

Suri se rió amargamente.

—¿Llevas todo este tiempo combatiendo a los musulmanes, Vir, y todavía no los comprendes? Esto no es un juego de ajedrez. El rey no es sagrado.

—Nunca pretendí su muerte.

—Le quitaste el poder —dijo Suri—. Él intentó impedir que hicieras *esto* y conspiraste contra tu propio esposo. Él fue mejor amigo de la India que tú. —Su voz se quebró de pasión.

—No me puedes decir nada que sea más cruel de lo que yo me digo ahora a mí misma.

—La niña Virlomi, tan valiente, tan sabia —dijo Suri—. ¿Existe todavía? ¿O la ha destruido también la diosa?

—La diosa ha desaparecido —dijo Virlomi—. Sólo queda la loca, la asesina.

Una radio de campo chisporroteó en la cintura de Suri. Dijeron algo en tailandés.

—Por favor, ven conmigo, Virlomi. Un ejército se ha rendido, pero el otro abatió al oficial al que telefoneaste cuando intentó dar la orden.

Un helicóptero se acercó entonces. Aterrizó. Subieron a él.

En el aire, Suriyawong le preguntó:

—¿Qué vas a hacer ahora?

—Soy tu prisionera. ¿Qué vas a hacer tú?

—Eres prisionera de Peter Wiggin. Tailandia acaba de unirse al PLT.

Ella sabía lo que eso significaría para Suriyawong. Tailandia... incluso el nombre significaba «tierra de los libres». La nueva «nación» de Peter había adoptado el nombre de la patria de Suriyawong. Su patria ya no era soberana. Había renunciado a su independencia. Peter Wiggin sería amo de todo.

—Lo siento —dijo.

—¿Lo sientes? ¿Sientes que mi pueblo sea libre dentro de sus fronteras y no haya más guerras?

—¿Qué hay de mi pueblo?

—No vas a volver con ellos —dijo Suri.

—¿Cómo iba hacerlo? Aunque me dejarais, ¿cómo podría hablarles?

—Esperaba que les hablaras. En vídeo. Para ayudar a deshacer en parte el daño que has causado hoy.

—¿Qué podría decir o hacer?

—Todavía te adoran. Si desapareces ahora, si nunca volvieran a oír hablar de ti, la India sería ingobernable durante cien años.

—La India siempre ha sido ingobernable —dijo Virlomi sinceramente.

—*Menos* gobernable que nunca —dijo Suri—. Pero si tú les hablas, si tú les dices...

—¡No les diré que se rindan a otra potencia extranjera, no después de haber sido conquistados por los chinos y luego por los musulmanes!

—Si les pides que voten, que decidan libremente vivir en paz, dentro del Pueblo Libre...

—¿Y darle a Peter Wiggin la victoria?

—¿Por qué estás furiosa con Peter? ¿Qué te ha hecho sino ayudarte a ganar la libertad de tu pueblo de la única manera que le fue posible?

Era cierto. ¿Por qué estaba tan furiosa?

Porque la había derrotado.

—Peter Wiggin —dijo Suriyawong— tiene el derecho de conquista. Sus tropas destruyeron a tu ejército en combate. Ha dado prueba de una clemencia que no tenía por qué tener.

—*Tú* has dado prueba de esa clemencia.

—He seguido las instrucciones de Peter —dijo Suriyawong—. Él no quiere ningún ocupante extranjero en la India. Quiere que los musulmanes salgan de ella. Sólo quiere que los indios gobiernen a los indios. Unirse al PLT significa exactamente eso. Una India libre. Pero una India que no necesite, y por tanto no tenga, un ejército.

—Una nación sin ejército no es nada —dijo Virlomi—. Cualquier enemigo puede destruirla.

—Ése es el trabajo del Hegemón en el mundo. Destruye a los agresores, para que las naciones pacíficas puedan continuar en paz. La India era la agresora. Bajo tu liderazgo, la India fue la invasora. Ahora, en vez de castigar a tu pueblo, le ofrece libertad y protección si depone las armas. ¿No es eso Satyagraha, Vir? ¿Renunciar a lo que antes valorabas, porque ahora sirves a un bien superior?

—¿Vienes a enseñarme el Satyagraha a mí?

—Escucha la arrogancia en tu voz, Vir. —Avergonzada, ella apartó la mirada—. Te enseño el Satyagraha porque lo viví durante años. Me escondí por completo para poder ser aquel en quien Aquiles confiara en el momento en que pudiera traicionarlo y salvar al mundo de él. No sentí ningún orgullo al final. Había vivido en la inmundicia y la vergüenza... eternamente. Pero Bean me aceptó y confió en mí. Y Peter Wiggin actuó como si hubiera sabido todo el tiempo quién era yo realmente. Ellos aceptaron mi sacrificio.

»Ahora te pido, Vir, tu sacrificio. Tu Satyagraha. Una vez lo pusiste todo en el altar de la India. Luego tu orgullo casi deshizo lo que habías conseguido. Te lo pido ahora, ¿ayudarás a tu pueblo a vivir en paz, de la única forma en que se puede tener paz en este mundo? ¿Uniéndose al Pueblo Libre de la Tierra?

Ella sintió las lágrimas correrle por la cara.

Como aquel día en que grabó el vídeo de las atrocidades.

Sólo que esta vez era ella quien había causado la muerte de todos aquellos jóvenes indios. Habían ido a morir allí porque la amaban y la servían. Les debía algo a sus familias.

—Haré lo que ayude a mi pueblo a vivir en paz.

25

Cartas

De: Bean@Dondedemoniosestoy
A: Graff%peregrinacion@colmin.gov
Sobre: ¿Lo conseguimos de verdad?

No puedo creer que me sigas teniendo enganchado a las redes. ¿Esto continúa por ansible ahora que nos estamos moviendo a velocidades relativistas?

Los bebés están bien aquí. Hay espacio suficiente para que gateen. Una biblioteca tan grande que creo que no les faltará lectura interesante ni material que contemplar durante... semanas. Sólo serán semanas, ¿no?

Lo que me estoy preguntando es: ¿lo logramos? ¿Cumplí vuestro objetivo? Miro el mapa y sigue sin haber nada inevitable. Han Tzu dio su discurso de despedida, igual que lo hicieron Vlad y Alai y Virlomi. Eso hace que me sienta estafado. Consiguieron despedirse del mundo antes de desaparecer en esta buena noche. Pero claro, ellos tenían naciones que intentar convencer. Yo nunca tuve a nadie que me siguiera. Nunca lo quise. Eso es, supongo, lo que me mantuvo al margen del resto del grupo: yo era el único que no deseaba ser Ender.

Mira el mapa, Hyrum. ¿Aceptarán el plan de Han Tzu de dividir China en seis naciones y unirlas todas al Pueblo Libre? ¿O seguirán unificadas y se le unirán de todas formas? ¿O buscarán a otro emperador? ¿Se recuperará la India de la humillación de la derrota de Virlomi? ¿Seguirán los indios su consejo y abrazarán el PLT? Nada está asegurado, y yo tengo que marcharme.

Lo sé, me lo notificarás por ansible cuando suceda algo interesante. Y en cierto modo, no me importa. No voy a estar allí, no voy a tener ningún efecto sobre ello.

En cierto modo, aún me importa menos. Porque nunca me importó en realidad.

Sin embargo, me preocupo también con todo mi corazón. Porque Petra está allí con los únicos bebés que en realidad quise: los bebés que no tienen mis defectos. Conmigo sólo tengo a los lisiados. Y mi único miedo es que moriré antes de haberles enseñado nada.

No te avergüences cuando veas que tu vida llega a su fin y aún no habéis encontrado una cura para mí. Nunca creí en cura ninguna. Creí que había suficiente oportunidad para dar este salto a la noche, y con cura o sin ella, sabía que no quería que mis hijos defectuosos vivieran lo suficiente para cometer mi error y reproducirse, y mantener este valioso y terrible camino en marcha, generación tras generación. Pase lo que pase, está bien.

Y se me ocurre una cosa. ¿Y si la hermana Carlotta tenía razón? ¿Y si Dios me está esperando con los brazos abiertos? Entonces todo lo que estoy haciendo es posponer nuestro encuentro. Pienso en encontrarme con Dios. ¿Será como cuando conocí a mis padres? (Siempre escribo «los padres de Nikolai».) Me cayeron bien. Quise amarlos. Pero supe que Nikolai era el hijo que ella engendró, el hijo que ellos criaron. Y yo era... de ninguna parte. Y para mí, mi padre fue una niña pequeña llamada Poke, y mi madre fue la hermana Carlotta, y estaban muertas. ¿Quiénes eran en realidad esas otras personas?

¿Será así verse con Dios? ¿Me decepcionaré con la realidad, porque prefiero al sustituto que imagino?

Te guste o no, Hyrum, tú fuiste Dios en mi vida. No te invité, ni siquiera te aprecié, pero seguías MEDRANDO. Y ahora me has enviado a la oscuridad exterior con la promesa de salvarme. Una promesa que no creo que puedas mantener. Pero al menos TÚ no eres un extraño. Te conozco. Y creo que sinceramente tienes buenas intenciones. Si tengo que elegir entre un Dios omnipotente que deja al mundo en este estado, o un Dios que sólo tiene un poder limitado pero realmente se preocupa y trata de mejorar las cosas, te elegiré siempre. Sigue jugando a ser

Dios, Hyrum. No lo haces mal. A veces hasta te sale bien.

¿Por qué escribo de esta forma? Podemos enviarnos correos electrónicos cuando queramos. El caso es que aquí no va a pasar nada, así que no tendré nada que decirte. Y nada de lo que tú tengas que decirme me importará mucho cuanto más me aleje de la Tierra. Así que éste es el momento adecuado para este discurso de despedida.

Espero que Peter tenga éxito y una al mundo en paz. Creo que todavía tiene un par de guerras grandes por delante.

Espero que Petra vuelva a casarse. Cuando te pregunte tu opinión, dile que digo esto: quiero que mis hijos tengan un padre en sus vidas. No la leyenda ausente de un padre, sino un padre real. Mientras elija a alguien que los ame y les diga que lo han hecho bien, entonces adelante. Que sea feliz.

Espero que vivas para ver las colonias establecidas y la especie humana progresando en otros mundos. Es un buen sueño.

Espero que estos hijos lisiados que tengo conmigo encuentren algo interesante que hacer con sus vidas después de mi muerte.

Espero que la hermana Carlotta y Poke estén ahí para recibirme cuando muera. La hermana Carlotta podrá decirme que te lo dije. Y yo podré decirles a ambas lo mucho que siento no haber podido salvarles la vida, después de todos los problemas que tuvieron para salvar la mía.

Basta. Es hora de conectar el regulador gravitatorio y botar este navío.

De: Graff%pereginacion@colmin.gov
A: Bean@Dondedemoniosestoy
Sobre: Hiciste suficiente

Hiciste suficiente, Bean. Tuviste poco tiempo y sacrificaste muchas cosas para ayudarnos a Peter y a Mazer y a mí. Todo ese tiempo que podría haberos pertenecido a Petra y a ti y a vuestros bebés. Hiciste suficiente. Peter puede encargarse a partir de ahora.

En cuanto a todo ese asunto de Dios... no creo que el

Dios verdadero tenga tan mal historial como piensas. Cierto, mucha gente vive una vida terrible. Pero no se me ocurre nadie que lo haya pasado peor que tú. Y mira en lo que te has convertido. No quieres darle el mérito a Dios porque no crees que exista. Pero si vas a echarle la culpa de toda la mierda, tienes que darle la mierda de lo que crece en ese suelo fertilizado.

Lo que dijiste respecto a que Petra busque un padre real en sus vidas. Sé que no hablabas de ti mismo. Pero tengo que decirlo, porque es cierto, y mereces oírlo.

Bean, estoy orgulloso de ti. Estoy orgulloso de mí mismo porque he podido conocerte. Te recuerdo allí sentado después de que dedujeras lo que estaba sucediendo realmente en la guerra contra los insectores. ¿Qué hago con este niño? No podemos guardarle ningún secreto.

Lo que decidí fue: confiaré en él.

No defraudaste mi confianza. La sobrepasaste. Tu alma es grande. Pusiste el listón muy alto mucho antes de crecer tanto.

Lo hiciste bien.

El plebiscito se celebró y Rusia se unió al PLT. La Liga Musulmana se disolvió y las naciones más beligerantes se sometieron, momentáneamente. Armenia estaba a salvo.

Petra envió a sus hombres a casa en los mismos trenes civiles que los habían traído a Moscú.

Había durado un año.

Durante ese tiempo había echado de menos a sus bebés. Pero no soportaba verlos. Se negaba a que los trajeran. Se negaba incluso a tomarse un breve permiso para verlos.

Porque sabía que cuando volviera a casa sólo habría cinco. Y los dos que mejor conocía, y a los que por tanto amaba más, no estarían.

Porque sabía que tendría que enfrentarse al resto de su vida sin Bean.

Así que se mantenía ocupada... y no había escasez de trabajo importante que hacer. Se decía a sí misma: la semana que viene tomaré un permiso e iré a casa.

Entonces su padre fue a verla y se abrió paso entre los auxiliares y empleados que la aislaban del mundo exterior. La verdad sea dicha, probablemente se alegraron de verlo y lo dejaron pasar. Porque Petra estaba hecha un basilisco y aterrorizaba a cuantos la rodeaban.

Su padre la abordó con actitud inflexible.

—Sal de aquí —dijo.

—¿De qué estás hablando?

—Tu madre y yo nos perdimos la mitad de tu infancia porque *te arrancaron* de nosotros. Te estás privando de algunos de los mejores momentos de la vida de tus hijos. ¿Por qué? ¿De qué tienes miedo? ¿La gran soldado y unos bebés te asustan?

—No quiero hablar de esto —dijo ella—. Soy una adulta. Tomo mis propias decisiones.

—No has dejado de ser mi hija.

Entonces él se alzó sobre ella y por un instante Petra experimentó el miedo infantil de que él iba a... a... darle un cachete.

Todo lo que hizo fue rodearla con sus brazos. Fuerte.

—Me estás ahogando, papá.

—Entonces funciona.

—Lo digo en serio.

—Si tienes aliento para seguir discutiendo conmigo, entonces no he terminado.

Ella se echó a reír.

Él la libró del abrazo pero siguió sujetándola por los hombros.

—Querías a esos niños más que a nada en el mundo, y tenías razón. Ahora quieres evitarlos porque piensas que no podrás soportar la pena por los que no están allí. Y te digo que te equivocas. Y lo sé. Porque estuve para Stefan durante todos los años en que tú permaneciste fuera. No me oculté de *él* porque no te tenía a *ti*.

—Sé que tienes razón —dijo Petra—. ¿Crees que soy estúpida? No he decidido *no* verlos. Simplemente, lo he ido retrasando.

—Tu madre y yo le hemos escrito a Peter suplicándole que te ordene volver a casa. Y todo lo que ha dicho ha sido: «Volverá cuando no pueda evitarlo.»

—¿No pudisteis hacerle caso? Es el Hegemón del mundo entero.

—Ni siquiera de medio mundo todavía —dijo su padre—. Y puede que sea Hegemón de naciones, pero no tiene ninguna autoridad sobre mi familia.

—Gracias por venir, papá. Voy a desmovilizar a mis tropas mañana y enviarlas a casa a través de fronteras que no requieren pasaporte porque forman parte del Pueblo Libre de la Tierra. He estado haciendo cosas mientras he permanecido aquí. Pero ya he terminado. Iba a volver a casa de todas formas. Pero ahora lo haré porque tú me lo has dicho. ¿Ves? Estoy dispuesta a ser obediente, mientras me ordenes lo que iba a hacer de cualquier manera.

El Pueblo Libre de la Tierra tenía cuatro capitales: Bangkok fue añadida a Ruanda, Rotterdam y Blackstream. Pero era en Blackstream (Ribeirão Preto) donde vivía el Hegemón. Y fue allí donde Peter había trasladado a los hijos de Petra. Ni siquiera le había pedido permiso y por eso se enfureció cuando la puso al corriente de lo que había hecho. Pero estaba ocupada en Rusia y Peter dijo que Rotterdam no era sitio para ella ni era sitio para él, y que él iba a vivir en casa y a cuidar de sus hijos donde pudiera asegurarse de que los atendían bien.

Así que fue en Brasil donde ella se asentó. Y le pareció bien. El invierno de Moscú había sido una pesadilla, incluso peor que los inviernos de Armenia. Y le gustaba el aspecto de Brasil, el ritmo de la vida, la manera en que se movían los brasileños, el fútbol en las calles, la manera que tenían de no ir nunca vestidos del todo, la melodía de la lengua portuguesa en los bares del barrio junto con el batuque y la samba y la risa y el fuerte olor de la pinga.

Fue en coche parte del camino pero luego le pagó al conductor y le dijo que llevara su equipaje al complejo e hizo caminando el resto del trayecto. Sin planificarlo, se encontró caminando ante la casita donde ella y Bean habían vivido cuando no estaban en el complejo.

La casa había cambiado. Se dio cuenta: estaba unida a la casa de al lado por un par de habitaciones añadidas y la pared del jardín entre ambas había sido derribada. Ahora era una casa grande.

Qué vergüenza. No podían dejarla en paz.

Entonces vio el nombre en el cartelito que había en la pared, junto a la verja.

Delphiki.

Abrió la verja sin batir las palmas para pedir permiso. Ya sabía lo que había sucedido, pero le costaba creer que Peter se hubiera tomado tantas molestias.

Abrió la puerta y entró y...

Allí estaba la madre de Bean, en la cocina, preparando algo que tenía un montón de aceitunas y ajo.

—Oh —dijo Petra—. Lo siento. No sabía que... creía que estabas en Grecia.

La sonrisa del rostro de la señora Delphiki fue toda la respuesta que Petra necesitaba.

—Claro que puedes pasar, es tu casa. Yo soy la visitante. ¡Bienvenida!

—Has venido... has venido a cuidar de los bebés.

—Ahora trabajamos para el PLT. Pero no podía soportar estar lejos de mis nietos. Pedí permiso. Ahora cocino y cambio pañales sucios y grito a las *empregadas*.

—¿Dónde están...?

—¡Es la hora de la siesta! —dijo la señora Delphiki—. Pero te juro que el pequeño Andrew está fingiendo. No duerme nunca. Cada vez que entro, sólo tiene los ojos entrecerrados.

—No me conocerán —dijo Petra.

La señora Delphiki hizo un gesto con la mano.

—Claro que no. ¿Pero crees que van a acordarse de eso? No recuerdan nada de lo que pasa antes de los tres años.

—Me alegro de verte. ¿Se... despidió de vosotros?

—No fue nada sentimental. Pero sí, nos llamó. Y nos envió unas bonitas cartas. Creo que a Nikolai le afectó más que a nosotros, porque conocía mejor a Julian. De la Escuela de Batalla, ya sabes. Pero Nikolai está casado ahora, ¿lo sabías? Así que muy pronto tal vez tengamos otro nieto. No es que andemos escasos. Julian y tú lo habéis hecho muy bien.

—Si estoy callada y no los despierto, ¿puedo entrar a verlos?

—Los tenemos repartidos en dos habitaciones. Andrew comparte una habitación con Bella, porque nunca duerme, pero ella puede seguir durmiendo pase lo que pase. Julian y Petra y Ramón están en la otra habitación. La necesitan más oscura. Pero si los despiertas, no habrá problema. Ninguna cuna tiene barrotes, porque se escapan de todas formas.

—¿Ya caminan?

—Y corren. Se suben a las cosas. Se caen. ¡Tienen más de un año, Petra! ¡Son niños normales!

Estuvo a punto de echarse a llorar, porque le recordó a los hijos que no eran normales. Pero la señora Delphiki no se refería a eso, y no había motivos para castigarla estallando en un mar de lágrimas por un comentario sin malicia.

Así que los dos que llevaban los nombres de los hijos que más anhelaba compartían habitación. Tuvo suficiente valor para afrontarlo. Entró allí primero.

Nada en aquellos bebés le recordaba a los que se habían marchado. Eran grandes. Ya sabían andar. Y, en efecto, los ojos de Andrew estaban abiertos. Se volvió a mirarla.

Ella le sonrió.

Él cerró los ojos y fingió estar dormido.

Bueno, que se retire y decida qué piensa de mí. No voy a exigir que me amen cuando ni siquiera me conocen.

Se acercó a la cuna de Bella. Dormía profundamente, sus negros rizos aplastados y húmedos contra la cabeza. La herencia genética Delphiki era *muy* complicada. En Bella se notaban las raíces africanas de Bean, mientras que Andrew parecía armenio.

Acarició uno de los rizos de Bella y la niña no se agitó. Su mejilla estaba caliente y húmeda.

Es mía, pensó Petra.

Se dio la vuelta y vio que Andrew estaba sentado en la cama, mirándola tan tranquilo.

—Hola, mamá —dijo.

Petra se quedó sin respiración.

—¿Cómo me has conocido?

—Por las fotos.

—¿Quieres levantarte?

Él miró el reloj de la cómoda.

—No es la hora.

¿Ésos eran niños *normales*?

¿Cómo podía saber la señora Delphiki lo que era normal, de todas formas? Nikolai no era precisamente estúpido.

Aunque no eran *tan* inteligentes. Los dos llevaban pañales.

Petra se acercó a Andrew y le tendió la mano. ¿Qué pienso que es, un perro al que darle la mano para que la olisquee?

Andrew agarró un par de dedos, sólo un instante, como para asegurarse de que era real.

—Hola, mamá.

—¿Puedo darte un beso?

Él levantó la cara y se empinó. Ella se agachó y lo besó.

El contacto de sus manos. La sensación de su besito. El rizo en la mejilla de Bella. ¿A qué había estado esperando? ¿Por qué había tenido miedo? Idiota. Soy una idiota.

Andrew volvió a acostarse y cerró los ojos. Como había advertido la señora Delphiki, era absolutamente increíble. Petra pudo ver el blanco de sus ojos a través de los párpados entrecerrados.

—Te quiero —susurró.

—Yotamiéntequiero —murmuró Andrew.

Petra se alegró de que alguien le hubiera dicho esas palabras tan a menudo para que la respuesta fuera automática.

Cruzó el pasillo hasta la otra habitación. Estaba mucho más oscura. No veía lo suficientemente bien para atravesarla. Sus ojos tardaron unos instantes en acostumbrarse a la penumbra y en distinguir las tres camitas.

¿Reconocería a Ramón cuando lo viera?

Alguien se movió a su izquierda. Ella se sobresaltó, y eso que era soldado. En un momento adoptó una pose defensiva, dispuesta a saltar.

—Sólo soy yo —susurró Peter Wiggin.

—No tenías que venir a...

Él se llevó un dedo a los labios. Se acercó a la cuna más apartada.

—Ramón —susurró.

Ella se acercó a la cuna.

Peter extendió la mano y agitó algo. Un papel.

—¿Qué es esto? —preguntó ella. En un susurro.

Él se encogió de hombros.

Si no sabía lo que era, ¿por qué se lo había señalado?

Ella lo sacó de debajo de Ramón. Era un sobre, pero no contenía mucho.

Peter la tomó suavemente por el codo y la guió hasta la puerta. Cuando estuvieron en el pasillo, le dijo en voz baja:

—No puedes leerlo con esa luz. Y cuando Ramón se despierte, va a buscarlo y se enfadará si no está.

—¿Qué es?

—El papel de Ramón. Petra, Bean lo puso ahí antes de marcharse. Quiero decir, no *ahí*. Fue en Rotterdam. Pero lo metió bajo el pañal de Ramón cuando dormía en su cuna. Quería que tú lo encontraras. Así que ha estado ahí todas las noches de su vida. Sólo se ha hecho pis encima dos veces.

—De Bean.

La emoción con la que ella podía tratar mejor era la furia.

—Tú sabías que había escrito esto y...

Peter la condujo al saloncito.

—No me lo dio a mí, ni a nadie, para que te lo entregara. A menos que cuentes a Ramón. Se lo dio al culito de Ramón.

—Pero hacerme esperar un año para...

—Nadie pensó que sería un año, Petra. —Lo dijo muy suavemente, pero la verdad le dolió. Él siempre tenía el poder de hacerle daño, y sin embargo nunca lo evitaba.

—Te dejaré a solas para que lo leas.

—¿Quieres decir que no has venido a recibirme para poder averiguar qué dice?

—Petra. —La señora Delphiki estaba en la puerta del saloncito. Parecía levemente sorprendida—. Peter no ha venido por ti. Se pasa aquí todo el tiempo.

Petra miró a Peter y luego a la señora Delphiki.

—¿Por qué?

—Se le echan continuamente encima. Y los acuesta para dormir. Le obedecen mucho mejor que a mí.

La idea del Hegemón de la Tierra yendo a jugar con sus hijos le pareció rara. Y luego algo peor que rara. Parecía algo completamente injusto. Lo empujó.

—¿Vienes a *mi* casa a jugar con *mis* hijos?

Él no reaccionó; también mantuvo su terreno.

—Son unos chicos magníficos.

—Déjame averiguarlo, ¿quieres? ¡Déjame averiguarlo por mí misma!

—Nadie va a impedírtelo.

—¡Tú me lo impediste! ¡Yo andaba haciendo tu trabajo en Moscú, y tú estabas *aquí* jugando con mis hijos!

—Me ofrecí a llevártelos.

—No los quería en Moscú, estaba ocupada.

—Te ofrecí volver a casa. Una y otra vez.

—¿Y dejar el trabajo?

—Petra —dijo la señora Delphiki—, Peter ha sido muy bueno con tus hijos. Y conmigo. Y te estás comportando muy mal.

—No, señora Delphiki —contestó Peter—. Esto es sólo *levemente* mal. Petra es un soldado entrenado y el hecho de que yo esté todavía de pie...

—No te burles de mí. —Petra se echó a llorar—. He perdido un año de la vida de mis hijos y por mi culpa, ¿crees que no lo sé?

De uno de los dormitorios llegó un sonido de llanto.

La señora Delphiki puso los ojos en blanco y fue a rescatar a quienquiera que necesitara ser rescatado.

—Hiciste lo que tenías que hacer —dijo Peter—. Nadie te está criticando.

—Pero tú pudiste encontrar tiempo para mis hijos.

—No tengo hijos propios.

—¿Es culpa mía?

—Sólo estoy diciendo que tenía tiempo. Y... se lo debía a Bean.

—Le debes más que eso.

—Pero esto es lo que puedo hacer.

Ella no quería que Peter Wiggin fuera la figura paterna en la vida de sus hijos.

—Petra, lo dejaré si quieres. Ellos se preguntarán por qué no vengo, y luego lo olvidarán. Si no me quieres aquí, lo comprenderé. Esto es tuyo y de Bean, y no quiero entrometerme. Y, sí, quería estar aquí cuando abrieras ese sobre.

—¿Qué hay dentro?

—No lo sé.

—¿No hiciste que uno de tus hombres lo abriera al vapor?

Peter parecía un poco irritado.

La señora Delphiki entró en el salón llevando en brazos a Ramón, que lloraba y decía:

—Mi papel.

—Tendría que haberlo sabido —dijo Peter.

Petra alzó el sobre.

—Está aquí —dijo.

Ramón intentó agarrarlo insistentemente. Petra se lo entregó.

—Lo estás malcriando —dijo Peter.

—Ésta es tu mamá, Ramón —dijo la señora Delphiki—. Te amamantó cuando eras pequeñito.

—Era el único que no me mordía cuando... —A Petra no se le ocurrió ninguna forma de acabar la frase que no implicara hablar de Bean o los otros dos niños, los que tenían que comer comida sólida porque les salieron los dientes siendo increíblemente jóvenes.

La señora Delphiki no estaba dispuesta a rendirse.

—Deja que tu mamá vea el papel, Ramón.

Ramón lo agarró con más fuerza. Compartir no estaba todavía en su agenda.

Peter extendió la mano, le quitó el sobre y se lo entregó a Petra. Ramón empezó a llorar inmediatamente.

—Devuélveselo —dijo Petra—. He esperado mucho tiempo.

Peter metió el dedo bajo una esquina, lo rasgó y sacó una sola hoja de papel.

—Si les dejas salirse con la suya porque lloran, criarás a un puñado de mocosos quejicas que no podrá soportar nadie.

Le tendió el papel y le devolvió el sobre a Ramón, quien inmediatamente se calmó y empezó a examinar el objeto transformado.

Petra alzó el papel y se sorprendió al ver que estaba temblando. Lo que significaba que lo que le temblaba era la mano. No le parecía estar haciéndolo.

Y de repente Peter la sostuvo por los antebrazos y la ayudó a llegar al sofá, sus piernas no funcionaban bien del todo.

—Ven, siéntate aquí, es la conmoción, nada más.

—Ya tengo preparada tu merienda —le dijo la señora Delphiki a Ramón, que intentaba meter todo el brazo dentro del sobre.

—¿Te encuentras bien? —preguntó Peter.

Petra asintió.

—¿Quieres que me vaya para que puedas leer esto?

Ella volvió a asentir.

Peter estaba en la cocina despidiéndose de Ramón y la señora Delphiki cuando Andrew llegó por el pasillo. Se detuvo en la entrada del saloncito y dijo:

—La hora.

—Sí, es la hora, Andrew —contestó Petra.

Lo vio caminar hacia la cocina. Y un momento más tarde oyó su voz.

—Mamá —anunció.

—Eso es —dijo la señora Delphiki—. Mamá está en casa.

—Adiós, señora Delphiki —dijo Peter. Un momento después, Petra oyó abrirse la puerta.

—¡Espera un segundo, Peter! —llamó.

Él volvió. Cerró la puerta. Cuando entró en el saloncito, ella le tendió el papel.

—No puedo leerlo.

Peter no preguntó por qué. Cualquier idiota se hubiese dado cuenta de que tenía lágrimas en los ojos.

—¿Quieres que te lo lea?

—Tal vez pueda soportarlo si no es su voz lo que oigo.

Peter desplegó el papel.

—No es largo.

—Lo sé.

Él empezó a leer, en voz baja, para que sólo ella pudiera oírlo.

—«Te quiero —dijo—. Sólo hay una cosa que olvidamos decidir. No podemos tener dos parejas de niños con el mismo nombre. Así que he decidido que voy a llamar al Andrew que está conmigo Ender, porque así es como lo hemos llamado desde que nació. Y pensaré en el Andrew que está contigo como Andrew.»

Las lágrimas corrían ahora por el rostro de Petra y apenas podía contener los sollozos. Por algún motivo le rompía el corazón darse cuenta de que Bean estuviera pensando esas cosas antes de marcharse.

—¿Quieres que continúe? —preguntó Peter.

Ella asintió.

—«Y a la Bella que está contigo la llamaremos Bella. Porque a la que está conmigo he decidido llamarla Carlotta.»

Fue el colmo. Los sentimientos que había acumulado en su interior durante años, sentimientos que sus subordinados habían empezado a creer que no tenía, estallaron.

Pero sólo un minuto. Recuperó el control de sí misma y luego le instó a continuar.

—«Y aunque no esté conmigo, a la pequeña a la que le pusimos tu nombre, cuando les hable a los niños de ella, voy a llamarla Poke, para que no la confundan contigo. Tú no tienes que llamarla así, pero es que eres la única Petra que conozco, y deberíamos ponerle a alguien el nombre de Poke.»

Petra se echó a llorar. Se abrazó a Peter y él la sostuvo como un amigo, como un padre.

Peter no dijo nada. Ni «no pasa nada» ni «entiendo», quizá porque sí que pasaba algo y era lo bastante listo como para darse cuenta de que no lo entendía.

Cuando habló, fue después de que ella estuviera mucho más calmada y silenciosa y otro de los niños pasara por la puerta y proclamara a voz en grito:

—¡Señora llorando!

Petra se incorporó y palmeó el brazo de Peter.

—Gracias —dijo—. Lo siento.

—Ojalá su carta hubiera sido más larga. Fue obviamente sólo un pensamiento de último minuto.

—Fue perfecto —dijo Petra.

—Ni siquiera la firmó.

—No importa.

—Pero estaba pensando en ti y en los niños. Asegurándose de que pensaríais en todos los niños con los mismos nombres.

Ella asintió, temerosa de empezar otra vez.

—Me marcho —dijo Peter—. No volveré hasta que me invites.

—Vuelve cuando quieras. No quiero que mi vuelta a casa les cueste a los niños alguien a quien aman.

—Gracias.

Ella asintió. Quiso darle las gracias por leerle la carta y por no hacer ningún comentario por haberle llorado encima de la camisa, pero no se creía capaz de hablar, así que lo despidió con la mano.

Fue buena cosa haber llorado. Cuando entró en la cocina y se lavó la cara y escuchó a la pequeña Petra (a Poke) decir de nuevo «señora llorando», pudo conservar la calma y decir:

—Estaba llorando porque soy muy feliz de verte. Te he echado de menos. Tú no te acuerdas de mí, pero soy tu mamá.

—Les mostramos tu foto cada mañana y cada noche —dijo la señora Delphiki—, y ellos la besan.

—Gracias.

—Empezaron a hacerlo las enfermeras antes de que yo llegara.

—Ahora podré besar a mis hijos yo misma. ¿Estará bien? ¿No besar más la foto?

Era demasiado para que ellos lo comprendieran. Y si querían seguir besando la foto durante un tiempo a ella le parecería bien, igual que el sobre de Ramón. No había motivo para quitarles algo que valoraban.

A vuestra edad, dijo Petra en silencio, vuestro padre se buscaba la vida por su cuenta, tratando de no morirse de hambre en Rotterdam.

Pero todos vais a alcanzarlo y pasarlo de largo. Cuando tengáis veinte años y hayáis terminado la universidad y os vayáis a casar, él seguirá teniendo dieciséis años y se arrastrará por el tiempo mientras su nave estelar corre por el espacio. Cuando me enterréis, no habrá cumplido todavía los diecisiete. Y vuestros hermanos y hermanas serán todavía bebés. No tendrán ni siquiera vuestra edad. Será como si no cambiaran nunca.

Lo cual significa que es exactamente como si se hubieran muerto. Los seres queridos que mueren nunca cambian tampoco. Siempre tienen la misma edad en la memoria.

Así que lo que yo voy a vivir no es algo tan distinto. ¿Cuántas mujeres se quedaron viudas en la guerra? ¿Cuántas madres han enterrado a bebés que apenas tuvieron tiempo de abrazar? Soy tan parte de la misma comedia sentimental como cualquiera, las partes tristes siempre seguidas por las risas, las risas seguidas siempre por las lágrimas.

No fue hasta más tarde, cuando estuvo sola en la cama, con los niños dormidos y la señora Delphiki en la casa de al lado (o, más bien, en la otra ala de la misma casa), cuando ella pudo volver a leer la nota de Bean. Era su letra. La había escrito a toda prisa y en algunos sitios apenas era legible. Y el papel estaba manchado: Peter no bromeaba cuando dijo que Ramón se había hecho pipí en el sobre un par de veces.

Apagó la luz e intentó dormir.

Y entonces se le ocurrió algo y encendió de nuevo la luz y buscó el papel y sus ojos estaban tan nublados que apenas pudo leer, así que tal vez se había quedado dormida y había sacado esa idea de un profundo sueño.

La carta empezaba con: «Sólo hay una cosa que olvidamos decidir.»

Pero cuando Peter la había leído, había empezado diciendo: «Te quiero.»

Seguramente había repasado la carta y visto que Bean no lo decía. No era más que una nota que Bean había escrito en el último momento, y a Peter le preocupaba que la omisión pudiera herirla.

No podía haber sabido que Bean nunca ponía ese tipo de cosas por escrito. Excepto de manera tangencial. Porque toda la nota era un «te quiero», ¿no?

Apagó de nuevo la luz, pero no soltó la carta. El último mensaje de Bean para ella.

Mientras se dormía de nuevo, el pensamiento pasó brevemente por su mente. Cuando Peter lo dijo, no estaba leyendo.

26

Sé tú mi voz

De: PeterWiggin%hegemon@PuebloLibreTierra.pl.gov
A: ValentineWiggin%historiadora@BookWeb.com/ServicioAutores
Sobre: Enhorabuena

Querida Valentine:

He leído tu séptimo volumen y no sólo eres una escritora brillante (cosa que siempre hemos sabido) sino también una investigadora concienzuda y una analista perspicaz y honrada. Conocí muy bien a Hyrum Graff y Mazer Rackham antes de que murieran, y los trataste con absoluta justicia. Dudo que protestaran por una sola palabra de tu libro, aunque no queden como seres perfectos: siempre fueron hombres honrados, incluso cuando se les caía la cara mintiendo.

El trabajo del Hegemón es bastante liviano hoy en día. Las últimas empresas militares que fueron necesarias tuvieron lugar hace más de una década: los últimos reductos de tribalismo, que conseguimos sofocar con una muestra de fuerza. Desde entonces he intentado retirarme media docena de veces (no, espera, estoy hablando con una historiadora): dos veces, pero no creían que lo decía en serio y me mantienen en el cargo. Incluso piden mi consejo a veces, y para devolver el favor trato de no recordar cómo hacíamos las cosas en los primeros días del PLT. Sólo los viejos EE.UU. se niegan a unirse al PLT y tengo la esperanza de que se bajen del burro, se dejen de «no me amenaces» y hagan lo que tienen que hacer. Las encuestas siguen diciendo que los americanos están hartos de ser el único pueblo del mundo que no tiene la posibilidad de votar en las elecciones mundiales. Puede que vea al mundo entero formalmente unido antes de morir. Y aunque no sea así, tenemos paz en la tierra.

Petra te envía saludos. Ojalá la hubieras conocido, pero así es el viaje estelar. Dile a Ender que Petra está tan hermosa como siempre, para que se fastidie, y que nuestros nietos son tan adorables que la gente aplaude cuando los sacamos a pasear.

Hablando de Ender. He leído La Reina Colmena. Había oído hablar del libro antes, pero no lo leí hasta que lo incluiste al final de tu último volumen... antes del índice, si no nunca lo hubiese visto.

Conozco a quien lo escribió. Si pudo ser la voz de los insectores, seguro que puede ser mi voz.

Peter

No por primera vez, Peter deseó que hubieran fabricado un ansible portátil. Naturalmente, no hubiese tenido sentido económicamente hablando. Sí, lo miniaturizaban lo máximo posible para poder ponerlo en las naves estelares. Pero el ansible sólo tenía importancia en las comunicaciones a través del vacío del espacio. Ahorraba horas a las comunicaciones de dentro del sistema; décadas a las comunicaciones con las colonias y las naves en vuelo.

No era sólo una tecnología diseñada para charlar.

Había unos cuantos privilegios ligados a los vestigios del poder. Peter podía tener más de setenta años (y, como a menudo le señalaba a Petra, unos setenta años *viejos*, unos setenta años *ancianos*), pero todavía era el Hegemón, y el título había significado en su momento un poder enorme, había significado helicópteros de ataque en vuelo y ejércitos y flotas en movimiento; había significado castigo por agresión, recaudación de impuestos, promoción de las leyes de derechos humanos, saneamiento de la corrupción política.

Peter recordaba los tiempos en que el título era un chiste sin gracia que le entregaron a un chico adolescente que había escrito sabiamente en las redes.

Peter había dado poder al cargo. Y luego, porque gradualmente lo despojó de todas sus funciones, que asignó a otros empleados del PLT (o «TierraGob», como lo llamaba ahora la gente con frecuencia), había devuelto el puesto a una posición simbólica.

Pero no era de chiste. Ya no era de chiste y nunca volvería a serlo.

No de chiste, pero tampoco algo necesariamente bueno. Había mucha gente viva aún que recordaba al Hegemón como el poder coercitivo que hizo trizas su sueño de cómo debía ser la Tierra (aunque normalmente su sueño era la pesadilla de los otros). E historiadores y biógrafos a menudo se la tenían jurada y se la tendrían, para siempre.

Lo que tenían los historiadores era que podían ordenar todos los datos, pero seguían pasando por alto para qué servían. Seguían inventando los motivos más extraños para la gente. La biografía de Virlomi, por ejemplo, convertía a ésta en una santa idealista y acusaba a Suriyawong, nada menos, de la matanza que acabó con su carrera militar. No importaba que la propia Virlomi hubiera rechazado esa interpretación, escribiendo por ansible desde la colonia de Andhra. Los biógrafos se irritaban siempre cuando su sujeto resultaba estar vivo.

Pero Peter no se había molestado en responder a ninguno. Ni siquiera a los que le atacaban ferozmente, haciéndolo responsable de todo lo que iba mal y atribuyendo a otros el mérito de todo lo que salía bien... Petra se enfadaba con ellos durante días, hasta que él le suplicaba que no los leyera más. Pero no podía resistirse a leerlos él mismo. No se lo tomaba de modo personal. Sobre la mayoría de la gente nunca se escribían biografías.

Sobre Petra sólo se escribieron un par de ellas, y las dos eran del tipo de «gran mujer» o «modelo para chicas», no estudios serios. Cosa que molestaba a Peter, porque sabía que pasaban por alto algo: que después de que todos los otros miembros del grupo de Ender dejaran la Tierra y se marcharan a las colonias, ella se había quedado y dirigido el Ministerio de Defensa del PLT durante casi treinta años, hasta que se volvió más un Departamento de Policía que otra cosa y ella insistió en jubilarse para jugar con sus nietos.

Estaba allí *para todo*. Peter se lo decía cuando se enfadaba al respecto.

—Fuiste amiga de Ender y de Bean en la Escuela de Batalla: le enseñaste a Ender a *disparar*, por el amor de Dios. Estuviste en su grupo...

Pero Petra lo hacía callar.

—No quiero que se cuenten esas historias —decía—. No quedaría muy bien si se supiera la verdad.

Peter no la creía. Y se podía saltar todo aquello y empezar cuando regresó a la Tierra y... ¿no fue Petra quien, cuando casi todo el grupo fue secuestrado, encontró un modo de hacer llegar un mensaje a Bean? ¿No fue ella quien conoció a Aquiles mejor que nadie a quien él no consiguiera matar? Era una de las grandes líderes militares de todos los tiempos, y además se había casado con Julian Delphiki, el Gigante de la leyenda, y luego con Peter el Hegemón, otra leyenda, y encima había criado a cinco de los hijos que tuvo con Bean y a otros cinco más que tuvo con Peter.

Y ninguna biografía. ¿Por qué se quejaba Peter de que hubiera docenas sobre él y todas con errores simples y obvios que podían comprobarse, por no contar cosas más arcanas como los motivos y los acuerdos secretos y...?

Y entonces apareció el libro de Valentine sobre las guerras insectoras, volumen a volumen. Uno sobre la primera invasión, dos sobre la segunda, la que ganó Mazer Rackham. Luego cuatro volúmenes sobre la tercera invasión, la que Ender y su grupo libraron y ganaron desde lo que pensaban que era un juego de entrenamiento en el asteroide Eros. Un volumen entero trataba sobre el desarrollo de la Escuela de Batalla: breves biografías de docenas de niños que fueron importantísimos para las mejoras en la escuela que al final conducirían a entrenamientos verdaderamente efectivos y los legendarios juegos de la Sala de Batalla.

Peter leyó lo que Valentine escribió sobre Graff y Rackham y sobre los chicos del grupo de Ender (incluida Petra). Aunque sabía que parte de sus reflexiones se debían a que tenía a Ender allí mismo con ella en la colonia Shakespeare, la fuente real de la excelencia del libro estaba en sus propias reflexiones. Ella no encontraba «temas» y los imponía sobre la historia. Pasaban cosas y estaban relacionadas unas con otras, pero cuando un motivo era incognoscible, no pretendía saberlo. Sin embargo, entendía a los seres humanos.

Parecía amar incluso a los horribles.

Así que pensó: lástima que ella no esté aquí para escribir una biografía de Petra.

Aunque naturalmente eso era una tontería: no tenía que estar allí, tenía acceso a cualquier documento que quisiera a través del ansible, ya que una de las provisiones clave del ColMin de Graff era la seguridad absoluta de que cada colonia tuviera acceso completo a todas las bibliotecas y archivos de todos los mundos humanos.

No fue hasta que apareció el séptimo volumen y Peter leyó *La Reina Colmena* cuando encontró al biógrafo que le hizo pensar: quiero que él escriba sobre mí.

La Reina Colmena no era largo. Y aunque estaba bien escrito, no era particularmente poético. Era muy sencillo. Pero pintaba un retrato de las Reinas Colmena que bien podrían haber escrito ellas mismas. Los monstruos que habían asustado a los niños durante más de un siglo (y continuaban haciéndolo aunque estaban todos muertos) de repente se volvieron hermosos y trágicos.

Pero no era un trabajo de propaganda. Las cosas terribles que hicieron fueron reconocidas, no ignoradas.

Y entonces se dio cuenta de quién lo había escrito. No Valentine, que enclavaba las cosas en los hechos. Estaba escrito por alguien que podía comprender tan bien al enemigo que lo amaba. ¿Con qué frecuencia había oído a Petra citar a Ender decir eso? Ella (o Bean, o alguien) lo habían anotado: «Creo que es imposible comprender realmente a alguien, lo que quiere, lo que cree, y no amar la manera en que se ama a sí mismo.»

Eso era lo que el escritor de *La Reina Colmena*, que firmaba como La Voz de los Muertos, había hecho por los alienígenas que una vez acosaron nuestras pesadillas.

Y cuanta más gente leía ese libro, más deseaban haber comprendido a su enemigo, que la barrera del lenguaje no hubiera sido infranqueable, que las Reinas Colmena no hubieran sido destruidas.

La Voz de los Muertos había hecho que los humanos amaran a su antiguo enemigo.

Bueno, es fácil amar a tus enemigos una vez que están muertos y tú a salvo. Pero aun así. Los humanos renuncian a sus villanos con dificultad.

Tenía que ser Ender. Y por eso Peter le había escrito a Valentine, felicitándola, pero también pidiéndole que invitara a Ender a escribir sobre él. Hubo un toma y daca, con Peter insistiendo en que no quería aprobar nada. Quería hablar con su hermano. Si de eso salía un libro, bien. Si el libro lo retrataba como a un monstruo, si eso era lo que la

Voz de los Muertos veía en él, que así fuera: «Porque sé que escriba lo que escriba, estará mucho más cercano a la verdad que la mayoría de las *kuso* que se publican aquí.»

Valentine le reprendió por el uso de palabras como *kuso*.

«¿Qué haces usando argot de la Escuela de Batalla?»

«Ahora es parte del lenguaje», le dijo Peter en su correo electrónico de respuesta.

Y entonces ella escribió: «Él no te enviará ningún correo. Dice que ya no te conoce. La última vez que te vio tenía cinco años y tú eras el peor hermano mayor del mundo. Tiene que hablar contigo.»

«Eso es caro», respondió Peter, pero sabía que el PLT podía permitírselo y no se lo negaría. Lo que realmente lo contuvo fue el miedo. Había olvidado que Ender sólo lo había conocido como matón. Nunca lo había visto luchar por edificar un Gobierno mundial no por medio de la conquista, sino por la libre elección del pueblo votando nación a nación. No me conoce.

Pero entonces Peter se dijo: sí que me conoce. El Peter que Ender conocía era parte del Peter que se había convertido en Hegemón. El Peter con el que Petra accedió a casarse y que le permitió criar a sus hijos, ese Peter era el mismo que había aterrorizado a Ender y Valentine y estaba lleno de veneno y resentimiento por haber sido considerado indigno por los jueces que elegían qué niños crecerían para salvar al mundo.

¿Cuántos de mis logros surgieron de ese resentimiento?

«Debería entrevistar a mamá —escribió Peter—. Todavía está lúcida y me aprecia más que antes.»

«Él le escribe —contestó Valentine—. Cuando tiene tiempo de escribirle a alguien. Se toma muy en serio sus deberes aquí. Es un mundo pequeño, pero lo gobierna con tanto cuidado como si fuera la Tierra.»

Finalmente Peter se tragó sus miedos y fijó una fecha y una hora y se sentó ante el interfaz vocal del ansible en el Centro de Comunicación Interestelar de Blackstream. Naturalmente, el CCIB no se comunicaba directamente con ningún ansible sino con el Conjunto de Ansibles Estacionarios de ColMin, que lo retransmitían todo a la colonia o nave adecuada.

El audio y el vídeo ocupaban tanta longitud de banda que eran comprimidos y luego descomprimidos al otro extremo, así que a pesar de la instantaneidad de las comunicaciones vía ansible, había un lapso de tiempo claro entre ambos lados de la conversación.

No había imagen. Peter había tenido que poner el límite en alguna parte. Y Ender no había insistido. Habría sido demasiado doloroso para ambos: para Ender ver cuánto tiempo había pasado durante su viaje relativista hasta Shakespeare, y para Peter verse obligado a contemplar lo joven que era Ender todavía, cuánta vida tenía todavía por delante mientras que Peter miraba fríamente su propia vejez y su muerte inminente.

—Estoy aquí, Ender.

—Me alegro de oír tu voz, Peter.

Y entonces silencio.

—No hay mucho de que hablar, ¿eh? —dijo Peter—. Ha pasado demasiado tiempo para mí, demasiado poco para ti. Ender, sé que fui un cabrón contigo de niño. No tengo excusa. Estaba lleno de furia y vergüenza y la tomé contigo y con Valentine, pero sobre todo contigo. Creo que nunca te dije nada amable, no cuando estabas despierto, al menos. Puedo hablar de eso si quieres.

—Más tarde, tal vez —dijo Ender—. Esto no es una sesión de terapia familiar. Sólo quiero saber lo que hiciste y por qué.

—¿Qué cosas?

—Las que te importen. Lo que decidas contarme es tan importante como lo que digas sobre esos hechos.

—Hay mucho. Mi mente todavía está clara. Recuerdo mucho.

—Bien. Te escucho.

Escuchó durante horas ese día. Y más horas, más días. Peter lo contó todo. Las luchas políticas. Las guerras. Las negociaciones. Los ensayos en las redes. La construcción de redes de inteligencia. Aprovechar oportunidades. Encontrar aliados dignos.

No fue hasta casi el final de su última sesión cuando Peter recuperó recuerdos de cuando Ender era un bebé.

—Te quería de verdad. No paraba de pedirle a mamá que me dejara darte de comer. Cambiarte los pañales. Jugar contigo. Creí que eras lo mejor que había existido jamás. Pero entonces me di cuenta. Yo estaba jugando contigo y te hacía reír y entonces Valentine entraba en la habitación y tú te volcabas en ella. Yo dejaba de existir.

»Ella era luminosa, es normal que reaccionaras de esa forma. Todo el mundo lo hacía. *Yo* lo hacía. Pero al mismo tiempo, yo era sólo un crío. Lo veía como «Ender ama a Valentine más que a mí». Y cuando me di cuenta de que naciste porque a mí me consideraban un fracaso (la gente de la Escuela de Batalla, quiero decir), fue un motivo más de resentimiento. Eso no es excusa. No tenía por qué ser un cabroncete contigo. Te lo digo porque ahora me doy cuenta de que así es como empezó.

—Muy bien —dijo Ender.

—Siento mucho no haber sido mejor contigo de niño. Porque, verás, toda mi vida, en todas las cosas que te he contado en estas conversaciones increíblemente caras, no dejaba de pensar que estuvieron bien. Lo hice bien esa vez. A Ender le habría gustado lo que hice.

—Por favor, no me digas que lo hiciste todo por mí.

—¿Estás de guasa? Lo hice porque soy el *marubo* más competitivo que ha nacido jamás en este planeta. Pero mi vara de medir era: a Ender le gustaría que hiciera esto.

Ender no contestó.

—Ah, demonios, chico. Es mucho más sencillo. Lo que tú hiciste con doce años hizo posible el trabajo de toda mi vida.

—Bueno, Peter, lo que tú hiciste mientras yo estaba viajando, eso es lo que hizo que mereciera la pena mi victoria.

—Qué familia tuvieron el señor y la señora Wiggin.

—Me alegro de que hayamos hablado, Peter.

—Yo también.

—Creo que puedo escribir sobre ti.

—Eso espero.

—Aunque no pueda, eso no quiere decir que no me alegre de descubrir en quién te convertiste.

—Ojalá pudiera estar allí —dijo Peter—, para ver en quién te has convertido.

—Yo no me convertiré en nada, Peter. Estoy congelado en la historia. Doce años eternos. Tú has tenido una buena vida, Peter. Dale a Petra mi amor. Dile que la echo de menos. Y a los demás. Pero sobre todo a ella. Te llevaste a la mejor de todos nosotros, Peter.

En ese momento, Peter casi estuvo a punto de hablarle de Bean y sus tres hijos, volando por el espacio, esperando una cura que no parecía muy prometedora.

Pero entonces se dio cuenta de que no podía. La historia no era suya. Si Ender la escribía, entonces la gente empezaría a buscar a Bean.

Alguien podría intentar contactar con él. Alguien podría hacer que volviera a casa. Y entonces su viaje habría sido para nada. Su sacrificio. Su Satyagraha.

Nunca volvieron a hablar.

Peter vivió algún tiempo después de eso, a pesar de su débil corazón, esperando siempre que Ender escribiera el libro que quería. Pero cuando murió, el libro todavía no había sido escrito.

Así que fue Petra quien leyó la corta biografía llamada, simplemente, *El Hegemón*, firmada por La Voz de los Muertos.

Lloró todo el día después de leerla.

La leyó en voz alta ante la tumba de Peter, deteniéndose cada vez que se acercaba algún paseante. Hasta que se dio cuenta de que se acercaban para escucharla leer. Así que los invitó a quedarse y la leyó de nuevo en voz alta, desde el principio.

El libro no era largo, pero había fuerza en él. Para Petra, era todo lo que Peter había querido que fuera. Un periodo de su vida. El daño y lo bueno. Las guerras y la paz. Las mentiras y la verdad. Las manipulaciones y la libertad.

El Hegemón fue un libro compañero, en realidad, de *La Reina Colmena*. Un libro era la historia de una especie entera, y el otro también.

Pero para Petra era la historia del hombre que había dado forma a su vida más que ningún otro.

Excepto uno. El que ahora vivía solamente como una sombra en las historias de los otros. El Gigante.

No había ninguna tumba y no había ningún libro que leer sobre él. Y su historia no era humana porque en cierto modo él no había vivido una vida humana.

Era una vida de héroe. Terminaba con él llevado a los cielos, moribundo pero no muerto.

Te amo, Peter, le dijo en su tumba. Pero debes haber sabido que nunca dejé de amar a Bean, y de anhelarlo y de echarlo de menos cada vez que miraba la cara de nuestros hijos.

Luego se marchó a casa, dejando atrás a sus dos maridos, aquel cuya vida simbolizaban un monumento y un libro y el otro cuyo único monumento estaba en su corazón.

Agradecimientos

Gracias a la doctora Joan Han, que trabaja en endocrinología pediátrica en el Instituto Nacional de Salud de Bethesda, por su consejo sobre qué tipo de terapia podría intentarse para detener el imparable crecimiento de Bean. En la misma línea, al doctor M. Jack Long, que aportó las ideas que se convirtieron en las sugerencias de Volescu sobre cómo Bean podría tener una vida larga. Mi agradecimiento al doctor Long... y mi alivio porque se dio cuenta de que eran ideas verdaderamente atractivas (su carta terminaba diciendo: «¡Vaya... espero que no!»).

Gracias a Danny Sale por sugerir que Bean podría tener que ver en la decisión de convertir el Juego de Fantasía de la Escuela de Batalla en el programa que acabaría por convertirse en Jane. Farah Khimji de Lewisville, Tejas, me recordó la necesidad de una moneda mundial... y el hecho de que el dólar ya lo es. Andaiye Spencer me hizo saber que no podía dejar que la antigua relación entre Petra Arkanian y Dink Meeker en la Escuela de Batalla muriera sin mencionarla al menos.

Mark Trevors de New Brunswick me recordó que Peter y Ender conversaron una vez antes de que Peter muriera, y expresó el deseo de poder ver esa escena más desarrollada y desde el punto de vista de Peter. Como la idea era mucho mejor que la que yo tenía para el final del libro, me apoderé de ella inmediatamente, con gratitud. También me comentaron detalles y me ofrecieron su ayuda Rechavia Berman, que traduce mis libros al hebreo, y David Tayman.

No soy bueno con las fechas de mis libros ni la edad de mis personajes. No presto atención a esas cosas en la vida real, y por eso me resulta difícil seguir el paso del tiempo en mi ficción. En respuesta a la petición de nuestra página web Hatrack River (www.hatrack.com), Megan Schindele, Nathan Taylor, Maureen Fanta, Jennifer Rader, Samuel Sevlie, Carrie Pennow, Shannon Blood, Elizabeth Cohen y Cecily Kiester revisaron y repasaron todas las referencias a edades y tiempos en *El juego de Ender* y los otros libros de la *Sombra* para ayudarme. Además, Jason Bradshaw y C. Porter Bassett encontraron un error de continuidad entre *El juego de Ender* original y esta novela. Me siento muy agradecido con los lectores que conocen mis libros mejor que yo.

Agradezco la disposición de mis buenos amigos Erin Absher, Aaron Johnston y Kathy Kidd, que dejaron cosas mucho más importantes para unirse a mi esposa, Kristine, para ofrecerme rápidas reacciones a cada capítulo a medida que iban siendo escritos. Nunca deja de sorprenderme cuántos errores (no sólo tipográficos, sino también lapsus de continuidad y contradicciones claras) pueden pasárseme por alto a mí y a tres o cuatro lectores cuidadosos, sólo para ser captados por el siguiente. ¡Si todavía quedan errores de ese tipo en este libro, no es culpa suya!

Beth Meacham, mi editora de Tor, se tomó grandes molestias por este libro. Todavía convaleciente de una operación y bajo sedantes leyó este manuscrito mientras los bits y bytes chispeaban todavía, y me dio excelentes consejos. Algunas de las mejores escenas de este libro están aquí porque ella las sugirió y yo fui lo bastante listo para reconocer una idea magnífica al escucharla.

Todo el equipo de producción de Tor tuvo especial cuidado en ayudarnos a producir este libro a tiempo, y agradezco su paciencia con un autor cuyo cálculo del tiempo necesario para completarlo era tan equivocado.

Y Tom Doherty puede que sea el editor más creativo del negocio. Para él no hay idea lo bastante loca para no tenerla en cuenta, y cuando decide hacer algo inusitado (como una serie de «novelas paralelas») lo deja todo y hace que suceda.

La creatividad y la dedicación de Barbara Bova como agente han bendecido a mi familia durante casi toda mi carrera. Y no he olvidado que la saga de Ender llegó por primera vez al público porque, incluso antes de convertirse en agente, su marido, Ben Bova, encontró una narración corta llamada «El juego de Ender» en su montón de lectura y, con unos pequeños cambios, accedió a publicarla en el número de agosto de 1977 de la revista *Analog*. Esa decisión (y no fue un hallazgo: otros editores la rechazaron) ha estado desde entonces poniendo el pan en mi mesa y abriendo la puerta para que otros lectores tengan acceso a mis obras.

Pero cuando el día de escritura se acaba y salgo de mi buhardilla, es el hecho de encontrar a mi esposa, Kristine, y a mi hija Zina allí lo que hace que todo merezca la pena. Gracias por el amor y la alegría en mi vida cada día. Y a mis otros hijos también, por llevar vidas con las que me enorgullece tener contacto.

Índice

*Originario de Richland (Washington) y residente hoy en Greenbo-
ro (Carolina del Norte), Orson Scott Card es mormón practicante y sir-
vió a su iglesia en Brasil entre 1971 y 1973. Ben Bova, editor de Analog,
lo descubrió para la ciencia ficción en 1977. Card, obtuvo el Campbell
Award en 1978 al mejor autor novel y, a partir del éxito de la novela
corta* ENDER'S GAME *y de su experiencia como autor dramático, decidió en 1977 pasar a vivir de su actividad de escritor. En 1997 fue invitado de honor en la HISPACON'97, la convención anual de la ciencia
ficción española, celebrada en Mataró (Barcelona).*

*Su obra se caracteriza por la importancia que concede a los senti-
mientos y las emociones, y sus historias tienen también gran intensidad
emotiva. Sin llegar a predicar, Card es un gran narrador que aborda los
temas de tipo ético y moral con una intensa poesía lírica.*

La antología de relatos CAPITOL *(1983) trata temas cercanos a los
que desarrolla en su primera novela* HOT SLEEP *(1979), que después
fue reescrita como* THE WORTHING CHRONICLE *(1982). Posterior-
mente unificó todos esos argumentos en una magna obra en torno a una
estirpe de telépatas en* LA SAGA DE WORTHING *(1990, NOVA núm. 51).
El ambiente general de esos libros emparenta con el universo reflejado
en* UN PLANETA LLAMADO TRAICIÓN *(1979), reeditada en 1985 con
el título* TRAICIÓN *y cuya nueva versión ha aparecido recientemente
en España (Libros de bolsillo VIB, Ediciones B).*

Una de sus más famosas novelas antes del gran éxito de EL JUEGO
DE ENDER *(1985) es* MAESTRO CANTOR *(1980, NOVA núm. 13), que
incluye temas de relatos anteriores que habían sido finalistas tanto del
premio Nebula como del Hugo.*

La fantasía, uno de sus temas favoritos, es el eje central de KINGS-MEAT, *y sobre todo de su excelente novela* ESPERANZA DEL VENADO *(1983,* NOVA *fantasía núm. 3), que fue recibida por la crítica como una importante renovación en este género. También es autor de* A WOMAN OF DESTINY *(1984), reeditada como* SAINTS *en 1988. Se trata de una novela histórica sobre temas y personajes mormones.*

Card ha abordado también la narración de terror (o mejor «de espanto», según su propia denominación) al estilo de Stephen King. Como ya hiciera antes con EL JUEGO DE ENDER, *Card convirtió en novela una anterior narración corta galardonada esta vez con el premio Hugo y el Locus. El resultado ha sido* NIÑOS PERDIDOS *(1992,* NOVA Scott Car, *núm. 4), con la que ha obtenido un éxito parecido al de* EL JUEGO DE ENDER, *aunque esta vez en un género que mezcla acertadamente la fantasía con el terror.*

Card obtuvo el Hugo 1986 y el Nebula 1985 con EL JUEGO DE ENDER *(1985,* NOVA *núm. 0), cuya continuación,* LA VOZ DE LOS MUERTOS *(1986,* NOVA *núm. 1), ganó de nuevo dichos galardones (y también el Locus), siendo la primera vez en toda la historia de la ciencia ficción que un autor los conseguía en dos años consecutivos. La serie continúa con* ENDER EL XENOCIDA *(1991,* NOVA *núm. 50) y finaliza, aunque sólo provisionalmente, con el cuarto volumen,* HIJOS DE LA MENTE *(1996,* NOVA *número 100). En 1999 apareció un nuevo título,* LA SOMBRA DE ENDER *(1999,* NOVA *núm. 137), que retorna en estilo e intención a los hechos que se narraban en el primer título de la serie:* EL JUEGO DE ENDER *(1985), aunque esta vez en torno a la versión de un compañero del primer protagonista, Bean. La nueva serie incluye también los títulos* LA SOMBRA DEL HEGEMÓN *(2001,* NOVA *núm. 145),* MARIONETAS DE LA SOMBRA *(2002,* NOVA *núm. 160) y* LA SOMBRA DEL GIGANTE *(2005,* NOVA *núm. 196). Parece ser que está en proyecto un nuevo libro que se situaría en la serie entre* LA SOMBRA DEL GIGANTE *y* LA VOZ DE LOS MUERTOS, *y con él se cerraría, tal vez definitivamente, la más famosa serie de la moderna ciencia ficción. El tiempo lo dirá...*

Hace ya unos años nos llegaba la noticia de que se iba a realizar la versión cinematográfica de EL JUEGO DE ENDER. *Orson Scott Card ha escrito el guión de la nueva película y, metido ya en el tema, parece que está trabajando en una nueva novela centrada en lo que sucede antes de la primera. La película, finalmente dirigida por Wolfgang Petersen, parece que se estrenará en 2008.*

1987 fue el año de su redescubrimiento en Norteamérica con la ree-dición de MAESTRO CANTOR, *la publicación de* VYRMS *y el inicio de una magna obra de fantasía:* The Tales of Alvin Maker. *La historia de Alvin el Hacedor está prevista como una serie de libros en los que se re-crea el pasado de unos Estados Unidos alternativos en los que predomina la magia y se reconstruye el folklore norteamericano. El primer libro de la serie,* EL SEPTIMO HIJO *(1987,* NOVA fantasía núm. *6), obtuvo el premio Mundial de Fantasía de 1988, el premio Locus de fantasía de 1988 y el Ditmar australiano de 1989, y también fue finalista en los premios Hugo y Nebula. El segundo,* EL PROFETA ROJO *(1988,* NOVA fantasía núm. *12), fue premio Locus de fantasía 1989 y finalista del Hugo y el Ne-bula. El tercero,* ALVIN, EL APRENDIZ *(1989,* NOVA fantasía núm. *21), también obtuvo el premio Locus de fantasía, en 1990, y fue finalista del Hugo y el Nebula. Tras seis años de espera ha aparecido ya el cuarto vo-lumen de la serie,* ALVIN, EL OFICIAL *(1995,* NOVA Scott Card núm. *9), de nuevo premio Locus de fantasía en 1996. Sólo tres años después apa-reció* FUEGO DEL CORAZÓN *(1998,* NOVA núm. *129) y, cinco años más tarde, el sexto título,* LA CIUDAD DE CRISTAL *(2003,* NOVA núm. *171). Como suele ocurrir con este autor, no se sabe cómo ni cuándo acabará la serie aunque, según parece, podrían faltar sólo uno o dos títulos.*

Algunas de sus más recientes narraciones cortas se han unificado en un libro sobre la recuperación de la civilización tras un holocausto nuclear: LA GENTE DEL MARGEN *(1989,* NOVA núm *44). El conjun-to de los mejores relatos de su primera época se encuentra recopilado en* UNACCOMPANIED SONATA *(1980). Conviene destacar una volumi-nosa antología de sus narraciones cortas en* MAPAS EN UN ESPEJO *(1990,* NOVA Scott Card núm. *1), que se complementa con las ricas y variadas informaciones que sobre sí mismo y sobre el arte de escribir y de na-rrar incluye en las presentaciones.*

Una de sus últimas series ha sido Homecoming *(La Saga del Re-torno), que consta de cinco volúmenes. La serie narra un épico retorno de los humanos al planeta Tierra, tras una ausencia de más de 40 mi-llones de años. Se inicia con* LA MEMORIA DE LA TIERRA *(1992,* NOVA Scott Card núm. *2), y sigue con* LA LLAMADA DE LA TIERRA *(1993,* NOVA Scott Card núm. *4),* LAS NAVES DE LA TIERRA *(1994,* NOVA Scott Card núm. *5) y* RETORNO A LA TIERRA *(1995,* NOVA Scott Card núm. *7), para finalizar con* NACIDOS EN LA TIERRA *(1995,* NOVA Scott Card núm. *8).*

Por si ello fuera poco, hace unos años Card empezó a publicar The Mayflower Trilogy, *una nueva trilogía escrita conjuntamente con su amiga y colega Kathryn H. Kidd. El primer volumen es* LOVELOCK *(1994, NOVA Scott Card núm. 6), y la incorporación de Kidd parece haber aportado mayores dosis de humor e ironía a la escritura, siempre amena, emotiva e interesante, de Orson Scott Card. Parece que ya se está escribiendo la segunda novela de la serie, que ha de tener por título* RASPUTIN.

En febrero de 1996, apareció la edición en inglés de OBSERVADORES DEL PASADO: LA REDENCIÓN DE CRISTÓBAL COLÓN *(1996, NOVA núm. 109), sobre historiadores del futuro ocupados en la observación del pasado (pastwatch) y centrada en el habitual dilema en torno a si sería lícita una eventual intervención correctora. Una curiosa novela que parece llevar implícita una revisión crítica de la historia, de la misma forma que puede encontrarse una sugerente crítica al* american way of life *en el interesantísimo relato* América *que se incluyera en* LA GENTE DEL MARGEN *(1989, NOVA núm. 44).*

Otra de sus novelas más recientes es EL COFRE DEL TESORO *(1996, NOVA núm. 121), una curiosa historia de fantasía y fantasmas protagonizada por un genio de la informática convertido en millonario, con un ajustado balance de emotividad, ironía y tragedia. También es autor de* ENCHANTMENT *(1998), una novela de fantasía romántica en torno a leyendas rusas y la Norteamérica contemporánea. Su más reciente novela es, de nuevo, de fantasía contemporánea:* CALLE MÁGICA *(2005, prevista en NOVA).*

Recientemente ha iniciado la publicación de una serie de novelas históricas en torno a la vida de las esposas de los grandes patriarcas bíblicos con el título genérico de Women of Genesis *(Mujeres del Génesis), cuyo primer volumen ha sido* SARAH *(2000), que debe ser seguido por* REBEKAH *y* RACHEL & LEAH.

Card ha escrito también un manual para futuros escritores en HOW TO WRITE SCIENCE FICTION AND FANTASY *(1990), que obtuvo en 1991 el premio Hugo como mejor libro de ensayo del año.*